MIRA®

Der Preis dieses Bandes versteht sich einschließlich
der gesetzlichen Mehrwertsteuer.

Umwelthinweis:
Dieses Buch wurde auf chlor- und säurefreiem Papier gedruckt.

Kat Martin

Mein brennendes Herz

Roman

Aus dem Amerikanischen von
Traudi Perlinger

MIRA®

MIRA® TASCHENBUCH
Band 25477
1. Auflage: Oktober 2010

MIRA® TASCHENBÜCHER
erscheinen in der Cora Verlag GmbH & Co. KG,
Valentinskamp 24, 20350 Hamburg
Deutsche Taschenbucherstausgabe

Titel der nordamerikanischen Originalausgabe:
Heart of Fire

erschienen bei: Mira Books, Toronto
Published by arrangement with
HARLEQUIN ENTERPRISES II B.V./S.àr.l.

Konzeption/Reihengestaltung: fredebold&partner gmbh, Köln
Umschlaggestaltung: pecher und soiron, Köln
Redaktion: Bettina Steinhage
Titelabbildung: Harlequin Enterprises S.A., Schweiz
Autorenfoto: © by Harlequin Enterprises S.A., Schweiz
Satz: Buch-Werkstatt GmbH, Bad Aibling
Druck und Bindearbeiten: CPI – Ebner & Spiegel, Ulm
Printed in Germany
Dieses Buch wurde auf FSC-zertifiziertem Papier gedruckt.
ISBN 978-3-89941-778-4

www.mira-taschenbuch.de

1. KAPITEL

London, England
Januar 1844

Kalter Nieselregen hing wie ein grauer Schleier über dem Friedhof, die Grabsteine ragten dunkel und mahnend aus dem Schatten der Kirchmauern von St. Michael.

Schwarz gewandet, das Gesicht unter einem breitrandigen Hut mit Trauerflor verborgen, stand Coralee Whitmore neben ihren Eltern, dem Viscount of Selkirk und seiner Gemahlin, und lauschte der leiernden Grabrede des Bischofs, ohne ein Wort davon zu erfassen.

Im Sarg neben dem aufgeschütteten feuchten Erdhügel lag ihre Schwester, die vor zwei Tagen kalt und bleich aus den eisigen Wassern des Avon Rivers geborgen worden war, laut Aussagen der Konstabler ein Selbstmordopfer. Laurel Whitmore, hieß es im Polizeibericht, sei ins Wasser gegangen, um sich das Leben zu nehmen.

„Du zitterst ja." Ein Windstoß fuhr in die kupferrote Mähne des hochgewachsenen, Achtung gebietenden Viscounts. „Die Trauerfeier ist zu Ende. Komm, wir fahren nach Hause."

Tränenblind starrte Corrie auf den Sarg im offenen Grab und warf eine langstielige weiße Rose hinunter. Ihre Beine fühlten sich taub an unter den schweren schwarzen Röcken, der Schleier flatterte im kalten Februarwind.

„Ich glaube es nicht", flüsterte sie an ihre tote Halbschwester gerichtet. „Ich glaube es einfach nicht." Sie schluckte gegen den schmerzhaften Knoten an, der ihr die Kehle zuschnürte. „Adieu, liebste Schwester. Du wirst mir sehr fehlen." Dann wandte sie sich ihren Eltern zu.

Laurels Mutter war im Kindbett verstorben. Der Viscount hatte wieder geheiratet, und Corrie wurde ein Jahr später geboren. Die Halbschwestern waren gemeinsam aufgewachsen und hatten sich sehr nahegestanden. Seit einigen Jahren arbeitete Corrie als Gesellschaftskolumnistin für die Londoner Frauenzeitschrift *Heart to Heart*, eine Aufgabe, der sie sich von ganzem Herzen widmete und die ihre Zeit völlig in Anspruch nahm.

Laurel, die das beschauliche Landleben schon immer geliebt hatte, war zu ihrer Tante Agnes nach Selkirk Hall gezogen, dem Landsitz der Whitmores in Wiltshire. Die Schwestern hatten sich nicht mehr oft gesehen, einander allerdings häufig geschrieben. Erst im letzten Jahr war auch die Korrespondenz spärlicher geworden.

Wenn ich nur die Zeit zurückdrehen könnte, dachte Corrie verzweifelt. Wäre ich nur bei dir gewesen, als du mich gebraucht hast.

Aber sie war so sehr eingebunden in gesellschaftliche Verpflichtungen, hatte ständig Bälle und Abendgesellschaften besucht, über die sie in ihrer Kolumne schrieb, kurzum, sie war zu sehr mit sich selbst beschäftigt, um zu erkennen, dass Laurel in Nöten war.

Und nun lebte ihre Schwester nicht mehr.

„Wie fühlst du dich, Coralee?" Als sie die Stimme ihrer besten Freundin hörte, drehte sie sich um. Krista Hart Draugr durchquerte den blauen Salon der Villa am Grosvenor Square, wo die Whitmores wohnten. Die blassblauen Damastdraperien waren schwarz verhangen, ebenso das Brokatsofa und die zierlich geschwungenen Hepplewhite-Stühle.

Corrie wischte sich unter dem Schleier die Tränen von den Wangen. „Ich komme darüber hinweg. Aber sie fehlt mir so sehr, und ich fühle mich … verantwortlich für ihren Tod."

Die Trauergäste, eine begrenzte Anzahl in Anbetracht der

tragischen Umstände von Laurels Tod, hielten sich im großen Salon auf, einem eleganten, weitläufigen Raum, in Gold und Umbratönen gehalten, mit zwei mannshohen Marmorkaminen an jeder Stirnseite. Ein üppiges Buffet war dort aufgebaut. Corrie wollte lieber allein sein, denn sie hätte ohnehin keinen Bissen hinuntergebracht.

„Dich trifft keine Schuld, Coralee. Du konntest doch nicht ahnen, dass Laurel Kummer hatte." Die blonde, hochgewachsene Krista überragte beinahe alle Herren, nur nicht ihren Gemahl Leif, einen flachsblonden Hünen, neben dem seine Frau beinahe zierlich wirkte.

Leif, ein umwerfend gut aussehender Mann, unterhielt sich am entfernten Ende des Salons mit seinem Bruder Thor, der dunkelhaarig und beinahe ebenso groß war wie er und nicht minder attraktiv.

„Ich hätte Verdacht schöpfen müssen, als ihre Briefe knapper und seltener wurden", sagte Corrie. „Ich hätte wissen müssen, dass etwas nicht stimmte."

„Sie war dreiundzwanzig, Coralee, zwei Jahre älter als du, eine erwachsene und ausgesprochen selbstständige Frau. Wenn ich mich recht entsinne, schrieb sie dir auch aus Norfolk."

Letzten Sommer war Laurel nach East Dereham in Norfolk gereist, um einige Monate bei ihrer anderen Tante Gladys zu verbringen. Sie und ihre Cousine Allison, etwa in Corries Alter, waren Laurels einzige Verwandte mütterlicherseits. Zu Corries Mutter hatte Laurel keine sonderlich enge Beziehung gehabt, aber ihre zwei unverheirateten Tanten liebten sie wie eine Tochter, und Laurel hatte ihre Liebe erwidert.

„Ja, sie schrieb mir gelegentlich aus Norfolk. Aber erst, als sie im letzten Monat nach Selkirk Hall zurückkehrte, lebte unser Briefwechsel wieder richtig auf."

Laut Aussage des Konstablers in Wiltshire County hatte

Laurel Selkirk verlassen, da sie ein Kind erwartete. Tante Agnes hatte Laurels Geheimnis bewahrt, bis ihre Schwangerschaft sichtbar wurde, und sie dann nach Norden geschickt, um bei Gladys das Kind zur Welt zu bringen.

Corrie blickte zu Krista auf, einen Kopf größer als sie, eine stattliche junge Frau mit schönen blauen Augen. Corrie hingegen war zierlich gebaut und hatte strahlend grüne Augen. Krista hatte vor Kurzem selbst einen Sohn zur Welt gebracht, führte aber die Frauenzeitschrift weiter, die sich nicht nur mit Mode und Gesellschaftsklatsch befasste, sondern auch vehement für Sozialreformen und die Rechte der Frauen eintrat.

„Die Polizei geht zwar davon aus, dass sie Selbstmord beging“, fuhr Corrie düster fort. „Aber ich kann nicht glauben, dass sie mit ihrem Kind, das sie neun Monate unter dem Herzen trug, in den Fluss sprang, weil sie sich mit der Schande nicht abfinden konnte. Das glaube ich einfach nicht. Keine Sekunde. Meine Schwester würde niemals einem anderen ein Leid zufügen, schon gar nicht ihrem eigenen Kind.“

Krista betrachtete sie wehmütig. „Ich weiß, dass du sie geliebt hast. Aber selbst wenn deine Theorie stimmt, kannst du nichts daran ändern.“

Corrie versuchte vergeblich, ihren Gefühlsaufruhr zu bezwingen. „Vielleicht nicht.“

Doch sie war völlig verstört über den Tod ihrer geliebten älteren Schwester, konnte sich ein Leben ohne sie nicht vorstellen. Und sie war keineswegs davon überzeugt, dass sie nichts unternehmen könnte.

Seit sie von der Tragödie erfahren hatte, gingen ihr unentwegt die Umstände durch den Sinn, die zu Laurels Tod geführt hatten. Ihre ertrunkene Schwester hatte Reste einer blauen gestrickten Babyjacke in ihrer Faust umklammert gehalten.

Abscheuliche Gerüchte wurden über Laurel verbreitet, aber Corrie weigerte sich, ein Wort davon zu glauben. Sie war der festen Überzeugung, dass Laurel nicht den Freitod gesucht hatte.

Sie wollte dafür sorgen, dass die Wahrheit irgendwann ans Tageslicht kommen würde.

2. KAPITEL

London,
drei Monate später

Die Verlagsräume von *Heart to Heart* befanden sich in einem schmalen Ziegelbau unweit der Piccadilly. Corrie hatte ihre Tätigkeit als Reporterin für die Frauenzeitschrift kurz nach dem Tod von Margaret Chapman Hart angetreten, als deren Tochter Krista die Verlagsleitung zusammen mit ihrem Vater Professor Sir Paxton Hart übernahm. Letztes Jahr hatte Krista Leif Draugr geheiratet, der mittlerweile eine erfolgreich arbeitende Schiffswerft gegründet hatte. Neun Monate später hatte sie ihm einen Sohn geboren, was Krista nicht daran hinderte, mehrere Tage in der Woche im Verlag zu arbeiten, da *Heart to Heart* ihr ganzer Stolz und ihre große Leidenschaft war.

Corrie betrat die Verlagsräume, um ihre Freundin aufzusuchen. An der lärmenden Stanhope-Druckerpresse, der Seele der Zeitschrift, stand Bessie Briggs, die zu ihr herüberwinkte, ohne ihre Arbeit zu unterbrechen oder auf die schwarzen Trauerkleider zu achten, die Corrie in den vergangenen drei Monaten getragen hatte und die sie noch weitere drei Monate tragen wollte.

Corrie klopfte an die offene Tür von Kristas Büro.

Lächelnd blickte die Freundin auf. „Da du sonst nicht anklopfst, nehme ich an, du hast mir etwas Wichtiges zu sagen. Komm herein, Coralee."

Die steifen schwarzen Taftröcke raschelten, als Corrie die Tür hinter sich schloss. „Ich muss etwas mit dir besprechen, etwas Dringendes …"

Kristas Interesse war geweckt. „Was hast du auf dem Herzen?"

Corrie setzte sich und strich ihren Rock glatt. „Ich bemühe mich, Laurels Tod hinzunehmen. Aber ich schaffe es einfach nicht. Ich muss die Wahrheit herausfinden, Krista. Ich kann einfach nicht glauben, dass Laurel sich und ihr Neugeborenes getötet hat. Und ich werde es beweisen."

Kristas Miene wurde weich. „Du leidest sehr unter dem Verlust deiner Schwester und fühlst dich in gewisser Weise dafür verantwortlich. Aber irgendwann musst du dich damit abfinden, dass Laurel nicht mehr lebt und du nichts daran ändern kannst."

„Ich weiß. Aber ich habe sie schon einmal im Stich gelassen, als sie mich gebraucht hätte, und das darf nicht wieder geschehen. Meine Schwester hat sich nicht das Leben genommen. Man hat sie getötet. Und ich bin fest entschlossen, ihren Mörder zu überführen."

Krista zog eine blonde Braue hoch. „Und was willst du tun?"

„Zunächst stelle ich in London Nachforschungen an. Darauf verstehe ich mich. Als Journalistin weiß ich, wie ich an Fakten und Klatsch für meine Kolumne herankomme."

„Ja, aber derlei Recherchen sind doch etwas völlig anderes."

„Wieso? Darin besteht kein großer Unterschied. Zunächst nehme ich mir Laurels Briefe noch einmal vor, vielleicht finde ich versteckte Hinweise." Corries Augen blitzten unternehmungslustig. „Dann reise ich aufs Land, um herauszufinden, wer der Vater von Laurels Kind ist. Ich werde die Leute dort aushorchen, um Antworten über die Umstände ihres Todes zu finden."

Der Name des Vaters war wohl das wichtigste Versatzstück in dem schwierigen Puzzle. Sie musste erfahren, wer der Mann war, den ihre Schwester geliebt hatte. Nicht einmal Tante Agnes kannte seinen Namen, da Laurel sich strikt geweigert hatte, ihn preiszugeben.

„Um meine Kolumne brauchst du dir jedenfalls keine

Sorgen zu machen“, fuhr Corrie fort, bevor Krista Einwände erheben konnte. „Ich habe bereits einen Ersatz für mich im Auge. Dein Einverständnis vorausgesetzt, bitte ich Lindsey Graham, mich zu vertreten.“ Lindsey war eine ehemalige Schulkameradin an der Briarhill Academy, wo Krista und Corrie sich kennengelernt hatten.

„Lindsey arbeitet momentan als Lektorin in einem Fachbuchverlag“, erklärte Corrie weiter, „und ich glaube, sie langweilt sich dort zu Tode. Durch die hervorragenden Beziehungen ihres Vaters, eines weltgewandten Barons, hat sie Zugang zu den besten Gesellschaftskreisen der Stadt. Ich bin sicher, dass sie ihre Sache sehr gut macht und du mit ihr zufrieden sein wirst.“

„Das kann ich mir gut vorstellen, aber …“

„Ehrlich gestanden, wollte ich Lindsey damals schon um Unterstützung bitten“, fiel Corrie ihr ins Wort, „als du mit Leif diese gottverlassene Insel besucht hast.“ Corrie lächelte. „Den Verlag ohne dich zu leiten war eine Verantwortung, der ich mich kaum gewachsen fühlte. Ich war noch nie so erleichtert in meinem Leben, euch beide wiederzusehen.“

Die Geschichte von Leif und Krista war ein wohlgehütetes Geheimnis. Dass der hünenhafte Mann und sein Bruder von einer winzigen Insel weit im Norden vor der schottischen Küste stammten, deren Bewohner immer noch wie die alten Wikinger hausten, war so grotesk und unglaublich, dass man lieber Schweigen darüber bewahrte.

Wichtig war nur, dass Leif und Krista einander begegnet und in heftiger Liebe zueinander entbrannt waren. Corrie fragte sich, ob auch ihr je der Traummann begegnen würde.

Damit kehrten ihre Gedanken wieder zu ihrer Schwester zurück. In ihren frühen Briefen aus Selkirk hatte Laurel erwähnt, einen Mann kennengelernt zu haben, seine vielen Vorzüge geschildert und geschrieben, wie wohl sie sich in seiner Nähe fühlte. Corrie nahm sich vor, die Briefe noch einmal durchzulesen, auf der Suche nach näheren Angaben, nach etwas, das ihr helfen könnte, seinen Namen herauszufinden. Wer hatte Laurels Liebe gewonnen, sie verführt und entehrt und danach im Stich gelassen?

Corrie fragte sich bang, ob der Vater von Laurels Kind so weit gegangen wäre, Mutter und Kind zu töten.

„Das kann nicht dein Ernst sein, Coralee. Du kannst doch diese schreckliche Geschichte nicht wieder ans Tageslicht zerren." Agnes Hatfield saß auf dem roséfarbenen Samtsofa in dem kleinen Salon im hinteren Trakt der Whitmore-Villa, ein elegantes, durchaus feminines Kabinett mit Blick in den Garten. Erst vor drei Tagen waren die schwarzen Tücher nach drei langen Trauermonaten abgenommen worden.

„Mir ist bewusst, dass eine schwierige Aufgabe vor mir liegt, Tante Agnes, aber ich habe lange darüber nachgedacht und bin zu der Überzeugung gekommen, dass ich handeln muss."

Tante Agnes war eine feine ältere Dame mit silbergrauem Haar, die vor dem Tod ihrer über alles geliebten Nichte stets gelächelt hatte. Neben ihr saß Laurels Cousine Allison Hatfield, eine gertenschlanke junge Frau mit gerader Nase und spitzem Kinn, schwarzem Haar und haselnussbraunen Augen, die sich Corries Pläne mit deutlichem Unbehagen anhörte. Allisons Eltern waren vor Jahren von der Cholera dahingerafft worden, und sie war in der Obhut ihrer Tante aufgewachsen.

Auf Einladung des Viscounts hatten die beiden Frauen ihren Aufenthalt in London verlängert, da sie sich scheuten, nach Selkirk Hall und den schmerzlichen Erinnerungen zurückzukehren, die sie dort erwarteten.

„Du hast also tatsächlich die Absicht, eigenmächtige Untersuchungen anzustellen?", fragte Tante Agnes.

„Ja."

Die scheue, in sich gekehrte Allison, die kaum je ein Widerwort gab, enthielt sich auch diesmal einer Bemerkung. Vielleicht war das auch der Grund gewesen, warum sie sich widerspruchslos bereit erklärt hatte, East Dereham zu verlassen und Laurel nach Selkirk Hall zu begleiten und sich als verwitwete Mutter des Neugeborenen auszugeben.

Vielleicht aber war Allison es auch leid, von ihrer Tante Gladys abhängig zu sein, zumal Laurel ihr eine stattliche Geldsumme und eine bessere Zukunft als Gegenleistung für ihre Hilfe in Aussicht gestellt hatte.

„Ich habe keine Sekunde geglaubt, was in dem Polizeibericht steht", fuhr Corrie fort. „Und ich bin nach drei Monaten reiflicher Überlegung zu der Überzeugung gekommen, dass ich handeln muss. Ich werde alles tun, was nötig ist, um die Wahrheit über den Tod meiner Schwester herauszufinden. Tante Agnes, du hast genau wie Tante Gladys Laurel geholfen. Nun bitte ich dich inständig, auch mir zu helfen."

Allison zog ein Spitzentuch aus ihrem Retikül und betupfte sich die Augen. Sie hatte Laurel und ihr neugeborenes Söhnchen Joshua Michael ebenso sehr ins Herz geschlossen wie Tante Agnes, die gleichfalls ein Tüchlein hervorzog und sich die gepuderte Nase putzte.

Seufzend straffte die alte Dame die Schultern. „Ich werde dir beistehen, so gut ich kann, mein Kind. Wobei nicht auszuschließen ist, dass meine Hilfe letztlich zum Tod deiner Schwester geführt hat."

Corrie bekam große Augen. „Du zweifelst also auch daran, dass Laurel sich das Leben genommen hat! Jemand muss sie ermordet haben. Laurel und ihr Kind wurden Opfer eines grausamen Verbrechens. Das ist die einzige Erklärung."

Allison, die ganz vorne auf dem roséfarbenen Sofa saß,

meldete sich mit dünner Stimme zu Wort. „Es könnte sein … ich kann es zwar nicht beschwören … aber möglicherweise hatte Laurel in der Nacht ihres Todes eine Verabredung. Sie wollte mir nicht sagen, wohin sie wollte, aber sie wirkte sehr aufgeregt. Erst eine Weile später, als ich im Kinderzimmer nach Joshua sehen wollte, fand ich die Wiege leer und wusste, dass sie das Baby mitgenommen hatte.“ Sie begann zu weinen.

Auch Corrie brannten Tränen in den Augen, die sie entschlossen zurückdrängte. Die Enge des Fischbeinkorsetts gab ihr irgendwie Halt und half ihr, die Fassung zu bewahren. „Bitte, Allison, nimm dich zusammen. Wir müssen versuchen, uns auf das Wesentliche zu konzentrieren.“

Tante Agnes putzte sich die Nase. „Du hast natürlich recht. Wir haben alle genug geweint. Und wir finden keine Gerechtigkeit für meine geliebte Nichte, wenn wir hier herumsitzen und um sie weinen.“

Corrie sah die scheue Allison eindringlich an. „Hast du in deiner Aussage bei der Polizei erwähnt, dass Laurel sich in der Nacht ihres Todes möglicherweise mit jemandem getroffen hat?“

„Das erschien mir damals nicht wichtig zu sein. Der Konstabler sagte, sie sei in den Fluss gesprungen. In der Woche zuvor wirkte sie zerstreut, aber sie wollte mir den Grund nicht nennen. Als der Konstabler uns die traurige Nachricht überbrachte, dachte ich … vielleicht … Ich weiß auch nicht, ich zweifelte nicht an seiner Schlussfolgerung.“

Corrie nahm sich vor, herauszufinden, was ihre Schwester in der Woche vor ihrem Tod bedrückt hatte. „Du hattest drei Monate Zeit, um nachzudenken, Allison. Glaubst du immer noch, dass Laurel sich das Leben genommen hat?“

Allison schüttelte den Kopf. „Ich war damals so verwirrt, dass ich kaum einen klaren Gedanken fassen konnte. Laurel und der kleine Joshua waren tot, und nichts anderes war mehr wichtig."

„Aber für mich ist es wichtig", entgegnete Corrie. „Und für Laurel ist es wichtig. Bist du sicher, Tante Agnes, dass meine Schwester nie den Namen des Mannes erwähnte, der ihr Kind gezeugt hat?"

„Nein, ich entsinne mich nicht. Ich bin eine alte Frau und habe nicht kontrolliert, wann meine erwachsene Nichte kam oder ging."

„Was weißt du über die Männer, die gelegentlich vorsprachen?"

„Nun ja, es gab einige Herren, die sie besuchten. Squire Mortons Sohn Thomas schaute gelegentlich vorbei. Auch der Sohn des Vikars ... wie heißt er doch gleich? Es fällt mir sicher wieder ein ... Jedenfalls kam auch er gelegentlich zu Besuch."

„Sonst noch jemand?"

„Nun ja. Castle Tremaine ist nicht weit entfernt." Das Schloss lag in unmittelbarer Nähe von Selkirk Hall. „Lord Tremaine machte gelegentlich seine Aufwartung, wenn er sich im Schloss aufhielt, manchmal in Begleitung seines Vetters. Sein Bruder Charles und seine Schwägerin Rebecca kamen hin und wieder zum Tee, und zu Weihnachten übermittelte die ganze Familie ihre guten Wünsche."

Corrie ordnete stirnrunzelnd ihre Gedanken. „Lord Tremaine, sagst du?"

„Aber ja. Immer wenn er sich im Schloss aufhält, schaut er wenigstens ein Mal vorbei, hält sich aber nicht lange bei uns auf."

Grayson Forsythe, Earl of Tremaine. Der Name weckte vage Erinnerungen. Der Titel war vor etwa fünf Jahren auf ihn übergegangen. Corrie war dem Earl nie persönlich begegnet, der in letzter Zeit ein zurückgezogenes Leben zu führen schien, aber sie hatte gehört, dass er ein gut aussehender Mann war. Außerdem hatte er einen ausgesprochen schlechten Ruf, was Frauen betraf. In ihrer Gesellschaftskolumne hatte Corrie mehr als einmal auf die Gerüchte über seine Frauenaffären angespielt.

Und wenn sie sich recht erinnerte, hielt der Earl sich häufig auf Castle Tremaine auf, wo sein Bruder und dessen Gemahlin ständig lebten.

„Ich weiß, was dir durch den Kopf geht", sagte Agnes. „Ich gestehe, der Earl ist ein attraktiver Mann, aber er ist auch ein finsterer, verschlossener Geselle. Ich kann mir kaum vorstellen, dass deine Schwester sich für ihn interessiert hätte." Sie wandte den Blick ab. „Laurel war ein so strahlendes, lebensfrohes Mädchen, unendlich warmherzig und heiter." Wieder betupfte sie die feucht gewordenen Augen.

Corrie wurde das Herz schwer. „Du hast recht", sagte sie wehmütig, war aber entschlossen, sich nicht von ihren Gefühlen hinreißen zu lassen. „Den Klatschgeschichten zufolge, die ich über ihn hörte, ist der Mann ein gewissenloser Herzensbrecher. Wenn einer wie er ein unschuldiges Mädchen verführen will, erreicht er vermutlich sein Ziel."

„Schon möglich." Auch Tante Agnes hatte Mühe, ihre Gefühle zu beherrschen. „Aber ich kann mir einfach nicht vorstellen ..." Sie schüttelte den Kopf und zog ihre fein geschwungenen Brauen zusammen. „Sein Vetter Jason ist ebenfalls ein flotter junger Mann, der einige Monate im Jahr im Schloss verbringt. Also, wenn du mich fragst ..." Sie schüttelte wieder den Kopf. „Tut mir leid, Coralee, aber ich kann mir einfach nicht vorstellen, dass einer der jungen Herren, die uns in Selkirk Hall besuchten, fähig wäre, unsere liebe Laurel und ihr unschuldiges Baby zu töten. Darauf willst du doch hinaus, nicht wahr?"

„Ich ziehe es in Erwägung. Es besteht immerhin die Möglichkeit, dass der Mann, in den sie sich verliebte, ihre

Gefühle nicht erwiderte. Vielleicht wollte er nicht gezwungen werden, sie zu heiraten."

„Aber es wäre doch auch möglich, dass sie in jener Nacht nur einen Spaziergang am Fluss machte und von einem Wegelagerer überfallen wurde, der sie und ihr Kind in den Fluss stieß, als sie sich gegen ihn zur Wehr setzte."

Auch diese Möglichkeit hatte Corrie in Erwägung gezogen. „Das wäre denkbar. Alles könnte passiert sein. Wie auch immer, ich glaube einfach nicht, dass Laurel sich und ihr Kind getötet hat."

„Coralee hat recht", meinte Allison leise, die immer noch wie ein Vögelchen vorne auf dem Sofa saß. „Laurel liebte den kleinen Joshua von ganzem Herzen. Sie wäre nicht fähig gewesen, ihm etwas anzutun. Und sie wollte den Namen des Vaters partout nicht preisgeben. Deshalb wundere ich mich ..."

Corrie nickte. „Ja, ich wundere mich auch."

Tante Agnes beäugte sie argwöhnisch. „Ich frage nur ungern, Coralee, fürchte aber, ich muss es tun. Was hast du vor?"

Coralee gab sich einen Ruck. Sie hatte noch keinen Plan. Aber irgendetwas musste sie unternehmen, das stand fest.

Aufgeregt stieg Corrie die Steinstufen zum Verlagsgebäude hinauf und öffnete die schwere Eichentür. Sie durchquerte den lang gezogenen schmalen Raum, in dem die Druckerpresse ratterte, und entdeckte Krista, die ihrem Büro zustrebte. Corrie eilte ihr nach und schloss hastig hinter sich die Tür.

„Krista, du wirst nicht glauben, was ich entdeckt habe!"

Erschrocken fuhr die Freundin herum. Offenbar hatte sie bei dem Lärm der Maschine nicht bemerkt, dass Coralee ihr gefolgt war. „Du schnüffelst also immer noch herum. Ich weiß, dass du entschlossen bist, einen Beweis zu finden, der dir bestätigt, dass Laurel ermordet wurde. Aber vielleicht wäre es deiner Schwester lieber, du würdest dich mit ihrem Tod abfinden und wieder ein normales Leben führen."

„Man beschuldigt Laurel, ihr eigenes Kind getötet zu haben. Glaubst du tatsächlich, meine Schwester würde die Anschuldigung auf sich beruhen lassen, eine Kindsmörderin zu sein?"

„Die Polizei fand keine Hinweise auf einen Überfall, Corrie. Ihre Leiche wies keinerlei Anzeichen von Gewaltanwendung auf."

„Sie lag mehrere Tage im Wasser, bevor sie gefunden wurde. Der Konstabler erklärte, es sei nicht möglich, genau festzustellen, wie es zu dem Sturz gekommen war. Im Übrigen hatte sie einen Bluterguss seitlich am Hinterkopf."

„Richtig. Und wenn ich mich recht entsinne, geht die Polizei davon aus, dass sie beim Sturz in den Fluss mit dem Kopf gegen einen Stein schlug. Zudem vermutet die Polizei, das Kind wurde mit der Strömung ins offene Meer getrieben."

„Und ich gehe davon aus, dass die Polizei sich irrt. Laurel wurde von jemandem ermordet, der nicht wollte, dass jemand von dem Kind erfuhr. Aber möglicherweise hatte ihr Mörder auch ein anderes niederträchtiges Motiv."

Krista seufzte. „Es werden Morde begangen aus weit geringeren Motiven, als einen Skandal zu vertuschen, damit hast du gewiss recht."

„Genau. Und als Tante Agnes den Earl of Tremaine erwähnte, erinnerte ich mich an etwas. Vor einigen Jahren ist er bereits ins Gerede gekommen. Man munkelte über seine zahlreichen Frauenaffären. Auch ich erwähnte seinen skandalösen Ruf gelegentlich in meiner Kolumne. Also entschloss ich mich, alte Ausgaben unserer Zeitschrift zu durchforsten. Zu Lebzeiten deiner Mutter schrieb Lady Charlotte Goodnight die Gesellschaftskolumne, und ich nahm mir diese Jahrgänge vor."

Kristas Interesse war geweckt. „Was hast du herausgefunden?"

„Die Artikel bestätigten die Gerüchte, die ich über ihn hörte. Lady Charlotte bezeichnete ihn als unverbesserlichen Schürzenjäger. Sie nannte ihn in ihren Artikeln einen ‚Erotomanen', einen Meister in den Künsten der Liebe. Bevor er den Titel erbte, war Grayson Forsythe Major in der britischen Arme. Er verbrachte mehrere Jahre in Indien, doch dann erkrankte sein ältester Bruder und starb. Daraufhin kehrte er nach England zurück, um seine Pflichten als Earl zu übernehmen."

Krista schmunzelte. „Klingt nach einem interessanten Mann."

„Nun ja, mag sein. Aber dann erinnerte ich mich an eine andere Geschichte."

„Und die wäre …?"

„Heute Vormittag begab ich mich ins Rathaus, suchte Aufzeichnungen unter seinem Namen und wurde fündig – die Heiratsurkunde seiner Eheschließung mit Lady Jillian Beecher vor drei Jahren."

„Nun, da du davon sprichst, entsinne ich mich, davon gehört zu haben. Aber Tremaine ist Junggeselle – einer der begehrtesten Junggesellen in ganz London. Was ist aus seiner Frau geworden?"

„Das ist genau der Punkt, auf den ich hinauswill. Ich recherchierte weiter, wandte mich an einige meiner Informationsquellen, natürlich sehr diskret und beiläufig. Ich fand heraus, dass der Earl kaum ein Jahr verheiratet war, als Lady Tremaine plötzlich verstarb. Die Countess war die Tochter eines wohlhabenden Barons und Erbin eines beträchtlichen Vermögens. Nach ihrem Tod kam der Earl in den Genuss ihres gesamten Besitzes – er war wieder frei und konnte sein

Leben als Herzensbrecher erneut aufnehmen.“

„Ich fürchte, diese Geschichte ist mir völlig neu.“

„Seine Familie behandelte die Angelegenheit äußerst diskret und taktvoll.“ Corries Augen leuchteten. „Und nun erzähle ich dir etwas, was du auch nicht weißt. Lady Tremaine ist ertrunken, Krista – sie ist im Avon River ertrunken, genau wie Laurel!“

3. KAPITEL

Eine kühle Frühlingsbrise wehte durch die offenen Fenster der Kutsche, die sich dem Dorf Castle-on-Avon näherte, einem idyllischen Marktflecken mit strohgedeckten niedrigen Steinhäusern, eingebettet zwischen sanften grünen Hügeln. Auf einer Anhöhe hinter dem Dorf thronte Selkirk Hall majestätisch über zwölfhundert Hektar saftiger Weiden und fruchtbaren Ackerlandes, ein klassizistisches Herrenhaus aus goldbraunem Cotswold-Naturstein.

Coralee, Agnes und Allison reisten in der Kutsche der Tante, nicht in der eleganten vierspännigen Karosse des Viscounts. Denn Coralee wollte vermeiden, dass der Kutscher ihrem Vater berichtete, seine Tochter sei vor der Ankunft in Selkirk Hall ausgestiegen. Sie beabsichtigte nämlich, sich im Dorfgasthof, der zugleich Poststation war, für eine Nacht einzuquartieren, um am nächsten Morgen als eine andere Frau ihr Ziel zu erreichen.

Es war noch keine Woche her, dass Corrie sich den verwegenen Plan zurechtlegte, den sie Tante Agnes und Allison vor drei Tagen unterbreitet hatte.

„Es wird klappen – ich weiß, dass es klappt!“

Tante Agnes drehte ihr Spitzentuch zwischen den Fingern. „Ich weiß nicht, Coralee … das scheint schrecklich gefährlich zu sein.“

„Sei unbesorgt, Tantchen. Erstens wird niemand wissen, wer ich bin“, erklärte Coralee geduldig. „Ich trete als Letty Moss auf, die Ehefrau eines entfernten Vetters von Lord Tremaine, eines gewissen Cyrus Moss. Letty lebt in bitterer Armut, seit sie von ihrem Ehemann verlassen wurde, und wendet sich in ihrer Verzweiflung an den Earl um Unterstützung.“ Eine Geschichte, die glaubhaft klang, da beinahe täglich verzweifelte Ehefrauen von ihren Männern im Stich gelassen wurden.

Corrie war bei ihren Recherchen über den Earl und seine Familie auf interessante Fakten gestoßen. Durch eine Bekannte, die ihrerseits eine Freundin hatte, die einen entfernten Vetter des Earls kannte – jenen gewissen Cyrus Moss –, hatte sie erfahren, dass dieser Cyrus seine wesentlich jüngere Ehefrau in York zurückgelassen hatte, um in Amerika sein Glück zu suchen. Nach zwei Jahren war Cyrus immer noch nicht wieder in York bei seiner Frau aufgetaucht.

Ihre Informantin hatte Corrie versichert, dass Lord Tremaine dieser Letty Moss nie begegnet war und kaum etwas über seinen entfernten Verwandten wusste. Diese Tatsachen gaben Corrie einen perfekten Vorwand, auf Castle Tremaine vorzusprechen und um Unterkunft zu bitten. Auf diese Weise wollte sie herausfinden, ob Lord Tremaine der Vater von Laurels Kind war. Sollte sich das bestätigen, würde sie ihrem Verdacht nachgehen und herauszufinden versuchen, ob er für den Tod von Mutter und Kind verantwortlich war.

„Es wird gelingen, ich sage es euch. Es muss gelingen."

Tante Agnes hatte seufzend ihre Bedenken angemeldet, schließlich aber klein beigegeben und dem Plan zugestimmt.

Corrie blickte sinnend in die Landschaft, die am Wagenfenster vorüberzog – sanft ansteigende Hügel, vereinzelte Gehöfte, weidende Schafe. Gelegentlich bellte ein Hund, und die Kutsche zog an Ochsenfuhrwerken vorbei.

„Ich begreife nicht, wie du damit Erfolg haben willst", jammerte Tante Agnes besorgt. „Irgendwer aus Selkirk Hall oder ein Dorfbewohner wird dich erkennen."

„Ich war als Zwölfjährige zum letzten Mal in Selkirk. Mama und ich ziehen es vor, in London zu leben, wie du weißt."

Um jeden Verdacht auszuschließen, sie könne etwas mit den Ereignissen auf Selkirk zu tun haben, hatte Corrie ihre Trauerkleider abgelegt, in der Überzeugung, im Sinne ihrer älteren Schwester zu handeln. Laurel hätte gewiss den

Wunsch, dass die Wahrheit über ihren tragischen Tod ans Tageslicht käme.

Tante Agnes sah Corrie eindringlich an. „Hast du dir überlegt, dass du bei deinen Nachforschungen möglicherweise Dinge erfährst, die du gar nicht wissen willst?“

Mit dieser Möglichkeit musste sie in der Tat rechnen. Aber Corrie wollte darauf vertrauen, dass Laurel unschuldig in eine Liebesaffäre geraten war, wovon sie ohnehin überzeugt war.

„Damit befasse ich mich erst, wenn sich diese Frage erheben sollte.“

„Und die Gefahren?“, fuhr Agnes beharrlich fort. „Falls der Earl tatsächlich ein Mörder ist, was könnte ihn daran hindern, auch dich zu töten?“

Corrie wischte die Bedenken ihrer Tante mit einer unwirschen Handbewegung zur Seite, obgleich auch ihr dieser Gedanke durch den Sinn gegangen war. „Tremaine weiß doch nicht, wer ich bin. Falls er seine Frau getötet hat, hat er es wegen ihres Vermögens getan. Und falls er auch Laurel und Joshua auf dem Gewissen hat, hat er es getan, um seine Freiheit zu behalten, vielleicht auch, um seine Familie vor einem Skandal zu bewahren. Da ich lediglich eine entfernte, verarmte Verwandte bin, besteht keinerlei Grund, auch mich aus dem Weg zu räumen.“

„Und außerdem bin ich an ihrer Seite“, fügte Allison leise hinzu, die sich bereit erklärt hatte, die Rolle von Corries Zofe zu spielen.

„Richtig. Allison setzt sich umgehend mit dir in Verbindung, falls Probleme auftauchen.“

In der Zeit, die Allison sich mit Laurel in Selkirk aufhielt, hatte sie sich als Witwe mit einem kleinen Kind ausgegeben. Sie hatte Trauer getragen und sich nie im Dorf blicken lassen. Es bestand also keine Gefahr, dass jemand auf Castle Tremaine sie erkannte.

Agnes seufzte tief. „Hoffentlich wisst ihr zwei, was ihr tut."

Das hoffte auch Corrie. Wenigstens wusste sie, dass der Earl sich bereits seit einigen Wochen auf Castle Tremaine aufhielt. Von Agnes hatte sie erfahren, dass er auch zum Zeitpunkt von Laurels Tod anwesend war. In letzter Zeit schien er sich häufiger auf dem Land aufzuhalten als früher.

Vielleicht hatte er ein neues Opfer für seine Verführungskünste gefunden.

Corrie wandte den Blick aus dem Fenster, als die Kutsche sich dem Dorfgasthof näherte. Ein erwartungsvolles Beben durchrieselte sie. Sie trug immer noch Trauer, das Gesicht unter einem schwarzen Tüllschleier verborgen.

Am nächsten Morgen würde sie ein verschlissenes Kleid tragen, das sie als eine Frau zeigte, die durch widrige Umstände verarmt war. Dies Kleid hatte Allison, genau wie die restliche Garderobe, bei einem Altwarenhändler in London besorgt: zwei altmodische Reisekostüme, mehrere abgetragene Tageskleider aus Musselin und zwei schlichte Kleider für den Abend mit leicht verschlissenen Spitzenbesätzen und ausgefransten Säumen.

Corrie, die sich stets nach der neuesten Mode kleidete, störte die bereits getragene Garderobe nicht im Geringsten. Alles war ihr lieber als das düstere Schwarz, das sie schmerzlich daran erinnerte, dass sie ihre Schwester im Stich gelassen hatte.

4. KAPITEL

Grayson Forsythe, der sechste Earl of Tremaine, verlagerte das Gewicht im Sattel und ließ den Blick über die weitläufigen Ländereien schweifen, die Castle Tremaine umgaben.

Von den niedrigen Steinmauern zu seiner Linken über die dichten Wälder in der Ferne zogen sich sanft wogende Hügel, die im satten Frühlingsgrün leuchteten, bis zum Fluss, der die Grenze zur Rechten bildete. Sein kraftvoller Rappenhengst Raja begann unruhig zu tänzeln und fieberte genau wie der Reiter danach, im gestreckten Galopp querfeldein zu jagen.

In den letzten zehn Tagen hatte er nur bei seinen täglichen Ausritten über Hügel und Felder inneren Frieden gefunden, um der Enge des Hauses zu entfliehen, seiner Familie ... und den Erinnerungen. Ihm graute wieder davor, dass der Unglückstag näherrückte, der ihn verfolgte wie ein Gespenst.

Der 19. Mai, der Todestag seiner hübschen jungen Frau Jillian.

Mit leichtem Schenkeldruck spornte Gray den Hengst an und sprengte im gestreckten Galopp den Hügel hinunter, umwallt von einem langärmeligen weißen Leinenhemd. Der Wind zerrte an seinem dichten schwarzen Haar, viel zu lang für die derzeit herrschende Mode, das er im Nacken zusammengebunden hatte.

Nur in der freien Natur war es ihm möglich, seine bitteren Erinnerungen zu ertragen, weil er wusste, dass sie mit jedem Jahr mehr verblassten. Im Schloss nahe dem Ufer des Flusses, in dem Jillian ertrunken war, war ihm das unmöglich.

Gray ritt eine gute Stunde im vollen Galopp bis zur Grenze seines Landes, machte kehrt und ritt den erschöpften Hengst im leichten Trab zurück, um ihn abzukühlen.

Irgendwann würden die Erinnerungen ihn nicht mehr quälen, von Alltagspflichten in den Hintergrund gedrängt, die seine Ländereien und Handwerksbetriebe, mit dem Titel in seinen Besitz übergegangen, in Anspruch nahmen. Aber der 19. Mai war erst in knapp einer Woche.

Gray straffte die Schultern und trabte auf das alte Schloss auf dem Hügel am Flussufer zu.

Corrie blickte aus dem Fenster der schäbigen Kutsche, die sie im Dorfgasthof gemietet hatte. Vor ihr am Ende einer langen Kiesauffahrt thronte Castle Tremaine auf einer Hügelkuppe wie eine Festung, die das Schloss ursprünglich gewesen war. Dort sollte sie Grayson Forsythe begegnen, dem Mann, den sie verdächtigte, ihre Schwester ermordet zu haben.

„Bist du dir deiner Sache ganz sicher, Coralee?" Allison beugte sich zu ihr, die Hände im Schoss gefaltet, um ihre Unruhe zu verbergen. „Vielleicht hat Tante Agnes ja recht, und wir begeben uns in große Gefahr."

„Nenn mich bitte Letty oder Mrs. Moss, das musst du dir merken. Niemand hätte einen Grund, uns schaden zu wollen. Die Leute werden mich für eine arme Verwandte halten. Und sollte etwas geschehen, was uns auch nur den geringsten Grund zur Besorgnis gibt, verschwinden wir bei Nacht und Nebel."

Allison strich über ihren bedruckten Baumwollrock, der noch ärmlicher aussah als Corries hellblaues, mit naturfarbener Wäschespitze verziertes Musselinkleid, das an mehreren Stellen geflickt und längst aus der Mode war. Corrie rückte den Strohhut zurecht, dessen blaues Samtband leicht vergilbt war.

Wie alle anderen Kleider in ihrem Koffer war auch dieses geändert worden, damit es ihr passte. Sie entsprach genau dem Bild, das sie darstellen wollte – eine entfernte Cousine vom Land, die einen wohlhabenden Verwandten um Hilfe bat.

Mit einem Ruck hielt die Kutsche vor dem riesigen Herrschaftshaus. Der einstige Burggraben war aufgeschüttet und bepflanzt worden, das uralte Gebäude im Laufe der Jahrhunderte mehrfach umgebaut und erweitert worden. Das Zentrum bildete der hohe runde Burgfries mit einem mächtigen Eichenportal, an jeder Seite waren zweistöckige Nebenflügel angebaut.

Die Forsythe-Familie verfügte über ein beträchtliches Vermögen, das durch den frühen Tod von Grayson Forsythes Gattin erheblich angewachsen war.

Der Kutscher half den Damen aus der Mietdroschke, stellte ihr Gepäck auf die breiten Steinstufen und kletterte wieder auf den Kutschbock. „Soll ich warten?"

Corrie schüttelte den Kopf. „Danke, nein. Ich bin die Cousine seiner Lordschaft und möchte meinen Vetter besuchen." Ihrem Plan entsprechend sollte die Kutsche bereits losgefahren sein, damit der Earl keinen Grund hatte, sie augenblicklich wieder vor die Tür zu setzen.

Sie wartete, bis die Kutsche angefahren war, und horchte auf das immer leiser werdende Klirren des Pferdegeschirrs und der knirschenden Räder im Kies, dann holte sie tief Luft, achtete nicht auf ihre weichen Knie und stieg die Stufen zum reich geschnitzten Eichenportal hinauf.

Mutig bediente sie den Türklopfer, und ein Butler in schwarzem Gehrock, schwarzen Hosen und schneeweißer Hemdbrust zog die schwere Tür auf.

„Sie wünschen?"

Corrie setzte ein gewinnendes Lächeln auf. „Ich komme, um Lord Tremaine zu besuchen. Sagen Sie ihm bitte, Mrs. Moss – Letty Moss, die Gattin seines Vetters Cyrus – wünscht ihn zu sprechen."

Sie wusste nicht einmal, ob der Earl etwas mit dem Namen anfangen konnte, und hoffte inständig, er würde sich wenigstens schwach an seinen Vetter erinnern.

„Ich bedaure, seine Lordschaft ist ausgeritten, aber sein Bruder Charles ist anwesend. Ich werde Ihren Besuch anmelden. Wenn Sie mir bitte folgen wollen."

Der spindeldürre, grauhaarige Butler führte die Besucherinnen in einen eleganten Salon, der im neoklassizistischen Stil eingerichtet war, mit vergoldeter Stuckdecke, einem Marmorkamin und zierlichen, in mattgelber Seide bezogenen Sofas und Sesseln.

Allison nahm auf einem Sessel Platz und verschränkte ihre behandschuhten Finger im Schoß. Corrie hoffte inständig, das Mädchen würde nicht die Fassung verlieren, noch ehe der erste Akt des Dramas begonnen hatte.

Corrie setzte sich auf das Sofa, behielt ihr Lächeln bei und wartete. Als sie schwere Seidenröcke rascheln und zierliche weibliche Schritte hörte, die sich auf dem Flur näherten, erhob sie sich. Allison tat es ihr gleich. Corrie sah, wie sehr sie sich bemühte, nicht zu zittern.

Eine elegante Dame, das goldblonde Haar in der Mitte gescheitelt und seitlich zu kunstvollen Löckchen gedreht, die ihr bis zu den Schultern reichten, rauschte in den Salon. Die schöne Frau mit den auffallend blauen Augen, mit denen sie die Besucherinnen musterte, registrierte blitzschnell, dass Corries Kleid zwar schlicht und abgetragen, aber von etwas besserer Qualität als das ihrer Begleiterin war, und richtete das Wort daher an Corrie.

„Mrs. Moss, nehme ich an?"

„Ja. Mrs. Cyrus Moss. Mein Gemahl ist ein Vetter von Lord Tremaine."

„Und das ist Ihr Mädchen?"

„Ja ... Miss Holbrook." Allison versank in einen tiefen Knicks, dem die Dame allerdings keine Beachtung schenkte.

„Ich komme, um mit dem Earl über eine wichtige Angelegenheit zu sprechen."

„Lord Tremaine ist noch nicht von seinem morgendlichen Ausritt zurück, und mein Gemahl ist momentan nicht abkömmlich. Vielleicht kann ich Ihnen helfen. Ich bin Rebecca Forsythe. Wenn Ihr Ehemann ein Cousin des Earls ist, müsste er auch ein Cousin von Charles sein."

„Aber ja. Ich freue mich, Sie kennenzulernen, Mrs. Forsythe." Corrie warf Allison einen Seitenblick zu. „Vielleicht kann mein Mädchen in der Küche warten, während wir uns unterhalten."

„Natürlich." Rebecca rief nach dem Butler. „Mr. Flitcroft, geleiten Sie Miss Holbrook freundlicherweise in die Küche und bieten ihr eine Erfrischung an. Und bringen Sie uns Tee und Gebäck."

Corrie behielt ihr Lächeln bei. Sie hatte gehofft, mit dem Earl zu sprechen. Schließlich würde Lord Tremaine darüber entscheiden, ob sie bleiben durfte. Aber sie durfte natürlich die Dame des Hauses nicht brüskieren, die Gattin ihres vermeintlichen zweiten angeheirateten Vetters Charles. Deshalb sah sie sich gezwungen, ihr die Geschichte zu präsentieren, und hoffte, ihre Sympathie zu gewinnen.

Allison warf ihr einen besorgten Blick zu und folgte dem Butler aus dem Salon. Corrie nahm wieder Platz auf dem Sofa, und Rebecca setzte sich neben sie.

Die blonde Frau lächelte. Sie war wunderschön, etwa fünf Jahre älter als Corrie, mit einem üppigen Busen und sehr schmaler Taille. Der weite Rock ihres türkisfarbenen Seidenkleides war verschwenderisch mit Rosengirlanden bestickt.

„Leider habe ich Vetter Cyrus nie kennengelernt", begann Rebecca. „Aber wenn ich nicht irre, kennt Charles seinen Vater flüchtig. Wo, sagten Sie, wohnen Sie?"

„Cyrus und ich haben uns in York niedergelassen. Aber

bedauerlicherweise habe ich ihn seit zwei Jahren nicht gesehen. Das ist auch der Grund meines Besuches."

„Ich fürchte, ich verstehe nicht."

Der Gedanke an Laurel half Corrie, eine Träne hervorzupressen. Sie nestelte nach einem Taschentuch in ihrem Retikül und betupfte sich die Augen. „Ach, das ist alles so schrecklich peinlich."

„Nur Mut, lassen Sie sich getrost Zeit", ermunterte Rebecca sie.

„Ich lernte Cyrus durch Freunde meiner Eltern kennen, und zu Anfang unserer Ehe waren wir sehr glücklich. Er ist nahezu zwanzig Jahre älter als ich und verwöhnte mich über die Maßen. Vielleicht liebte er mich zu sehr. Cyrus hatte nicht viel Geld, nur die kleine Hinterlassenschaft seines Vaters, aber das Geld rann ihm nur so durch die Finger. Nun ja, Cyrus vergötterte mich und las mir jeden Wunsch von den Augen ab."

Rebeccas Blick flog über Corries abgetragenes Kleid. „Und wo ist dieser Göttergatte?"

„Nun, das ist der springende Punkt. Cyrus wollte immer nur das Beste für mich. Vermutlich entschloss er sich deshalb, England zu verlassen, um in Amerika sein Glück zu machen. Mein Gemahl hatte große Pläne und erhoffte sich Unterstützung von Freunden in Amerika."

„Ich glaube mich zu entsinnen, dass Charles einmal einen entfernten Vetter erwähnte, der nach Amerika ging, um das große Abenteuer zu suchen."

Corrie nickte heftig. „Das ist Cyrus. Und er ist wohlbehalten dort angekommen, wie er mir schrieb. Doch bald erhielt ich keine Briefe mehr. Seit beinahe zwei Jahren habe ich nichts mehr von ihm gehört."

„Tut mir leid, das zu hören, Mrs. Moss."

„Schlimm genug, dass Cyrus verschollen ist, aber mittlerweile sind all meine Rücklagen dahingeschmolzen. Offen gestanden, Mrs. Forsythe, ich bin völlig mittellos. In meiner Not sehe ich mich gezwungen, den Earl zu bitten, mich bei sich aufzunehmen. Wenn er mein Gesuch ablehnt, weiß ich nicht, was ich tun soll." Das Taschentuch kam wieder zum Einsatz, und Corrie war bereit, haltlos loszuschluchzen, um ihrer Bitte Nachdruck zu verleihen.

Auf Rebeccas glatter Stirn bildete sich eine steile Falte. Das war kein gutes Zeichen. „Sie wollen uns doch nicht bitten, hier im Schloss zu wohnen?"

„Nun ja, ich …"

Aus der Eingangshalle waren Stimmen zu hören. Die des Butlers erkannte Corrie. Die andere war tiefer, volltönender.

„Ich denke, der Earl ist zurück", sagte Rebecca und erhob sich anmutig. Während sie mit raschelnden Röcken durch den Salon schwebte, klopfte es leise, und der Butler öffnete die Tür.

„Seine Lordschaft", verkündete der grauhaarige Diener. „Ich habe ihm die Besucherin gemeldet."

Corrie blieb auf dem Sofa sitzen.

Und das war gut so.

Der Mann, der den Raum betrat, entsprach nicht im Geringsten ihrer Vorstellung. Dieser Mann hatte sein langes Haar im Nacken gebunden, trug keinen Gehrock, sondern lehmbespritzte schwarze Reithosen, schwarze, gleichfalls lehmbespritzte Stiefel und ein weites Leinenhemd. Mit seinen dunklen, undurchdringlichen Augen wirkte er eher wie ein Räuberhauptmann aus dem achtzehnten Jahrhundert als ein vornehmer englischer Lord.

„Gray! Gut, dass du kommst. Wir haben Besuch – die Ehefrau deines Vetters Cyrus, Letty Moss."

Der durchdringende Blick seiner schwarzen Augen richtete sich auf Corrie und hielt sie auf dem Sofa gefangen. „Ich wusste gar nicht, dass ich einen Vetter Cyrus habe."

„Charles hat einmal von ihm gesprochen. Er ist der Sohn

deines verstorbenen Vetters dritten Grades, Spencer Moss. Spencer lebte in der Nähe von York, wie auch Cyrus, wenn ich mich nicht irre. Mrs. Moss hat die anstrengende Reise unternommen, um dich zu sehen."

Tremaine entschuldigte sich nicht wegen seiner zerzausten Erscheinung und deutete lediglich eine Verneigung in Corries Richtung an. „Mrs. Moss, willkommen auf Castle Tremaine. Wenn Sie mich bitte entschuldigen, ich habe Dringendes zu ..."

„Ich möchte nur kurz mit Ihnen sprechen, Mylord." Sie erhob sich vom Sofa. „Die Angelegenheit ist unaufschiebbar, und ich habe eine lange Reise hinter mir."

Er zog eine schwarze Braue hoch, offensichtlich nicht daran gewöhnt, von einer Frau unterbrochen zu werden. Einen Moment fixierte er sie abschätzend.

Dann zog er die Mundwinkel ein wenig hoch. „Nun, da Sie ... wie Sie sagen, eine lange Reise hinter sich haben, kann ich einen Moment für Sie erübrigen." Etwas in diesem dünnen Lächeln machte sie beklommen.

Tremaine wandte sich an seine Schwägerin. „Wenn du uns bitte entschuldigst, Becky ..."

Rebeccas Lächeln gefror. „Natürlich." Sie begab sich zur Tür, wirkte jedoch keineswegs glücklich, entlassen zu werden. Corrie hatte den deutlichen Eindruck, die Schwägerin des Earls wäre nicht erbaut darüber, wenn eine verarmte entfernte Cousine sich in diesem Haus einnistete, so groß es auch sein mochte.

Der Earl wartete, bis der Butler die Schiebetüren geschlossen hatte. „Nun, was kann ich für Sie tun, Mrs. Moss?"

Er bat sie nicht, sich wieder zu setzen, gewiss in der Absicht, dieses Gespräch sehr kurz zu halten. Corrie gab sich innerlich einen Ruck, um ihre Beklommenheit abzuschütteln. Der Earl war ein umwerfend gut aussehender Mann. Hochgewachsen und breitschultrig, schlank, mit langen muskulösen Beinen, die sich unter den knapp sitzenden Reithosen abzeichneten. Ein Blick in seine durchdringenden dunklen Augen genügte, um sich vorzustellen, dass eine unschuldige junge Frau in den Bann seiner männlichen Ausstrahlung geriet.

„Ich ... ich weiß nicht recht, wo ich anfangen soll ..." Corrie nahm all ihren Mut zusammen, um in ihre Rolle zu schlüpfen.

„Sagen Sie mir einfach, warum Sie hier sind, Mrs. Moss."

Nun gut. So viel zu der ausführlichen, herzzerreißenden Vorstellung, die sie sich zurechtgelegt hatte. „Nun, Mylord, um ehrlich zu sein, Ihr Vetter Cyrus – mein Ehemann – hat mich sitzen lassen, um in Amerika sein Glück zu machen. Ich warte nun seit fast zwei Jahren auf seine Rückkehr und habe kein Wort von ihm gehört. Ich habe keine Verwandten, keinen Menschen, der mir helfen könnte. Mein letztes Geld habe ich für die Reise nach Castle Tremaine ausgegeben und bin auf Ihre Hilfe angewiesen."

Er musterte sie eindringlich von Kopf bis Fuß, registrierte das sorgfältig ausgebesserte Kleid, während sein Blick länger als nötig auf ihrem Busen verweilte, dessen Fülle sich unter dem engen, hochgeschlossenen Mieder deutlich abzeichnete.

„Wie gesagt, ich habe noch nie von Cyrus Moss gehört. Da meine Schwägerin diesen entfernten Vetter erwähnte, zweifle ich nicht an seiner Existenz. Aber woher soll ich wissen, dass Sie tatsächlich seine Ehefrau sind und ob er überhaupt verheiratet ist?"

Auf diesen Einwand war sie vorbereitet. Laut Aussage ihres Informanten war der ehemalige Major Grayson Forsythe ein hochintelligenter Mann, weltgewandt und weit gereist, kurz und gut, ein Mann, der sich nicht leicht übertölpeln ließ.

Corrie griff in ihr Retikül und zog zwei sorgsam gefaltete Papiere hervor. Die gefälschte Heiratsurkunde war weder leicht zu beschaffen noch billig gewesen. Als Journalistin hatte Corrie allerdings sehr gute Beziehungen.

Sie ging zu ihm und reichte ihm die Papiere, wobei sie gezwungen war, den Kopf in den Nacken zu legen, um ihm ins Gesicht schauen zu können.

„Das ist unsere Heiratsurkunde. Und hier ein Brief von Cyrus, den er mir aus der Stadt Philadelphia in Amerika schrieb."

Den gefälschten Brief hatte sie persönlich verfasst und sich bemüht, die kräftigen Federstriche einer Männerhand auszuführen.

Der Earl las den Brief aufmerksam, besonders den Absatz, in dem Cyrus seine Liebe und Treue zum Ausdruck brachte, und versprach, bald in die Heimat zurückzukehren. Ihre Informationsquelle hatte ihr versichert, dass er bislang noch keinen Fuß auf englischen Boden gesetzt hatte.

„Cyrus traf Ihren Herrn Vater bei mehreren Gelegenheiten", erklärte sie, als der Earl die Papiere wieder faltete. „Mein Ehemann schätzte Ihren Herrn Vater sehr. Da er leider nicht mehr unter uns weilt, sehe ich mich gezwungen, mich an Sie um Hilfe zu wenden."

Tremaines Gesicht verdüsterte sich bei der Erwähnung seines Vaters, und sie fragte sich, ob es zwischen Vater und Sohn Zerwürfnisse gegeben hatte. Jedenfalls wirkte er noch mürrischer, als er ihr die Papiere zurückgab, und Corrie hielt den Atem an.

„Begleiten Sie mich ins Arbeitszimmer", sagte er schließlich schroff. „Ich stelle Ihnen einen Bankwechsel aus, dann können Sie abreisen." Er wandte sich zum Gehen.

Corrie wurde von Entsetzen gepackt. „Warten Sie!"

Lord Tremaine drehte sich um. Sein Blick durchbohrte sie, und sie verspürte ein befremdliches Flattern in der Magengegend.

„Ich sagte doch, ich gebe Ihnen Geld. Was wollen Sie noch?“

Ihre Augen füllten sich mit Tränen, was ihr nicht schwerfiel, da ihr Plan zu scheitern drohte. „Ich … ich brauche ein Dach über dem Kopf, Mylord, wenn auch nur für kurze Zeit. In ein paar Wochen steht mir eine kleine Erbschaft meines Vaters zu, die bei Vollendung meines zweiundzwanzigsten Lebensjahres fällig wird. Es ist keine hohe Summe, aber sie wird mich über Wasser halten, bis Cyrus zurückkehrt.“

Die buschigen schwarzen Brauen des Earls zogen sich in der Stirnmitte zusammen. „Dann leben Ihre Eltern also nicht mehr? Sie haben niemanden, an den Sie sich wenden können?“

„Wie gesagt, ich habe keine lebenden Verwandten. Das war einer der Gründe, warum ich Cyrus geheiratet habe. Da ich alleine war, brauchte ich seinen Schutz. Leider war dieser Schutz nur von kurzer Dauer.“

„Wie lange waren Sie mit Cyrus verheiratet, als er nach Amerika ging?“

„Knapp über ein Jahr.“

Der Earl musterte sie argwöhnisch und eingehend.

Corrie atmete tief durch, während erneut Tränen in ihre Augen traten. Sie war im Begriff, in Schluchzen auszubrechen, um ihrem Anliegen Nachdruck zu verleihen, doch der Earl hob abwehrend die Hand, um einem Gefühlsausbruch zuvorzukommen.

„Ersparen Sie mir diese Szene. Sie können bleiben … wenigstens so lange, bis ich eine andere Lösung für Sie gefunden habe.“

Sie schenkte ihm ein wässriges Lächeln und seufzte erleichtert auf, wenn auch aus anderen Gründen, als er vermutete. „Tausend Dank, Mylord. Ich stehe tief in Ihrer Schuld.“

Er nickte knapp. „Ich sage Rebecca, dass unsere *Cousine*

für ein paar Tage bei uns wohnen wird."

„Das ist überaus gütig von Ihnen, Mylord. Auch Cyrus wäre gewiss dankbar, dass Sie mir in meiner Not helfen."

Tremaine überhörte geflissentlich ihre überschwänglichen Dankesworte und machte auf dem Absatz kehrt. Kaum hatte er den Salon verlassen, sank Corrie mit schlotternden Knien aufs Sofa.

Sie hatte es geschafft! Es war ihr mithilfe eines geschickten Täuschungsmanövers gelungen, sich auf Castle Tremaine einzuschleichen! Sobald die Forsythes Vertrauen zu ihr gefasst hatten, wollte sie mit ihren Nachforschungen beginnen.

Mochte Gray Forsythe auch der schönste Mann sein, der ihr je begegnet war, sprach ihn das nicht von dem Verdacht frei, ihre Schwester und den kleinen Joshua ermordet zu haben. Und falls sich dieser Verdacht bestätigte, sollte der Earl of Tremaine dafür büßen.

Mürrisch stapfte Gray durch die langen Flure, denn seine Laune hatte sich erheblich verschlechtert. Er wusste nicht, wie es geschehen konnte, aber irgendwie hatte diese zierliche Person in ihren schäbigen Kleidern, die ihn aus großen grünen Augen angefleht hatte, es geschafft, dass er ihr gestattet hatte, in seinem Haus zu wohnen.

Er hatte ihr Theater von Anfang an durchschaut, ihre Krokodilstränen, ihr Händeringen, ihre zittrige Stimme. Aber hinter ihrer bühnenreifen Vorstellung hatte er etwas entdeckt, was ihn faszinierte. Ihre Verzweiflung schien echt zu sein, geboren aus wilder Entschlossenheit. Was immer es auch sein mochte, es war der Grund, warum er sie nicht fortgeschickt hatte.

Gray schüttelte den Kopf. Er vermutete in Letty Moss eine Schwindlerin, die es auf sein Vermögen abgesehen hatte, die ihn ausrauben wollte oder Schlimmeres.

In Gedanken an die zierliche junge Frau mit den feuerroten Löckchen, die unter dem fleckigen Rand ihres Strohhutes hervorquollen, lächelte er beinahe. Er war Soldat gewesen, ein hoher Offizier, der Truppen der britischen Armee befehligt hatte. Sollte sie frech werden und ihm Schwierigkeiten machen, würde er ihr kurzerhand einen Tritt in ihren reizenden kleinen Hintern geben und sie an die Luft setzen.

Dieser Gedanke rührte etwas in ihm, was er nicht erwartet hatte. Seit Jillians Tod hatte er nur selten mit Frauen geschlafen. Sein schlechtes Gewissen dämpfte seine fleischlichen Begierden. Ihn plagten Schuldgefühle, weil er am Leben war und Jillian sterben musste und dass er nicht bei ihr gewesen war, um sie zu retten.

Er hob den Blick und sah Rebecca, die ihm entgegenkam.

„Ich hoffe, du hast die Situation wie ein Gentleman geklärt", sagte sie lächelnd. „Sie machte sich wohl Hoffnungen, du lässt sie im Schloss wohnen, aber …"

„Sie bleibt."

„Wie bitte?!"

„Nur vorübergehend. Sie kommt demnächst in den Genuss einer bescheidenen Erbschaft, von der sie ihren Unterhalt bestreiten kann, bis ihr Ehemann zurückkehrt."

„Aber … wir kennen die Frau doch gar nicht. Wie kannst du sie hier wohnen lassen?"

Sein Lächeln wirkte spöttisch. „Du machst mir doch ständig Vorhaltungen wegen meiner schlechten Manieren. Es wäre der Gipfel der Taktlosigkeit, ein in Not geratenes Mitglied unserer Familie einfach auf die Straße zu setzen."

„Gewiss, aber es hätte genügt, ihr Geld zu geben, statt sie einzuladen, bei uns zu wohnen."

Gray blickte über Rebeccas Schulter zu der breiten geschwungenen Treppe, die in die oberen Stockwerke führte. „In diesem Haus gibt es zwei getrennte Seitenflügel und etwa siebzig Schlafzimmer. Bringe sie irgendwo unter, wo sie uns am wenigsten stört."

„Aber …“

Er setzte sich in Bewegung. „Ich komme nicht zum Essen herunter. Sorge dafür, dass unser Gast verpflegt wird.“ Rebecca führte zwar den Haushalt, letztlich aber war er der Herr im Haus, was seine Familie hin und wieder zu vergessen schien. Vielleicht war es an der Zeit, klare Verhältnisse zu schaffen.

Gray hatte es plötzlich sehr eilig, ins Freie und an die Sonne zu gelangen, um der Düsterkeit des riesigen Hauses zu entfliehen. Und wieder fragte er sich, wieso er dieser Fremden seinen Schutz angeboten hatte.

Zweifellos aus schierer Langeweile.

Und dennoch …

5. KAPITEL

„Ich kann es kaum fassen, dass du es tatsächlich geschafft hast." Allison saß auf einem gepolsterten Hocker vor dem Frisiertisch in dem Gästezimmer, das ihnen zugewiesen worden war. Es lag am entfernten Ende des Ostflügels und war nicht, wie die meisten Zimmer auf diesem Korridor, renoviert und neu möbliert worden.

Das breite Baldachinbett stammte aus einem längst vergangenen Jahrhundert, die Farben des Orientteppichs waren verblasst. Die schweren grünen Samtdraperien waren von der Sonne verschossen.

Dennoch war Corrie mit ihrer Unterkunft zufrieden. Die abgeschiedene Lage des Zimmers erleichterte es ihr, sich unbemerkt im Haus zu bewegen. Auf ihre Bitte war das angrenzende Zimmer für Allison vorbereitet worden, die Corrie nicht nur als ihre Zofe, sondern auch als Freundin vorgestellt hatte.

„Ich habe nicht den Eindruck, dass deine liebe Cousine Rebecca sonderlich glücklich darüber ist, eine veramte Verwandte im Haus aufzunehmen", stellte Allison fest, während sie eines von Corries geflickten Kleidern in den Schrank hängte.

„Den Eindruck habe ich auch." Aber das störte sie nicht weiter. Corrie war fest entschlossen, so lange zu bleiben, bis sie Antworten auf ihre Fragen gefunden hatte oder gezwungen wurde zu gehen.

„Und wie geht es nun weiter?"

Darüber hatte Corrie eingehend nachgedacht. „Zunächst hoffe ich, dass du dich mit dem Hauspersonal anfreundest und versuchst, den Angestellten etwas über den Skandal in Selkirk Hall zu entlocken. Laurels plötzlicher Tod hat sich gewiss herumgesprochen, obwohl Vater sich bemühte, die Existenz des Kindes zu verschweigen. In einem so großen

Haus gibt es immer Klatsch. Falls Laurel eine Beziehung mit dem Earl hatte, müsste die Dienerschaft Wind davon bekommen haben."

„Guter Vorschlag, Cor… ich meine, Letty."

„Und dann nehme ich mir die Bewohner des Hauses vor. Charles habe ich noch nicht kennengelernt. Ich wurde zum Abendessen eingeladen, lehnte aber dankend ab, um nicht aufdringlich zu erscheinen. Außerdem brauche ich Zeit, um mich einzuleben. Vielleicht mache ich einen Rundgang durchs Haus, während du dich in die Küche zum Essen begibst. Wir sehen uns dann vor dem Zubettgehen."

Allison verließ das Zimmer. Corrie vertauschte das Reisekostüm mit einem bequemen Kleid aus bedrucktem blauen Musselin und begab sich den Flur entlang zur Treppe am Ende des Ostflügels. Mittlerweile saß die Familie bei Tisch, und sie konnte sich frei bewegen.

Immer noch aufgeregt nach ihrer Begegnung mit dem Earl, beschloss sie, in den Garten zu gehen, stieß eine Tür ins Freie auf, überquerte eine Terrasse und atmete die kühle Abendluft in tiefen Zügen ein, eine Wohltat im Vergleich zur stickigen, rußgeschwängerten Großstadtluft in London. Auch die Sterne strahlten heller am klaren Nachthimmel; mühelos erkannte sie das Sternbild des Orion und des Großen Wagens. Ob Laurel gemeinsam mit Grayson Forsythe wohl den Sternenhimmel bewundert hatte?

Corries Stimmung verdüsterte sich wieder. Sie schlenderte einen von Fackeln erhellten Kiesweg entlang, die ihr Licht über die üppig blühenden Sträucher warfen. Hier gab es noch keine Gaslaternen wie im Garten ihres Vaters in der Stadt.

Ziellos ging sie die gewundenen Wege entlang, um ihre Gedanken zu ordnen und ihre nächsten Schritte zu planen. An einer Wegbiegung prallte sie unvermutet gegen eine hohe Gestalt, die sie nicht bemerkt hatte. Erschrocken taumelte sie rückwärts und hatte Mühe, das Gleichgewicht zu halten.

Eine starke Hand fasste sie um die Mitte und gab ihr Halt.

„Vorsicht!"

Beim Klang der tiefen Stimme geriet ihr Herz ins Stolpern. Ihr Blick wanderte einen breiten Brustkorb nach oben bis zu den dunkel forschenden Augen des Earls.

„Was tun Sie hier draußen?", fragte er mit leisem Vorwurf. „Wieso sind Sie nicht beim Abendessen?"

„Das könnte ich auch Sie fragen", entgegnete sie vorlaut, fasste sich aber rasch, um in ihrer Rolle zu bleiben. „Ich bin nicht hungrig und wollte frische Luft schnappen nach der langen Reise. Ich dachte nicht, dass Sie etwas dagegen haben könnten."

Er musterte sie, dann wandte er den Blick zum Springbrunnen, der in einiger Entfernung plätscherte. „Sind Sie gerne in freier Natur?"

Eigentlich nicht. Sie liebte es, in festlich erleuchteten Ballsälen zu tanzen, besuchte Opern und Theater und dinierte gerne in feinen Restaurants.

„Es ist ausgesprochen angenehm hier draußen, und ich hätte nicht gedacht, wie frisch und sauber die Luft ist."

Er zog eine buschige Braue hoch. „Ich habe mit Charles gesprochen. Soweit er sich entsinnen konnte, lebte Cyrus Moss auf einer Farm."

Gütiger Himmel. „Ja … ja, natürlich, aber … aber auf der Farm leben viele Tiere … Kühe und Schafe … die verbreiten einen ziemlich üblen Gestank." Was, um Himmels willen, war nur los mit ihr? Sie stammelte wie eine alberne Gans. Aber vielleicht war das gar nicht so schlecht. Wenn er sie für einfältig hielt, hielt er sie vermutlich auch für harmlos.

Tremaine verengte die Augen, dann zogen sich seine Mundwinkel hoch – seine vollen sinnlichen Lippen lösten ein seltsames Prickeln in ihrer Magengegend aus. „Irgendwie fällt es mir schwer, Sie mir beim Schafehüten vorzustellen."

Eine treffendere Bemerkung hätte er kaum machen können. Sie wünschte, sie hätte genauere Informationen über Cyrus eingeholt. Aber die Zeit war einfach zu knapp gewesen. „Das hatte ich auch nicht nötig. Cyrus ist ein sehr fürsorglicher Mann. Er sah es gar nicht gern, wenn ich mich außerhalb des Hauses aufhielt."

„Aha. Wie lange, sagten Sie, waren Sie mit Cyrus zusammen?"

Was hatte sie ihm bei der ersten Begegnung erzählt? Du liebe Güte, sie entsann sich nicht mehr. „Leider nur ein knappes Jahr."

Sein Blick schien schärfer, und sie fürchtete, die falsche Antwort gegeben zu haben.

„Ich nehme an, Sie vermissen ihn sehr", fuhr der Earl milde fort, und Corrie entspannte sich.

„Aber ja, natürlich ..." Plötzlich entschloss sie sich, etwas näher bei der Wahrheit zu bleiben. Keine Frau würde einen Mann schmerzlich vermissen, der sie rücksichtslos im Stich gelassen hatte! „Nun ja, das ist nicht ganz richtig. Er sollte mir fehlen, aber Cyrus war wesentlich älter als ich, und nachdem er mich so plötzlich verließ, fällt es mir gelegentlich schwer, mehr für ihn zu empfinden als nur Groll."

„Das kann ich Ihnen nachfühlen." Langsam wanderte sein Blick über ihren Hals zu ihrem Busen bis zur schmalen Mitte, und plötzlich fiel ihr das Atmen schwer.

„Ach ... wirklich?" Sie spürte die Hitze, die von seiner kraftvollen Gestalt ausging.

Er trug ein frisches weißes Hemd zu schwarzen, knapp sitzenden Hosen, der neuesten Mode entsprechend, aber weder Weste noch Gehrock. Das Haar hatte er wieder im Nacken gebunden. Er war offenbar ein Mann, der nicht viel auf gesellschaftliche Gepflogenheiten gab, was ihn, zusammen mit den Gerüchten, die sie über ihn gehört hatte, ziemlich interessant machte.

Er schien kein Eau de Cologne zu benutzen, und dennoch wehte sie ein Hauch nach Sandelholz an. Der Duft hüllte sie ein, erfüllte ihre Sinne, und ein Zittern durchflog sie.

„Sie frieren. Vielleicht sollten Sie ins Haus gehen."

Sie schluckte. „Ja … ja, eine gute Idee."

Dabei war ihr keineswegs kalt. Im Gegenteil, sie fühlte sich erhitzt. Er verneigte sich leicht, sein schwarzes Haar glänzte im Fackelschein.

„Gute Nacht, Mrs. Moss."

Sie trat einen Schritt zurück, als wolle sie sich schützen. „Gute Nacht, Mylord." Damit machte sie kehrt und schlug den Weg zum Haus ein.

Sie war an Aufmerksamkeiten von Männern gewöhnt. Schließlich war sie die Tochter eines Viscounts. Obwohl sie etwas zu freimütig redete, eine Spur zu eigenwillig war, fehlte es ihr keineswegs an Verehrern. Sie fühlte sich in Gesellschaft von Männern wohl, hatte sich noch nie von einem Mann einschüchtern lassen, doch nun floh Corrie aus dem Garten und musste sich zwingen, gemessenen Schrittes zu gehen, statt die Röcke zu raffen und fortzulaufen.

Gray blickte der zierlichen jungen Frau mit dem feuerroten Lockenkopf hinterher, die den Weg entlangeilte. Im Fackelschein hatte sie hübsch ausgesehen – makellose Haut, glatt wie Porzellan, leuchtend grüne Augen und volle schwellende Lippen wie Rosenblätter. Eine schöne Frau, zierlich und anmutig, die einen Mann an seidige Laken denken ließ und noch seidigere Schenkel, wobei Gray den Verdacht hatte, dass sie sich ihrer Reize nicht bewusst war.

Und sie war nicht die Frau, die sie vorgab zu sein, und das weckte sein Misstrauen.

Gray stieß einen unwirschen Laut aus. Sie hatte behauptet, sie habe mit seinem Vetter länger als ein Jahr zusammengelebt, und ein paar Stunden später war es nur noch ein knappes Jahr. Es war ihm durchaus klar, dass sie nie auf dem Land gelebt hatte, schon gar nicht auf einer Farm. Wer war diese Person?

Seit Jillians Tod war Gray von einer Unrast getrieben wie nie zuvor. Die Frauen, mit denen er schlief, hatten ihm kaum Zufriedenheit gegeben, lediglich ein paar Stunden sexueller Erleichterung. Irgendwie waren ihm die Lebensziele abhandengekommen.

Nachdem er sein Erbe angetreten hatte, gab es anfangs so viel zu tun, dass ihm kaum Zeit blieb nachzudenken. Er musste viel lernen, um die Pflichten eines Earls zu erfüllen, und Gray hatte sich den Herausforderungen verantwortungsvoll gestellt. Früher hatte er sein Junggesellendasein sehr genossen. Damals hatte er eine Reihe von Mätressen gehabt, die ihn jedoch nach kurzer Zeit langweilten, bis er ihnen, allerdings gut versorgt, den Laufpass gegeben hatte.

Dann war ihm Jillian vorgestellt worden. Sie war jung und schön, vielleicht etwas zu scheu und eine Spur zu reserviert. Aber es war Zeit, sich eine Ehefrau zu nehmen und einen Erben in die Welt zu setzen. Jillian und ihre vornehme Familie erschienen ihm höchst geeignet.

Zehn Monate später verunglückte seine Gemahlin, und er war wieder allein.

Gray ging den Flur im ersten Stock des Westflügels entlang, auf dem Weg in sein Schlafgemach. Seit Jillians Tod hatte seine Rastlosigkeit zugenommen, als suche er etwas, ohne zu wissen, was er suchte. Die Ankunft der fremden Frau hatte sein Interesse zum ersten Mal seit Wochen geweckt. Letty Moss war von einem Geheimnis umgeben, und Gray nahm sich vor, es zu lösen.

Er stieß die schwere geschnitzte Eichentür zu seinen Privatgemächern auf, die sein Vater einst bewohnt hatte. Der

Salon mit seinen goldfarbenen Samtdraperien und dem dunklen Eichenmobiliar weckte unangenehme Erinnerungen und drückte auf Grays Gemüt. Er durchquerte den düsteren Raum, und seine Gedanken kehrten zu Letty Moss zurück und zu der Frage, was er über sie erfahren würde.

„Guten Abend, *sahib.*“ Sein Kammerdiener Samir Ramaloo trat aus dem Badezimmer, das an sein Schlafzimmer grenzte. Dampfschwaden stiegen aus der Kupferwanne, die für Grays abendliches Bad eingelassen worden war.

„Guten Abend, Samir.“ Der kleine dunkelhäutige Mann war schon in Indien Grays Diener während der drei Jahre gewesen, die er dort in der britischen Armee gedient hatte. Jeder Offizier verfügte über eine Schar Diener, die ihm das Leben in dem feuchten Tropenklima erleichtern sollten.

Samir hatte sich mit seiner Umsicht und seinem Eifer unersetzlich gemacht. Außerdem war er Grays Lehrer geworden, der ihn in die Sitten und Gebräuche des Orients eingeführt und ihn gelehrt hatte, das Land zu lieben und zu respektieren, das sich so völlig von seinem Heimatland unterschied. Samir war mehr als nur Diener und Lehrer, er war auch Grays Freund – und der weiseste Mann, der ihm je begegnet war.

„Ihr Bad ist bereit, *sahib*“, sagte er, und seine schwarzen Augen leuchteten wie tiefe Teiche.

Gray nickte zerstreut und ging an ihm vorbei.

„Ihr Geist ist weit weg“, stellte der Hindu fest, der spürte, dass seinen Herrn etwas bedrückte. „Sie denken an die Frau. Ich sah sie bei ihrer Ankunft und am Abend noch einmal. Sie ist sehr schön.“

„Ja, das ist sie.“ Sie sah aus wie eine perfekt modellierte Porzellanpuppe. Vermutlich war ihr Kopf genauso leer wie der einer Puppe. Sie gab sich als junge Ehefrau aus, die von ihrem Mann verlassen worden war. Gray kannte sich mit Frauen aus, und so fahrig und nervös, wie sie sich benahm, hätte er schwören können, dass sie kaum je von einem Mann zärtlich berührt worden war und vermutlich noch nie Erfüllung gefunden hatte.

Irgendwie klang ihre Geschichte überzeugend, und dennoch glaubte er, dass weit mehr dahintersteckte.

Interessant. Das war Letty Moss auf jeden Fall.

Samir half Gray, die Kleider abzulegen, dann trat er beiseite und sah zu, wie sein Herr in das dampfende Wasser stieg und den Rücken gegen die Wanne lehnte.

„Man sagt, die Frau ist Ihre Cousine."

Gray schnaubte verächtlich. „Durch Heirat mit einem entfernten Vetter, so weit entfernt, dass eine Verwandtschaft ohne Bedeutung ist."

„Und sie hat keinen Ehemann?"

„Der Mann ließ sie sitzen, um sein Glück in Amerika zu suchen."

„Aha. Sie braucht also einen Beschützer – und Sie brauchen eine Frau. Sie unterdrücken die Begierden des Fleisches, die an Ihrem Inneren nagen wie ein Wurm. Vielleicht sollten Sie dieser Frau geben, was sie braucht, und sie tut das gleiche für Sie."

„Sie hat den Kopf voller Flausen", entgegnete er und versuchte sich einzureden, Samirs Worte hätten keinen Reiz für ihn. „Und außerdem ist sie nicht die, die sie vorgibt zu sein."

„Ein Rätsel, das es zu lösen gilt. Das macht sie interessant."

„Ja, ein Rätsel. Ich weiß nicht, was sie will, aber ich werde es herausfinden."

„Sehr gut. Dann können Sie der Frau Vergnügen bereiten und selbst Freude empfinden. Ich höre mich um, was ich über sie in Erfahrung bringen kann."

Gray schwieg. Er wollte seine vermeintliche Cousine im Auge behalten, und Samirs Wachsamkeit war ihm dabei sehr nützlich.

Corries Herz klopfte wild, als sie den Flur entlang zu ihrem Zimmer eilte und die Tür aufstieß. Allison wartete bereits auf sie.

„Ich dachte, ich helfe dir vor dem Zubettgehen“, sagte sie.

„Danke, Ally.“ Obwohl sie ihre Hilfe brauchte, um die Haken des Korsetts zu lösen, war Corrie nicht begeistert, sie zu sehen. Immer noch war sie in Aufruhr, und die Gedanken wirbelten ihr wirr durch den Kopf nach der Begegnung mit dem Earl im Garten.

„Hast du etwas herausgefunden?“, fragte Allison.

„Wie bitte? Ach nein, ich habe nur einen Spaziergang im Garten gemacht.“ Corrie hatte tatsächlich nichts herausgefunden, nur dass Grayson Forsythe eine höchst beklemmende Wirkung auf sie hatte.

Sie drehte Allison den Rücken zu, damit sie ihr das Kleid aufknöpfen konnte. „Ich bin dem Earl begegnet.“

Abrupt hob Allison den Kopf. „Du hast mit ihm im Garten gesprochen?“

„Ja, natürlich.“

„Nun bist du ihm schon zum zweiten Mal begegnet. Wie ist er denn so?“

Corrie nagte an ihrer Unterlippe. Wie sollte sie ihn beschreiben? „Er ist … der Earl ist ein ungewöhnlicher Mann. Er sieht nicht nur extrem gut aus, es ist etwas an ihm … ich kann es nicht beschreiben. Er wirkt sehr angespannt und geheimnisvoll.“

Allison half ihr aus dem Kleid und warf es aufs Bett. „Hältst du ihn für fähig, einen Mord zu begehen?“

Corrie durchlief ein Frösteln. „Ich weiß nicht. Jedenfalls ist er kräftig genug, um jemanden zu überwältigen. Er ist ein weltgewandter Mann und sich seiner Wirkung auf Frauen wohl bewusst. Natürlich müssen wir zunächst herausfinden, ob er eine Affäre mit Laurel hatte.“

Allison löste die Haken des Korsetts, und Corrie atmete befreit auf.

„Du bist ja gerade erst angekommen und wirst schon noch die Wahrheit herausfinden."

„Das hoffe ich sehr." Sie brauchte Zeit, um Antworten zu finden.

Und das bedeutete, mehr Zeit mit dem Earl zu verbringen.

Corrie versuchte, nicht auf die seltsame Hitze zu achten, die sie durchströmte.

Der Morgen war stürmisch, der Himmel bedeckt. Der Wind bog die Äste der frisch belaubten Bäume vor den Fenstern. Corrie verharrte einen Moment an der Tür zum Frühstücksraum. Den Weg dorthin hatte ihr ein kleiner, magerer, dunkelhäutiger Mann gewiesen.

Er sprach mit einem Akzent, den sie noch nie zuvor gehört hatte, und stellte sich als Samir vor. Auf ihre Frage, woher er stamme, hatte er geantwortet, er stamme aus Oudh, einem Distrikt in Indien, und sei mit Lord Tremaine nach England gekommen, da er keine Angehörigen mehr in Indien habe. Ein indischer Kammerdiener. Der Earl interessierte sie immer mehr.

Corrie betrat das Frühstückszimmer, einen freundlichen Raum, der in gelben und pfirsichfarbenen Tönen gehalten war. Der Tisch war mit goldgerändertem weißen Porzellan und glänzend poliertem Silber gedeckt. Auf einer langen Anrichte wartete ein Frühstücksbuffet unter silbernen Wärmehauben, dazu gab es Kaffee und Tee in Silberkannen.

„Guten Morgen, Cousine." Ein gut aussehender blonder Mann erhob sich. Charles Forsythe war etwas kleiner als sein Bruder und ebenso blond wie seine Gemahlin. Im Gegensatz zum schwarzhaarigen Earl, der sich gleichfalls erhob, in einer lässigen Art, die ihm eigen schien.

„Ich bin Ihr Cousin Charles“, fuhr der blonde Mann fort. „Meinen Bruder Gray und meine Frau Rebecca kennen Sie ja bereits.“

„Ja. Sehr erfreut, Sie kennenzulernen, Cousin Charles. Guten Morgen allerseits.“ Sie vermied es, den Earl anzusehen, da sie jedes Mal in Verlegenheit geriet, wenn sich ihre Blicke kreuzten.

„Setzen Sie sich zu uns“, lud Charles sie ein. „Sie müssen hungrig sein, da Sie gestern nicht zu Abend gegessen haben.“

Sie brachte ein Lächeln zustande. „Ja, ich stelle fest, dass ich einen Bärenhunger habe.“

Sie wagte einen Blick in Tremaines Richtung, bemerkte, wie seine Augen sich verdunkelten, was sie sich nicht erklären konnte, und begab sich zum Stuhl, den Charles ihr zurechtrückte.

„Haben Sie sich schon etwas eingewöhnt?“, fragte er höflich.

„Ja, danke. Es ist sehr freundlich, dass Sie mich bei sich aufgenommen haben.“

Charles lächelte. Er hatte sehr weiße Zähne und haselnussbraune Augen, war zwar weniger imposant als sein Bruder, aber gleichfalls ein sehr attraktiver Mann. „Ich bin sicher, dass Becky sich über etwas Abwechslung freut.“

Ein Blick in Rebeccas verkrampft lächelnde Miene genügte Corrie, um zu wissen, dass die Dame des Hauses Letty Moss lieber auf den Mond wünschte als auf Castle Tremaine.

Das Frühstück verlief in angeregter Plauderei, da Charles im Gegensatz zu seinem mürrischen Bruder ein charmanter Unterhalter war. Tremaine blieb einsilbig, sie spürte nur seinen Blick auf sich, der ihr irgendwie unheimlich war. Und je mehr sie ihn kennenlernte, desto weniger konnte sie sich vorstellen, dass ihre Schwester sich in seiner Gegenwart wohlgefühlt hätte, ganz zu schweigen davon, dass sie sich in ihn verliebt hätte.

Laurel war ein liebenswürdiges und scheues Mädchen gewesen. Ein Mann wie Gray Forsythe hätte sie eher eingeschüchtert, nicht in seinen Bann gezogen. Aber vielleicht gab es eine andere Seite an ihm, die Corrie noch nicht kannte.

Als ein Diener ihr einen Teller mit Rührei vorsetzte, war der Earl bereits mit dem Frühstück fertig. Offenbar ein Frühaufsteher. Er trank einen letzten Schluck Kaffee, warf ihr einen Blick zu und entschuldigte sich. Als die Tür hinter ihm ins Schloss fiel, wich der Druck von Corries Brust.

Sie atmete tief durch und beteiligte sich an der leichten Unterhaltung.

„Leider bin ich heute Nachmittag bereits vergeben“, sagte Rebecca. „Aber morgen findet sich gewiss Gelegenheit, um uns besser kennenzulernen.“

„Das wäre reizend“, entgegnete Corrie, keineswegs begeistert von diesem Gedanken. Andererseits war es wichtig, Rebecca Forsythe näher zu kennen, da sie von ihr möglicherweise etwas über Laurel und den Earl erfuhr.

Weder Charles noch Rebecca erwähnten Lettys abwesenden Ehemann Cyrus – ein Segen, da Corrie kaum etwas über ihn zu berichten wusste.

Sobald die Höflichkeit es gestattete, entschuldigte sie sich und zog sich zurück. Weil Rebecca keine Zeit für sie erübrigte, wollte Corrie einen Spaziergang ins Dorf machen, um mit ihren Nachforschungen zu beginnen. Da sie seit ihrer Kindheit nicht mehr in Castle-on-Avon gewesen war, bestand keine Gefahr, erkannt zu werden.

Sie legte sich einen Schal um die Schultern ihres aprikotfarbenen Musselinkleides, setzte den Strohhut auf und machte sich auf den Weg ins Dorf.

6. *KAPITEL*

Ein frischer Wind zerrte an den Fransen ihres Schals, aber ihr weiter Rock und die gestärkten Unterröcke hielten ihre Beine warm. Corrie genoss den Spaziergang auf dem schmalen Weg und erfreute sich am Anblick der bunten Wiesenblumen, die ihre Köpfchen im Wind wiegten. Der Himmel hatte sich aufgehellt, und sie legte schützend die Hand an die Stirn und blickte zum Wald am Horizont hinüber. Und dann sah sie ihn, eine hochgewachsene Männergestalt im Sattel eines kraftvollen schwarzen Pferdes.

Der Reiter hob sich als dunkler Umriss gegen die Sonne ab. Er trug Reithosen und ein weites Hemd wie gestern, hatte das Haar im Nacken gebunden und sah aus wie aus einer anderen Zeit.

Als er sie auf dem Wiesenweg entdeckte, brachte er sein Pferd in einen leichten Trab und ritt ihr entgegen. Das edle Tier erklomm mühelos die Anhöhe und kam wenige Schritte vor ihr zum Stehen.

„Mrs. Moss, ich dachte, Sie verbringen den Vormittag mit Rebecca. Stattdessen spazieren Sie durch die Gegend." Sein Lächeln wirkte gekünstelt. „Sie scheinen sich wohl bei uns zu fühlen."

„Ja, das tue ich", antwortete sie ein wenig atemlos. Corrie gab sich innerlich einen Ruck. „Ihre Schwägerin ist beschäftigt, und ich wollte mir ein wenig Bewegung verschaffen. Es ist zwar etwas windig, aber die Sonne scheint, genau das richtige Wetter für einen Spaziergang."

Auf seiner Stirn bildete sich eine steile Falte. „Wo ist Ihre Zofe?" Sein missbilligender Tonfall irritierte sie.

„Das Dorf ist nicht weit, und ich bin eine verheiratete Frau, wenn ich Sie daran erinnern darf."

Seine Mundwinkel zogen sich unmerklich in die Höhe.

„Daran müssen Sie mich nicht erinnern, Mrs. Moss." Er klang, als wollte er damit noch etwas anderes andeuten.

„Ich fürchte, ich muss gehen", sagte sie. „Ich will ein paar Besorgungen machen und möchte nicht zu spät zurückkommen."

„Vielleicht sollte ich Sie begleiten – nur um sicherzugehen, dass Sie nicht belästigt werden."

„Nein! Ich meine, nein danke. Ich bin lieber allein. Guten Tag, Mylord."

Corrie setzte ihren Weg fort und bemühte sich, das Flattern in ihrer Magengegend nicht zu beachten. Sie konnte sich die eigenartige Wirkung dieses Mannes auf sie nicht erklären, die ihr ausgesprochen unangenehm war. Sie legte keinen Wert auf seine Begleitung, denn sie wollte Fragen stellen, von denen der Earl nichts wissen durfte.

Nach einer Weile wagte sie einen Blick über die Schulter, sah ihn in die entgegengesetzte Richtung reiten und atmete erleichtert auf. Während sie ihre Schritte beschleunigte, überlegte sie, welche Fragen sie stellen wollte.

Sobald Letty Moss seinem Blick entschwunden war, wendete Gray seinen Hengst und folgte ihr aus sicherer Entfernung ins Dorf. Von Weitem sah er, wie sie auf dem Marktplatz einen Laden betrat, und brachte Raja in den Mietstall.

„Ich komme bald wieder", erklärte er dem Stallburschen, reichte ihm die Zügel und drückte ihm eine Münze in die Hand. „Versorge ihn, bis ich zurück bin."

Er schlenderte die Hauptstraße entlang, beobachtete, wie Letty den Laden verließ und den nächsten betrat. Durch das Fenster sah er, wie sie sich Stoffmuster vorlegen ließ und mit der Verkäuferin ein Gespräch begann, konnte aber nicht hören, was gesprochen wurde.

Nach einer Weile verließ Letty das Geschäft, betrat die

Fleischerei, die sie bald wieder verließ und sich eine Scheibe Schinken schmecken ließ. Als Nächstes betrat sie das Hutgeschäft. Offenbar hatte sie nicht die Absicht, etwas zu kaufen, sondern wollte sich nur umsehen. Falls ihre Geschichte stimmte, hatte sie ja auch kein Geld zur Verfügung.

Offenbar hatte sie auch nicht vor, sich heimlich mit jemandem zu treffen, und schien nichts im Schilde zu führen, was Gray stutzig gemacht hätte.

Er sollte seine Bespitzelung aufgeben und nach Hause reiten, aber irgendetwas hielt ihn davon ab. Stattdessen wartete er beinahe zwei Stunden, bis Letty sich wieder auf den Heimweg machte, dann erst holte er Raja aus dem Stall und folgte ihr.

Mit schwingenden Hüften schlenderte sie durch die blühende Frühlingswiese. Seine Lenden zogen sich zusammen. Es war ihm unbegreiflich, wieso ein harmloser Hüftschwung diese Regung in ihm auslöste. Mit leichtem Schenkeldruck versetzte er den Hengst in eine schnellere Gangart.

Als Corrie Hufschläge hinter sich hörte, wirbelte sie jäh herum. Ihr Fuß verfing sich in einem unsichtbaren Hindernis, sie stolperte mit einem spitzen Schrei rückwärts über einen Steinbrocken und landete wenig damenhaft auf ihrem Hinterteil. Im Sturz wirbelten ihre weißen Rüschenunterröcke bis zum Kinn hoch.

Unwillkürlich musste Gray bei diesem seltsamen Anblick lachen. Es war lange her, seit ihn etwas zum Lachen gebracht hatte. Rasch setzte er wieder eine ernste Miene auf und schwang sich aus dem Sattel.

„Ich helfe Ihnen."

Erzürnt schlug sie seine angebotene Hand weg, zog die Röcke schamhaft über die Knie und versuchte sich aufzuraffen. „Ich brauche Ihre Hilfe nicht. Es ist ohnehin Ihre Schuld, dass ich in diese peinliche Situation geraten bin."

„Was kann ich dafür, wenn Sie über einen Stein stolpern?“ Er beugte sich vor, griff nach ihrem Handgelenk und zog sie auf die Füße.

Sie würdigte ihn keiner Antwort, bedachte ihn nur mit einem vernichtenden Blick. Die Bänder ihres Hutes hatten sich gelöst, und ihre feuerrote Lockenfülle wallte ihr über die Schultern. Es kribbelte ihm in den Fingern, die Hände in ihren Haaren zu vergraben und ihren Rosenmund zu küssen.

Es war verrückt. Er kannte die Frau kaum und misstraute ihr zutiefst. Samir hatte wohl recht: Er hatte zu lange enthaltsam gelebt. Gray nahm sich vor, demnächst Bethany Chambers einen Besuch abzustatten, der Gattin des betagten Earl of Devane, dessen Landsitz Parkside hinter dem nächsten Dorf lag. Gray wusste, dass die Countess aus der Stadt eingetroffen war, um den Sommer auf dem Land zu verbringen. Er hatte sie seit Monaten nicht gesehen, aber die lüsterne Herzogin würde ihn gewiss mit Freuden in ihrem Bett empfangen.

Letty klopfte sich die Grashalme vom Kleid und lenkte damit seinen Blick auf ihren Busen, der sich gegen das enge Mieder drückte. Er bemühte sich, nicht daran zu denken, wie ihre Brüste sich unter seinen Händen anfühlen mochten. Letty wollte wortlos ihren Weg fortsetzen, verzog aber beim ersten Schritt schmerzhaft das Gesicht, als ihr Knöchel einknickte. Gray fing sie auf, ehe sie erneut stürzen konnte.

Sie blickte mit ihren grünen Augen zu ihm auf. „Ich … ich fürchte, ich habe mir den Knöchel verstaucht.“

„Setzen Sie sich auf den Stein. Ich will mir den Fuß ansehen.“

Sie gehorchte, und Gray ging vor ihr in die Knie, hob ihren Fuß, streifte eine zierliche Stiefelette ab und begann, den Knöchel vorsichtig abzutasten.

„Was … was tun Sie da?“

„Ich war in der Armee. Ich will prüfen, ob etwas gebrochen ist.“ Ihre Strümpfe hatten Löcher, stellte er fest, die sorgsam geflickt waren. Zumindest ein Teil ihrer Geschichte schien wahr zu sein. Sie war in Geldnöten.

„Der Knöchel ist nur verstaucht“, entgegnete sie und wollte ihm ihren Fuß entziehen. „Jedenfalls nichts Ernsthaftes.“

Gray gab ihren Fuß nicht frei. „Halten Sie still, sonst machen Sie es nur schlimmer.“ Während er die zarten Knochen ihres Fußes abtastete, spürte er wieder ein verräterisches Ziehen in den Lenden. Mit aufeinandergebissenen Zähnen setzte er seine Untersuchung fort und verdrängte den Wunsch, seine Hand über ihre wohlgeformte Wade nach oben gleiten zu lassen bis zu ihrem Schenkel …

Er fluchte innerlich. Er brauchte dringend eine Frau. Obgleich diese Mrs. Moss sein Blut befeuerte, konnte er sie nicht haben. Noch nicht.

Als sie zitterte, wurde ihm erst bewusst, dass er ihren zierlichen Fuß immer noch umspannt hielt.

Gray räusperte sich. „Ich glaube nicht, dass etwas gebrochen ist.“

„Das sagte ich doch.“

Er zog ihr die Stiefelette wieder an, band die Schnürsenkel und half ihr vorsichtig beim Aufstehen. Sie versuchte einen Schritt und zuckte vor Schmerz zusammen. „Ach, wie dumm.“

„Sie dürfen den Knöchel nicht belasten und müssen mit mir nach Hause reiten.“

Er gab ihr keine Zeit, Einwände zu erheben, hob sie in die Arme und setzte sie rittlings in den Sattel, während die weiten Röcke sich um ihre Knie bauschten. Raja tänzelte nervös, als Gray sich hinter ihr in den Sattel schwang, aber Letty schien keine Angst zu haben. Wenigstens nicht vor dem Pferd.

„Was für ein prachtvolles Tier“, sagte sie und versuchte, das Gleichgewicht zu halten, ohne dem Mann hinter ihr zu nahe zu kommen.

Da er sie nun mal nach Hause bringen musste, wollte er die Situation auch ein wenig genießen. Er schlang einen Arm um ihre Mitte und versetzte Raja in leichten Trab. Letty versuchte, sich ihm zu entwinden, und hätte sie beide damit beinahe aus dem Sattel geworfen.

„Ich rate Ihnen, still zu sitzen, Mrs. Moss, bevor wir beide im Gras landen.“

Sie warf ihm einen finsteren Blick über die Schulter zu. „Wieso sind Sie eigentlich noch hier? Ich dachte, Sie sind vor Stunden schon ins Schloss zurückgeritten.“

„Zu Ihrem Glück hatte ich noch keine Lust, nach Hause zu reiten.“

Sie hob den Kopf, um ihm ins Gesicht sehen zu können. „Sind Sie mir etwa gefolgt?“

„Wie kommen Sie denn auf diese Idee?“

Sie blieb ihm die Antwort schuldig, aber ihr Unbehagen wollte nicht weichen.

Schweigend ritten sie den Weg entlang, bis Raja eine Anhöhe erklomm und Corrie im Sattel nach hinten rutschte. Sie krallte die Hände in die Mähne des Pferdes, um Abstand zu halten. Vergeblich. Ihr Hinterteil schmiegte sich zwischen die Schenkel des Earls. Selbst durch die Fülle ihrer Röcke spürte er ihre Körperwärme, ihre prallen Rundungen, und sein Blut geriet in Wallung.

„Ich hoffe, es ist nicht zu unbequem für Sie“, sagte sie in aller Unschuld.

„Ich fürchte, das ist eine glatte Untertreibung“, entgegnete er mit belegter Stimme.

Sie begann sich zu winden, um etwas Abstand von ihm zu gewinnen, was seine Erregung nur noch steigerte. Gray unterdrückte ein Stöhnen.

„Halten Sie endlich still, verdammt noch mal. Bleiben Sie einfach sitzen.“

Sie warf ihm einen strafenden Blick zu. „Noch lange kein Grund zu fluchen. Schließlich haben Sie mein Missgeschick verschuldet.“

„Verzeihung. Ich vergaß“, gab er mit einem Anflug von Heiterkeit zurück.

Den Rest des Weges legten sie schweigend zurück. Gray brachte Raja am Haupteingang zum Stehen, wo ein Stallbursche die Zügel übernahm. Dann schwang er sich vom Pferd, hob Letty aus dem Sattel und stellte fest, dass er ihre schmale Taille mit beiden Händen umfassen konnte.

„Vielen Dank“, sagte sie ein wenig atemlos. Seine Vermutung schien sich zu bestätigen; sie hatte wenig Erfahrung im Umgang mit Männern. Cyrus war ja wesentlich älter als sie, und sein Verlangen nach Frauen war wohl mit den Jahren erheblich geschwunden.

Wenn Samir recht behielt, wäre Lettys Verlangen leicht zu wecken. In diesem Falle würde Gray ihr gerne zu Diensten sein. Allerdings wollte er sich zuvor vergewissern, dass sie keine Bedrohung für ihn und seine Familie darstellte.

Er blickte auf ihren feuerroten Lockenkopf und ballte die Hände zu Fäusten, um nicht dem Wunsch zu erliegen, ihr Haar zu berühren. Mochte sie auch keine sonderlich kluge und gebildete Frau sein, brachte sie sein Blut doch erstaunlich schnell in Wallung. Und sollte sie eines Tages in seinem Bett landen, wollte er ohnehin keine Zeit mit klugen Reden vergeuden.

Sie sah zu ihm auf, als er sie wieder in die Arme hob und die Steinstufen zum Haus hinauftrug, und erneut wallte eine Welle der Lust in ihm auf.

Grundgütiger. Samir hatte wirklich recht. Es war höchste Zeit, sich eine Frau zu nehmen. Er würde Bethany Chambers umgehend eine Nachricht zukommen lassen.

In ihrem wattierten Morgenmantel saß Coralee mit angezogenen Beinen auf dem breiten Baldachinbett. In den letzten Tagen hatte sie ihren verletzten Fuß geschont und immer wieder feuchte Essigumschläge aufgelegt. Die Schwellung und der Schmerz waren zurückgegangen, und sie konnte wieder auftreten. Eigentlich müsste sie Gray Forsythe dankbar sein, aber sie wollte nicht an ihn denken.

Stattdessen galt ihre Aufmerksamkeit den blassrosa Briefen auf dem verblichenen Bettüberwurf, mit roten Seidenschleifen gebündelt, denen immer noch ein schwacher Hauch von Laurels Lieblingsduft anhaftete. Corrie hatte die Briefe aus London mitgebracht; sie waren alles, was ihr von der geliebten Schwester geblieben war.

Mit bangem Herzen griff sie einfach nach dem ersten Bündel, nach Datum sortiert, und öffnete den obersten Umschlag. Die ersten Monate des letzten Jahres hatte ihre Schwester in Selkirk Hall verbracht. Im Mai war sie nach East Dereham in Norfolk gereist, um einige Monate bei Tante Agnes' älterer Schwester Gladys zu verbringen. Während dieses Aufenthalts hatte sie nur einen Brief im Monat geschrieben.

Mittlerweile wusste Corrie, dass sie damals schwanger und gewiss mit ihren Gedanken an das Kind beschäftigt war, das in ihr heranwuchs. Aber sie hatte sich Corrie nie anvertraut und hartnäckig verschwiegen, dass sie ein Kind erwartete.

Durch einen Tränenschleier las Corrie einen ihrer Briefe, datiert vom 20. März, als Laurel Vorbereitungen traf, Selkirk Hall zu verlassen.

Ich fühle mich ruhelos und bin von Ungewissheit geplagt. Ich hatte so wunderbare Träume für meine Zukunft, die mir nun von Schmerz und Verzweiflung verdüstert erscheint. Und dennoch habe ich die Liebe kennengelernt. Ich bin nicht imstande, dir diese Gefühle zu schildern. Aber die Liebe hilft über alle Trennungsschmerzen hinweg.

Corrie entsann sich, dass sie diesen Brief umgehend beantwortet und Laurel Fragen nach dem Mann gestellt hatte, in den sie sich verliebt hatte, und warum sie ihn nicht heiraten konnte, wenn sie einander liebten. Selbstverständlich hatte sie ihre Schwester auch nach dem Namen des Mannes gefragt.

Laurels nächster Brief aus East Dereham erreichte sie erst einen Monat später. Sie erwähnte Corries Fragen mit keinem Wort, schilderte stattdessen ausführlich das Leben auf der Farm ihrer Tante.

Damals hatte Corrie unterstellt, die Gefühle ihrer Schwester wären abgeflaut und ihre Liebe sei nur ein Strohfeuer gewesen. Zu dieser Zeit war Corrie zu sehr mit ihrem eigenen Leben, ihrem Beruf als Journalistin, beschäftigt, und das Thema wurde nie wieder angeschnitten. So selten Laurel auch schrieb, ihre Briefe wurden wieder vergnügter und unbeschwerter. Am 18. September hatte sie geschrieben:

Dieses Jahr haben wir einen ungewöhnlich schönen Herbst, mit strahlendem Sonnenschein. Die Bäume vor meinem Fenster leuchten in bunten Farben. Die Luft ist erfüllt von Vogelgezwitscher und dem Zirpen der Grillen, dass es nur so eine Freude ist. In letzter Zeit erscheint mir die Welt fröhlicher, und ich begrüße jeden Morgen mit einem Gefühl der Andacht für die Wunder, die Gott erschaffen hat.

Corrie war sich schon damals bewusst, dass sich etwas in Laurels Leben zum Guten gewendet hatte. Nun, da sie wusste, dass ihre Schwester ein Kind erwartet hatte, las sie deutlich zwischen den Zeilen, wie sehr sie sich auf ihr Baby freute und wie hoffnungsvoll sie in die Zukunft blickte.

Der Gedanke, wie wenig Zeit ihr noch bleiben sollte, machte Corrie das Herz schwer.

Sie las alle Brief noch einmal, ohne einen Hinweis darauf zu finden, wer der Mann gewesen sein mochte, den Laurel geliebt hatte.

War Gray Forsythe dieser Mann? In seiner Nähe fiel es Corrie schwer, einen klaren Gedanken zu fassen. Als ginge eine magische Kraft von ihm aus, ein mysteriöser Bann, dem sie kaum widerstehen konnte. War es Laurel ähnlich ergangen?

Bei ihrem Besuch im Dorf vor zwei Tagen hatte Corrie sich beiläufig nach den Umständen von Laurels Tod erkundigt, hatte wie zufällig die junge Frau aus Selkirk Hall erwähnt, die vor einigen Monaten im Fluss ertrunken war, und wie nicht anders zu erwarten, hatten die Leute bereitwillig ihre Meinung darüber geäußert.

„Das arme Ding ist ins Wasser gegangen“, hatte die Frau des Fleischers ihr zugeflüstert. „Sie soll sich mit einem Mann eingelassen haben und hat die Schande nicht ertragen, die sie über ihre Familie gebracht hat.“ Die rotwangige dicke Frau hatte traurig den Kopf geschüttelt. „Jammerschade, dass ein so junges Mädchen ein so tragisches Ende finden muss.“

Die Geschichte der Hutmacherin klang ähnlich. „Es muss ein furchtbarer Schock für den Vater gewesen sein, dass seine wohlerzogene Tochter nicht so rein und unschuldig war wie frisch gefallener Schnee.“ Die pummelige Frau, die ein Blumengesteck an einem Hut festnähte, beugte sich über den Ladentisch. „Sie soll ein lediges Kind gehabt haben“, flüsterte sie. „Das hat sie mit in den Tod genommen.“

In Corries Trauer hatte sich Zorn über die Dorfbewohner gemischt, die so schlecht über Laurel dachten, was sie sich allerdings nicht anmerken ließ. Mit schreckensweiten Augen hatte sie nachgehakt. „Was für eine schreckliche Tragöde. Weiß man, wer der Vater des Kindes ist?“

Die Hutmacherin steckte eine Feder in das blaue Samtband. „Manche behaupten, es könnte der Sohn des Vikars sein, aber die meisten vermuten, es war einer der vornehmen Herren im Schloss.“

Corries Magen krampfte sich zusammen. „Und welcher?“

Die Frau zuckte die Achseln. „Das weiß niemand so genau. Der Schwarzhaarige hat jedenfalls den Ruf, ein Weiberheld zu sein. Und das stimmt zweifellos.“

Ja, zweifellos, dachte Corrie bitter.

„Sein Bruder ist verheiratet, und seine Frau hat ihn ordentlich unter dem Pantoffel.“ Die Hutmacherin glättete die Feder mit ihren dicken Fingern und zupfte das Band zurecht. „Dann gibt es noch einen, den jungen Lord Jason. Von dem munkelt man, er habe fast alle Mägde in der Grafschaft rumgekriegt. Wie gesagt, niemand weiß etwas Genaues, und das wird wohl auch so bleiben.“

Corrie aber war anderer Meinung. Nachdem sie sich von der Frau verabschiedet hatte, war sie mehr denn je davon überzeugt, dass ihr Verdacht nicht unbegründet war.

Dem Dorfklatsch zufolge war einer der Schlossbewohner der Vater von Laurels Kind. Corrie wollte auch den Sohn des Vikars überprüfen sowie Thomas Morton, einen der vier Söhne von Squire Morton, von dem Tante Agnes gesprochen hatte. Aber ihr Hauptverdächtiger blieb Gray Forsythe, dessen Gemahlin im gleichen Fluss ertrunken war wie Laurel.

Nun saß Corrie auf dem breiten Bett, umgeben von Laurels Briefen, und dachte an den Earl, mit dem sie an jenem Nachmittag, als sie sich den Knöchel verstaucht hatte, zurück ins Schloss geritten war. Sie dachte an die Hitze, die er ausgestrahlt, an seine kraftvollen Arme, als er sie ins Haus getragen hatte. Der Gedanke war keineswegs abwegig, dass er ihre unschuldige Schwester verführt hatte.

Corrie warf einen Blick auf die Kaminuhr. Sie hatte begonnen, die ersten Versatzstücke des Puzzles zu sammeln. Bei nächster Gelegenheit wollte sie sich im Haus umsehen.

7. KAPITEL

Auf Charles' Drängen willigte Rebecca ein, Letty Moss durchs Haus zu führen, obwohl ihr der Sinn keineswegs danach stand. Dennoch behandelte sie die vermeintliche Cousine mit distanzierter Höflichkeit, die Corrie natürlich erwiderte, da sie sich keine Gelegenheit entgehen lassen wollte, um Informationen einzuholen. „Das Schloss wurde 1233 erbaut", erklärte Rebecca in der riesigen Halle, die im Mittelalter als Burgfried diente. Eine Stirnseite wurde von einem mannshohen, grob gehauenen Steinkamin eingenommen. Die mächtigen geschnitzten Balken trugen die oberen Stockwerke. Der mittelalterliche Kern des Schlosses war über die Jahrhunderte erhalten geblieben und diente nun als Speisesaal bei offiziellen Anlässen.

„Das Schloss wurde natürlich im Laufe der Zeit immer wieder umgebaut und erweitert. In erster Linie sorgte Grays Mutter für die großen Umbauten und die Modernisierung des Hauses. Und auch ich ließ einige Veränderungen vornehmen." Rebecca sprach mit Stolz über ihre Erneuerungen. Aus einer mittelalterlichen Burg war ein prachtvolles Schloss geworden, mit allem modernen Luxus ausgestattet und in vornehmer Eleganz eingerichtet.

„Seit wann bewohnt die Forsythe-Familie dieses Schloss?", fragte Corrie.

„Das Schloss ist seit über zweihundert Jahren in Familienbesitz."

„Dann hat der Earl wohl seine Kindheit hier verbracht."

„Ja."

„Hatten Gray und sein Bruder Charles eine sehr glückliche Kindheit?"

Rebecca wirkte einen Moment unschlüssig, bevor sie wieder sprach. „Es waren drei Brüder, aber keine Schwester. James, der älteste Sohn, war der Augapfel seines Vaters.

Auch der jüngste Sohn Charles wurde von ihm verwöhnt.“

„Und Gray?“

Rebecca schüttelte den Kopf, und ihre goldenen Löckchen wippten an den Schultern ihres rosa und weiß gestreiften Seidenkleides auf und ab. Mit ihrem hellen makellosen Teint und den kornblumenblauen Augen glich sie einer englischen Rose. Aber Corrie spürte einen harten Kern in der schönen Frau.

„Gray war anders“, fuhr sie fort. „Er unterschied sich mit seinen schwarzen Haaren und dunklen Augen vom Rest seiner blonden Familie. Er nahm kein Blatt vor den Mund und war oft störrisch und eigensinnig. Sein Vater und er … verstanden sich nicht besonders gut.“

„War das der Grund, warum er zum Militär ging?“

„Er war der Zweitgeborene“, meinte Rebecca achselzuckend. „Es ist üblich, dass der Zweitgeborene eine Militärlaufbahn einschlägt.“

„Wie ich hörte, war er lange in Indien.“

Rebecca nickte, während sie einen endlosen Flur entlangschlenderten. „Er war drei Jahre in Indien stationiert, bevor James erkrankte. Gray drängte es wohl nicht, nach England zurückzukehren. Er war immer ein ruheloser Geist und Weltenbummler. Als er den Titel erbte, war er gezwungen, sich hier niederzulassen und seinen Pflichten nachzukommen.“

Die Damen warfen flüchtige Blicke in mehrere elegant ausgestattete Salons. „Hat er sich deshalb verheiratet?“

„Vermutlich. Es war seine Pflicht, einen Erben in die Welt zu setzen, und Jillian war eine schöne, vermögende Frau in angesehener gesellschaftlicher Position.“

Corries Interesse war geweckt. „War sie in ihn verliebt?“

„Jillian war in mancher Hinsicht noch ein Kind und vielleicht eher verliebt in den Gedanken, Countess zu werden.“

Corrie war in dieses Haus gekommen, um Antworten zu

finden, und ließ nicht locker. „Kurz bevor Cyrus das Land verließ, erhielt er einen Brief von einem seiner Freunde." Das war zwar gelogen, gab ihr aber Gelegenheit, das Gespräch auf ein Thema zu lenken, das sie brennend interessierte. „Darin erwähnte er den plötzlichen Tod der jungen Countess."

„Sie kam bei einem Bootsunglück ums Leben. Ihr Tod war ein schwerer Schlag für Gray."

„Er muss sie sehr geliebt haben."

Rebecca wandte sich ihr zu. „Ich weiß nicht, ob Gray zur Liebe fähig ist. Immerhin brachte er ihr tiefe Zuneigung entgegen und machte sich bittere Vorwürfe, sie nicht auf die Bootsfahrt begleitet zu haben. Irgendwie gab er sich die Schuld an ihrem Tod."

Der Earl war also gar nicht anwesend, als das Unglück geschah. Spannende Neuigkeiten, über die Corrie später nachdenken wollte.

Rebecca führte sie in eine Ahnengalerie, in der die Porträts der Vorfahren der Forsythes hingen, überlebensgroße Ölgemälde namhafter Künstler. Die meisten dieser Ahnen waren blond oder brünett, und Corrie konnte keine Ähnlichkeit mit Gray entdecken, mit seinem pechschwarzen Haar, den dunklen Augen und markant geschnittenen Gesichtszügen.

„Grays Mutter muss wohl eine dunkelhaarige Schönheit gewesen sein."

Rebecca zog eine fein geschwungene Braue hoch. „Clarissa Forsythe war blond wie Charles. Sie behauptete, Gray schlage im Typ der mütterlichen Linie ihrer Verwandtschaft nach."

Sie behauptete es also … eine interessante Wortwahl. Eingehend studierte Corrie die Gemälde, ohne eine Ähnlichkeit der Porträtierten mit Gray zu entdecken. Vielleicht gab es gewisse Zweifel an Grays Herkunft. Möglicherweise lag darin der Grund, warum er sich nicht besonders gut mit seinem Vater verstand.

Rebecca warf einen Blick auf die hohe Standuhr. „Ich hoffe, unser Rundgang hat Ihnen Spaß gemacht. Vielleicht kann ich Ihnen später mehr von dem Haus zeigen. Aber nun müssen Sie mich entschuldigen, ich habe dringende Angelegenheiten zu erledigen."

„Selbstverständlich." Corrie verbarg ihre Erleichterung. Rebecca war zwar höflich zu ihr, aber Corrie spürte deutlich ihre Abneigung. Vielleicht hatte sie den Verdacht, Letty Moss sei nicht die, die sie vorgab zu sein, was Corrie ihr kaum verdenken konnte. Vielleicht aber hatte Rebecca nur etwas dagegen, dass eine Fremde unter ihrem Dach wohnte.

Wie auch immer, die beiden Frauen würden sich nicht miteinander anfreunden, was Corrie nur gelegen kam.

Allein wanderte sie die Flure entlang, versuchte, sich die Lage der einzelnen Räume einzuprägen, und hoffte, sich in dem Gewirr nicht zu verirren. An der offenen Tür zur Bibliothek verharrte sie, angezogen von den bis zur Decke reichenden Bücherschränken. Schließlich trat sie ein.

Die Bibliothek befand sich im alten Teil des Schlosses. Ein riesiger Raum mit meterdicken Mauern und breiten Eichendielen, die im Laufe der Jahrhunderte an vielen Stellen schief getreten, aber glänzend poliert waren. Die Messinglampen auf den Tischen funkelten golden. Kein Stäubchen lag auf den Regalen. Offenbar hielt der Hausherr seine literarischen Schätze in hohen Ehren. Corrie war ein Büchernarr. Selbst in ihrem Schlafzimmer stand eine Büchervitrine, vollgestopft mit ihren Lieblingswerken. Sie hatte den Wunsch, Schriftstellerin zu werden, und arbeitete als Journalistin für eine Frauenzeitschrift; kein Wunder also, dass sie eine leidenschaftliche Leseratte war.

Sie schlenderte an den Bücherreihen entlang, genoss den Geruch nach Papier, Druckerschwärze und Tinte, las Titel und Autoren, von denen ihr viele bekannt waren. Auch Laurel hatte Bücher geliebt, und Corrie fragte sich, ob ihre Schwester dieses Interesse mit Lord Tremaine geteilt hatte. Vielleicht fand sich in dieser Bibliothek ein Hinweis auf die Beziehung zwischen den beiden. Aus Gründen, auf die sie sich weigerte, näher einzugehen, bereitete ihr dieser Gedanke körperliches Unbehagen.

Und gleichzeitig wurde sie das Gefühl nicht los, Laurel könne sich wohl kaum zu einem finsteren Mann wie dem Earl hingezogen gefühlt haben.

Sie hatte ein so sanftes, liebenswertes Wesen gehabt, ganz im Gegensatz zu dem düsteren, herrischen Tremaine.

Corrie dachte an seine Kindheit. Grays Mutter war gestorben, als er zehn war, und er wuchs mit einem Vater auf, der möglicherweise den Verdacht hatte, er sei nicht sein leiblicher Sohn. War Gray als Kind misshandelt worden? War er zum Militär gegangen, um seinem lieblosen Vater zu entfliehen?

Und was war mit seiner Ehefrau?

Rebecca hatte behauptet, Gray sei nicht zur Liebe fähig, und dennoch hatte die schöne Jillian ihn geheiratet. War er in irgendeiner Weise verantwortlich für ihren Tod? War das der Grund für seine Schuldgefühle?

Corrie wanderte die langen Buchreihen entlang, nahm gelegentlich einen Band heraus und blätterte darin. Eine Abteilung enthielt klassische römische Literatur, darunter auch Virgils *Äneas* sowie das sechsbändige Lehrgedicht von Lukrez *Über die Natur der Dinge*, *De Rerum Natura,* in lateinischer Sprache. Beide Werke hatte Corrie mit großem Interesse gelesen. Sie war gerne zur Schule gegangen, eine aufmerksame und fleißige Schülerin gewesen. Ihr Vater hatte ihren Lerneifer gefördert, sich über gesellschaftliche Gepflogenheiten hinweggesetzt und die besten Privatlehrer für sie ins Haus geholt.

Sie wandte sich der nächsten Abteilung zu, zog einen Band heraus und schlug ihn auf: Homers *Odyssee*. Auch dieses Buch hatte sie vor Jahren gelesen, das epische Werk des griechischen Dichters Homer, das die Abenteuer und Irrfahrten von Odysseus und seinen Gefährten schildert. Diese Lektüre hatte sie in ihrem Wunsch bestärkt, einmal selbst zu schreiben. Sie las den ersten der vierundzwanzig Gesänge, in Hexametern verfasst, und vertiefte sich so sehr darin, dass sie die schweren Schritte des Earls, gedämpft durch den Orientteppich, nicht hörte.

„Haben Sie etwas Interessantes gefunden?“ Ohne Umschweife nahm er ihr das Buch aus der Hand und las den in Goldlettern geprägten Titel auf dem Rücken. „Die *Odyssee*?“ Er zog die Brauen hoch. „Sie lesen Griechisch?“

Grundgütiger. „Ich … ich … habe mir nur die Schrift angesehen. Die Buchstaben sehen so fremd aus.“

Er wandte sich ab und stellte das Buch wieder an seinen Platz. „Sie halten sich in der Bibliothek auf, also nehme ich an, Sie lesen gerne. Was lesen Sie denn gerne?“

Ich bin Letty Moss, rief sie sich in Erinnerung, eine arme Verwandte vom Land. „Ich … nun … eigentlich lese ich nicht viel. Ich blättere gern in Frauenzeitschriften … Modejournale und so etwas.“ Sie blickte mit einem strahlenden Lächeln zu ihm auf. „Weil mir die Bilder gefallen.“

Gray nickte, als überrasche ihn das keineswegs. Sein herablassender Blick kränkte sie mehr als jede abfällige Bemerkung.

„Rebecca hat sicher ein paar Modezeitschriften für Sie“, meinte er. „Fragen Sie beim Abendessen danach.“

„Ja, danke, das tue ich.“

Er stand da, hochgewachsen, dunkel und imposant, und wartete darauf, dass sie ging.

„Gelegentlich lese ich auch gerne Gedichte“, erklärte sie, um einen Vorwand zu haben, länger zu bleiben. „Vielleicht finde ich einen Gedichtband. Es stört Sie doch nicht, wenn ich noch bleibe?"

Er studierte ihr Gesicht. „Nein."

Sie behielt ihr honigsüßes Lächeln bei und wartete, dass er ging. Sobald er verschwunden war, machte sie sich an die Arbeit. Sie durfte keine Zeit vertrödeln, wollte wissen, was die Schubladen des wuchtigen Schreibtisches enthielten. Sobald sich die Gelegenheit bot, würde sie auch Lord Tremaines Arbeitszimmer durchsuchen, ein gefährliches Unterfangen und gewiss nicht für den helllichten Tag geeignet.

Hastig zog Corrie die Schubladen auf, fand vergilbte Papiere, einen Federhalter mit abgebrochener Spitze, ein ausgetrocknetes Tintenfass und ein paar alte Bücher, aus denen Seiten herausgerissen waren, und wunderte sich, wieso der Earl die Bücher nicht weggeworfen hatte. Andererseits könnte auch Charles die Bücher aufbewahrt haben, der ihr gefühlsbetonter erschien als sein älterer Bruder.

Corrie begab sich wieder an die Bücherschränke. Laurel hatte Gedichte geliebt. Hatten die Liebenden sich in dieser Bibliothek Gedichte vorgelesen? Oder hatten sie sich nur in einem heimlichen Versteck im Wald getroffen, wie so manche Liebespaare?

Im obersten Regal entdeckte sie eine Reihe schmaler Buchrücken, die ihr Interesse weckten. Sie zog die Bibliotheksleiter auf Rollen heran und stieg hinauf, um die Titel zu lesen.

Das Kamasutra war ein Titel, der ihr fremd war. Daneben entdeckte sie einen Band mit dem Titel *Kunst und Erotik der Fresken in Pompeji.*

Corrie las gerne Reiseberichte über fremde Länder und Kulturen und wollte selbst weite Reisen unternehmen und über ihre Eindrücke von Land und Leuten Bücher schreiben. Sie konnte nicht widerstehen, den Band herauszuziehen, um darin zu blättern.

Beim Anblick der zufällig aufgeschlagenen Seite weiteten

sich ihre Augen, und ihr Mund formte ein großes O. Eine Wandmalerei aus einem pompejanischen Badehaus, wie sie der Bildunterschrift entnahm. Eine nackte Frau mit vollen Brüsten kauerte auf Knien und Händen, hatte den Kopf in den Nacken gelegt, das Gesicht offenbar vor Schmerz verzerrt. Hinter ihr kniete ein nackter Mann.

Corrie konnte sich nicht genau vorstellen, was der Mann ihr antat, aber ihr Herz klopfte bang, und zwischen ihren Brüsten verfing sich ein Schweißtropfen. Hastig blätterte sie die nächste Seite auf. Wieder die Abbildung einer Wandmalerei, die den nackten Merkur darstellte; zwischen seinen Schenkeln ragte ein riesiger Auswuchs. Corrie starrte gebannt auf das Bild.

„Wie ich sehe, haben Sie doch noch etwas gefunden." Der Earl stand am Fuß der Leiter. Corrie schrie entsetzt auf, verlor das Gleichgewicht, stürzte rückwärts in die Tiefe und landete in den kraftvollen Armen des Earls. Das Buch flatterte durch die Luft und fiel ihr aufgeschlagen in den Schoß.

Der Blick des Earls erfasste die Göttergestalt Merkur, und Corries Gesicht übergoss sich puterrot.

„Interessante Wahl", bemerkte der Earl seelenruhig.

„Lassen Sie mich runter!" Verzweifelt strampelte sie mit den Beinen, um sich zu befreien und wenigstens einen Rest Würde wiederzugewinnen. Sie spürte seine kraftvollen Arme, die harten Muskelwölbungen seines Brustkorbs, und ihr Magen zog sich zusammen.

Der Earl stellte sie auf die Füße, nahm das Buch an sich, bevor es zu Boden fallen konnte, und betrachtete die Abbildung.

„Sie haben einen guten Geschmack, Mrs. Moss", meinte er anerkennend. „Sie werden dieses Buch gewiss fesselnder finden als Gedichte, obgleich auch ich gute Poesie zu schätzen weiß. Allerdings muss ich gestehen, dass mich Ihre Kühnheit erstaunt."

Corrie kniff die Augen zusammen, während die Schamröte sich bis zu ihren Brüsten ausbreitete. „Ich ... ich bin zufällig darauf gestoßen. Woher sollte ich wissen, was ich zu sehen bekomme." Sie straffte die Schultern. „Sie sollten sich schämen, Mylord, derart pikante Literatur in Ihrer Bibliothek aufzubewahren, über die eine nichtsahnende Person stolpern könnte."

Er setzte eine fragende Miene auf. „Diese bewusste nichtsahnende Person musste auf eine Leiter steigen, um an die Bücher heranzukommen. Das kann man wohl kaum als darüber stolpern bezeichnen, Mrs. Moss." Er zog einen Mundwinkel hoch. „Falls Sie sich die restlichen Bilder anzusehen wünschen, werde ich Schweigen darüber bewahren."

„Wie können Sie es wagen!" So unverschämt diese Unterstellung auch sein mochte, hätte sie sich, ehrlich gestanden, die anstößigen Bilder gern näher betrachtet. Was treiben der nackte Mann und die Frau wohl miteinander?, fragte sie sich. Und was würde sie sonst noch erfahren?

„Verzeihen Sie", entschuldigte Tremaine sich mit leisem Spott in der Stimme. „Ich dachte nur, Sie finden die Darstellungen vielleicht lehrreich ... da Sie verheiratet und mit den Intimitäten zwischen Mann und Frau vertraut sind."

Ihre Schamröte vertiefte sich nur noch mehr. Sie entsann sich, wie sie gemeinsam mit Krista im Keller des Mädchenpensionats in Briarhill ein Buch entdeckt hatte, in dem die Grundbegriffe des Geschlechtsaktes beschrieben waren. Damals waren die beiden Mädchen entsetzt von der Vorstellung, dass Mann und Frau sich solch sündigem Treiben hingaben.

Später hatte Krista allerdings behauptet, der Liebesakt sei etwas Wunderschönes, und wenn Corrie bedachte, welch seltsames Prickeln sie in Gray Forsythes Nähe durchrieselte, fragte sie sich, ob ihre Freundin vielleicht recht hatte. Wie auch immer, die befremdlichen Regungen, die er in ihr auslöste, waren beängstigend.

Und gefährlich.

„Es ist Zeit, dieses Gespräch zu beenden", sagte sie pikiert. „Ich halte es für höchst unpassend, über derlei Dinge zu sprechen. Wenn Sie mich bitte entschuldigen, Mylord ..."

Tremaine verneigte sich förmlich. „Selbstverständlich. Ich wünsche Ihnen einen schönen Nachmittag, Mrs. Moss." Der spöttische Unterton war immer noch da, aber sie glaubte noch etwas anderes herauszuhören.

Einen bangen Moment konnte sie sich nicht von seinem dunkel glühenden Blick abwenden. Das Herz schlug ihr bis zum Hals, und ihr Mund war plötzlich seltsam trocken.

Sie versuchte, sich Laurel in Grays Armen vorzustellen, was ihr nicht gelingen wollte. Laurel hätte sich bestimmt zu einem zärtlichen Mann hingezogen gefühlt, zu einem Mann, der Verständnis für ihre Scheu, ihre zarten Empfindungen hatte. Gray Forsythe konnte sie sich allerdings nicht zärtlich und verständnisvoll vorstellen. Als Liebhaber wäre er fordernd und wild. Warum sie so dachte, wusste sie allerdings nicht.

Sie machte kehrt und verließ hoch erhobenen Hauptes die Bibliothek. Ohne sich umzudrehen, spürte sie seinen Blick im Rücken. Er galt als Erotomane, ein Meister in der Kunst der Liebe. Und nun hatte sie erfahren, dass er ein Liebhaber erotischer Literatur war.

Vermutlich kannte er tausend Tricks, um das sündige Verlangen einer Frau zu steigern. War auch die scheue Laurel seiner lüsternen Ausstrahlung verfallen?

Diese Vorstellung erschien Corrie in zunehmendem Maße abwegig.

Aber seine Frau und Laurel waren beide ertrunken.

Der Gedanke wirkte wie ein kalter Guss, der das lodernde Feuer in Corries Adern löschte.

8. KAPITEL

Krista saß neben Leif im Salon ihres Stadthauses am Berkeley Square, das sie vor Kurzem gekauft hatten. Oben im Kinderzimmer schlief ihr fünf Monate alter Sohn Brandon Thomas Draugr, Viscount Balfour, Erbe des Earl of Hampton. Er lag in der Wiege, die von seinem Kindermädchen geschaukelt wurde.

„Ich hoffe, wir tun das Richtige."

„Seit Coralees Abreise machst du dir Sorgen um sie. Wenn wir etwas unternehmen, fühlst du dich gewiss besser."

„Ich hätte längst etwas tun sollen", entgegnete Krista. „Ich hätte sie an diesem Vorhaben hindern müssen."

Leif schnaubte. Im hellen Nachmittagslicht schimmerte sein blondes Haar golden, und seine Augen leuchteten blau wie der Himmel. „Deine Freundin gleicht dir in vieler Hinsicht, Liebste. Wenn sie sich etwas in den Kopf gesetzt hat, lässt sie sich nicht mehr davon abbringen."

Krista seufzte. Leif hatte natürlich recht. Coralee war ähnlich störrisch wie sie. Vielleicht war das einer der Gründe, warum sie so eng befreundet waren.

„Offenbar steht Allison in Verbindung mit Laurels Tante Agnes Hatfield", sagte Krista. „Momentan ist Coralee in Sicherheit, aber sie begibt sich in große Gefahr."

Leif widersprach nicht. „Vielleicht kann Mr. Petersen uns helfen, wie schon einmal." Leif hatte darauf bestanden, einen Privatdetektiv zu engagieren, worüber Krista nun froh war.

Ein Geräusch an der Tür ließ sie aufblicken. „Mr. Petersen ist eingetroffen", kündigte der Butler an.

„Bitten Sie ihn herein, Simmons." Krista und Leif erhoben sich, um den Detektiv zu begrüßen, den sie seit fast einem Jahr nicht mehr gesehen hatten.

Dolph Petersen hatte damals Krista und ihrem Vater geholfen, den Namen eines Mannes herauszufinden, der versucht hatte, den Verlag in den Ruin zu treiben. Der niederträchtige Kerl war in seiner Rücksichtslosigkeit zu allem bereit gewesen und scheute nicht einmal vor einem Mord zurück. Mit Dolphs Unterstützung war es gelungen, dem Verbrecher das Handwerk zu legen. Und Krista hegte die Hoffnung, dass er ihnen auch in dieser heiklen Angelegenheit behilflich sein könnte.

Als der langbeinige, schlaksige Petersen eintrat, ein bemerkenswert gut aussehender Mann mit hageren verwegenen Gesichtszügen, legte Leif besitzergreifend die Hand auf Kristas Hüfte, und Dolph ließ sich zu einem seltenen Lächeln herab.

„Offenbar ist das junge Paar noch immer verliebt. Ich freue mich, Sie beide zu sehen. Nachträglich meine herzlichen Glückwünsche zum Erstgeborenen. Wie ich hörte, ist es ein Sohn."

„Vielen Dank." Leif war ein wunderbarer Vater, ein fürsorglicher Ehemann und leidenschaftlicher Liebhaber, und Krista wusste das sehr wohl zu schätzen.

„Wollen wir uns setzen?" Sie führte den Gast zur Sitzgruppe vor dem Kamin. „Darf ich Ihnen eine Erfrischung anbieten, Mr. Petersen, vielleicht Tee oder etwas Stärkeres?"

„Danke, nein. Und nennen Sie mich bitte Dolph. Ich finde, wir kennen uns gut genug, um die Förmlichkeiten zu lassen."

Krista und Leif nahmen wieder auf dem Sofa Platz, und der Detektiv setzte sich in den Sessel gegenüber. „Was kann ich diesmal für Sie tun?"

Krista warf Leif einen Blick zu, der aufmunternd nickte. „Erinnern Sie sich an Miss Whitmore?", fragte sie. „Meine Freundin Coralee?"

„Natürlich."

„Sie ist in eine nicht ungefährliche Sache verstrickt, und wir hoffen, Sie können uns helfen."

Interessiert beugte Petersen sich vor. „Fahren Sie fort."

Im Vertrauen auf die Verschwiegenheit des Mannes schilderten Krista und Leif die Umstände, die zu Laurel Whitmores Tod und dem ihres unehelichen Kindes geführt hatten. Sie berichteten, dass die Behörden ihren Tod als Selbstmord bezeichneten, Corrie sich aber strikt weigerte, zu akzeptieren, dass ihre Schwester freiwillig aus dem Leben geschieden war. Vielmehr sei sie sicher, dass Laurel niemals fähig gewesen sei, sich oder ihrem Kind etwas anzutun.

„Coralee ist der Überzeugung, dass ihre Schwester ermordet wurde", sagte Leif. „Und sie hat den Verdacht, der Earl of Tremaine habe sie getötet."

„Grayson Forsythe?", fragte Petersen verblüfft.

Leif richtete sich kerzengerade auf. „Sie kennen den Mann?"

„Ja, abgesehen von seinem Ruf als unverbesserlicher Frauenheld ist Gray ein höchst ehrenwerter Mann. Er diente drei Jahre in Indien als Offizier und wurde mehrfach für seine Tapferkeit ausgezeichnet. Wieso verdächtigt Miss Whitmore den Earl, ihre Schwester getötet zu haben?"

„Zunächst liegt der Landsitz des Earls in unmittelbarer Nachbarschaft von Selkirk Hall. Zum Zweiten ist seine Gattin bei einem Bootsunglück ums Leben gekommen. Sie ertrank im Avon River, genau wie Laurel."

Krista berichtete, dass Gray durch den Tod seiner Ehefrau zu einem beträchtlichen Vermögen gekommen war. Corrie, die seinen Ruf als Frauenheld kannte, unterstellte, er habe ihre Schwester verführt und getötet, nachdem sie sein Kind zur Welt gebracht hatte. Mit dieser Tat wollte er einen Skandal vertuschen.

„Interessant. Über die Umstände, die zum Tod von Tremaines Gattin geführt hatten, ist wenig bekannt. Die Familie war bemüht, die Tragödie geheim zu halten."

„Coralee ist es gelungen, sich Zugang in Castle Tremaine

zu verschaffen, indem sie sich als entfernte Cousine der Familie ausgab. Und das ist der Grund, warum Leif und ich uns Sorgen um sie machen."

„Sollte der Earl tatsächlich ein Mörder sein", fügte Leif hinzu, „befindet Coralee sich in ernster Gefahr."

Peterson stieß die Luft aus. „Die Dame hat Mumm, das muss man ihr lassen. Ich höre mich um und versuche herauszufinden, ob Tremaine ein Verhältnis mit Laurel Whitmore hatte."

„Falls er keine Affäre mit ihr hatte", fügte Leif hinzu, „finden Sie heraus, welcher Mann eine Beziehung mit ihr hatte."

Petersen nickte. „Ich tue mein Bestes." Er erhob sich, Krista und Leif standen gleichfalls auf. „Sie hören von mir, sobald ich nähere Erkenntnisse habe."

Dankbar lächelte Krista ihn an. „Vielen Dank, Mr. … ehm … Dolph."

Er schmunzelte. „Wie gesagt, ich melde mich."

Krista und Leif brachten den Besucher zur Tür und kehrten in den Salon zurück.

„Ich bin sehr froh, dass du ihm den Auftrag gegeben hast", sagte sie.

„Petersen ist ein erfahrener Mann. Er wird Erkundigungen über den Earl anstellen und zu einem Ergebnis kommen."

Darauf vertraute Krista und hoffte inständig, dass seine Erkenntnisse keine weiteren schlechten Nachrichten für Coralee bedeuteten.

Nach dem Abendessen, das in angespannter Atmosphäre verlaufen war, begab Corrie sich auf ihr Zimmer. Bereits bei der Ankunft war ihr eine gewisse Spannung zwischen Charles und seiner Frau aufgefallen, die stärker wurde, je länger sie beisammen waren. Gray hingegen war auch an diesem Abend nicht zum Essen erschienen. Vor einer Stunde hatte Corrie gesehen, wie er in Richtung Dorf geritten war.

In Anbetracht seines Rufes als Frauenheld und in Gedanken an die erotischen Bücher, die sie in seiner Bibliothek entdeckt hatte, stellte sie sich vor, dass er vermutlich die Gesellschaft einer Frau suchte, ein Gedanke, der sie seltsamerweise störte.

Als es leise an der schmalen Tür zum angrenzenden Zimmer klopfte, öffnete Corrie erleichtert.

„Ich war ein wenig besorgt", begrüßte sie Allison. „Wo, in aller Welt, warst du nur?"

„Ich habe mich lange mit Hilde Pritchard unterhalten, einem Küchenmädchen. Sie ist eine wahre Plaudertasche – wofür ich natürlich unendlich dankbar bin."

Allison sank auf die Polsterbank am Fußende des breiten Bettes, und Corrie setzte sich neben sie. „Und? Was hast du herausgefunden?"

Versonnen steckte Allison eine schwarze Locke unter ihr gerüschtes Zofenhäubchen. Sie trug einen schlichten schwarzen Rock und eine weiße Biesenbluse, wie es einer Zofe geziemte.

„Hilde scheint mir ein gutmütiges Wesen zu sein. Sie arbeitet seit vielen Jahren im Schloss und weiß eigentlich alles über die Familie. Sie erzählte, dass es zwischen dem Earl und seinem Vater oft zu Streitigkeiten kam. Nach dem Tod der Mutter wurde Gray sehr schlecht von seinem Vater behandelt, der den Knaben wegen geringster Verfehlungen hart bestrafte. Einmal hat er ihn so sehr mit dem Rohrstock verprügelt, dass die Haushälterin einen Arzt kommen lassen musste."

Gütiger Himmel. „Warum behandelte sein Vater ihn so grausam?"

„Hilde sagte, der verblichene Earl hatte immer den Verdacht, dass Gray nicht sein leiblicher Sohn war – obgleich Lady Tremaine bis zu ihrem Tod schwor, dass sie ihrem Gatten niemals untreu war."

Mitleid für den Knaben stieg in Corrie auf, der mit einem lieblosen Vater aufgewachsen war und von ihm wegen jeder Kleinigkeit verprügelt wurde.

Sie zwang sich, an Laurel zu denken, an ihre Schwangerschaft, an ihr Kind, ihren sinnlosen Tod, und verdrängte ihre unangebrachten Mitleidsgefühle.

„Hast du Hilde nach der Gemahlin des Earls gefragt?"

Allison nickte. „An jenem Tag hatte Rebecca eine Bootsfahrt mit anschließendem Picknick geplant und Gäste dazu eingeladen. Gray sagte seine Teilnahme in letzter Minute ab. Während dieses Ausflugs schlug das Boot plötzlich leck, lief voll Wasser und sank sehr schnell. Charles half Rebecca, das rettende Ufer zu erreichen. Für Jillian aber kam jede Hilfe zu spät. Offenbar hatten sich ihre Röcke irgendwie verfangen, sie tauchte unter und ertrank. Niemand konnte sie retten."

Corries Trauer über den tragischen Tod der jungen Frau folgte eine Welle der Erleichterung.

„Dann war ihr Tod tatsächlich ein Unglücksfall."

„Offenbar."

Trotzdem war nicht auszuschließen, dass Tremaine Laurels Mörder war. Aber ihr Verdacht schwand immer mehr, vermutlich nur deshalb, weil sie sich den Earl nicht in der Rolle des Geliebten ihrer Schwester vorstellen konnte.

„Vielleicht trifft den Earl gar keine Schuld an Laurels Tod", sagte Allison schließlich und fasste Corries Überlegungen in Worte.

„Vielleicht. Tante Agnes erzählte, dass auch Jason Forsythe, der Vetter des Earls, zum Zeitpunkt von Laurels Tod im Schloss wohnte."

„Ich hörte, Lord Jason wird morgen erwartet."

„Das trifft sich gut. Bald werde ich mir ein Bild von ihm machen können. Vorhin sah ich, wie der Earl ausgeritten ist. Wenn wir Glück haben, verbringt er die Nacht in einem fremden Bett – und ich kann mich in seinem Zimmer umsehen."

„In seinem Zimmer? Aber du zweifelst doch selbst ...“

„Trotzdem ist Tremaine ein gewissenloser Frauenheld. Ich traue ihm nicht. Möglicherweise ist er der Vater von Laurels Kind.“

Allison bekam große Augen. „Und wenn er vorzeitig zurückkommt und dich in seinem Zimmer überrascht?“

„Ich bin vorsichtig. Aber ich glaube nicht, dass er es eilig hat, mitten in der Nacht das warme Bett einer Geliebten zu verlassen.“ Seltsamerweise versetzte ihr dieser Gedanke einen Stich.

„Soll ich mit dir kommen?“, fragte Allison bang, aber es war ihr deutlich anzusehen, wie mulmig ihr dabei zumute war.

„Lieb von dir, Allison, aber ich gehe besser allein.“

Erleichtert atmete Allison auf. „Sein Kammerdiener kam vorhin in die Küche. Ein interessanter kleiner Mann. Ich versuche, mich so lange mit ihm zu unterhalten, bis du fertig bist.“

„Gute Idee.“

Corrie war froh, eine Verbündete in dem riesigen Schloss zu haben.

Mit einem letzten Blick aus dem Fenster vergewisserte sie sich, dass kein Reiter sich am Horizont näherte, raffte den Rock ihres grauen Kleides, das sie gewählt hatte, um nicht aufzufallen, und begab sich zur Tür.

Gray ritt Raja in den Stall und schwang sich neben dem schlafenden Pferdeknecht aus dem Sattel.

Erschrocken fuhr Dickey Michaels hoch. „Ich hätte auf Sie gewartet, Mylord“, stammelte er in seinem schweren Cockney-Akzent. „Aber ich dachte, Sie bleiben die Nacht fort.“

„Das dachte ich auch, Dickey.“ Er händigte dem strohblonden Burschen die Zügel aus. „Reibe Raja trocken, tränke und füttere ihn, bevor du ihn in die Box stellst."

„Ja, Sir. Ich versorge ihn." Der Bursche führte den Hengst weg, und Gray stapfte auf das Schloss zu.

Auf halbem Weg nach Parkside, wo er Bethany Chambers besuchen wollte, hatte er plötzlich seine Meinung geändert. Der Gedanke an ihr seichtes Geschwätz, ihr geziertes Getue, ihre schmollenden Vorhaltungen, er kümmere sich zu wenig um sie, hatte ihm die Lust an einer Liebesnacht mit ihr verleidet. Auf der Hügelkuppe in der Nähe ihres Hauses hatte er Raja gewendet. Sexueller Notstand hin oder her, die Dame war ihm schlichtweg zu anstrengend.

Und irgendwie war ihm auch die Lust auf die schöne Lady Devane vergangen.

Verdammt und zugenäht. Diese Letty Moss hatte sein Verlangen geweckt, und alle anderen hatten ihren Reiz für ihn verloren.

Gray konnte sich das nicht erklären. Er war ein Mann mit großen fleischlichen Gelüsten. Warum ausgerechnet diese zierliche Person ihn so sehr reizte, war ihm rätselhaft. Irgendwie durchschaute er diese Letty Moss nicht. Vielleicht war es dieses Geheimnis, das ihn zu ihr hinzog. Wie auch immer, er begehrte sie und war sich ziemlich sicher, dass auch sie ihn begehrte.

Sie waren beide erwachsen. Und mit dreißig war er nicht zu alt für Letty – oder wer immer sie auch sein mochte. Mittlerweile glaubte er auch nicht mehr, dass sie etwas Schlechtes im Schilde führte. Wäre er ihr in London begegnet, hätte er sie zu seiner Mätresse gemacht. Da sie Geld brauchte, spielte er mit dem Gedanken, sie in einem Landhaus in der Nähe unterzubringen. Er wollte für ihren Unterhalt sorgen, sie gut behandeln, und als Gegenleistung würde sie ihm ihre Gunst schenken.

Gray hätte beinahe gelächelt.

Gleich morgen wollte er sich schriftlich bei Bethany entschuldigen, dass er das Rendezvous nicht eingehalten hatte. Und danach wollte er sich um Mrs. Moss bemühen und sie in sein Bett locken.

Mit diesen Gedanken näherte Gray sich seinen Privatgemächern im Westflügel des dunklen Schlosses. Nur auf dem Flur verbreiteten ein paar Gaslampen schwaches Licht, eine Modernisierung, die Rebecca hatte installieren lassen.

Er öffnete die Tür. Die schweren Vorhänge waren zugezogen, auf dem Nachttisch brannte eine Petroleumlampe, deren Docht heruntergedreht war. Im ersten Moment dachte er, Samir habe vorausgeahnt, dass er vorzeitig zurückkehren würde, und hatte die Lampe angezündet. Doch dann stutzte Gray. Samir war schließlich kein Hellseher.

Auf leisen Sohlen betrat er den angrenzenden Salon und blickte sich wachsam um. Er spürte, wie seine Nackenhaare sich sträubten. In der Armee hatte er einen sechsten Sinn für drohende Gefahren entwickelt, der ihn jetzt wissen ließ, dass er nicht allein war.

Auf den ersten Blick schien das Zimmer leer zu sein. Doch dann entdeckte sein Späherblick eine ungewöhnliche Wölbung in den schweren Samtdraperien. Und darunter lugten die Spitzen zierlicher Damenschuhe hervor, zu fein, um einem Dienstmädchen zu gehören, wenngleich ein wenig abgetragen.

Gray wusste sofort, wem die zierlichen Schuhe gehörten: Letty Moss.

Was hatte sie hier zu suchen? Wollte sie Geld oder Wertsachen stehlen? Während er gebannt auf den Vorhang starrte, kam ihm ein sündiger Gedanke.

Er spielte den Ahnungslosen, setzte sich auf den Hocker vor den Frisiertisch und begann, die Reitstiefel auszuziehen. Erst plumpste ein Stiefel aufs Parkett, dann der zweite. Er streifte das Jackett ab, dann das Hemd. Mit nacktem Oberkörper stand er auf, trat näher an den Vorhang und knöpfte den Hosenbund auf.

Im Begriff, die Reithose von den Hüften zu schieben, hörte er, wie jemand hinter dem Vorhang laut nach Luft schnappte.

„Sie können herauskommen, Mrs. Moss – es sei denn, Sie wollen warten, bis ich mich völlig entkleidet habe."

Die schweren Falten bewegten sich. Mit einem ergebenen Seufzer trat Corrie hinter dem Vorhang hervor und stand stocksteif mit störrisch gerecktem Kinn vor ihm. Beim Anblick seines nackten Oberkörpers mit dem krausen Haarwuchs auf der breiten Brust bekam sie schreckensweite Augen. Ihr Blick flog zu der offenen Hose, und ihre Wangen überzogen sich dunkelrot.

„Darf ich fragen, was Sie in meinem Zimmer suchen?", fragte er in gespielter Gelassenheit. Als er sah, dass sie sich mit der Zunge über die Lippen fuhr, schoss Hitze in seine Lenden.

„Ich … ich habe mich verirrt. Ich war im Garten und betrat das Haus durch eine Seitentür, und … irgendwie muss ich falsch abgebogen sein, und dann stand ich plötzlich im ersten Stock."

„Aha … So muss es wohl gewesen sein. Ihr Zimmer liegt ja auch im ersten Stockwerk, allerdings im anderen Flügel des Hauses."

„Ja, Sie sagen es." Ihre Erleichterung wandelte sich in Argwohn. „Woher wissen Sie, wo mein Zimmer liegt?"

Er lächelte grimmig. „Ich überzeuge mich gerne persönlich davon, ob meine Gäste gut untergebracht sind. Sie fühlen sich doch wohl bei uns, nicht wahr, Mrs. Moss?"

Ihre Augen wurden schmal. „Im Augenblick nicht."

Er trat näher und blieb dicht vor ihr stehen, nahm sie bei den Schultern und spürte ihr Zittern. Aber sie wich nicht zurück. „Ich will wissen, was Sie in meinem Zimmer zu suchen haben, und diesmal will ich die Wahrheit hören." Er rüttelte sie sanft. „Suchten Sie Geld? Ich weiß, dass Sie in Geldnöten sind, und könnte vielleicht Verständnis dafür aufbringen."

Sie reckte das Kinn. „Ich bin keine Diebin."

„Was dann?"

„Ich wollte ..." Sie holte stockend Atem. „Ich wollte etwas über Sie wissen. Sie haben mich bei sich aufgenommen, und ich dachte, ich bringe etwas über Sie in Erfahrung, wenn ich mich in ihren Gemächern umsehe."

Seine Finger gruben sich schmerzhaft in ihre Schultern. „Warum interessiert Sie das?"

Unschuldig sah sie zu ihm auf, mit Augen so grün wie ein Bergsee. „Aus einer Reihe von Gründen ... Ein paar davon kann ich mir selbst nicht erklären." Ihr Geständnis klang so aufrichtig, dass sie sich selbst darüber wunderte.

Gray blickte in ihr schönes Gesicht, registrierte ihre sanft geschwungenen rostroten Brauen, das winzige Grübchen am Kinn. Er sah, wie ihre vollen Brüste sich hoben und senkten, und eine Woge des Verlangens traf ihn mit großer Wucht.

Er begehrte Letty Moss. Ihr kupferrotes Haar, ihre verlockenden Rundungen zogen ihn magisch an. Gray schlang den Arm um ihre Mitte und zog sie an sich. Ihre grünen Augen weiteten sich, als cr ihren Mund in Besitz nahm. Sie verkrampfte sich, presste ihre kleinen Hände gegen seinen mächtigen Brustkorb und versuchte, ihn von sich zu stoßen, aber Gray ließ sich nicht beirren.

Ihre Hitze hüllte ihn ein, der süße Geschmack ihrer vollen Lippen berauschte ihn. Er schlang beide Arme um sie, zog sie enger an sich und fuhr fort, sie zu küssen, bis ihre Lippen unter seinem Mund weich wurden. Und als Letty begann, seinen Kuss zu erwidern, entrang sich seiner Kehle ein lustvolles Stöhnen.

Er drängte seine Zunge zwischen ihre Lippen, zwang sie, sich ihm zu öffnen, und kostete von ihrer Süße. Letty sank gegen ihn, ihre vollen Brüste schmiegten sich an seine nackte Brust. Jede Sehne angespannt, bezwang er mühsam seine Gier, ihr das Mieder aufzureißen, um an ihren vollen Brüsten zu saugen.

Ihre Hände glitten über seine behaarte Brust nach oben und umschlangen seinen Nacken, während sie sich auf die Zehenspitzen stellte und sich enger an ihn presste. Eine willige, fiebernde Frau, genau wie er sie sich wünschte.

Unvermutet hob Gray sie in die Arme und wollte sie in sein Schlafzimmer tragen. Da begann Letty zu schreien.

„Still! Was fällt Ihnen ein? Wollen Sie das ganze Haus aufwecken?“

„Lassen Sie mich augenblicklich herunter!“

Einen langen Moment hielt er sie in den Armen, seine Männlichkeit fast schmerzhaft erregt. Vor wenigen Sekunden war Letty noch weich und willig gewesen. Nun spürte er ihren verkrampften Widerstand und wusste, dass das Feuer, das eben noch zwischen ihnen loderte, erloschen war.

Widerstrebend stellte er sie auf die Füße. „Was ist denn? Sie wollten es doch auch.“

Sie wandte den Blick ab. Im schwachen Schein der Lampe beobachtete er ihr schamrot übergossenes Gesicht. „Ich … ich weiß nicht, was in mich gefahren ist. Ich muss den Verstand verloren haben.“ Benommen schüttelte sie den Kopf, und Gray furchte die Stirn.

Bei all ihrer Leidenschaft hatte Gray von Anfang an ihre Unschuld und Unerfahrenheit gespürt. War dieser Vetter Cyrus ein so miserabler Liebhaber, dass er sich keine Mühe mit dem Vorspiel machte, es nie geschafft hatte, seine Frau zu erregen?

„Ich muss gehen“, murmelte sie atemlos. „Bitte entschuldigen Sie mein Eindringen. Das war dumm und sehr aufdringlich von mir. Ich hoffe, Sie können mir verzeihen.“

„Hören Sie, Letty, Sie müssen wirklich keine Angst vor

mir haben. Ich tue Ihnen nicht weh."

„Ich muss gehen", wiederholte sie und ging rückwärts zur Tür. „Mein Mädchen wartet auf mich. Es macht sich gewiss Sorgen, wo ich bleibe."

Gray versuchte nicht, sie zurückzuhalten. Ihm wurde klar, dass seine Verführung mehr Zeit in Anspruch nehmen würde, als er ursprünglich geplant hatte.

Dennoch zweifelte er nicht an seinem Erfolg.

Letty Moss würde ihm gehören. Wenn sie wegen Geld in sein Haus gekommen war, sollte sie es bekommen. Was immer sie brauchte, er würde es ihr geben.

Er würde sie mit Geld überschütten und wollte ihr weit mehr Freuden bereiten.

Gray spürte eine beseligende Heiterkeit in sich aufsteigen, wie seit Langem nicht mehr. Bald würde Letty Moss die Nächte in seinem Bett verbringen.

Zitternd stand Corrie an der Tür ihres Schlafzimmers und versuchte, zu Atem zu kommen. Ihr Herz hämmerte wild, und sie war völlig außer Fassung. Allison wartete gewiss auf sie und wollte hören, was geschehen war. Gütiger Himmel, was würde Ally nur sagen, wenn sie Bescheid wüsste?

Corrie lehnte die Stirn gegen die Wand und zwang sich, tief zu atmen. Ihre Durchsuchung der Privatgemächer des Earls hatte keinerlei Hinweis erbracht, nichts, was Tremaine mit Laurel in Verbindung gebracht hätte.

Und dann hatte er sie entdeckt.

Wie konnte sie sich nur dazu hinreißen lassen, sich von ihm küssen zu lassen? Wieso hatte sie seinen Kuss erwidert?

Wieder durchfuhr sie ein Hitzeschwall, als sie an seinen heißen Mund dachte, seine wilden Küsse, seine nackte behaarte Brust, die sich an ihren Busen presste, sodass ihre Brustspitzen sich prickelnd aufrichteten und ein Sehnen sie erfüllte, wie sie es nie zuvor verspürt hatte. Sie hatte danach gelechzt, seine Nacktheit zu streicheln, seine harten Muskeln an ihrer nackten Haut zu spüren, von ihm zu kosten.

Hastig verdrängte sie diese beängstigenden Gedanken. Der Schurke verdiente seinen skandalösen Ruf. Er war ein Teufel mit den Händen eines Zauberers.

Unwillkürlich betastete sie ihre von seinen Küssen geschwollenen Lippen, die sich heiß und weich anfühlten. Sein männlicher Duft haftete immer noch an ihr, vermischt mit einem Hauch Sandelholz.

Er war ein Meister der Verführung, und dennoch wuchs Corries Überzeugung, dass Gray Forsythe nicht Laurels Liebhaber war, nicht der Mann, in den ihre Schwester sich unsterblich verliebt und dessen Namen sie mit in ihr frühes Grab genommen hatte.

Corrie kannte Laurel zu gut und wusste inzwischen auch ein wenig mehr über den unwiderstehlichen Earl. Die beiden waren völlig unterschiedlicher Natur und hätten einfach nicht zueinander gepasst.

Andererseits konnte Corrie ihn auch nicht vollständig als Verdächtigen streichen, bevor sie nicht herausgefunden hatte, wer Laurels Geliebter war.

Der Mann, der sie wahrscheinlich ermordet hatte.

Noch einmal holte sie tief Luft, strich sich über das zum Nackenknoten gebundene Haar, öffnete die Tür und betrat ihr Schlafzimmer.

9. KAPITEL

Nach einer langen, ruhelosen Nacht erwachte Corrie in einen grauen Maimorgen. Um dem Earl of Tremaine nicht zu begegnen, verzichtete sie auf das Frühstück und machte sich auf den Weg ins Dorf.

Sie schlenderte durch die Geschäfte, die gerade öffneten, trank in der Bäckerei eine Tasse Tee, aß ein Butterhörnchen und kaufte sich im Laden daneben ein blaues Seidenband für ihr Haar. Sie kam mit ein paar Frauen ins Gespräch, in der Hoffnung, Neuigkeiten zu erfahren, und begab sich schließlich in die Kirche.

Vikar Langston hatte die Gemeinde vor drei Jahren übernommen. Sein Sohn Patrick war momentan als Diakon in der benachbarten Grafschaft Berkshire tätig, hatte aber zum Zeitpunkt von Laurels Tod im Dorf gewohnt.

Corrie stand im Mittelgang der kleinen Kirche, als der Vikar sich ihr näherte, ein feingliedriger Geistlicher mit silbergrauem Haar und gütigen blauen Augen.

„Kann ich Ihnen helfen, junge Frau?"

„Nun ja, ich … eigentlich will ich nur ein paar Gebete für eine Freundin sprechen, die vor einigen Monaten starb. Ihr Name war Laurel Whitmore."

Traurig schüttelte der Vikar den Kopf. „Eine furchtbare Tragödie. Mein Sohn und ich besuchten Laurel und ihre Tante häufig. Sie war ein liebenswürdiges Mädchen und mit der Verlobten meines Sohnes befreundet, Arial Collingwood."

„Ihr Sohn ist verlobt?"

„Aber ja. Seit über einem Jahr. Nächsten Monat feiert das Paar Hochzeit. Miss Whitmore machte noch mit Arial Pläne für die Hochzeitsfeier."

Corries Herz zog sich zusammen. Wenn Laurel mit der Verlobten von Patrick Langston befreundet war, hätte sie sich niemals mit ihm eingelassen und ihre Freundin hintergangen.

„Ich habe Gerüchte über das Unglück gehört", sagte Corrie vorsichtig. „Und ich weiß, dass sie ein Baby hatte. Es fällt mir schwer zu glauben, dass Laurel sich das Leben nahm und fähig war, ihrem Kind etwas anzutun."

„Ja, das war für uns alle ein großer Schock. Irgendwie fühle ich mich schuldig. Ich hätte spüren müssen, dass sie in Nöten war. Schließlich war sie ein Mitglied meiner Kirchengemeinde. Von dem Kind habe ich bedauerlicherweise erst später erfahren. Die ganze Wahrheit kam erst nach ihrem Tod ans Tageslicht. Die Familie bemühte sich zwar, nichts darüber verlauten zu lassen, aber in einem Dorf wie dem unseren ist es schwierig, Geheimnisse zu bewahren."

„Das kann ich mir gut vorstellen." Sie blickte zum Altar, auf dem eine Reihe Bienenwachskerzen in der Zugluft flackerten. „Man sollte meinen, dass der Vater des Kindes sich meldet. Aber vermutlich weiß niemand, wer er ist."

„Ich fürchte, nein. Vielleicht aber wusste er gar nichts von dem Kind … erst als es zu spät war. Und dann spielte es auch keine Rolle mehr."

Daran hatte sie nie gedacht. Hatte Laurel möglicherweise dem Mann, den sie liebte, nie gestanden, dass sie ein Kind von ihm erwartete? Aber aus welchem Grund sollte sie so etwas tun?

„Der tragische Tod Ihrer Freundin tut mir aufrichtig leid", sagte der Vikar. „Ich habe Miss Whitmore sehr gemocht."

„Danke. Ich auch."

Tief bedrückt verließ Corrie die Kirche. Das Gespräch mit dem Vikar hatte ihren Schmerz wieder aufgewühlt. Wenigstens konnte sie einen weiteren Verdächtigen von ihrer Liste streichen. Sie glaubte nicht, dass Patrick Langston eine Liebesbeziehung mit Laurel hatte, da seine Verlobte mit ihr befreundet war.

Auf dem Rückweg durch die blühenden Wiesen, in Gedanken an ihre Schwester versunken, glaubte sie, ein leises Fiepen zu hören. Sie blieb stehen, schaute sich suchend um und hörte es wieder. Vorsichtig folgte sie dem Winseln und entdeckte einen grauen Hund, der im hohen Gras lag. Aus seinem Fell in Brusthöhe sickerte Blut.

„Keine Angst, mein Guter." Corrie kniete sich ins Gras und streichelte sein struppiges Fell. Es war ein großes Tier, bis auf die Knochen abgemagert, sein Fell war verfilzt und schmutzig. Der Hund hob den Kopf und wedelte entkräftet mit dem Schwanz. Der Schmerz in seinen schwarzen Augen zerrte an ihrem Herzen.

„Braver Hund. Es wird bald wieder gut. Ich kümmere mich um dich." Vermutlich war das Tier herrenlos, ein streunender Köter, aber sie konnte ihn nicht leiden sehen.

Sie riss Fetzen aus ihrem Unterrock, knüpfte sie aneinander und begann behutsam, dem Tier einen notdürftigen Verband anzulegen. Die Wunde musste gesäubert und versorgt werden, aber zunächst musste sie ihn irgendwie ins Haus schaffen.

„Bleib brav hier liegen", sagte sie und streichelte ihm den struppigen Kopf. „Ich bin so schnell wie möglich wieder da." Mit gerafften Röcken rannte sie zum Schloss zurück. Im Stall hielt sie keuchend Ausschau nach einem Pferdeknecht, stattdessen begegnete sie dem Earl.

„Was ist passiert?", fragte er und trat aus einer Box. „Fehlt Ihnen etwas?"

„Ich brauche einen Karren oder etwas Ähnliches", stieß sie atemlos hervor. „Dort hinten in der Wiese liegt ein verletzter Hund. Er braucht Hilfe und ich …"

„Moment mal. Sind Sie den ganzen Weg gerannt wegen eines Hundes? Was ist mit Ihrem verstauchten Knöchel? Sie sollten ihn doch schonen."

„Mein Knöchel ist wieder in Ordnung, aber der Hund ist

verletzt. Ich muss ihn irgendwie hierherschaffen, um seine Wunde zu versorgen."

Der Earl musterte sie eindringlich und las in ihrer Miene die Angst um das Tier. „Kommen Sie", meinte er ruhig. „Ich helfe Ihnen."

Sie atmete erleichtert auf, weil er bereit war, ihr zu helfen, aber irgendwie überraschte sie das nicht.

Er spannte ein Pferd vor einen offenen zweirädrigen Wagen, half ihr beim Aufsteigen und fuhr die holprige Straße entlang. Der Wiesenweg wäre kürzer gewesen, war aber zu schmal.

In der Nähe, wo der Hund liegen musste, hielt der Earl an, und beide stapften durchs hohe Gras. Es dauerte eine Weile, bis Corrie die richtige Stelle fand. Der Hund lag immer noch auf der Seite, der Notverband war an einigen Stellen mit Blut durchtränkt.

„So ist es brav, mein Guter", murmelte sie und kniete sich ins Gras, streichelte ihn und redete leise auf das Tier ein. Der Earl schaute sie mit merkwürdigem Blick an; vermutlich wunderte er sich, dass sie sich um einen herrenlosen Straßenköter kümmerte.

Tremaine ging neben ihr in die Hocke und tastete ihn nach Knochenbrüchen ab, so wie er es bei ihr vor ein paar Tagen getan hatte.

„Wo kann er sich denn verletzt haben?", fragte sie besorgt.

„Keine Ahnung. Wir wissen bald mehr, wenn wir seine Wunde untersuchen." Er prüfte den Verband. „Sie haben Ihren Unterrock zerrissen?", fragte er erstaunt und bemerkte erst jetzt die Blutflecken an ihrem Kleid.

„Was hätte ich denn sonst tun sollen? Ich hatte doch keine andere Wahl."

Er verzog die Mundwinkel. „Keine andere Wahl, soso." Jedenfalls hätte keine Dame aus seinem Bekanntenkreis ein Kleid für einen streunenden Köter geopfert.

Umsichtig hob Tremaine den verletzten Hund in die Arme, der leise winselte, sich aber nicht zur Wehr setzte.

„Schon gut, alter Junge“, murmelte er. „Wir bringen dich nach Hause, damit die Lady dich pflegen kann.“ Er warf ihr einen Blick zu. „Machen Sie sich keine allzu großen Hoffnungen. Er hat viel Blut verloren. Vielleicht schafft er es nicht.“

Sie reckte das Kinn. „Ich lasse nicht zu, dass er stirbt.“ In letzter Zeit hatte es zu viele Todesfälle gegeben. Laurel. Der kleine Joshua Michael. Nein, dieses arme Tier durfte nicht sterben.

Mit ausholenden Schritten ging der Earl zum Wagen zurück, und Corrie hatte Mühe, nicht den Anschluss zu verlieren. Er legte den Hund auf die Decke, die er in dem Einspänner ausgebreitet hatte, half Corrie auf den Kutschbock und setzte sich neben sie.

Die nächtliche Szene in seinem Zimmer erwähnte er mit keinem Wort. Vielmehr tat er so, als sei nichts geschehen. Statt froh darüber zu sein, war sie irgendwie enttäuscht, dass die Begegnung ihm offensichtlich nichts bedeutet hatte.

Aber wenigstens half er ihr mit dem Hund, das war im Moment das Wichtigste.

Vor dem Stall liefen zwei Knechte herbei. Einer trug den Hund in eine leere Pferdebox und legte ihn behutsam ins Stroh. Corrie ging neben dem Hund in die Knie.

„Ganz ruhig, mein Junge.“ Sie kraulte seinen struppigen Kopf, während der Earl den blutverkrusteten Verband entfernte. Ein Stallbursche brachte einen Eimer Wasser und saubere Tücher. Corrie wusch Blut und Schmutz weg und säuberte die Wunde.

Gray bemerkte, dass ihr Kleid ruiniert war. Und Letty Moss konnte sich gewiss kein neues kaufen. Als der Hund jedoch seine Pfote auf ihre Hand legte und dankbar zu ihr aufblickte, spürte Gray, dass sie den Verlust des Kleides nicht eine Sekunde bedauerte.

„Die Wunde ist ziemlich tief“, stellte Tremaine fest, nachdem er den langen klaffenden Schnitt untersucht hatte, „aber weniger schlimm, als ich befürchtet hatte. Wir verbinden ihn, und wenn er sich ein paar Tage ruhig hält und wieder zu Kräften kommt, übersteht er es.“

Corrie blickte hoffnungsvoll auf. „Glauben Sie wirklich?“

„Jedenfalls hat er gute Chancen durchzukommen.“

Sie lächelte erleichtert. „Vielen Dank, dass Sie ihm geholfen haben.“

Sein Blick hielt den ihren fest. „Ich habe Ihnen geholfen, Letty, nicht dem Hund.“ Sein behutsamer Umgang mit dem verletzten Tier bestärkte sie allerdings in der Überzeugung, dass auch er es nicht über sich gebracht hätte, den armen Hund seinem Schicksal zu überlassen.

„Er braucht einen Namen“, sagte sie. „Was meinen Sie, wie wollen wir ihn nennen?“

„Vielleicht sollten Sie ihm erst einen Namen geben, wenn Sie wissen, dass er es schafft.“

„Er kommt durch“, erklärte sie mit fester Stimme und kraulte ihn. „Ich denke, ich nenne ihn Homer.“

„Homer? Warum nicht gleich Odysseus aus der Ilias?“

Ach, du liebe Güte. Nachdem sie das Buch in der Bibliothek gefunden hatte, war der Name ihr einfach so in den Sinn gekommen. Außerdem passte er zu dem Hund, der ein unsteter Wanderer zu sein schien. Corrie suchte fieberhaft nach einer Ausrede. „In York hatte ich einen Hund, der Homer hieß. Ist das auch eine Romanfigur?“

Gray schüttelte den Kopf. „Ein griechischer Dichter. Na ja, ein Name wie jeder andere.“

„Ein wunderschöner Name.“ Sie streichelte Homer über den Kopf. „Nicht wahr, Homer?“

Der Hund leckte ihr die Hand, was sie als Zustimmung

nahm. Als sie zu dem Earl aufblickte, entdeckte sie eine Wärme in seinen Augen, die sie bei ihm bisher noch nicht gesehen hatte.

„Sie haben ein weiches Herz, Letty Moss." Er richtete sich auf. „Lassen Sie mich wissen, wenn Sie meine Hilfe wieder einmal brauchen." Und dann war er fort.

Corrie hätte erleichtert sein müssen.

Stattdessen wünschte sie, er wäre geblieben.

Am nächsten Tag traf Lord Jason ein. Ein hinreißend schöner Mann. Die Stubenmädchen hatten bereits kichernd über ihn getuschelt, aber ihn leibhaftig zu sehen verschlug Corrie den Atem.

Jason Forsythe war in gewisser Weise noch attraktiver als Gray. Nicht ganz so hochgewachsen und von Statur weniger kraftvoll, mit brünettem Haar und strahlend blauen Augen, entsprach er dem Traum jeder Frau. Wenn er lächelte, und das tat er häufig, bildeten sich Grübchen in seinen Wangen, und sein Lachen klang heiter und ansteckend.

Mit fünfundzwanzig war er nur zwei Jahre älter als Laurel. Corrie fiel es nicht schwer, sich vorzustellen, dass Laurel sich in Lord Jason verliebt hatte. Aber ebenso schwer konnte sie sich vorstellen, dass dieser junge, charmante Mann ein Mörder sein sollte.

„Hätte ich geahnt, welch reizenden Gast ich auf Castle Tremaine vorfinde", erklärte er bei der Begrüßung, „wäre ich früher nach Hause gekommen." Mit einer formvollendeten Verneigung hauchte er Corrie einen Kuss auf den Handrücken. „Leider hatte ich nie das Vergnügen, Ihren Gatten kennenzulernen, Mrs. Moss, aber ich muss gestehen, der Mann hat einen ausgezeichneten Geschmack."

Corrie fühlte sich von seinem Kompliment geschmeichelt und senkte den Blick.

„Ich hoffe nur, dass Cyrus wohlauf ist", entgegnete sie,

darauf bedacht, in ihrer Rolle zu bleiben. „Ich bin besorgt um ihn, da ich lange nichts von ihm gehört habe."

„Sie müssen sehr einsam sein", bemerkte Jason und reichte ihr den Arm, um sie ins Esszimmer zu führen. „Vielleicht kann ich Sie ein wenig aufheitern und auf andere Gedanken bringen."

Corrie lächelte zu ihm auf. „Das würde mich freuen."

Sie betraten das kleine Esszimmer, in dem die Familie bei weniger formellen Anlässen speiste. In der Mitte stand ein langer ovaler Mahagonitisch, dazu zwölf grün gepolsterte Stühle mit hohen Lehnen. Über der langen Tafel hing ein ausladender Kristalllüster, dessen Gaslampen den Raum in weiches goldenes Licht tauchten.

Jason rückte ihr den Stuhl zurecht und setzte sich ihr gegenüber hin. Charles und Rebecca nahmen ihre üblichen Plätze ein. Rebecca trug ein elfenbeinfarbenes, mit Goldfäden durchwirktes, tief dekolletiertes Abendkleid, das den Goldschimmer ihrer blonden Locken hervorhob. Corrie fühlte sich in ihrem türkisgrünen, altmodischen Kleid ziemlich deplatziert. Es gab zwar die Schultern frei, aber die Stoffrosen am Ausschnitt waren leicht angestaubt, und der Saum war ein wenig ausgefranst. Allerdings entsprach ihre Erscheinung genau dem Bild einer armen Verwandten.

Ausnahmsweise erschien der Earl zum Essen, nahm seinen Platz am Kopfende der Tafel ein und warf Corrie einen eindringlichen Blick zu. Unvermutet schoss ihr der Gedanke durch den Sinn, Tremaine störe sich daran, dass sie seinem attraktiven Cousin Aufmerksamkeit schenkte. Wieso sie sich darüber freute, wollte sie nicht näher hinterfragen.

Während der erste Gang aufgetragen wurde, eine köstliche Lauchcremesuppe, schenkte Corrie Jason ein besonders strahlendes Lächeln.

„Wie ich höre, sind Sie vor Kurzem von einer Europareise zurückgekehrt. Waren Sie lange unterwegs?"

„Nur zwei Monate. Vorwiegend in Italien, aber auch ein paar Wochen in Frankreich."

Gray trank einen Schluck Wein. „Mrs. Moss interessiert sich sehr für römische Kunstgeschichte." Der Blick seiner dunklen Augen brannte sich in sie. „Hast du auch die Ausgrabungen von Pompeji besichtigt?"

Corrie verschluckte sich beinahe und hüstelte.

Jason griff über den Tisch und nahm ihr das Glas aus der zittrigen Hand.

„Geht es wieder?"

„Danke. Ich habe mich nur verschluckt."

„Was meintest du?", drängte Gray, und Corrie hätte ihm am liebsten eine Ohrfeige gegeben.

„Nein, Pompeji lag leider zu weit ab von meiner Route. Aber ich habe viel von Rom gesehen."

Corrie warf Gray einen wütenden Seitenblick zu und wandte sich wieder an Lord Jason. „Rom ist gewiss eine aufregende Stadt. Die Geschichte des Kolosseums ist faszinierend. Irgendwo habe ich gelesen, dass die Arena mehr als fünfzigtausend Zuschauer fasste, und die Eröffnungsspiele sollen hundert Tage gedauert haben. Man hat die Arena sogar mit Wasser geflutet, um Seeschlachten nachzustellen. Schier unglaublich, nicht wahr?"

Gray furchte die Stirn. „Ich dachte, Sie lesen nur Frauenzeitschriften." Sein argwöhnischer Ton mahnte sie an ihre Rolle. Sie war Letty Moss, Herrgott noch mal! Letty hatte keine Ahnung von römischer Geschichte.

Corrie setzte ein gewinnendes Lächeln auf. „Ganz recht. Aber eine Freundin von mir kennt sich mit Geschichte aus. Sie hat ein Buch über das alte Rom gelesen und mir davon erzählt."

„Das Kolosseum ist tatsächlich ein faszinierendes Bauwerk", nahm Jason das Gespräch gottlob wieder auf. „Es gibt ein Gewirr von unterirdischen Gängen und Zellen, wo die Römer die wilden Tiere hielten und die Gladiatoren untergebracht waren. Und auf den erstaunlich gut erhaltenen Ehrentribünen thronte Julius Cäsar mit seinem Gefolge."

„Eines Tages würde ich gerne nach Rom reisen und all die Sehenswürdigkeiten bewundern."

Während die Tafelnden sich den gefüllten Kapaun schmecken ließen und dem erlesenen französischen Rotwein zusprachen, berichtete Jason von seinen Eindrücken der Italienreise, und Corrie lauschte hingerissen.

Sie stellte ihm auch Fragen über seinen Besuch in Frankreich, und er gab bereitwillig Auskunft.

Jason lächelte sie über den Tisch hinweg an. „Vous êtes une très belle femme", scherzte er, und seine blauen Augen blitzten. „Sie sind eine sehr schöne Frau."

„Et vous, monsieur, êtes un flatteur", konnte sie nicht widerstehen zu antworten. „Und Sie, mein Herr, sind ein Charmeur."

Gray beäugte sie argwöhnisch.

„Ich kann nur ein paar französische Brocken", erklärte sie mit einem verschämten Lächeln. „Ich kann bis fünfzig zählen, nach dem Weg fragen und ein Kompliment erwidern. Ich würde zu gern Französisch sprechen – es ist so romantisch, finden Sie nicht auch? Aber leider bin ich nicht sprachbegabt."

Lügnerin. Sie sprach fließend Französisch und Italienisch und seit Neuestem auch ein paar Brocken Norwegisch, die Kristas Gatte Leif ihr beigebracht hatte. Sie hatte immer schon ein Ohr für Fremdsprachen gehabt. Und sie sehnte sich danach, Frankreich zu besuchen und sich mit den Leuten dort zu unterhalten.

„Eigentlich ist Gray der Weltreisende in der Familie", begann Jason wieder. „Er verbrachte einige Jahre im Ausland, bevor er zur Armee ging. Wussten Sie, dass er drei Jahre in Indien stationiert war?"

Corrie bemerkte, dass Gray sie beobachtete. „Ja ... Rebecca erwähnte etwas davon."

„Vielleicht erzählt er Ihnen einmal von Indien."

Nur zu gern hätte sie seinen Geschichten über Indien gelauscht. Aber der Earl machte keine Anstalten, das Thema aufzugreifen. Stattdessen lehnte er sich zurück und blickte in seiner herablassenden Art über die Tafelrunde in ihre Richtung.

Im schwarzen Abendanzug, einem blütenweißen Hemd und taubengrauer Weste sah er atemberaubend aus. Sein schwarzes, im Nacken gebundenes Haar glänzte im Schein des Kristalllüsters. Mochte Lord Jason im herkömmlichen Sinn auch der schönere Mann sein, war Gray mit seinen markant geschnittenen Gesichtszügen einfach umwerfend in seiner verwegenen Männlichkeit.

Sie spürte seinen unverfrorenen Blick an ihrem Busenansatz. Ihre Brustspitzen verhärteten sich zu kleinen Perlen und drängten sich prickelnd gegen das enge Mieder, was eine höchst verstörende Wirkung auf sie ausübte.

Ihr war, als habe er sie berührt und seine großen, gebräunten Hände an ihre Brüste gelegt. Dieser Mann war ein wahrer Satan. Im Grunde war es nicht ihre Schuld, versuchte Corrie sich einzureden, wenn eine sündige Seite in ihr so heftig auf ihn reagierte.

Für den Rest des Dinners bemühte sie sich krampfhaft, ihre Aufmerksamkeit ausschließlich auf seinen Cousin zu richten. Sollte der Satan doch zur Hölle fahren.

10. KAPITEL

Es war still und dunkel im Schloss. Während die anderen Bewohner schliefen, vertrieb Corrie sich die Zeit mit Lesen, um wach zu bleiben, und blickte immer wieder ungeduldig zur Kaminuhr. Als endlich zwei helle Glockenschläge ertönten, huschte sie zur Tür. Sie wollte Allison nicht wecken, der sie nichts von ihrem Plan erzählt hatte, um sie nicht zu beunruhigen.

Über dem weißen Baumwollnachthemd trug sie ihren blauen, wattierten Morgenrock, bis zum Hals zugeknöpft. Sie nahm den Kerzenleuchter zur Hand, eilte den Flur entlang und die Treppe hinunter.

Mittlerweile wusste sie, wo das Arbeitszimmer des Earls lag, das ihr Ziel war. Als sie es nun betrat, fragte sie sich, ob Gray das dunkle, massive Mobiliar selbst ausgesucht hatte, das dem Raum eine düstere, abweisende Atmosphäre verlieh.

Erst als sie eine Tür zu einem angrenzenden kleineren Raum öffnete, spürte sie seine Präsenz. Ihr war, als betrete sie eine andere Welt, die exotische Welt Indiens. Die Einrichtung bestand aus hellen, geflochtenen Bambusmöbeln, ein schwacher Geruch nach Sandelholz hing in der Luft und ein angenehmer, leicht moschusartiger Duft, den sie bereits an Gray wahrgenommen hatte.

Ein hochfloriger indischer, burgunderrot und dunkelblau gemusterter Teppich bedeckte das Parkett, auf Beistelltischen standen kunstvoll gehämmerte und ziselierte Messingvasen und Schalen. Sie hob die Kerze hoch und bewunderte die zahlreichen Kunstgegenstände, die Gray vermutlich auf seinen Reisen gesammelt hatte. In einer Glasvitrine waren Objekte aus fein geschnitztem Elfenbein, Jade und Koralle ausgestellt. An der Wand darüber hingen zwei gekreuzte Militärsäbel.

Sie spürte Gray Forsythes Gegenwart so deutlich, als stünde er hinter ihr. Daher drehte sie sich um und hielt den Leuchter hoch, um sich zu vergewissern, dass sie allein war. Erst dann begann sie ihre Suche, entdeckte allerlei interessante Dinge, aber nichts, was Gray mit Laurel in Verbindung gebracht hätte.

In einer getriebenen Messingschatulle fand sie zwei gefaltete Briefe und konnte nicht widerstehen, sie zu lesen. Im ersten schrieb seine Mutter ihm, wie sehr sie ihn liebte, und legte ihm ans Herz, den zweiten Brief zu öffnen, wenn ihm hässliche Gerüchte über seine Geburt zu Ohren kämen. Sie bat ihn, ihren Worten zu glauben, niemals daran zu zweifeln und seinem Herzen zu vertrauen, dass sie die Wahrheit sprach.

Dem Datum entnahm Corrie, dass Lady Tremaine den Brief kurz vor ihrem Tod geschrieben hatte. Gray war damals zehn Jahre alt.

Corrie sank auf den nächsten Stuhl, schämte sich ihrer Neugier, konnte aber nicht widerstehen, auch den zweiten Brief zu lesen, in dem die Countess ihrem Sohn unmissverständlich erklärte, dass er der leibliche Sohn des Earl of Tremaine war.

Ich war deinem Vater niemals untreu und habe ihn immer geliebt. Seine krankhafte Eifersucht zwingt ihn zu seinem Verhalten und seinen Zweifeln. Ich hoffe, du kannst ihm eines Tages verzeihen.

Corrie las die Zeilen mit tiefer Beklommenheit. Gray hatte als Kind unter der unbegründeten Eifersucht seines Vaters gelitten, hatte seine Mutter früh verloren und später seine Ehefrau. Er musste unter seiner Einsamkeit sehr gelitten haben. Hatte die einfühlsame Laurel sich zu diesem einsamen Mann hingezogen gefühlt? Corrie fand keine Antwort darauf.

Sorgsam legte sie die Briefe wieder in die Schatulle und begab sich in das große Zimmer, wo sie die Schubladen des wuchtigen Mahagonischreibtisches durchsuchte.

Da sie auch hier nichts fand, trat sie an den Bücherschrank, überflog die Buchtitel und war drauf und dran, in ihr Zimmer zurückzukehren, als ihr Blick auf einen schmalen Band fiel, der ein wenig nach hinten geschoben zwischen zwei breiten Buchrücken stand, als sollte er nicht entdeckt werden. Sie zog das Buch heraus und las den Titel: William Shakespeare *Sonette.*

Ihr Herz begann wild zu klopfen. Shakespeares Sonette waren Laurels Lieblingslektüre gewesen. Der abgegriffene Ledereinband kam ihr irgendwie vertraut vor. Mit zitternden Fingern schlug sie das Buch auf, und ihr Blick heftete sich auf eine Widmung auf der ersten Seite in anmutig geschwungener Frauenhandschrift.

Mein teuerster Geliebter,
wir haben so viele schöne gemeinsame Stunden verbracht. Der Nachmittag, an dem wir uns in die Sonette vertieften, wird mir in ewiger Erinnerung bleiben. Ich schenke dir den Band, in der Hoffnung, dass du mich nie vergisst. In inniger Liebe, Laurel

Corries Herz krampfte sich schmerzhaft zusammen. Erinnerungen an ihre Schwester stürmten auf sie ein, während Tränen in ihren Augen brannten. Laurel, die auf der Fensterbank saß, in den Gedichtband vertieft, und davon schwärmte, eines Tages der Liebe zu begegnen, die Shakespeare so wunderbar geschildert hatte. Die Widmung erwähnte zwar den Namen des Mannes nicht, den Laurel so sehr geliebt hatte, dass sie ihm ihr Lieblingsbuch schenkte, aber es konnte kein Zweifel mehr daran bestehen, dass dieser Mann auf Schloss Tremaine lebte.

War es Gray? Corrie versuchte sich vorzustellen, wie Gray und Laurel sich romantische Gedichte vorlasen. Aber irgendwie wollte sich kein überzeugendes Bild einstellen.

Nachdenklich wanderte Corries Blick über die düstere Einrichtung des Arbeitszimmers und heftete sich auf die Tür zum Nebenzimmer. In diesem Kabinett bewahrte Gray die Dinge auf, die ihm am Herzen lagen. Wäre der Band ein Geschenk für ihn gewesen, hätte er ihn dann nicht zu den anderen Erinnerungen getan?

Aber möglicherweise bedeutete dem Earl of Tremaine das Geschenk nicht viel. Sie dachte an die anderen Bewohner. Charles verbrachte viel Zeit im Arbeitszimmer. Und er war ein Mann, der ihrer Schwester gefallen hätte, aber er war verheiratet. Laurel hätte sich niemals mit einem verheirateten Mann eingelassen.

Blieb nur noch der gut aussehende charmante Lord Jason. Erst am Nachmittag hatte Corrie ihn im Vorübergehen hinter dem Schreibtisch sitzen sehen.

Welchen der beiden hast du geliebt, Schwesterherz?

Und trifft den Mann, den du geliebt hast, die Schuld an deinem Tod und dem deines Kindes?

Sie fand keine Antwort.

Zögernd stellte sie die kostbare Erinnerung an ihren Platz zurück. Zumindest hatte sie nun Gewissheit, dass ihr waghalsiges Unterfangen, sich ins Schloss einzuschleichen, nicht völlig verrückt und abwegig war. Sie befand sich auf der richtigen Spur. Irgendwann würde sie entdecken, wer der Vater des Kindes war, und sie würde die Wahrheit über den sinnlosen Tod ihrer Schwester herausfinden.

Corrie zog den blauen Morgenrock enger um die Schultern, huschte aus dem Zimmer und eilte den Flur entlang. Sie hatte ihr Ziel beinahe erreicht, als eine vertraute dunkle Stimme sie erstarren ließ.

„Sieh mal an, Mrs. Moss ... Wieder einmal auf nächtlicher Erkundungstour. Darf man fragen, wieso Sie zu dieser nachtschlafenden Zeit durchs Schloss geistern?“

Jäh fuhr sie herum. Der Earl stand direkt hinter ihr, ein drohender Schatten im dunklen Flur.

„Ich … ich wollte gerade wieder in mein Zimmer.“ Irgendwie brachte sie ein Lächeln zustande. „Ich konnte nicht schlafen und wollte ein Glas Milch in der Küche trinken.“

„Soso. Sie kommen also aus der Küche“, sagte Gray, der ihr kein Wort glaubte.

„Ja, es stört Sie doch nicht, oder? Nun ja, nachdem Sie mich schon einmal in Ihrem Zimmer ertappt haben, befürchten Sie vielleicht, ich stehle das Familiensilber oder etwas anderes.“

Er musterte sie von Kopf bis Fuß, und ein seltsames Prickeln durchrieselte sic. „Oder etwas anderes …“

In seiner Stimme lag nicht die geringste Spur von Heiterkeit, und sie fragte sich, ob er noch immer erzürnt war, weil sie seinem Vetter beim Dinner vor zwei Abenden so viel Aufmerksamkeit geschenkt hatte.

„Es ist sehr spät. Ich sollte jetzt besser gehen.“

„Aber nicht doch“, meinte er mit einem Anflug von Schärfe. „Da Sie, genau wie ich, nicht schlafen können, könnten wir uns ein Weilchen unterhalten … oder etwas anderes tun.“

Ihr Herz klopfte bang. In seinen Augen las sie, was er mit diesem „etwas anderes“ meinte. Sie wollte widersprechen, doch der Earl nahm sie mit festem Griff am Arm, zog sie den Flur in die entgegengesetzte Richtung, stieß sie unsanft in einen Salon und schloss die Tür.

„Das … das halte ich für keine gute Idee.“

„Wieso nicht? Sie können doch nicht schlafen. Und ich habe ein wirksames Heilmittel gegen Schlaflosigkeit.“

Ihre Nerven flatterten, als er an den Kamin trat, in dem noch Glut schwelte. Vermutlich hatte er sich hier aufgehalten, während sie das Arbeitszimmer durchsucht hatte, und sie schickte ein stummes Dankgebet zum Himmel, dass er sie nicht ertappt hatte.

Er bückte sich und legte ein paar Holzscheite in die Glut. Einerseits wollte sie fliehen, andererseits beobachtete sie fasziniert das Spiel seiner Muskeln unter dem weißen Hemd.

Mit dem Blasebalg entfachte er das Feuer, richtete sich auf und näherte sich Corrie, die wie gelähmt neben dem Sofa stand. Der Schein des Feuers spiegelte sich in seinen dunklen Augen, was ihm ein drohendes Aussehen verlieh. „Sie wirken nervös. Habe ich Sie bei etwas gestört? Vielleicht bei einem nächtlichen Rendezvous mit meinem Cousin?"

Ihre Augen wurden groß. „Wieso Ihr Cousin? Ich war in der Küche, um ein Glas Milch zu trinken. Ihren Cousin habe ich seit zwei Tagen nicht gesehen."

„Nein? Aber er scheint Ihnen zu gefallen."

Sie suchte in seiner Miene nach einem Hinweis, wohin diese Unterhaltung führen mochte. Doch er wirkte verschlossen, seine Lippen ein schmaler Strich. Er war tatsächlich noch erzürnt. Er konnte doch nicht eifersüchtig sein!

„Jason ist ein charmanter Mann", entgegnete sie ausweichend. „Es ist durchaus normal, dass ich mich in seiner Gesellschaft wohlfühle."

„Durchaus." Unvermutet hob er die Hand und strich ihr eine Locke hinters Ohr, die sich aus ihrem Zopf gelöst hatte. Die flüchtige Berührung seiner Finger brannte auf ihrer Haut. „Ich frage mich … hat er Ihnen angetragen, seine Mätresse zu werden?"

Empört wich sie einen Schritt zurück. „Was reden Sie da? Ihr Cousin hat tadellose Manieren. Er ist ein Gentleman."

„Jason ist ein reicher Mann", entgegnete er achselzuckend, „und Sie brauchen Geld und fühlen sich zu ihm hingezogen. Das lässt die Schlussfolgerung zu …"

Außer sich vor Entrüstung, vergaß sie, in ihrer demütigen Rolle zu bleiben. „Ich finde, Sie sollten Ihre Zeit nicht mit voreiligen Schlussfolgerungen vergeuden, Mylord."

Seine dunklen Augen verengten sich zu gefährlichen Schlitzen.

„Sonst hätte Ihnen auffallen müssen, dass mich Ihr Cousin nicht im Geringsten interessiert."

„Ist das so?"

„Ja, so ist es." Sie hob das Kinn und tadelte sich im Stillen, aus der Rolle gefallen zu sein. „Im Übrigen bin ich eine verheiratete Frau und pflege nicht mit fremden Männern zu kokettieren."

Die Spannung schien ein wenig von ihm zu weichen, und in seine Augen trat ein sündiges Funkeln. „Wenn ich mich recht entsinne, haben Sie bei unserer ersten nächtlichen Begegnung meine Küsse erwidert. Mit verblüffender Leidenschaft, so ich mich nicht irre."

Ein rosiger Hauch überzog ihre Wangen. „Nun … ich war nicht darauf gefasst, Mylord."

„Gray", verbesserte er sie sanft. „Fahren Sie fort, Letty … Sie waren nicht darauf gefasst, und als ich Sie küsste, erwiderten Sie meine Küsse mit der Inbrunst einer Tigerin. Und Sie wollten mehr, Schätzchen." Sein Blick heftete sich an ihre Lippen. „Daran hat sich nichts geändert."

Sie öffnete den Mund zu einem empörten Widerspruch, doch seine Lippen brachten sie zum Schweigen. In einem schwindelerregend heißen Kuss voller Leidenschaft und Zorn. Seine männliche Ausstrahlung, seine Kraft, seine herrische Art und sein Duft nach Sandelholz raubten ihr die Sinne. Sie bemühte sich, an Laurel zu denken und an das Buch, das sie gefunden hatte, aber als sie versuchte, sich Gray in zärtlicher Umarmung mit ihrer Schwester vorzustellen, ließ ihre Fantasie sie im Stich.

Stattdessen sah sie sich selbst in seinen Armen liegen, so

wie es jetzt geschah, und das Verlangen nach ihm berauschte sie wie eine Droge. Gefühle der Leidenschaft hatte sie noch nie empfunden, waren ihr unbegreiflich gewesen, aber nun lernte sie das Fieber kennen. Ihr war, als habe sich eine andere ihres Körpers bemächtigt, eine sündige, schamlose Person, in der das Feuer loderte, das sie in Gray spürte.

„Ich begehre dich", raunte er und drückte heiße Küsse auf ihren Hals. „Ich begehre dich, Letty Moss, und ich werde dich bekommen."

Corrie wiegte den Kopf von einer Seite zur anderen in stummer hilfloser Abwehr. Gray nahm ihr Gesicht in beide Hände und küsste sie hungrig, Küsse, die ihren Willen schwächten und ihre Sinne berauschten. Seine Zunge drängte sich in ihren Mund, umspielte die ihre in einem wiegenden Tanz, während sie ihre Handflächen gegen seine harte Brust drückte.

„Gray ...", hauchte sie stammelnd, rang vergeblich um Kraft, ihm Einhalt zu gebieten. „Bitte ... wir können nicht ... wir dürfen nicht ..."

„O doch, Letty wir können, und wir dürfen." Seine Lippen zogen eine heiße Spur ihren Hals nach unten. Sie bemerkte nicht, wie ihr der Morgenrock von der Schulter glitt, nahm verschwommen wahr, dass seine Finger an der Schleife ihres Nachthemds nestelten. Sie spürte nur seine heißen Lippen an der zarten Haut ihrer Halsbeuge, auf ihren Schultern.

Als er eine Hand in ihren Ausschnitt schob, eine Brust entblößte und den offenen Mund um ihre Knospe wölbte, stöhnte sie vor Wonne. Sein Mund saugte daran, bis ihre Brustspitze sich prickelnd verhärtete.

„Wunderschön", raunte er, und seine Zunge umflatterte die empfindsame Knospe. „Genauso habe ich es mir vorgestellt."

Corrie erschauerte lustvoll unter seiner sinnlicher Folter. Gray löste das Band um ihren Zopf, griff mit gespreizten

Fingern in die schwere Lockenfülle und breitete sie über ihre Schultern.

„Wie Feuer", raunte er kehlig und barg das Gesicht in ihrem duftenden Haar. „Wie seidige Flammen."

Er küsste ihren Halsansatz, und Corrie sank benommen an seine Brust. Als sie seinen heißen, harten Schaft spürte, der sich zuckend an ihren Leib presste, glaubte sie, den Verstand zu verlieren.

Er widmete sich ihrer zweiten Brust, nahm sie in den Mund, benagte sie zärtlich mit den Zähnen und saugte daran, als könne er nicht genug von ihr bekommen.

Irgendwann setzte er sich auf das Sofa und zog sie auf seinen Schoß. Zwischen ihren Schenkeln hatte ein süßes Pochen eingesetzt, und sie wand sich stöhnend. Er schob seine Hand unter ihr Nachthemd und strich sanft über die Innenseite ihres Schenkels.

Mit dem letzten wachen Funken ihres Verstandes erkannte sie die Gefahr. Das darfst du nicht zulassen! Du musst ihn daran hindern, bevor es zu spät ist!

„Nein!" Corrie sprang in hellem Entsetzen auf. „Das … das darf nicht sein. Gütiger Himmel, was tue ich nur?" Ihre Knie zitterten, während sie an ihrem Nachthemd zerrte, um ihre Brüste zu bedecken, und mit fliegenden Fingern das rosafarbene Band zu einer Schleife band.

Gray wollte sie wieder in seine Arme ziehen. „Beruhige dich, Schätzchen. Ich tue dir nicht weh. Ich will nur mit dir schlafen."

Ängstlich entwand sie sich ihm und machte ein paar unsichere Schritte nach hinten. „Sie werden nichts dergleichen tun!" Ihre Wangen glühten vor Scham, dass sie ihm diese unzüchtigen Freiheiten gestattet und seine Zärtlichkeiten mit solcher Lust genossen hatte. „Wie schaffen Sie das nur? Welch sündige Listen wenden Sie an, um eine unschuldige Frau zu verführen?"

Ein Lächeln umspielte seine vollen, sinnlichen Lippen. „Es ist nicht verwerflich, sich erotischen Vergnügungen hinzugeben. Ich bin ein guter Lehrmeister, Letty. Komm, du brauchst keine Angst vor mir zu haben."

Aber sie war bereits an der Tür, riss sie auf und floh. Sie hörte Gray hinter sich fluchen, der ihr hinterhereilte.

„Sie brauchen die Kerze." Er hielt den Leuchter hoch. „Sonst stürzen Sie im Dunkeln."

Aber Corrie rannte blindlings den Flur entlang, erhitzt und völlig verstört, während sie an ihrer geheimsten Stelle immer noch ein Pochen spürte, das ihr gänzlich neu war.

Gütiger Himmel, sie musste sich in Acht nehmen und dem Earl aus dem Weg gehen, um nicht völlig in seinen Bann zu geraten. Sie dachte an Laurel, die mit einem Kind im Stich gelassen worden war. Corrie wollte um keinen Preis das Opfer männlicher Begierden werden.

Gleichzeitig schoss ihr im wilden Aufruhr und dem Verlangen, das in ihr tobte, der widersinnige Gedanke durch den Sinn, ob die Gefahr sich nicht lohnte.

An allen Gliedern schlotternd, wusste sie, dass der Earl ihren Untergang bedeutete, wenn sie nicht aufpasste.

Gray war immer noch erhitzt von seinem ungestillten Verlangen. Da er nicht schlafen konnte, hatte er nach einem Spaziergang im Garten versucht, in der Bibliothek zu lesen. Diese schlaflosen Nächte häuften sich in letzter Zeit, was ausgesprochen lästig war.

Er seufzte. Er hatte die Brücken zu Bethany abgebrochen, bei der er wenigstens Erleichterung seiner Triebe gefunden hätte. Aber in Wahrheit gab es nur eine Frau, die er begehrte. Die geheimnisvolle Person, die unter seinem Dach schlief.

In der Dunkelheit entzündete er eine Lampe, setzte sich an seinen Schreibtisch, holte einen Briefbogen aus der

Schublade, tauchte die Feder in die Tinte und begann zu schreiben.

Eine Nachricht an einen Freund in London, Randolph Petersen, den er noch vor seiner Militärzeit kennengelernt hatte. Damals war Dolph im Kriegsministerium tätig, hatte aber nie über seinen Arbeitsbereich gesprochen. Vor einigen Jahren hatte er sich als erfolgreicher Privatdetektiv niedergelassen. Dolph leistete in allem, was er tat, ausgezeichnete Arbeit.

In dem Brief bat Gray den Freund, Nachforschungen über eine gewisse Letty Moss anzustellen, der vermeintlichen Ehefrau seines entfernten Vetters Cyrus Moss. Er teilte Dolph die spärlichen Einzelheiten mit, die ihm bekannt waren. Dass Letty offenbar mit Cyrus in der Nähe von York gelebt hatte, bis er nach Amerika ging, um dort sein Glück zu machen. Seine Frau hatte er mittellos zurückgelassen, die sich nun an Gray um Hilfe gewandt hatte.

Finde alles über sie heraus, was dir möglich ist, und teile mir die Ergebnisse möglichst bald mit, schloss er das Schreiben und unterzeichnete mit *dein Freund, Gray Forsythe, Earl of Tremaine.*

Er schloss das Kuvert mit einem Tropfen Wachs und drückte das Tremaine-Siegel darauf – das Emblem eines Löwen unter zwei gekreuzten Schwertern –, dann trug er den Brief in sein Schlafgemach. Gleich am nächsten Morgen sollte Samir ihn per Eilboten nach London schicken.

Auf dem Weg in sein Schlafzimmer war er beinahe versucht, den Brief zu zerreißen. Er begehrte Letty, alles andere interessierte ihn eigentlich nicht. Er konnte nur hoffen, dass Petersen nichts Nachteiliges über sie herausfand, wodurch er gezwungen wäre, sie fortzuschicken.

Unschlüssig stand er an der Kommode, trommelte mit den Fingern auf das Kuvert, doch dann legte er es ab. Es blieb ihm keine andere Wahl.

„Sie finden keine Ruhe, *sahib*." Samir trat lautlos aus dem Schatten. „Die Frau hat Ihnen heute Nacht keine Erleichterung verschafft."

„Nein."

„Sie ist willig. Das sehe ich ihr an, jedes Mal, wenn ihr Blick Sie trifft. Was verlangt sie als Gegenleistung für ihre Gunst?"

Gray lächelte dünn. Samir glaubte, es gäbe für jedes Problem eine Lösung. Es galt nur, sie zu finden. „Ich glaube, sie hat Angst. Anscheinend war sie nur mit ihrem Ehemann zusammen, und der scheint ein erbärmlicher Liebhaber gewesen zu sein."

„Diesen Eindruck habe ich auch. Aber Sie sind erfahren in der Kunst der Lüste. Sie werden ihr beibringen, was sie lernen muss."

„Vermutlich ... mit der Zeit ..." Aber irgendwie schien ihm die Zeit durch die Finger zu rinnen, wenn er mit Letty Moss zusammen war.

Er reichte Samir den Brief. „Schicke ihn per Eilboten nach London. Vielleicht erfahren wir bald die Wahrheit über Mrs. Moss."

Samir verbeugte sich tief. „Wie Sie wünschen, *sahib*." Lautlos entfernte er sich und ließ Gray allein.

Letty war nur eine Frau, die sich nicht sonderlich von den vielen Frauen unterschied, die er in seinem Bett gehabt hatte. Und dennoch war etwas an ihr, das er nicht ergründen konnte.

Gray schnaubte verächtlich. Es waren nur ihre üppigen Rundungen, die ihn reizten, und die feurige Leidenschaft, die er in ihr vermutete. Was immer Dolph über Letty in Erfahrung bringen würde, Gray wollte sie besitzen. Sobald er sein Verlangen an ihr gestillt hatte, wäre sie wie jede andere, die ihn mit der Zeit langweilen würde.

Er dachte über sein Leben nach, die Länder, die er bereist, die Frauen, die er besessen hatte. Seit seiner Rückkehr nach England hatte er sich noch nie so rastlos gefühlt wie jetzt, und sein Leben erschien ihm leer und ziellos.

Aber vielleicht hatte er mit seinen Reisen, seinen Jahren in Indien nur versucht, die Leere in seinem Inneren zu übertünchen, denn nach Jillians Tod hatte diese Rastlosigkeit sich wieder verstärkt.

Wonach suchte er eigentlich? Wonach sehnte er sich? Nach welchem flüchtigen Glück, das ihm entschwand, sobald er danach griff? Er wusste es nicht, und vielleicht war es besser, dass er es nicht wusste.

Gray seufzte, verdrängte seine Grübeleien, die zu nichts führten, entkleidete sich, löschte die Lampe und kroch in sein einsames Bett.

11. KAPITEL

Als Allison frühmorgens ins Zimmer stürmte, war Corrie noch benommen von einer weiteren unruhigen Nacht.

„Höchste Zeit aufzustehen! Beeil dich! Eine Schneiderin aus London ist angereist, und das ganze Haus ist in Aufruhr."

Verschlafen blinzelte Corrie in die helle Morgensonne.

„Schnell, beeil dich!" Allison zog ihr die Bettdecke weg.

„Was soll das? Wieso hetzt du mich so?" Gähnend setzte sie sich auf den Bettrand. Nach ihrer unliebsamen nächtlichen Begegnung mit dem Earl hatte sie die halbe Nacht keinen Schlaf gefunden.

„Ich sagte doch, eine Schneiderin aus London ist da, eine Französin. Der Earl hat sie wohl kommen lassen. Zieh dich an. Sie wartet auf dich – und der Earl ebenfalls."

„Wie bitte?"

Geschäftig eilte Allison hin und her, legte frische Unterwäsche zurecht und ein pfirsichfarbenes Kleid mit passenden zierlichen Schuhen.

„Offenbar erklärte der Earl seiner Schwägerin, er fühle sich verpflichtet, dafür zu sorgen, dass du standesgemäß gekleidet bist, als Mitglied der Familie. Ich glaube, die beiden gerieten darüber in Streit, aber der Earl ließ ihre Einwände nicht gelten."

„Das würde mich nicht wundern", entgegnete Corrie mürrisch. „Er ist ein herrischer Mensch, der immer seinen Willen durchsetzt."

„Das kannst du ihm ja selbst sagen. Er wartet unten auf dich."

„Ich gehe aber nicht nach unten." Nach der hitzigen nächtlichen Begegnung war Lord Tremaine der letzte Mensch, dem sie begegnen wollte.

„Die Haushälterin lässt ausrichten, der Earl und die Schneiderin kommen herauf, falls du dich weigerst, unten zu erscheinen."

„Gütiger Himmel, nur das nicht!"

„Genau. Also beeile dich endlich!"

Die Drohung verfehlte ihre Wirkung nicht. Hastig schlüpfte Corrie in die zurechtgelegten Kleider. Allison bürstete ihr Haar und steckte die Locken seitlich mit Schildpattkämmen fest.

„Das ist ja lächerlich", brummte Corrie übellaunig. „Meine Schränke in London sind zum Bersten voll. Ich brauche weiß Gott keine neuen Kleider."

„Woher soll der Earl das denn wissen? Er hält dich für Letty Moss, hast du das schon vergessen?"

Corrie stöhnte gequält.

„Nun geh endlich." Schweren Herzens fügte Corrie sich in ihr Schicksal und machte sich auf den Weg. Unten an der Treppe stand die Haushälterin Mrs. Kittrick, eine grobknochige, vollbusige Frau mit einem graumelierten strengen Nackenknoten.

„Sie werden im blauen Salon erwartet. Wenn Sie mir bitte folgen wollen."

Gehorsam folgte Corrie der energischen Frau, die sich selten in den oberen Räumen blicken ließ und ständig in der Küche werkelte. Eine bienenfleißige Frau, wobei Corrie allerdings bezweifelte, dass Rebecca ihre Tüchtigkeit zu schätzen wusste.

Mrs. Kittrick führte sie in einen großen Raum im älteren Teil des Schlosses, dessen Deckenmalereien aus der Renaissance stammten. Pausbäckige Putten flatterten auf duftig weißen Wolken in einem azurblauen Himmel.

Tremaine wartete neben einer gertenschlanken, elegant gekleideten Frau, deren dunkles Haar mit Silberfäden durchzogen war.

„Hier bin ich – Ihrem Wunsch gehorchend“, sagte Corrie zur Begrüßung. „Aber es ist nicht nötig, dass Sie mir neue Kleider kaufen.“ Sie zwang sich, ihm ins Gesicht zu sehen, verdrängte jeden Gedanken an letzte Nacht und hoffte inständig, dass sie nicht errötete.

„Ich bin anderer Meinung“, entgegnete er. „Wenn Sie sich entsinnen, haben Sie sich eines Ihrer Kleider bei der Rettung des Straßenköters ruiniert. Vermutlich verfügen Sie nicht über eine umfangreiche Garderobe, die im Übrigen längst ausgedient hat, wenn ich mir die Bemerkung erlauben darf.“ Seine verschlossene Miene hellte sich ein wenig auf. „Ich möchte Ihnen ein paar neue Kleider schenken, Letty, und ich kann es mir weiß Gott leisten. Schlagen Sie mir den Wunsch nicht ab.“

Corrie kam sich vor wie eine Hochstaplerin. In Wahrheit war sie eine der bestangezogenen jungen Damen in ganz London, war stolz auf ihren erlesenen Geschmack und wurde allseits dafür bewundert. Wie konnte sie zulassen, dass der Earl Geld an eine Frau verschwendete, die im Überfluss lebte und in sein Haus gekommen war, um ihn des Mordes zu überführen?

Sie überlegte fieberhaft, wie Letty auf diese peinliche Situation reagieren würde. Spontan griff sie nach seiner Hand. „Bitte, Mylord, es hat mich sehr viel Überwindung gekostet, mich an Sie um Hilfe zu wenden. Sie tun mir einen großen Gefallen, wenn Sie mich nicht zwingen, Ihre Großzügigkeit noch mehr in Anspruch zu nehmen. Ich würde mich in diesen neuen Kleidern nicht wohlfühlen.“

Gray reagierte verdutzt. Keine Frau seines Bekanntenkreises würde ein solches Angebot ausschlagen. „Aber Sie brauchen neue Kleider, Letty.“

„Bald verfüge ich über eigenes Einkommen und kann mir kaufen, was ich brauche.“

Er furchte die Stirn. „Sind Sie sicher? Die meisten Frauen

würden sich über ein solches Geschenk freuen."

„Ich bin nicht wie die meisten Frauen, Mylord."

„Nein", sagte er in diesem tiefen weichen Tonfall, der ihr Inneres in Aufruhr versetzte. „Nein, das sind Sie gewiss nicht." Er wandte sich an die Schneiderin. „Tut mir leid. Ich werde Sie natürlich für den Aufwand entschädigen, Madame."

Die elegante Französin nickte höflich. „Merci, Monsieur."

Corrie wartete, bis sie ihren Nähkorb wieder eingepackt und ihre Gehilfin einen Koffer mit Stoffmustern geschlossen hatte und die beiden das Zimmer verließen.

„Vielen Dank, Mylord", sagte sie dann.

Gray nickte knapp und betrachtete sie mit einem Anflug von Bewunderung, wie ihr schien.

Und Corrie wurde sich plötzlich bewusst, wie sehr ihr daran gelegen war, zu beweisen, dass Gray Forsythe am Tod ihrer Schwester unschuldig war.

Am folgenden Morgen regnete es, aber bis Corrie ihre Morgentoilette beendet hatte und ausgehbereit war, hatte sich die Wolkendecke gelichtet, und die Sonne strahlte über die wogende grüne Hügellandschaft.

Auch Corries Stimmung hob sich. Bevor sie sich auf den Weg ins Dorf machte, besuchte sie Homer im Stall, der sie freudig begrüßte und an dem Verschlag seiner Box hochsprang.

„Homer ist nicht gerne eingesperrt", sagte Dickey Michaels, der schlaksige Stallbursche, und kraulte den Hund hinter den Ohren, der offensichtlich einen Freund in ihm gefunden hatte.

Sie lächelte. „Ich will ins Dorf. Denken Sie, Homer ist kräftig genug, mich zu begleiten?"

Dickey öffnete den Verschlag, und der Hund stürmte heraus, winselte freudig und tanzte ihr schwanzwedelnd um die Beine.

„Ich denke, er ist über den Berg. Ein Spaziergang tut ihm sicher gut."

„Und wenn er wegläuft?"

„Wenn er seine Freiheit will, soll er sie haben", meinte Dickey achselzuckend.

„Ja, ich glaube, du hast recht."

Wie sich herausstellte, trottete Homer zufrieden neben ihr her, schnappte gelegentlich nach einem Schmetterling, schnupperte an den Wiesenblumen und grub aufgeregt Löcher in die feuchte Erde.

Corrie tätschelte ihm das lange graue Fell, das nicht mehr schmutzig war, da Dickey ihn offenbar gebadet und gebürstet hatte. „Vielleicht finden wir diesmal Hinweise, mein Guter", sagte sie aufmunternd, und Homer wedelte zuversichtlich mit dem Schwanz.

Nachdem sie Laurels Gedichtband gefunden hatte, wusste Corrie, dass die Hutmacherin recht hatte. Einer der Herren auf Castle Tremaine war der Mann, in den Laurel sich verliebt hatte. Die Frage blieb nur, wer.

Vielleicht wusste jemand im Dorf Näheres über den Unbekannten. Aber wie konnte sie den Leuten stichhaltige Antworten entlocken? Möglicherweise hatte jemand im Dorfgasthaus das Paar gesehen.

Sie wanderte die Hauptstraße entlang, begegnete ein paar Ochsenfuhrwerken, während Homer eine große braune Dogge anbellte, die hinten auf dem Karren kauerte, gottlob an eine Kette gebunden. Bald erreichte sie das Gasthaus *Green Dragon*.

„Du bleibst brav draußen und wartest auf mich", erklärte sie Homer mit erhobenem Zeigefinger, ohne zu wissen, ob er sie verstand. Dann stieg sie die Holzstufen hinauf, öffnete die Tür und betrat die Gaststube, einen verräucherten niedrigen Raum mit roh gezimmerten Deckenbalken und breiten, abgetretenen Eichendielen.

Corrie holte eine Silbermünze aus ihrem Retikül und zeigte sie der jungen Schankmagd, einer drallen Blondine, deren üppiger Busen aus dem weiß berüschten Mieder quoll.

„Willst du dir die Münze verdienen?“

Das Mädchen beäugte sie argwöhnisch. „Dagegen hätte ich nichts.“

„Wie heißt du?“

„Greta. Greta Tweed.“

„Sind dir die Lords auf Schloss Tremaine bekannt, Greta?“

Sie nickte. „Der Earl und sein Bruder und der junge Lord Jason verbringen fast das ganze Jahr im Schloss.“ Sie wollte nach der Münze greifen, die Corrie ihr wohlweislich entzog.

„Einer von ihnen traf sich mit einer jungen Frau. Sie hieß Laurel Whitmore und wohnte in Selkirk Hall. Kannst du mir sagen, welcher der drei mit ihr befreundet war?“ Das Mädchen beäugte die Münze begehrlich.

„Könnte Lord Jason gewesen sein.“ Sie grinste breit. „Der Mann ist stark wie ein Bulle und verdreht allen jungen Mädchen in der Gegend den Kopf.“ Sie sprach gewiss aus eigener Erfahrung, und Corrie spürte, wie ihr die Schamröte ins Gesicht stieg. „Aber das vermutest du nur“, hakte sie nach. „Oder weißt du mehr darüber?“

Greta zog die runden Schultern hoch. „Alle drei sind eine Sünde wert. Könnte auch der Earl gewesen sein. Aber der steigt lieber mit vornehmen Damen ins Bett. Ich könnte mir denken, dass ihm die Tochter eines Viscounts vornehm genug wäre. Aber ich glaube nicht, dass er sich mit unerfahrenen jungen Dingern abgibt. Der interessiert sich mehr für erfahrene Frauen.“ Sie beugte sich vor. „Er soll gebaut sein wie ein Zuchthengst. Und in Indien soll er sich ganz besondere Liebespraktiken angeeignet haben. Der weiß genau, wie man eine Frau anfeuert.“ Ein Grinsen lag um ihren Mund. „Ich hätte gute Lust, es einmal mit ihm auszuprobieren.“

Corrie wäre am liebsten geflüchtet, fasste sich aber und reichte dem Mädchen die Münze. „Kennst du jemand, der wirklich weiß, wer der Mann war?"

„Ich weiß eigentlich alles, was bei uns im Dorf und in der Umgebung passiert. Wenn einer der Lords mit dem Mädchen geschlafen hat, hat er es in aller Heimlichkeit getan."

„Danke, Greta." Corrie eilte durch die rauchgeschwängerte Gaststube, achtete nicht auf die neugierigen Blicke der Männer und stieß die Tür ins Freie auf.

Sie hätte nicht kommen dürfen. Es schickte sich ganz und gar nicht, dass eine Dame sich ohne Herrenbegleitung in ein Gasthaus wagte. Andererseits war dies genau der Ort, wo man Dorfklatsch erfuhr. War Gray Laurels Liebhaber gewesen?, fragte sie sich wohl zum hundertsten Mal. Hatte er Laurel mit seinen dämonischen Zauberkräften in seinen Bann gezogen? Nach ihrer letzten nächtlichen Begegnung traute sie ihm alles zu.

Unten an den Holzstufen wartete Homer brav mit hechelnder Zunge und aufmerksam gespitzten Ohren. Corrie streichelte ihn liebevoll. Es tat gut, einen Freund zu haben, in einem Haus, das so viele Geheimnisse barg, auch wenn dieser Freund nur ein zottiger Hund war.

Als sie die Hauptstraße entlangschlenderte, bemerkte sie eine kleine Menschenansammlung vor Pendergasts Lebensmittelladen. Sie erkannte den Earl, der auf einen etwa zehnjährigen Jungen einredete. Daneben stand Mr. Pendergast, ein beleibter Mann mit einem stattlichen grauen Backenbart.

Neugierig geworden, beschleunigte Corrie ihre Schritte, hielt sich jedoch nahe an den Häusern, um keine Aufmerksamkeit zu erregen.

„Du weißt, dass Diebstahl verboten ist?", fragte Gray den mageren, schmutzigen Gassenjungen, dessen Haar wirr in alle Richtungen stand.

„Ja, M'lord."

„Hast du Hunger? Hast du deshalb das Brot gestohlen?"

„Das spielt doch keine Rolle", mischte der Ladenbesitzer sich aufbrausend ein. „Das Bürschchen muss bestraft werden. Ein paar kräftige Stockhiebe auf den Hintern werden ihn den Unterschied zwischen Recht und Unrecht lehren."

Die runden Augen des Kindes wurden noch größer in seinem blassen, abgezehrten Gesicht. Gray warf dem Fettwanst einen warnenden Blick zu, während seine Kiefermuskeln arbeiteten. Vielleicht dachte er an die Stockhiebe, mit denen er in seiner Kindheit von seinem Vater traktiert worden war.

„Ich frage dich, warum du das Brot gestohlen hast", wiederholte er streng.

Corrie hatte Mitleid mit dem Kleinen, der zu dem Hünen mit einer Mischung aus Angst und Trotz aufblickte. „Mein Pa ist an Schwindsucht gestorben. Ma und ich wollten zur Schwester meiner Ma, aber als wir in ihr Haus kamen, war Tante Janie nicht mehr da. Wir haben nichts zu essen. Ma ist sehr schwach. Ich … ich will nicht, dass sie stirbt wie mein Pa."

Mr. Pendergast räusperte sich. „Das tut nichts zur Sache. Ich hole den Konstabler. Ich lasse mich nicht bestehlen, da kann das Bürschchen sich noch so sehr herausreden."

„Moment, Pendergast. Machen Sie doch nicht gleich einen Elefanten aus einer Mücke." Sein Befehlston schien den Fettwanst etwas zu beruhigen. Der Knirps schaute zitternd zu Gray auf.

„Wie heißt du, Junge?"

„Georgie Hobbs, M'lord."

„Wo ist deine Mutter jetzt?"

„In dem Haus von Tante Janie, eine Meile hinter dem Dorf."

„Du weißt, dass Stehlen verboten ist."

Der Junge ließ den Kopf hängen und trat von einem Fuß

auf den anderen. „Ja, Sir."

„Wenn du noch einmal dabei erwischt wirst, holt Mr. Pendergast den Konstabler, und du kommst ins Gefängnis. Hast du verstanden?"

Georgie Hobbs nickte. „Ja, Sir."

Pendergast machte Anstalten zu protestieren, aber der Earl hob abwehrend die Hand. „Ich bezahle das Brot, das du gestohlen hast, und kaufe auch Käse und Fleisch. Die Sachen bringst du deiner Mutter. Wenn ihr euch satt gegessen habt, kommst du zum Schloss und arbeitest deine Schulden bei mir ab. Wenn du nicht erscheinst, lasse ich dich holen und lege dich eigenhändig übers Knie, wie Mr. Pendergast es dir angedroht hat. Ist das klar?"

„Ja, Sir."

„Gibst du mir dein Wort darauf?"

„Ja, M'lord. Bei meiner Ehre, ich schwöre es!"

„Geben Sie dem Jungen, was er braucht", sagte Tremaine an den Ladenbesitzer gewandt, „und schreiben es auf meine Rechnung."

„Sehr wohl, Mylord", antwortete er höchst zufrieden, ein lohnendes Geschäft gemacht zu haben.

Aufmunternd schlug der Earl dem Bürschchen auf die Schulter und ging dann in Corries Richtung. O Schreck, sie hätte sich besser verstecken sollen. Nun war es zu spät, die Flucht zu ergreifen.

Er zog die Brauen hoch. „Sieh da, Mrs. Moss … Abgesehen von Ihrer erzwungenen Begegnung mit der Schneiderin hatte ich eigentlich vermutet, Sie verkriechen sich in den nächsten Tagen wie ein verängstigtes Kaninchen."

„Da haben Sie sich allerdings gehörig geirrt", entgegnete sie aufbrausend, denn ein Feigling war sie gewiss nicht.

Er sah sie irritiert an. Wieder einmal war sie aus der Rolle gefallen. Coralee Whitmore war kein Feigling, aber Letty Moss durfte sich keine dreisten Widerreden erlauben.

„Ich meine … ich meine, das war nicht ausschließlich Ihre Schuld.“

„Nein?“

„Nun ja, schließlich bin ich eine verheiratete Frau und hätte nicht zulassen dürfen, dass die Dinge zu weit führen.“

Tremaine antwortete nicht, machte allerdings keineswegs den Eindruck, als bedauere er das, was zwischen ihnen vorgefallen war.

In dem Augenblick rannte Homer herbei und bettelte schwanzwedelnd um ihre Aufmerksamkeit. Froh um die Ablenkung, bückte sie sich und kraulte ihn.

„Ich fürchte, ich muss gehen“, sagte sie. „Ich bin auf dem Rückweg zum Schloss.“ Mit einem Blick zu Pendergasts Lebensmittelladen konnte sie sich ein paar anerkennende Worte nicht verkneifen. „Das haben Sie gut gemacht, Mylord. Ich halte es für übertrieben, ein Kind dafür zu bestrafen, weil es seiner Mutter etwas zu essen besorgen will.“

„Sicher. Aber Diebstahl ist keine Lösung. Wenn der Bursche nicht Wort hält, mache ich meine Drohung wahr, das können Sie mir glauben.“

Daran hatte sie keinerlei Zweifel. Tremaine war ein hoher Offizier in der Armee gewesen. Disziplin und Ehre waren feste Bestandteile seines Lebens. Aber seit wann brachte sie den teuflischen Earl mit dem Begriff Ehre in Verbindung?

„Auch ich bin auf dem Rückweg“, sagte er. „Ich begleite Sie.“

Corrie unterdrückte den Wunsch, ihm zu sagen, dass sie keinen Wert auf seine Begleitung lege. Es reichte ihr schon, unter einem Dach mit ihm leben zu müssen. Aber sie war Gast in seinem Haus und durfte seine Bitte nicht abschlagen.

Der Earl holte sein Pferd aus dem Mietstall, spazierte neben ihr den Wiesenweg entlang, und Homer trottete hinter den beiden her. Unterwegs redeten sie kaum miteinander, und Corrie fühlte sich erstaunlicherweise in seiner Gesellschaft wohl, was sie eigentlich nicht erwartet hatte.

„Unser Dorf scheint Ihnen zu gefallen“, meinte er schließlich. „Da Sie so häufig Ausflüge dorthin machen.“

Es war ihr keineswegs recht, dass ihm das aufgefallen war. „Nun ja, ich gehe gern spazieren“, gab sie achselzuckend zurück, „und rede mit den Einheimischen; es sind freundliche Leute.“

Dickey, der vor dem Haupteingang wartete, übernahm Pferd und Hund. Tremaine nahm Corrie beim Arm und half ihr die Marmorstufen hinauf. Als sie die Eingangshalle betraten, erwartete der dunkelhäutige indische Diener sie bereits.

„Was gibt's, Samir?“, fragte Tremaine.

„Ein Schreiben für die *memsahib.*“ Er reichte ihr den Brief, der an Letty Moss adressiert war.

„Wenn Sie mich entschuldigen, Mylord“, flüsterte sie.

„Natürlich“, meinte er mit einer angedeuteten Verneigung.

Corrie eilte in ihr Zimmer. Nur Tante Agnes, Krista und Leif wussten, unter welchem Namen sie sich hier aufhielt. Gelegentlich schrieb sie ihren Eltern, um zu verhindern, dass sie Verdacht schöpften, aber deren Briefe kamen nach Selkirk Hall, und Allison brachte sie ihr heimlich ins Schloss.

Dieser Brief kam von Krista. In ihrem Zimmer brach sie das Siegel und las.

Leif beauftragte Dolph Petersen, um Erkundigungen über Grayson Forsythe einzuziehen. Laut Mr. Petersen kam die Gattin des Earls bei einem Bootsunglück ums Leben. Es gab keinerlei Hinweise auf ein Verbrechen. Der Earl verbrachte die Nacht, in der Laurel starb, bei Bethany Chambers, der Countess of Devane. Dolph meint, Tremaine kannte Laurel nur flüchtig. Bitte komme bald nach Hause. In Liebe, deine Freunde, Krista und Leif.

Corrie konnte nur noch an eines denken. *Nicht Gray, nicht Gray.* Die Erleichterung über diese Nachricht war so groß, dass ihr schwindlig wurde. Sie sank auf die Polsterbank am Fußende des Bettes, gerade als Allison klopfte und eintrat.

„Was ist denn? Was ist geschehen?“ Ihr Zofenhäubchen verrutschte, als sie sich hastig neben Corrie setzte. „Fühlst du dich nicht wohl? Du bist so blass.“

Corrie hielt ihr den Brief hin. „Es war nicht Gray ... ich meine, Lord Tremaine. Er war in jener Nacht bei seiner Mätresse.“ Ihr war, als hebe sich ein bleiernes Gewicht von ihren Schultern. Der Mann, der sie so sehr verwirrte, war nicht Laurels Liebhaber gewesen.

Allison las die Zeilen und gab ihr den Brief zurück. „Nun, da feststeht, dass den Earl keine Schuld trifft, können wir endlich wieder nach Hause fahren, nicht wahr?“

Corrie seufzte. „Das Buch, das ich gefunden habe, beweist aber, dass Laurel sich in einen der Männer in diesem Haus verliebte. Wir müssen nur noch herausfinden, wer es war.“

„Mehr nicht?“, fragte Allison sarkastisch.

„Nun ja, einer muss es gewesen sein.“

„Wieso fragst du sie nicht einfach? Vielleicht gibt dir der Schuldige die richtige Auskunft.“

Du liebe Güte, sie konnte doch nicht einfach Fragen stellen, oder? Allerdings reizte sie dieser Gedanke. Jason oder Charles konnte sie gewiss keine unverblümten Fragen stellen. Aber was war mit Gray? Vielleicht wusste der Earl, welcher der beiden Männer Laurel näher kannte.

Wenn sie allerdings herausfinden wollte, was der Earl wusste, musste sie mit ihm reden, Zeit mit ihm verbringen, sein Vertrauen gewinnen. Gütiger Himmel, dabei konnte sie in seiner Nähe kaum einen klaren Gedanken fassen.

Dennoch, wenn sie vernünftig vorging, ihren Verstand benutzte und sich nicht von ihren seltsamen Regungen aus der Fassung bringen ließ, könnte sie ihn dazu bringen, ihr zu sagen, was sie wissen wollte.

Allison musterte sie scharf. „Den Blick kenne ich an dir. Du heckst wieder etwas aus."

„Allison, du hast mich auf eine glänzende Idee gebracht."

„Wie bitte? Das war doch nur ein Scherz, Coralee. Du kannst doch nicht einfach Fragen stellen!"

„Das nicht, aber mit etwas weiblicher Diplomatie erfahre ich vielleicht etwas Interessantes vom Earl."

Allison wies auf den Brief in Corries Hand. „Solltest du alles Weitere nicht besser Mr. Petersen überlassen?"

Corrie nickte. „Fabelhafter Vorschlag. Darauf hätte ich selbst kommen können", entgegnete sie spöttisch.

Sie zog ihren Koffer unter dem Bett hervor und verstaute den Brief ihrer Freundin zuunterst. „Ich schreibe Krista, berichte ihr von dem Buch und bitte sie, Mr. Petersen zu beauftragen, Nachforschungen über die beiden anderen Forsythe-Männer anzustellen. Und ich bemühe mich, dem Earl etwas zu entlocken."

Laut stöhnte Allison auf.

Corrie verkniff sich ein Lächeln und ging zur Tür. „Ich bin bald wieder da."

„Bist du sicher, dass du weißt, was du …"

Corrie zog die Tür hinter sich zu und blieb einen Moment im Flur stehen, um Mut zu fassen. Da sie Informationen brauchte, blieb ihr nichts anderes übrig, als mit dem Earl Zeit zu verbringen.

12. KAPITEL

Corrie traf den Earl im Stall, wo er seinen mächtigen schwarzen Hengst striegelte. Da er sie nicht zu bemerken schien, beobachtete sie eine Weile, wie er das Pferd mit kräftigen Strichen bürstete, ihm die Decke überwarf und darüber den flachen Ledersattel. Der hochgewachsene, breitschultrige Mann bewegte sich mit erstaunlicher Geschmeidigkeit.

Aus dem Samtband im Nacken hatte sich eine Haarsträhne gelöst. Unvermutet schoss ihr der Wunsch durch den Sinn, das Band zu lösen und ihre Hände in dem schwarz schimmernden Haar zu vergraben. Sie sehnte sich danach, dass er sie in die Arme zog und küsste, so wie bei ihrer nächtlichen Begegnung.

Grundgütiger! Schon wieder diese sündhaften Gedanken; dabei stand sie zehn Schritte von ihm entfernt.

„Wenn Sie mich weiterhin so anstarren, tue ich genau das, woran Sie gerade denken."

Vor Schreck machte sie einen kleinen Sprung, und ihre Wangen übergossen sich rosig. Er schien tatsächlich Gedanken lesen zu können. „Ich … ich dachte nur, es wäre eigentlich … ein … ein schöner Tag, um auszureiten."

Im Begriff, den Sattelgurt festzuzurren, hielt er einen Moment inne. „Reiten Sie, Letty?"

„Ja, wenn auch nicht besonders gut." Sie hatte natürlich Reiten gelernt, hatte aber nur Ausritte in den Park unternommen, wie es sich für eine wohlerzogene junge Dame schickte.

„Heute ist eine gute Gelegenheit, Ihre Reitkünste zu verbessern."

„Heute? Aber ich kann doch nicht einfach …"

„Da Sie auf einer Farm lebten, besitzen Sie gewiss die passende Kleidung, nicht wahr?"

„Nun ja … natürlich." Allison hatte darauf bestanden, ein Reitkostüm einzupacken, was sich offensichtlich nun als nützlich erwies.

„Ich warte, bis Sie sich umgezogen haben."

Der Gedanke, einen Reitausflug mit Tremaine zu machen, allein mit ihm zu sein, machte sie beklommen, da sie ihre unerwünschten Regungen nur mühsam beherrschen konnte.

Andererseits galt es, sein Vertrauen zu gewinnen, und um das zu erreichen, musste sie Zeit mit ihm verbringen.

Tief atmete sie durch und lächelte verkrampft. „Wie Sie wünschen, Mylord."

Sie begab sich ins Haus, und Homer sprang fröhlich neben ihr her.

Mit Allisons Hilfe war sie zwanzig Minuten später in einem Reitkostüm aus grünem, leicht verschlissenem Samt wieder am Stall. Neben dem großen schwarzen Hengst wartete eine zierliche Fuchsstute mit aufmerksam gespitzten Ohren.

„Ein hübsches Tier", stellte sie fest.

„Tulip ist lammfromm." Tremaine ließ die Hand über den schlanken Hals der Stute gleiten, wobei Corrie von einem Prickeln durchrieselt wurde. Ihr war, als streichle er sie. „Sie wird Ihnen keine Schwierigkeiten machen."

„Ich bin sicher, dass ich mit ihr zurechtkomme." Der Einzige, der mir Schwierigkeiten machen könnte, ist der Earl of Tremaine, dachte Corrie bang.

Sie trat näher, streichelte die samtige Schnauze der Stute und warf einen Blick zu dem mächtigen Hengst hinüber. „Und Raja? Wird er in Tulips Nähe nicht unruhig?"

„Sie ist nicht in der Rosse", erklärte er unverblümt, „also wird er sich anständig benehmen."

Blieb nur zu hoffen, dass auch der Earl sich zu benehmen wusste. „Wohin reiten wir?"

„Ich will einen meiner Pächter besuchen. Seine Frau erwartet ein Kind, und ich möchte nachsehen, ob alles in Ordnung ist."

Er war um das Wohlergehen eines Pächters und seiner Frau besorgt? Das überraschte sie. Der Teufel, als den sie ihn im Stillen bezeichnete, kümmerte sich nicht um das Wohl anderer Leute.

„Wollen wir?", fragte er, und Corrie nickte. Er trat hinter sie, legte die Hände um ihre Mitte und hob sie in den Damensattel. Corrie vergaß zu atmen und spürte die Hitze seiner Hände immer noch, nachdem er sie bereits losgelassen hatte.

Gray schwang sich in den Sattel, Raja trabte an, und Tulip trottete artig neben ihm her. Corrie war seit Monaten nicht geritten, saß aber bald locker im Sattel, hielt die Zügel lose zwischen den behandschuhten Fingern und genoss die Sonne, die ihr den Rücken wärmte.

„Sie haben eine gute Haltung, Mrs. Moss", bemerkte Gray nach einer Weile. Verlegen errötete sie und hoffte, er würde es nicht bemerken. „Vielen Dank", antwortete sie höflich.

Im leichten Trab ritten sie nebeneinander durch die saftig grüne Landschaft, und sobald der Earl von ihrer Reitkunst überzeugt war, schlug er eine schnellere Gangart ein. Tulip trabte unbeschwert neben dem großen Hengst her.

Nach ungefähr einer Stunde machte Gray auf einer kleinen Anhöhe halt. „Dort drüben am Waldrand liegt das Cottage der Cardigans." Er wies zu einem weiß getünchten, strohgedeckten Haus hinüber, aus dessen Kamin eine Rauchsäule stieg, und setzte Raja wieder in Bewegung. Vor dem Haus angekommen, half er Corrie aus dem Sattel. Statt sie jedoch auf die Erde zu stellen, ließ er sie langsam an seinem breiten Brustkorb und seinen sehnigen Schenkeln nach unten gleiten.

Corrie stockte der Atem, und ihr Herz schlug schneller. „Lassen Sie mich herunter, Gray."

Er zog einen Mundwinkel hoch, als habe er einen kleinen Sieg errungen. „Wie Sie wünschen, Letty."

Sanft stellte er sie auf die Füße, band die Pferde an einen Pfosten vor dem Haus, nahm sie beim Ellbogen und klopfte an die Tür.

Ein leises Stöhnen war die Antwort.

„Mrs. Cardigan?", rief Gray.

„Bitte ...", meldete sich eine schwache Frauenstimme. „Bitte ... helfen Sie mir ..."

Gray stieß die Tür auf und stürmte ins Haus, gefolgt von Corrie. Sie durchquerten eine kleine Wohnstube, eingerichtet mit grob gezimmerten Weichholzmöbeln und einem geblümten Sofa mit Spitzendeckchen verziert, eilten durch eine winzige Küche und betraten das Schlafzimmer. Im Bett lag eine bleiche Frau mit verschwitztem Gesicht, deren kugelrunder Bauch sich unter der Decke wölbte. Ihr strähniges dunkles Haar lag wirr auf dem Kopfkissen.

Gray beugte sich über sie und nahm ihre zitternde Hand. „Mrs. Cardigan, wo ist Ihr Mann? Wo ist Peter?"

Sie schluckte und fuhr sich mit der Zunge über die aufgesprungenen Lippen. „Er holt ... die Hebamme. Es ist zu spät ... aber er wusste sich keinen Rat mehr." Sie schrie, als die nächste Wehe einsetzte, und begann zu keuchen. „Bitte ... helfen Sie mir."

Der Earl wandte sich an Corrie. „Wir brauchen heißes Wasser und saubere Tücher. Im Herd brennt ein Feuer. Der Brunnen ist im Hof."

„Aber was ... was haben Sie vor?"

„Ich helfe Mrs. Cardigan, ihr Kind zur Welt zu bringen." Er streifte sein Reitjackett ab, warf es über einen Stuhl, krempelte die Hemdsärmel hoch und zog der Hochschwangeren die Bettdecke weg.

Corrie riss die Augen auf. „Aber … Sie können doch nicht …“

Gray warf ihr einen finsteren Blick über die Schulter zu. „Tun Sie, was ich sage! Die Frau braucht Hilfe. Gehen Sie endlich, und bringen Sie mir, was ich brauche!“ Sein Befehlston löste sie aus ihrer Starre.

Corrie schluckte. „Ja, natürlich. Wasser und Tücher. Ich beeile mich.“

Sie rannte in die Küche, riss sich den kleinen Hut vom Kopf, zog das Jackett aus und legte Holzscheite ins Feuer. Dann nahm sie den Eimer vom Haken und rannte ins Freie. Sie hatte noch nie Hausarbeiten verrichtet, aber es dauerte nicht lange, bis sie begriff, wie sie den Kübel an der Seilwinde aus dem Brunnen hochziehen musste. Hastig goss sie das Wasser in den mitgebrachten Eimer.

Beim nächsten markerschütternden Schrei erschrak sie so sehr, dass sie beinahe das Wasser verschüttet hätte. Sie nahm sich zusammen, schleppte den Eimer in die Küche und schüttete das Wasser in den Topf auf dem Herd.

Tücher.

Suchend schaute sie sich um und entdeckte auf der Anrichte einen Stapel frischer Tücher. Offenbar hatte Mrs. Cardigan Vorbereitungen für die Geburt getroffen.

Corrie wusste nur vom Hörensagen, welche Qualen eine Gebärende aushalten musste. Die gellenden Schreie der Frau kamen nun in immer kürzeren Abständen, und Corrie musste an Laurel denken, die gleichfalls diese furchtbaren Schmerzen durchgemacht hatte. Jetzt war sie überzeugter denn je, dass sie ihrem unter Schmerzen geborenen Kind niemals ein Leid zugefügt hätte.

Schnell griff sie nach dem Tücherstapel und eilte damit ins Schlafzimmer. „Hier die Tücher. Das Wasser ist bald …“ Die Worte blieben ihr im Hals stecken bei dem Anblick, der sich ihr bot. Das Nachthemd der Hochschwangeren bauschte sich um ihre Hüften, ihr runder Bauch war entblößt. Ihre hochgezogenen Schenkel und das Laken waren blutig, und der Earl kauerte mit blutverschmierten Händen zwischen ihren gespreizten Beinen.

„Großer Gott!"

Er würdigte sie keines Blickes, aber seine Stimme klang sanft und ruhig. „Keine Sorge, Letty. Sarah hat es bald geschafft."

„Aber ... aber das viele Blut."

„Eine Geburt ist nun mal eine blutige Angelegenheit." Er hob den Kopf, auf seiner Stirn stand eine steile Falte. „Wenn Sie auf einer Farm gelebt haben, wissen Sie doch, was passiert, wenn Kühe kalben."

„Das schon ... aber ..." Sie holte stockend Atem. „Cyrus war ein fürsorglicher Mann und wollte mich von allem fernhalten. Er fand es irgendwie ungehörig, dass ich dabei zuschaue."

Eindringlich sah Gray sie an, ehe er sich wieder der stöhnenden Frau zuwandte.

„Sie machen das sehr gut, Sarah", murmelte er aufmunternd. „Letty und ich helfen Ihnen."

Corrie biss die Zähne aufeinander und legte die Tücher auf den Nachttisch. Sarah Cardigan schrie vor Schmerz, und Corrie begann zu zittern. Lieber Gott, sie hatte keine Ahnung, was sie tun sollte.

Mühsam zwang sie sich zur Ruhe, rannte wieder in die Küche, schöpfte kochendes Wasser in eine Schüssel und trug sie ins Zimmer, dann holte sie einen Krug kaltes Wasser, um der armen Frau das Gesicht zu waschen.

Mrs. Cardigan war mittlerweile totenbleich, und der Schweiß lief ihr in Strömen übers Gesicht. Corrie wusch ihr mit einem feuchten Tuch Gesicht, Hals und Schultern.

„Danke ...", krächzte Sarah matt, als Corrie ihr mit dem feuchten Tuch die Lippen benetzte. Der Earl warf ihr einen flüchtigen Blick zu.

Es folgte wieder ein gellender Schrei, und dann sah Corrie, wie der Kopf des Babys aus dem Leib der Mutter drängte. Unwillkürlich griff sie nach Sarahs Hand, die sich mit eisigen Fingern an ihr festklammerte.

„Gleich haben Sie es überstanden", tröstete Corrie sie. „Der Earl weiß, was er tut."

Er schien wirklich zu wissen, was er tat, spornte Sarah immer wieder an, im richtigen Moment zu pressen, raunte ihr aufmunternde Worte zu mit seiner tiefen Stimme, die auch Corrie Zuversicht gab.

„Das Baby kommt jeden Moment", sagte er. „Bringen Sie mir ein sauberes Messer."

„Ein Messer?"

Kurz blickte er hoch. „Und ein Stück Schnur."

Ohne zu ahnen, wozu er die Dinge brauchte, rannte Corrie kopflos in die Küche und fand nach einigem Suchen Messer und Schnur auf der Anrichte, wo die Tücher gelegen hatten. Sie nahm das große Messer zur Hand, prüfte die Schneide und tauchte sie ins kochende Wasser, eilte wieder zurück und legte beides neben den Tücherstapel. Gray kauerte immer noch zwischen den Schenkeln der Frau.

Plötzlich richtete er sich auf, hielt ein mit Schleim und Blut überzogenes Neugeborenes an den winzigen Füßen hoch und versetzte ihm einen Klaps auf den Po, worauf das Baby einen durchdringenden Schrei ausstieß. Atemlos beobachtete Corrie, wie er die Nebelschnur abband und durchtrennte, das Baby in ein Tuch wickelte und das Bündel in Corries Arm legte.

„Aber ich … ich weiß doch nicht, wie man ein Baby hält", flüsterte sie aufgeregt.

„Jede Frau weiß, wie man ein Baby hält", brummte er. „Das liegt in ihrer Natur." Er wandte sich der keuchenden Mutter zu. „Sarah, Sie haben eine Tochter zur Welt gebracht, ein wunderschönes kleines Mädchen.“

Tränen rollten über die Wangen der völlig erschöpften Frau. „Gott segne Sie beide.“ Sie war eine hübsche, kräftige Frau, dafür geschaffen, viele Kinder zu gebären.

Während Gray den Säugling wusch, überzog Corrie das Bett frisch und half der Mutter, ein sauberes Nachthemd anzuziehen. Als sie damit fertig war, beobachtete sie, wie er das Neugeborene in den Armen wiegte. In seinen markant geschnittenen Gesichtszügen lag ein seltsam zärtlicher Ausdruck.

Schließlich wickelte er das Kind in eine gelbe Wolldecke, die auf der Kommode bereitlag, und legte es der jungen Mutter in den Arm, die es mit einem seligen Lächeln entgegennahm. Corrie wurde bei dem Anblick seltsam weh ums Herz.

Scheu trat sie näher. „Sie ist so winzig.“ Vorsichtig streckte sie einen Finger aus und strich dem Baby sanft über die zarte Wange. „Sie ist wunderschön, Sarah.“

„Danke. Vielen Dank für alles.“

Corries Kehle war wie zugeschnürt; sie brachte kein Wort heraus und blinzelte heftig die Tränen zurück. Sie hatte geholfen, ein Kind zur Welt zu bringen. Ein überwältigend schönes, tief bewegendes Erlebnis. Sie wandte den Blick zu Gray und sah die gleiche Andacht vor dem Wunder der Geburt in seinen Augen, die auch sie empfand.

Es war ganz still im Zimmer, denn niemand wollte den Moment der Ehrfurcht stören. Plötzlich flog die Tür auf, und Peter Cardigan stürmte herein.

„Die Hebamme ist ins nächste Dorf gerufen worden. Allmächtiger, Sarah, was tun wir nur …“ Sein wirrer Blick heftete sich auf den Earl, dann blinzelte er verständnislos und konnte nicht fassen, was er sah.

„Peter, Sie haben eine kleine Tochter. Und wenn Sie Ihrer Frau ein paar Tage Ruhe gönnen, ist sie bald wieder auf den Beinen.“

Peter Cardigan stand stocksteif da, Fassungslosigkeit im geröteten, verschwitzten Gesicht. Wortlos eilte er ans Bett und sackte in die Knie. „Sarah … bei Gott … ich hätte dich nicht allein lassen dürfen."

Seine Frau brachte ein aufmunterndes Lächeln zustande. „Es ist alles gut, Mann. Wir haben eine Tochter – das haben wir dem Earl und der Dame zu verdanken. Uns geht es gut."

Allmählich schien Peter Cardigan wieder zu Verstand zu kommen. Er wandte sich an Tremaine, nahm dessen Hände und bedankte sich überschwänglich. Irgendwann gelang es den Geburtshelfern, sich zurückzuziehen und die glücklichen Eltern mit ihrer kleinen Tochter allein zu lassen, die sie auf den Namen Mary Kate taufen lassen wollten.

„Sie wussten genau, was zu tun ist", sagte Corrie auf dem Weg zum Brunnen. „Anscheinend haben Sie nicht zum ersten Mal Geburtshilfe geleistet."

Er nickte und warf sein Reitjackett über die Schulter. „Ja. In Indien fand ich einmal eine Frau in den Wehen in einem Gebüsch neben der Straße. Es blieb keine Zeit, den Militärarzt zu holen. Ich war der Einzige, der helfen konnte."

Corrie musterte ihn mit neuem Respekt. „Jeder andere Mann hätte das Weite gesucht."

„Vielleicht", meinte er achselzuckend. „Ich jedenfalls hätte es nicht über mich gebracht."

Corrie geriet ins Grübeln und fügte im Stillen diesen neuen Wesenszug an ihm ihrer Liste hinzu. „Was ist aus der Mutter und ihrem Kind geworden?"

„Beide waren wohlauf, als ich sie kurz vor meiner Abreise nach England zum letzten Mal sah."

Er begann zu reden, sich ihr zu öffnen. Diese Chance musste sie nutzen. „Sie hatten keine Scheu, das Kind zu halten. Haben Sie sich während Ihrer Ehe Kinder gewünscht?"

Jäh blieb Gray stehen. Corrie hielt erwartungsvoll den

Atem an. „Damals wollte ich Kinder. Jetzt nicht mehr."

„Warum nicht?"

„Ich eigne mich nicht zum Vater. Das hätte mir schon vor meiner Ehe klar sein müssen. Ich wäre nicht fähig, ein Kind zu erziehen."

Sie blickte zu ihm hoch. „Weil Sie einen Vater hatten, der sich nicht richtig um Sie kümmerte?"

Er schwieg, nur seine Kiefer mahlten.

„Ich habe gehört, dass der verstorbene Earl Sie schlecht behandelte."

Gray schnaubte verächtlich. „Douglas Forsythe war ein kaltherziger, gemeiner Mistkerl."

Statt entsetzt über seine bitteren Vorwürfe zu sein, gab sie ihm im Stillen recht, weil sie wusste, dass sein Vater ihn als Kind häufig verprügelt hatte.

„Mochte Ihr Vater auch ein schlechter Mensch gewesen sein, aber nachdem ich gesehen habe, wie liebevoll Sie mit Sarah und ihrem Baby umgegangen sind, könnte ich mir vorstellen, dass Sie ein wundervoller Vater wären."

„Da ich nicht die Absicht habe, mich noch einmal zu verheiraten, lohnt es nicht, darüber nachzudenken."

„Aber …"

„Es reicht, Letty", schnitt er ihr das Wort ab. Sein barscher Ton duldete keine Widerrede. Dennoch: Er hatte sich ihr ein wenig geöffnet. Vielleicht könnte sie ihn irgendwann dazu bewegen, über seinen Bruder und seinen Cousin zu sprechen.

Die Tatsache, dass er nicht die Absicht hatte, wieder zu heiraten, und sich keine Familie wünschte, ging sie nichts an und sollte sie nicht berühren.

Gleichwohl bedrückte sie dieser Gedanke.

Gray musterte die Frau neben sich. Nachdem ihr erster Schock über die bevorstehende Geburt überwunden war, hatte sie tatkräftig zugelangt und ihm geholfen.

Keine der vornehmen Damen seines Bekanntenkreises hätte sich die Hände schmutzig gemacht, um bei einer einfachen Bäuerin Hebamme zu spielen. Letty aber schien sich daran nicht zu stören. Und das Wunder der Geburt hatte sie offenbar tief beeindruckt.

Letty versetzte ihn immer wieder in Erstaunen, was vermutlich einer der Gründe war, warum er sich so stark zu ihr hingezogen fühlte. Und dann war da noch die bemerkenswerte Tatsache ihres leidenschaftlichen Temperaments und ihrer verlockenden Figur. Wenn sie nur endlich einsehen wollte, wie viel Vergnügen sie miteinander haben könnten.

Letty hatte behauptet, sie fühle sich nicht zu Jason hingezogen, und nachdem Gray seine unangebrachte Eifersucht bezwungen hatte, glaubte er ihr. Irgendwie gehörte diese Frau ihm. Auch wenn sie noch so sehr dagegen aufbegehrte, war es nur eine Frage der Zeit, bevor sie dem Bann zwischen ihnen erlag und ihn erhörte.

Sie hatte ihm Fragen über seine Ehe gestellt. Ein völlig unzulässiges Thema. Er redete nicht über seine verstorbene Frau, auch nicht über seine Trauer nach ihrem Tod. Alle, die ihn kannten, hüteten sich, dieses Thema anzuschneiden, aus Furcht, sich seinen Unmut und Zorn zuzuziehen.

Aber Letty konnte nicht wissen, dass dieses Thema tabu war, und er war selbst verblüfft darüber, ihre Fragen beantwortet zu haben. Er wusste nicht, warum er es getan hatte, aber bei Letty schien all das nicht so schwierig zu sein wie bei jedem anderen.

Auf dem Weg zum Brunnen trübte Grays Stimmung sich wieder ein. Nach dem Tod seiner Mutter hatte er einen Schutzwall um seine Gefühlswelt errichtet. Das war nötig gewesen, um die Leidensjahre zu überstehen, die er mit seinem lieblosen Vater hatte verbringen müssen.

Auch nach seiner Hochzeit hatte sich nichts daran geändert. Er hatte Jillian gerngehabt und respektiert, und ihr Tod hatte ihn tief erschüttert. Er machte sich bis heute bittere Vorwürfe, sie im Stich gelassen zu haben.

Dennoch hatte er Jillian nie zu nahe an sich herangelassen und stets eine gewisse Distanz zu ihr gewahrt. Er hatte nicht die Absicht, je etwas daran zu ändern.

Nicht einmal der süßen, unschuldigen Letty würde er gestatten, sich Zugang hinter die Mauern zu verschaffen, die ihn sein ganzes Leben beschützt hatten.

13. KAPITEL

Auf dem Weg zum Brunnen beobachtete Corrie Grays verschlossene Miene. „Irgendwie werde ich nicht schlau aus Ihnen", sagte sie sinnend.

Er hob den Kopf, der harte Zug um seinen Mund glättete sich. „Ich bin auch noch nicht aus Ihnen schlau geworden."

Gott sei Dank!, dachte sie. Sie konnte sich ausmalen, wie wütend er reagieren würde, wenn er wüsste, wer sie war und unter welchem Vorwand sie sich in sein Haus eingeschlichen hatte.

„Sie haben sich erstaunlich tapfer gehalten", fuhr er fort. „Die meisten Frauen, die ich kenne, wären beim Anblick des vielen Blutes in Ohnmacht gefallen."

Corrie ließ sich nicht anmerken, dass sie sich geschmeichelt fühlte. „Nun ja, Sarah brauchte unsere Hilfe."

Gray warf sein Jackett ins Gras und zog den Bottich mit Wasser aus dem Brunnen. Erst als er sich das blutbefleckte Hemd über den Kopf streifte, begriff Corrie, was er vorhatte. Glatte gebräunte Haut spannte sich über prallen Muskelwölbungen. Sein Brustkorb war mit schwarz gekräuseltem Haar bedeckt, das sich nach unten an seiner flachen Bauchdecke verjüngte und im Bund seiner knapp sitzenden schwarzen Reithose verlor.

Beim Anblick der Ausbuchtung zwischen seinen Schenkeln durchrieselte sie ein prickelnder Schauer und ließ sie an die Worte des Schankmädchens denken. „Er soll gebaut sein wie ein Zuchthengst."

„Sie schauen mich wieder mit diesem gewissen Blick an, Letty. Ich hoffe, Sie finden auch Gefallen an dem, was Sie sehen."

Hitze stieg ihr in die Wangen. „Sie sind ziemlich eingebildet, Mylord. Ich schaue Sie gar nicht an. Im Übrigen haben Sie selbst Schuld daran, wenn Sie sich bei jeder unpassenden Gelegenheit vor mir ausziehen.“

Diesmal lächelte er tatsächlich, ein Lächeln, das ihn jünger wirken ließ und noch attraktiver machte. Und sie fragte sich, wie wohl sein Lachen klingen mochte. Würde es ebenso tief und melodisch klingen wie seine Stimme?

„Verzeihen Sie“, entgegnete er heiter. „Ich vergaß Ihr Feingefühl. Dummerweise habe ich versäumt, ein frisches Hemd einzupacken.“ Er tauchte die Vorderseite des Hemds ins Wasser und spülte das Blut weg, wusch sich Gesicht und Brust und zog das nasse Hemd wieder an.

„Ist Ihr Schamgefühl nun weniger verletzt?“, fragte er spöttisch, wobei der nasse Stoff an seiner breiten Brust klebte und jede Muskelwölbung und die braunen Brustwarzen sichtbar machte.

Sie verzichtete auf eine Antwort. Hitze sammelte sich in ihrem Leib, und sie zwang sich, den Blick abzuwenden. Sie wusch Gesicht und Hände und trocknete sich mit dem Taschentuch ab, das er ihr reichte.

Um ihn nicht ansehen zu müssen, richtete sie den Blick in die Ferne, wo die sanft wogenden Hügel in den blauen Himmel übergingen. „Höchste Zeit, zum Schloss zurückzureiten.“

Sie spürte seinen Blick auf sich. „Vermutlich haben Sie recht.“

Er hob sie in Tulips Sattel, schwang sich auf sein Pferd, und sie machten sich auf den Rückweg.

Gray brachte Raja mit sanftem Schenkeldruck in einen leichten Galopp, und Tulip folgte gehorsam. Dieser vielversprechende Ausflug hatte leider nicht den erwünschten Erfolg gebracht. Er hatte sich vorgestellt, nach einem kurzen Aufenthalt bei seinem Pächter mit Letty zu einer Lichtung zu reiten, wo er sie bei einem Picknick mit einer Flasche Wein verführen wollte, um sein wildes Verlangen nach ihr endlich zu stillen.

Gray seufzte. Nichts wäre wohl besser geeignet, die Pläne eines lüsternen Mannes zu durchkreuzen, als eine Hochschwangere in den Wehen, der man obendrein noch Geburtshilfe leisten musste.

Als sie sich dem Wäldchen näherten, wo er beabsichtigt hatte, Letty zu verführen, kam ihm der Gedanke, er könnte trotz der widrigen Umstände sein Ziel vielleicht doch noch erreichen.

Gray lenkte Raja in das Wäldchen, hielt an und schwang sich aus dem Sattel.

„Wieso machen wir hier halt?“

Lächelnd näherte Gray sich ihr. „Sie sind lange nicht mehr so weit geritten, und ich finde, wir sollten hier Rast machen.“

„Ich brauche keine Rast.“

„Ich habe Käse und Brot in meiner Satteltasche. Sie haben den ganzen Tag nichts gegessen.“

„Aber ich bin nicht hungrig.“

Ohne auf ihre Einwände zu achten, hob er sie kurzerhand aus dem Sattel, und sie landete in seinen Armen.

„Letty …“ Er legte seinen Mund sanft auf ihre Lippen, die wunderbar süß schmeckten. Ihr Duft berauschte ihn. Seine Zunge leckte spielerisch an ihren Mundwinkeln, lockten sie, die Lippen zu teilen.

Er spürte ihren Widerstand, den Druck ihrer Hände gegen seine Brust. Ohne darauf zu achten, vertiefte er seinen Kuss, bis sie sich seufzend auf die Zehenspitzen stellte und seinen Kuss erwiderte.

Ihre weiblichen Rundungen, die sich an ihn schmiegten, entfachten sein Feuer noch mehr. Er zog sie zwischen seine gespreizten Schenkel und ließ sie seine harte Männlichkeit spüren. Er lechzte danach, sich in ihren Schoß zu versenken.

„Gray …“, hauchte sie, als er ihren Hals küsste und an ihrem Ohrläppchen knabberte.

„Ich brauche dich, Letty.“ Er küsste sie wieder, fordernder diesmal, und ihr Körper schien mit dem seinen zu verschmelzen.

Es drängte ihn schier übermächtig, sie zu besitzen. „Ich will dich beschützen“, raunte er. „Ich suche ein Cottage für dich in der Nähe des Schlosses …“ Er wölbte die Hände um ihre Brüste, knetete sie sanft. „Es soll dir an nichts fehlen.“

Seine fiebernden Küsse raubten ihr den Verstand. „Du kannst alles von mir haben, was du dir wünschst.“ Seine Stimme klang rau vor Verlangen.

Endlich schienen seine Worte den Nebel ihrer Benommenheit zu durchdringen. Statt zu ihm aufzublicken wie zu ihrem Retter, wich sie zurück, als habe er sie geschlagen.

„Soll das etwa … Sie denken doch nicht … dass ich Ihre Mätresse werde?“

Gray nahm sie bei den Händen und spürte, wie schockiert sie war. „Aber Ihr Ehemann hat Sie verlassen, und Sie wissen nicht, ob er je wieder auftaucht. Sie brauchen einen Beschützer. Finden Sie den Gedanken, dass ich Ihr Beschützer sein könnte, so verwerflich?“

Ihre Wangen glühten. „An einem derartigen Angebot bin ich nicht interessiert. In ein paar Wochen habe ich Zugriff auf mein Erbe und verschwinde aus Ihrem Leben.“ Sie wandte den Blick ab, und er wusste, dass er sie gekränkt hatte. Und das lag gewiss nicht in seiner Absicht.

„Wie dumm von mir, Ihnen Freiheiten gestattet zu haben“, fuhr sie fort. „Es tut mir leid, dass ich Ihnen falsche Hoffnungen gemacht habe.“

Bevor sie sich zum Gehen wandte, nahm er eine glitzernde Träne in ihren Augen wahr.

„Letty!“

Sie achtete nicht auf ihn, nahm die Zügel der Stute auf

und führte sie zu einem Baumstumpf, um aufzusteigen.

Verdammt und zugenäht! In zwei langen Sätzen war Gray bei ihr, nahm sie bei den Schultern und zwang sie mit einem beschwörenden Blick, ihn anzusehen. „Letty, du begehrst mich genauso wie ich dich. Das kannst du nicht leugnen. Lass es zu! Wir werden Wonnen genießen, von denen du nicht einmal gewagt hast zu träumen."

Sie trat einen Schritt zurück, um sich vor ihm zu schützen. „Bedaure, Mylord. Ich kann nicht."

Gray hob ihr Kinn mit zwei Fingern. „Bist du sicher?" Er neigte den Kopf und küsste sie sehr zart. „Wir werden viel Spaß miteinander haben, Letty, das verspreche ich dir."

Lange und tief sah sie ihm in die Augen, und er schöpfte Hoffnung.

Dann schüttelte sie den Kopf. „Ich sagte bereits ... ich kann nicht."

Es kostete ihn große Mühe, sich seine Enttäuschung nicht anmerken zu lassen. Schweigend hob er sie in den Sattel, da er wusste, dass es keinen Sinn hatte, sie weiter zu bedrängen. Heute würde er sein Ziel nicht erreichen. Er war gezwungen, sein Verlangen nach ihr zu bezähmen. Aber Lettys Zurückweisung stachelte seinen Ehrgeiz nur noch mehr an, sie zu gewinnen.

Er nahm sich vor, ihr den Hof zu machen, bis sie seinem Werben erlag. Und dann würde er ihr die Wonnen verschaffen, die er ihr versprochen hatte.

Wenn er sie einmal besessen hatte, würde sie sich ihm nie wieder verweigern.

Gray biss die Zähne aufeinander. Letty Moss war ihm unter die Haut gegangen; er musste sie haben, sonst würde er nicht von ihr loskommen. Wenn er ihre Leidenschaft zur lodernden Flamme entfacht, seine Gier nach ihr gestillt hatte, erst dann konnte er sich von dem geheimnisvollen Bann befreien, in dem sie ihn gefangen hielt.

Zur Begrüßung zerrte Homer freudig winselnd an seiner Leine, als der Earl Letty vor dem Stall aus dem Sattel hob, die sich augenblicklich abwandte, sobald sie auf den Füßen stand.

Corrie war auf sein anstößiges Angebot nicht gefasst gewesen, schon gar nicht auf ihre fast überwältigende Versuchung, es anzunehmen. Das war absurd und lächerlich. Sie war nicht Letty Moss, eine im Stich gelassene, verarmte Ehefrau. Sie war Coralee Whitmore, die sittsame Tochter eines Viscounts, und sie würde sich niemals an den Earl of Tremaine wegwerfen, den berüchtigten Frauenhelden, mochte er noch so attraktiv sein.

Sie hatte nicht vergessen, dass sie in ihrer Kolumne über den Schürzenjäger geschrieben hatte, auch nicht, dass er eine Affäre mit Lady Devane hatte. Der Mann war ein skandalöser Herzensbrecher, dem es lediglich darum ging, eine weitere Eroberung zu machen. Sie war verrückt, diese lächerliche Sehnsucht nach ihm zu verspüren, die sie schleunigst ein für alle Mal vergessen musste.

Sie band den Hund von der Leine und tätschelte sein struppiges Fell. „Habe ich dir gefehlt, mein Guter?" Zärtlich kraulte sie ihn hinter den Ohren und mied es geflissentlich, in Grays Richtung zu schauen. Homer leckte ihr die Hand und rannte in die Wiese hinüber, auf der Suche nach einer Maus oder einer anderen leckeren Beute.

„Er kommt bestimmt wieder", sagte Dickey. „Es gefällt ihm bei uns. Jetzt weiß er wenigstens, wo er hingehört. Er hat noch nie einen Herrn gehabt."

„Vermutlich nicht." Ihr Gespräch mit Gray kam ihr in den Sinn. Vielleicht lag der Grund, warum er sich keine Familie wünschte, darin, dass er nie den Rückhalt einer Familie hatte. Als kleiner Junge hatte er seine Mutter verloren, war bei einem Vater aufgewachsen, der ihn nicht liebte, und dann war auch noch seine Ehefrau früh verstorben.

Vermutlich hinderten ihn Verlustängste daran, erneut Bindungen einzugehen. Diese Gedanken dämpften ihren Groll gegen ihn, und sie drehte sich beim Klang seiner tiefen Stimme um.

„Vielen Dank für Ihre Hilfe heute Nachmittag. Ich hatte zwar nicht die Absicht, Geburtshilfe zu leisten, aber ich war froh, dass Sie da waren."

„Ich war keine große Hilfe. Sie wussten genau, was zu tun war."

„Ohne Sie wäre es wesentlich mühsamer gewesen." Er nahm ihre Hand. „Aus dem erholsamen Ausflug ist zwar nichts geworden, aber vielleicht können wir das morgen nachholen."

Heftig schüttelte sie den Kopf. „Sie kennen meine Meinung."

„Und wenn ich verspreche, Ihnen nicht zu nahe zu treten?"

Sie schwieg unschlüssig. Wenn sie allerdings den Namen von Laurels Liebhaber erfahren wollte, musste sie Zeit mit dem Earl verbringen. Dennoch wollte sie sich nicht so schnell wieder in die Höhle des Löwen wagen; außerdem wollte sie ihm einen Denkzettel verpassen.

Mit einem allzu strahlenden Lächeln blickte sie zu ihm hoch. „Ein verlockender Gedanke, Mylord, aber Lord Jason wollte mir morgen das Gewächshaus zeigen. Er ist offenbar sehr an Botanik interessiert."

In Grays Wange vibrierte ein Muskelstrang. „Die einzige Blume, für die Jason sich interessiert, verbirgt sich unter Ihren Röcken."

Ihr Lächeln gefror, Zornesröte stieg ihr in die Wangen. „Was Sie nicht sagen! Das scheint ja in der Familie zu liegen." Dieser Mensch hatte unmögliche Manieren und nahm kein Blatt vor den Mund.

Allerdings verlieh ihm seine unverfrorene Verwegenheit

einen ganz besonderen Reiz.

Corrie machte auf dem Absatz kehrt und ging zum Haus.

„Wir sind noch nicht miteinander fertig, Letty."

Sie warf einen Blick über die Schulter und setzte wieder das gekünstelt strahlende Lächeln auf. „Doch, das sind wir, Mylord."

Als sie weiterging, hörte sie ihn leise fluchen.

14. KAPITEL

Beim Frühstück saß Corrie neben Jason, während Charles ihr gegenübersaß. Gray warf ihr einen finsteren Blick zu und begab sich an seinen Platz am Kopfende der Tafel.

Rebecca schwebte herein, und die Herren erhoben sich höflich. Charles rückte ihr den Stuhl neben dem seinen zurecht.

„Danke, Liebling."

Er machte ihr einen Teller mit Bratwürsten und Rühreiern vom Buffet zurecht und brachte ihn ihr. Rebecca warf Gray einen verschmitzten Blick zu.

„Ich erwarte euch alle zum Lunch", verkündete sie. „Ich habe die Countess of Devane eingeladen, mit uns zu speisen."

Corries Magen zog sich zusammen. Lady Devane war die Frau, bei der Gray die Nacht verbracht hatte, in der Laurel ertrunken war. Grays Mätresse! Unwillkürlich flog ihr Blick zu ihm. Eine steile Falte hatte sich auf seiner Stirn gebildet.

„Die Countess ist eine Freundin von Rebecca", erklärte Charles an Corrie gerichtet. „Ihr Landsitz Parkside liegt nur ein paar Meilen entfernt."

Coralee wusste natürlich, wer die Dame war, ohne ihr je vorgestellt worden zu sein. Lady Devane war in der Londoner Gesellschaft eine bekannte Erscheinung.

„Ich fürchte, ich habe bereits andere Pläne", meldete sich Gray mürrisch zu Wort. „Mrs. Cardigan bekam gestern ihr erstes Kind. Ich will einen Korb mit Essen und eine Flasche Wein vorbeibringen und mich nach ihrem Befinden erkundigen."

„Dein Besuch kann gewiss bis morgen warten", entgegnete Rebecca. „Ich habe ein köstliches Menü auf der Terrasse vorgesehen. Du willst die Countess doch nicht vor den Kopf stoßen, nicht wahr?"

„Nun komm schon, Gray, sei kein Spielverderber", neckte Jason ihn. „Sie hat die Einladung nur angenommen, um dich zu sehen, das weißt du doch."

„Jason, benimm dich", schalt Rebecca. „Die Countess ist eine verheiratete Frau."

Jason feixte, und in seinen Wangen bildeten sich entzückende Grübchen. „Verheiratet mit einem Methusalem."

Rebecca bedachte ihn mit einem tadelnden Blick, wobei Corrie den Eindruck hatte, sie freue sich insgeheim, dass Jason die Fakten ins rechte Licht gerückt hatte. Das wäre allerdings nicht nötig gewesen, da Corrie ohnehin wusste, dass Lady Devane Grays Geliebte war.

Der Earl richtete seinen finsteren Blick auf seine Schwägerin. „Wenn ich dir einen Gefallen damit erweise, bleibe ich zum Lunch."

Lächelnd nickte Rebecca.

Corrie schluckte schwer an dem Bissen, der ihr in der Kehle stecken zu bleiben drohte; ihr war übel geworden. Sobald die Höflichkeit es gestattete, entschuldigte sie sich und eilte in den Garten.

Sie brauchte dringend frische Luft. Es war ein verhangener Frühlingstag, doch die Krokusse und Tulpen blühten, und die Bäume und Sträucher präsentierten sich im frischen Grün. Sie stand am Springbrunnen und atmete die würzige Luft in vollen Zügen ein, als sie vertraute Schritte hinter sich hörte.

Sie hielt Gray den Rücken zugewandt. „Bitte gehen Sie jetzt."

„Lassen Sie mich wenigstens erklären."

Ihre Eifersucht war völlig absurd und unangebracht. Sie wusste, dass er ein notorischer Frauenheld war, dem es nur um eine Eroberung ging. Dennoch bereitete ihr der Gedanke an Gray in den Armen einer anderen Frau Magenschmerzen und Übelkeit.

„Sie ist Ihre Geliebte, Gray." Corrie drehte sich um und sah ihn an. „Was gibt es da zu erklären?"

„Sie ist nicht meine Geliebte – nicht mehr." Er holte tief Luft. „Nach Jillians Tod war mir die Lust ... nach anderen Frauen vergangen." Er richtete den Blick ins Leere. „Damals kam die Countess häufig zu Besuch, da sie mit Rebecca befreundet ist. Und irgendwann machte sie mir Avancen. Ich wollte die Vergangenheit vergessen, und Bethany half mir dabei. Aber unsere Beziehung war rein körperlich, mehr nicht. Wir waren nie wirklich befreundet."

Corrie staunte über den inneren Aufruhr, der sich in seinen Augen spiegelte, als liege ihm am Herzen, was Letty über ihn dachte, und als sei er besorgt, sie verletzt zu haben.

„Bethany lebt den größten Teil des Jahres in London", fügte er hinzu. „Seit sie vor einem Monat nach Parkside zurückkehrte, habe ich sie nicht gesehen. Und ich will sie auch nicht sehen."

Corrie hob das Kinn. „Ihre Beziehung mit der Countess geht mich nichts an."

„Mag sein. Ich wollte ... Sie nur wissen lassen, dass Bethany mir nichts bedeutet, mir nie etwas bedeutet hat."

Forschend blickte Corrie in sein ebenmäßiges Gesicht und las die Aufrichtigkeit in seinen Augen. Aber was kümmerte sie das?

„Danke, dass Sie mir das gesagt haben."

„Bethany hat eine noch spitzere Zunge als Rebecca. Ich lasse Sie nicht allein mit ihr."

Ihm war also nicht entgangen, wie seine Schwägerin sie behandelte. Ihr unhöfliches Verhalten grenzte an Unverschämtheit. „Vermutlich sollte ich Ihnen dafür dankbar sein, bin es aber nicht."

Seine Mundwinkel zogen sich unmerklich nach oben. „Das hatte ich mir eigentlich erhofft. Und ich wüsste, wie Sie sich erkenntlich zeigen könnten."

Einem spontanen Impuls folgend, legte sie ihre Hand an seinen Mund und spürte die Wärme seines Atems an ihren Fingerkuppen.

Er entzog sich ihr und verneigte sich höflich. „Ich sehe Sie bei Tisch, Mrs. Moss."

Sinnend blickte sie ihm hinterher. Er hatte wohl schrecklich unter dem Tod seiner Frau gelitten, die er auf seine Weise gewiss geliebt hatte. Manchmal wirkte er so einsam, und Corrie wünschte sich, nicht diesen unwiderstehlichen Drang zu haben, ihn trösten zu wollen. Der Mann war ein notorischer Frauenheld; er wollte nur ihren Körper, nicht ihr Herz.

Aber manchmal, wenn er sie ansah, nahm sie jetzt eine Wehmut an ihm wahr, die ihr vorher nicht aufgefallen war. Dieser wehmütige Zug weckte in ihr den Wunsch, seine Seelenpein zu lindern, ihm das zu geben, was er vielleicht nie bekommen hatte.

Liebe.

Die Erkenntnis verschlug ihr den Atem. Gütiger Himmel, sie durfte Gray nicht lieben! Der Mann würde sie zerstören, sie skrupellos ins Unglück stürzen. Er würde ihre Liebe nicht erwidern – wahrscheinlich war er gar nicht zur Liebe fähig. Wenn sie sich in den Earl of Tremaine verliebte, würde ihr Herz in tausend Stücke zerbrechen.

Corrie bemühte sich, ihre Fassung wiederzuerlangen. Sie war nicht in Gray verliebt und nahm sich fest vor, in Zukunft auf der Hut zu sein. Sie durfte ihn nicht zu nahe an sich heranlassen, musste sich seinen glühenden Blicken und seinen Verführungskünsten entziehen.

Nein, sie durfte ihr Herz um keinen Preis der Welt an ihn verlieren.

Am späten Vormittag fuhr Bethany vierspännig vor. Sie trug ein elegantes Kleid aus blassblauer Seide, reich mit elfenbeinfarbener Spitze besetzt. Mit ihren rötlichbraunen Locken, fein geschwungenen Brauen, dem makellos hellen Teint und prallen Apfelbrüsten, die sich aus dem Dekolleté wölbten, für den gegebenen Anlass eine Spur zu freizügig, wirkte sie vornehm und hoheitsvoll, jeder Zoll eine Countess.

Nachdenklich beobachtete Gray Letty, die neben Lady Devane im Salon stand. Sie trug ein schlichtes gelbes Musselinkleid, das nicht der neuesten Mode entsprach. Sie war zierlicher als Lady Devane und wirkte ein wenig schüchtern und schien sich unbehaglich in Gegenwart der Countess zu fühlen.

Dabei sah Letty natürlich frisch und ungekünstelt aus, und Gray begehrte sie mehr denn je.

„Sie sind also mit einem entfernten Vetter von Gray verheiratet." Hoch erhobenen Hauptes blickte die Countess über ihre fein geschnittene gerade Nase blasiert auf Corrie herab.

„Ja, richtig. Da mein Gatte sich auf einer ausgedehnten Auslandsreise befindet, hielt ich den Zeitpunkt für einen Besuch auf Schloss Tremaine für angebracht."

Bethany lächelte süßlich. „Nun ja, Gray hat ein gutes Herz. Er nimmt sich auch gern streunender Katzen an."

Gray fluchte innerlich. Bethany hatte ihre Krallen ausgefahren, aber Letty gab vor, nichts davon zu bemerken.

„Zu meinem Bedauern kann ich nicht lange bleiben."

Sie klang gerade so, als sei sie es, die ihm mit ihrem Besuch einen Gefallen erweisen würde. „Ich reise demnächst nach London."

Gray schmunzelte innerlich. Letty Moss hielt sich erstaunlich tapfer. Mochte sie auch weniger gebildet oder belesen sein, sich in der vornehmen Gesellschaft weniger selbstbewusst zu bewegen wissen als andere Damen, war sie doch keineswegs dumm.

Bethany musterte ihr schäbiges gelbes Kleid. „In London bietet sich Ihnen sicher Gelegenheit, Einkäufe zu machen. Es ist ja auch schwierig, sich modisch zu kleiden, wenn man so abgeschieden auf dem Lande lebt."

Corries Wangen überzogen sich rosig. „Wie recht Sie haben."

Sie weigerte sich standhaft, es der hochnäsigen Countess mit gleicher Münze heimzuzahlen, stellte Gray anerkennend fest.

„Was hältst du davon, Gray?", fragte Rebecca, die sich bemühte, ihn ins Gespräch zu ziehen. Er aber war so in Lettys Anblick vertieft, dass er nicht gehört hatte, was die Countess gesagt hatte. Er näherte sich den Damen, stellte sich neben Letty, und ein Hauch ihres Rosenduftes umwehte ihn.

„Verzeihung, ich war in Gedanken woanders. Was sagten Sie, Lady Devane?"

„Ich habe vor, einen Kostümball zu geben. Arthur will den Sommer in der Stadt verbringen, und es ist doch ziemlich einsam und fade auf dem Land."

„Sie haben etwa fünfzig Bedienstete. So schlimm wird es mit Ihrer Einsamkeit nicht sein."

Bethanys Lächeln verblasste ein wenig. „Ich halte ein Kostümfest jedenfalls für eine fabelhafte Idee."

„Ich auch", stimmte Rebecca der Freundin zu. „Ich komme als Marie Antoinette."

„Und ich als Diana, die Göttin der Jagd." Bethany warf Gray einen vielsagenden Blick zu, mit dem sie ihm zu verstehen gab, wer ihre Jagdbeute sein sollte. Gray biss die Zähne aufeinander. Was hatte ihm bloß je an dieser Person und ihrer plumpen Art gefallen?

Ein Diener erschien in der offenen Tür des Salons und kündigte an, das Essen sei angerichtet. Gray schickte ein stummes Dankgebet zum Himmel. „Wollen wir?“ Mit einem dünnen Lächeln bot er der Countess den Arm, da sie Gast im Haus und die höchstrangige Dame in der Runde war.

Sie schenkte ihm ein laszives Lächeln und legte ihre behandschuhten Finger in seine Armbeuge. „Ja, gerne. Ich sterbe vor Hunger.“

Und Gray wusste genau, welchen Hunger sie zu stillen wünschte. Er warf Letty einen Seitenblick zu und entdeckte ein seltsames Funkeln in ihren grünen Augen. War sie etwa eifersüchtig? Vielleicht war es gar keine schlechte Idee, dass er zum Lunch geblieben war.

In diesem Augenblick tauchte Samir an der Tür des Salons auf und nickte seinem Herrn zu. Gray entschuldigte sich und trat zu ihm.

„Was gibt's?“

„Verzeihen Sie die Störung, *sahib*, aber soeben kam ein Brief für Sie.“

Gray nahm das versiegelte Couvert aus Samirs gebräunter Hand. „Danke, mein Freund.“

Er brach das Siegel und las.

Bedauerlicherweise muss ich dich enttäuschen, die Nachforschungen über Mrs. Letty Moss betreffend. Ich kann deinen Auftrag nicht annehmen, da er mich in einen Interessenskonflikt bringen würde. Hochachtungsvoll, dein Freund Dolph Petersen.

Es gab ein Postskriptum.

An deiner Stelle würde ich mir wegen Mrs. Moss keine großen Sorgen machen.

Gray las die Zeilen noch einmal und ein drittes Mal. Stand Dolph in irgendeiner Beziehung zu Letty? War er von anderer Seite beauftragt, Erkundigungen über sie einzuziehen? Und was sollte der Nachsatz? Wollte er damit andeuten, sie stelle keine Gefahr für ihn dar?

Gray war neugieriger denn je und gleichzeitig sehr erleichtert. Er vertraute Dolph Petersen. Wenn er sagte, er müsse sich keine Sorgen wegen Mrs. Moss machen, konnte er getrost seine Verführung weiterverfolgen.

Er schob den Brief in die Tasche seines Gehrocks und kehrte zur Tischgesellschaft zurück, in der Hoffnung, dass Rebecca und Bethany in seiner Abwesenheit ihre Krallen nicht allzu tief in Letty Moss' zartes Fleisch geschlagen hatten.

Sie wollte fliehen. Der Lunch hatte sich unerträglich in die Länge gezogen. Sie saß dem Earl und der Countess gegenüber, und jedes Mal, wenn die Dame ihm ihre verlockenden Blicke zuwarf, ihre kirschroten Lippen befeuchtete und ihn anlächelte, hatte es Corrie in den Fingern gejuckt, der schamlosen Person das Gesicht zu zerkratzen.

Diese Frau war eine Schlange und letztlich genau die Richtige für den teuflischen Earl.

Sobald die Tafel aufgehoben wurde, entschuldigte Corrie sich, eilte in ihr Zimmer und zog ihr Reitkostüm an. Bei dem gestrigen Ausflug mit Gray hatte sie ihre Leidenschaft fürs Reiten entdeckt, und sie hatte Vertrauen zu Tulip. Es drängte sie, durch die Landschaft zu galoppieren und sein Bild zu verdrängen, das sie ständig verfolgte.

Vor dem Stall wartete sie, bis Dickey Michaels ihr das gesattelte Pferd brachte.

Er warf einen bedenklichen Blick zum Himmel. „Ich weiß nicht recht, sieht fast so aus, als komme ein Gewitter auf. Vielleicht sollten Sie lieber nicht ausreiten."

„Ach was, Dickey, ich bin ja bald wieder zurück."

Er nickte. „Wie Sie meinen. Ich sattle mir ein Pferd, und

dann können wir gleich losreiten."

„Moment, Dickey – es ist zwar freundlich, dass du mich begleiten willst, aber ich kenne mich in der Gegend schon ein wenig aus und reite lieber allein."

Die sandfarbenen Brauen des Burschen zogen sich in der Stirnmitte zusammen. „Seine Lordschaft zieht mir das Fell über die Ohren, wenn ich Sie alleine reiten lasse."

„Ich lege ein gutes Wort für dich ein. Sag ihm, ich habe darauf bestanden, allein zu reiten. In ein paar Stunden bin ich wieder zurück."

Homer kam schwanzwedelnd angerannt und wollte sie ebenfalls begleiten. „Nein, diesmal nicht, mein Freund." Und an den Stallburschen gewandt, fügte sie hinzu: „Halt ihn fest, bis ich außer Sicht bin."

Corrie wollte allein sein. Nicht einmal auf Homers Gesellschaft legte sie Wert.

Sie lenkte Tulip in die Richtung, die sie gestern mit Gray eingeschlagen hatte, und brachte die Stute in einen leichten Trab. Der Wind hatte aufgefrischt, der Himmel hatte sich bewölkt, aber das Gewitter schien noch weit weg zu sein.

Sie wollte nicht lange fortbleiben, nur so lange, bis sie wieder einen klaren Kopf und ihren inneren Aufruhr beruhigt hatte.

Nicht zum ersten Mal seit ihrem Aufenthalt im Schloss verspürte sie Heimweh. In London wäre es ihr möglich, sich von Gray und den befremdlichen Empfindungen, die er in ihr aufwühlte, zu befreien. London und ihre Arbeit für *Heart to Heart* waren ihr nie verlockender erschienen. Aber sie war noch nicht bereit, die Flinte ins Korn zu werfen. Sie hatte sich an Laurels Grab geschworen, die Wahrheit herauszufinden. Zwar hatte sie schon einige Fortschritte gemacht, war aber noch längst nicht zufrieden. Sie brauchte etwas Zeit für sich, um ihre Gedanken zu sammeln, um Rebeccas spitzen Bemerkungen und dem blasierten Gehabe der Countess zu entrinnen, und nicht zuletzt, um vor Gray zu fliehen und den unerwünschten Gefühlen, die er in ihr weckte.

Als der Wind noch mehr auffrischte, zuckte sie lediglich mit den Achseln. Auch als Tulip vor einem aufgeschreckten Hasen scheute und die Reiterin beinahe abwarf, kümmerte sie sich nicht darum. Im Gegenteil, sie spornte die Stute zum Galopp an und fühlte sich zum ersten Mal seit Tagen frei und unbeschwert.

15. KAPITEL

Gray suchte Letty im Schloss, dann im Garten. Und als er endlich auf die Idee kam, sie könne in den Stall gegangen sein, um Homer zu besuchen, war fast eine Stunde verstrichen.

„Hast du Mrs. Moss gesehen?“, fragte er Dickey Michaels, der eine Pferdebox ausmistete.

„Ja, M'lord. Sie ist vor einer ganzen Weile mit Tulip ausgeritten.“

„Allein?“

Er nickte. „Ich wollte sie begleiten, aber das wollte sie nicht. Nicht einmal Homer wollte sie mitnehmen.“

Gray unterdrückte einen Fluch. Es war nicht Dickeys Schuld, sondern ganz allein seine. Er hätte sich denken können, dass sie wegen dieses grässlichen Mittagessens mit seiner früheren Geliebten verstimmt war. Er hatte jedoch nicht erwartet, dass sie allein ausreiten würde.

„Welche Richtung?“

„In die Richtung, die Sie gestern mit ihr geritten sind. Ich habe sie vor dem aufkommenden Gewitter gewarnt. Aber sie meinte, sie ist in ein paar Stunden wieder zurück.“

Gray warf einen Blick zu den dunklen Wolken, die sich am Horizont zusammenbrauten. „Sattle Raja. Ich hole die Dame zurück.“ Und ich drehe ihr den süßen Hals um, dachte er zähneknirschend.

Störrisches Frauenzimmer.

Er hatte Letty den Antrag gemacht, seine Geliebte zu werden, auf den sie so entrüstet reagiert hatte; dabei wäre es die vernünftigste Lösung für ihre Probleme. Zu stolz und zu naiv, das törichte Ding.

Dickey brachte den Hengst und reichte seinem Herrn die Zügel. „Wenn sie zurückkommt, erkläre ihr, dass ich nach ihr suche. Und sage ihr auch, dass ich mit ihr zu reden habe.“

Dickey zog den Kopf zwischen die Schultern. „Sehr wohl, M'lord."

Wieso hatte eigentlich jeder Mensch Angst vor ihm, nur Letty Moss nicht?

Gray ritt in die Richtung, wo das Cottage der Cardigans lag, in der Hoffnung, ihr auf ihrem Rückweg zu begegnen.

Vergeblich. Der Wind hatte Sturmstärke angenommen, die Äste der Bäume bogen sich, Blätter und Staub wirbelten herum, und die ersten Regentropfen fielen. Er schaute kurz bei den Cardigans vorbei, erkundigte sich nach Mutter und Kind und fragte, ob Letty da gewesen sei. Wieder vergeblich.

Wenn sie auf dem Hauptweg geblieben war, hatte sie vielleicht die Abzweigung zu Cardigans Haus verpasst und würde zum alten Jagdhaus reiten, das aus der gleichen Zeit stammte wie das Schloss.

Er schlug die Richtung ein und überlegte, ob sie auf dem Rückweg eine Abkürzung genommen hatte und längst wohlbehalten im Schloss angekommen war. Aber sein sechster Sinn sagte ihm, dass sie nicht so leichtsinnig wäre, den Weg zu verlassen. Man konnte sich leicht in den dichten Wäldern verirren, besonders bei Sturm und Regen, wenn die Sicht schlecht war.

Mittlerweile regnete es stark. Der Wind heulte in den Bäumen, riss Gray das Band aus den Haaren und schlug ihm die Strähnen wie Peitschenhiebe ins Gesicht. Seine Besorgnis wuchs.

Letty war keine geübte Reiterin. Wenn sie gestürzt oder Tulip gestolpert und zu Fall gekommen war? War Letty vielleicht verletzt und lag bewusstlos irgendwo im Wald?

Sein Puls beschleunigte sich, und sein Magen krampfte sich zusammen. Immer wieder rief er ihren Namen, aber seine Stimme ging im Sturmgebraus unter. Hätte er nur Homer bei sich. Der Hund hätte womöglich ihre Fährte aufgenommen.

Plötzlich bewegte sich vor ihm ein dunkler Schatten zwischen den Bäumen. Gray erkannte Tulip. Die Stute war ohne Reiter und ohne Sattel; ihre Zügel schleiften auf der Erde. Tulip kannte den Heimweg, aber was war mit Letty passiert?

Von Grauen gepackt, ritt er der Stute entgegen und nahm ihre Zügel auf. Sie schien nicht verletzt zu sein, aber wieso hatte sie den Sattel verloren?

„Wo ist sie?“, fragte Gray heiser und tätschelte das nasse Fell des Tieres. „Wo ist unser Mädchen?“

Tulip wieherte leise, als wolle sie ihm antworten. Gray führte die Stute am Zügel, schlug die Richtung ein, aus der sie gekommen war, und hielt wachsam Ausschau nach Letty. In der Ferne nahm er neben dem Weg eine niedrige Mauer wahr. Die Stute spitzte die Ohren und wieherte erneut. Gray versetzte Raja in Galopp und näherte sich der Mauer.

Sein Herz zog sich zusammen, als er Letty entdeckte, die totenbleich und reglos auf der anderen Seite lag. Er schwang sich aus dem Sattel, rannte zu ihr, Todesangst kroch ihm über den Rücken.

Gedanken an Jillians gewaltsamen Tod stürmten auf ihn ein und hinterließen einen gallebitteren Geschmack in seinem Mund. Er kauerte sich neben Letty ins nasse Gras und nahm ihre bleiche Hand, die sich kalt wie der Tod anfühlte.

„Letty … Letty, können Sie mich hören?“ Im ersten Moment hielt er sie für tot, und Übelkeit stieg in ihm hoch. Mit zitternder Hand fühlte er ihr den Puls. Und dann spürte er ihn, schwach, aber regelmäßig, und der Krampf in seinem Magen begann nachzulassen. Sie atmete, sie war am Leben.

Er tastete sie nach Verletzungen und Knochenbrüchen ab, ohne etwas zu finden. Und dann flatterten ihre Lider.

„Letty! Ich bin es, Gray!“

„Gray …“

Er beugte sich über sie. „Ich bin hier. Sind Sie verletzt? Haben Sie Schmerzen?“

Sie schluckte und versuchte, den Kopf zu heben.

„Bleiben Sie ruhig liegen … Sagen Sie mir nur, wo Sie Schmerzen haben." In der Ferne zerriss ein greller Blitz den Himmel, dann folgte ein dumpfes Donnergrollen.

„Der Wind … war so stark", begann sie stammelnd. „Ich fühlte mich so frei und unbeschwert. Und dann sah ich die Mauer … und dachte, die schaffe ich mit Leichtigkeit. Ich hätte es auch geschafft, wenn der Gurt nicht gerissen wäre."

„Letty, sagen Sie mir bitte, wo Sie Schmerzen haben!"

Ihre grünen Augen ruhten nun auf seinem Gesicht. „Mein Kopf brummt ein bisschen. Ich habe ihn mir wohl beim Sturz angeschlagen. Aber sonst fehlt mir nichts, denke ich."

Gray zitterte vor Erleichterung und stieß hörbar die Luft aus. „Gott sei Dank!" Wieder wurde der graue Himmel von einem Blitz zerrissen, dem ein ohrenbetäubender Donnerschlag folgte. Das Gewitter kam gefährlich näher. Sie mussten schnellstens einen Unterschlupf finden.

Er spähte in die Ferne. Der nächste grelle Blitz erhellte die Umrisse des Jagdhauses.

„Wir müssen uns vor dem Gewitter in Sicherheit bringen. Ich trage Sie. Sagen Sie mir, wenn Ihnen etwas wehtut." Behutsam hob er sie in seine Arme. „Geht es?"

Sie nickte und barg die Wange an seiner Brust. Er hob sie in den Sattel und schwang sich hinter ihr aufs Pferd.

„Lehnen Sie sich an mich. Ich weiß einen Platz, wo wir sicher sind."

Corrie protestierte nicht, als er Raja in Bewegung setzte, während Tulip brav hinterhertrottete. Bald erreichten sie das alte Haus. Gray hob Corrie aus dem Sattel und trug sie zur Tür, die nie verschlossen war. Er schob den Riegel zurück und stieß sie mit dem Fuß auf, trug Corrie über die Schwelle und brachte sie vor dem Unwetter in Sicherheit.

„Wie fühlen Sie sich?"

„Besser. Ich glaube nicht, dass etwas gebrochen ist.“

Er war krank vor Sorge um sie gewesen. In seine Angst mischte sich nun Unmut. „Sie hätten sich den Hals brechen können mit Ihrem Leichtsinn. Man müsste Sie zur Strafe übers Knie legen.“

Sie errötete, zog es aber vor zu schweigen.

Vorsichtig ließ Gray sie auf das braune Ledersofa vor dem Kamin nieder. „Ich versorge die Pferde und hole Holz fürs Feuer.“

Corrie schwieg immer noch. Sie wusste nicht, ob sie ihm dankbar sein oder ihn zum Teufel wünschen sollte.

Gray brachte die Pferde in den Verschlag neben dem Jagdhaus, gab ihnen Hafer, den er dort aufbewahrte, und kehrte mit einem Arm voll Brennholz ins Haus zurück. Bald brannte ein Feuer im Kamin und vertrieb langsam die feuchte Kälte.

Das Jagdhaus bestand aus einem Raum mit einer niedrigen Balkendecke. In einer Nische befanden sich ein Herd, ein Eichentisch und Stühle. Vor dem Kamin neben dem Ledersofa standen zwei gemütliche Polstersessel. In der anderen Ecke stand ein breites Baldachinbett.

Gray machte auch Feuer im Herd und setzte Wasser auf, um Tee aufzubrühen. Durchnässt und zerzaust kauerte Corrie derweil auf dem Sofa.

„Sie müssen diese nassen Sachen ausziehen“, sagte er.

Schlotternd schüttelte sie den Kopf. „Nein, das geht nicht. Ich habe nichts anderes anzuziehen.“

Er holte zwei Wolldecken aus einer Kommode. „Das muss genügen.“ Geschickt warf er ihr eine Decke zu, die neben ihr auf der Couch landete.

Gray stellte sich vor den Kamin und zog sein Jackett, Weste und Hemd aus. Schweigend saß Corrie da und bemühte sich krampfhaft, nicht in seine Richtung zu schauen.

„Mir macht das nichts aus“, sagte sie mit dünner Stimme.

„Meine Kleider sind bald wieder trocken.“

„Und Sie werden sich erkälten und ein höllisches Fieber bekommen.“

Sie reckte das Kinn. „Und wenn ich mich ausziehe, bekomme ich es mit dem Teufel persönlich zu tun.“

Seine Mundwinkel zuckten belustigt. Er musste nicht fragen, wen sie mit dem Teufel meinte.

Aber ihre Gesundheit war wichtiger als ihr Schamgefühl. „Tut mir leid, meine Liebe, diesmal setzen Sie Ihren Dickkopf nicht durch. Entweder Sie ziehen sich aus, oder ich tue es für Sie. Was ist Ihnen lieber?“

„Das würden Sie nicht wagen!“

Er begann, die Stiefel abzustreifen. „Sie wissen genau, dass ich nicht davor zurückschrecke.“

Ihre Augen schossen wütende Blitze. Seltsam, dachte er. Manchmal schien Letty zwei verschiedene Persönlichkeiten zu haben. Eine sanft und bescheiden, die andere feurig und temperamentvoll.

Sie murmelte etwas in sich hinein. Hörte er etwa einen Fluch?

„Sie sind wirklich ein Teufel“, fauchte sie und drehte den Kopf zur Seite, während er sich völlig entkleidete, sich eine Decke um die Hüften wickelte und die Enden feststeckte, um die Decke nicht zu verlieren.

„Sie sind dran“, sagte er.

Langsam stand Corrie auf, und Gray hielt sie dabei fürsorglich am Arm. „Wie fühlen Sie sich? Ein wenig schwindelig?“

„Ich fühlte mich sehr wohl, bevor Sie von mir verlangten, meine Kleider abzulegen.“

Er verkniff sich ein Schmunzeln. Seit Jillians Tod stand ihm der Sinn nicht nach Heiterkeit. Aber Letty schaffte es immer öfter, ihm ein Lächeln zu entlocken.

„Halten Sie still, ich helfe Ihnen.“ Er machte sich an den

Knöpfen ihres Jacketts zu schaffen, aber sie schlug ihm auf die Finger.

„Das kann ich selbst."

Gehorsam trat er einen Schritt zurück und wartete, bis sie die Jacke mit zitternden Händen aufgeknöpft und abgestreift hatte; dann nahm er ihr die Jacke ab und hängte sie an einen Haken neben dem Kamin. Sie löste die Verschnürung ihres weiten Rocks, der raschelnd zu Boden fiel. Als sie aus dem Stoffhäufchen steigen wollte, geriet sie ins Wanken.

Fürsorglich hielt Gray sie am Ellbogen fest. „Vorsicht."

Sie erhob zwar keinen Widerspruch, aber an ihrer verkrampften Haltung spürte er, dass ihr lieber wäre, wenn er seine Hände bei sich behalten würde.

Als Nächstes folgten ihre Unterröcke, die völlig durchnässt zu ihren Füßen landeten. Auch diesmal ließ er es sich nicht nehmen, ihr beim Aussteigen aus dem nassen Häufchen zu helfen. Und dann stand sie vor ihm, nur in ihrer Unterwäsche, die feucht an ihr klebte.

Es kostete ihn große Mühe, sich zu beherrschen – schließlich hatte sie gerade einen gefährlichen Sturz vom Pferd erlitten –, aber seine männlichen Instinkte waren geweckt, ganz zu schweigen von seiner männlichen Anatomie. Ihr Unterhemd verbarg kaum die entzückenden Rundungen ihres Gesäßes. Das Blut schoss ihm in die Lenden.

Er räusperte sich, bevor er die feuchten Bänder ihres Korsetts löste, dann trat er einen Schritt zurück, in der Annahme, er hätte sich im Griff. Schließlich war sie verletzt, wenn auch nur leicht. Aber beim Anblick ihres zarten Rückens, dem aufreizenden Schwung ihrer Hüften drohte ihn seine Willenskraft im Stich zu lassen. Er biss die Zähne zusammen. Sein Glied pulsierte mit jedem Herzschlag.

In diesem Moment erhellte ein greller Blitz den Raum, und der Sturm rüttelte an den Fensterläden.

„Reichen Sie mir bitte die Decke?"

„Wie bitte?“

„Geben Sie mir die Decke!“

„Verzeihung.“ Er breitete die zweite Decke aus und hielt sie vor sich. „Sie müssen auch die nasse Wäsche ausziehen. Ich verspreche hoch und heilig, dass ich keinen Blick riskiere.“

„Ich traue Ihnen nicht.“

„Ich traue mir selbst nicht, aber ich bemühe mich.“

Er glaubte, ein leises Lachen zu hören.

„Geben Sie mir Ihr Wort als Gentleman“, forderte sie.

„Einverstanden. Ich gebe Ihnen mein Wort als Gentleman.“

Er hob die Decke vor die Augen. Letty hatte ihm weiter den Rücken zugewandt, und er hörte leises Rascheln. Er ließ die Decke ein wenig sinken, um über den Rand spähen zu können, und beobachtete mit wachsender Wollust, wie sie ihr Korsett auszog und es aufs Sofa warf. Und dann stand sie halb nackt vor dem Feuer. Bei ihrer halben Drehung erhaschte er einen Blick auf ihre nackten Brüste mit den rosigen Knospen, die sich keck reckten. Er entsann sich, wie süß sie schmeckten, als er einmal daran gesaugt hatte.

Nun raschelten ihre Pluderhosen zu Boden; sie waren nicht aus Baumwolle und geflickt wie ihre Kleider, sondern aus feinstem Batist mit zarter Spitze besetzt. Offenbar legte sie großen Wert auf feine Unterwäsche, und er würde sie ihr dutzendweise kaufen. Allerdings würde er ihr untersagen, Unterwäsche zu tragen, sobald sie ihm gehörte. Ihre rosafarbenen Strumpfbänder folgten, und dann bückte sie sich, um die Strümpfe nach unten zu rollen.

Der Anblick ihres entzückenden Hinterteils, das sich ihm so verlockend entgegenreckte, machte ihm den Mund wässrig, und seine Erregung wuchs. Er war immer stolz auf seine Selbstbeherrschung gewesen, die ihn allerdings bei Letty jämmerlich im Stich ließ. Sie drehte sich um, und er konnte den Blick nicht von den seidigen Löckchen wenden, die sich rötlich zwischen ihren hellen Schenkeln kräuselten.

Corrie stieß einen spitzen Schrei aus.

„Sie haben mir Ihr Wort gegeben!"

Widerstrebend hob er die Decke vor die Augen. „Ich gab Ihnen mein Wort als Gentleman – der ich nie war. Hätten Sie mich um mein Wort als Soldat gebeten, hätte ich mich daran gebunden gefühlt."

„Sie sind ein …", stammelte sie, „Sie sind ein …"

Er trat auf sie zu, hüllte sie in die Decke ein und schlang die Arme um sie. „Du bist die begehrenswerteste Frau, die mir je begegnet ist. Wunderschön und entzückend. Mein Gott, ich habe mich noch nie nach einer Frau so verzehrt wie nach dir."

Und dann küsste er sie. Gefangen in der Decke, versuchte sie vergeblich, ihre Arme zu befreien. Aber er hörte nicht auf, sie zu küssen. Seine zunächst verhaltenen Küsse steigerten sich zu fiebernder Leidenschaft, und sein harter Schaft drängte sich gegen ihren Leib. Irgendwann hörte sie auf, sich zu wehren. Ihre Lippen wurden weich, Grays Küsse wurden wieder sanft, und sie erwiderte seine Liebkosungen.

Er lockerte seinen Griff, und sie schlang die Arme um seinen Hals, während ihre Finger sich in sein nasses Haar vergruben.

„Letty …" Nein, er war kein Gentleman und würde nie einer sein. Er nahm sich, was er begehrte, und er begehrte Letty Moss. Er wollte für sie sorgen, so wie sie es verdiente. Es wäre ein perfektes Arrangement für beide.

Gray schob die Decke nach unten und hauchte zarte Küsse auf ihren Hals und tiefer auf den Ansatz ihrer Brüste, entschlossen, diesmal sein Ziel zu erreichen. Unter seinen Verführungskünsten würde ihr Widerstand erlahmen, und sie würde ihm gehören.

Er wollte all ihre Leidenschaft wecken, wollte ihr die Freuden schenken, die er ihr versprochen hatte. Sie sollte sich ebenso nach ihm verzehren wie er sich nach ihr.

Die Decke glitt bis zu ihren Hüften, und Corrie schmiegte sich in seine kraftvollen Arme. Die Hitze, die sein sehniger Körper ausstrahlte, vertrieb die Kälte in ihr. Ihre Kopfschmerzen waren wie weggeblasen, und sie gab sich den berauschenden Wonnen seiner Liebkosungen hin.

In einem Winkel ihres benommenen Verstandes wusste sie, dass es falsch war, dass sie sich gegen ihn zur Wehr setzen sollte, aber nichts hatte sich je so wundervoll, so herrlich angefühlt wie dieser Moment mit Gray. Er hauchte zarte Küsse auf ihren Hals, und sein langes Haar kitzelte an ihrer Haut. Von Wonneschauern durchrieselt, legte sie den Kopf in den Nacken. Sie dachte daran, wie er sie angesehen hatte, als sie im strömenden Regen auf der Erde lag. Auf Knien mit gespreizten Beinen, das offene, vom Wind zerzauste Haar bis zu den Schultern reichend, hatte er genau dem Bild eines Räuberhauptmanns entsprochen, das sie sich von ihm gemacht hatte.

Gray vertiefte seinen Kuss und presste sie an seine Brust, sodass ihre Knospen sich vor Wonne zu harten Perlen aufrichteten. Zwischen ihren Schenkeln setzte ein sanftes Pulsieren ein, flüssige Hitze sammelte sich in ihrem Leib, und das Verlangen züngelte in ihr wie die Schlange im Paradies.

Nie in ihrem Leben war ihr ein Mann wie Gray begegnet. Kein Kuss der Verehrer, die ihr bei gesellschaftlichen Anlässen und festlichen Bällen den Hof machten, hatte je eine solch sündige Regung in ihr entfacht.

Die Wolldecke glitt tiefer, und sie spürte seinen heißen Mund, der sich um eine Brust wölbte, seine Zähne, die unendlich zart die Knospe reizten. Wieder erwachte das lüsterne Geschöpf in ihr, das sie lockte, sich das zu nehmen, wonach sie sich verzehrte; das zu genießen, was kein anderer Mann ihr geben konnte.

Wenn sie sich ihm jetzt verweigerte, würde sie vielleicht niemals wieder die Wonnen erleben, die Gray ihr verheißen hatte. Sie hatte nicht die Absicht, in den nächsten Jahren zu heiraten, denn es gab zu viele Dinge, die sie kennenlernen, zu vieles, das sie erleben wollte. Und selbst wenn sie heiratete, würde sie vielleicht niemals dieses Feuer für ihren Gemahl verspüren, das Gray in ihr zum Lodern brachte.

Er wühlte die Hände in ihr nasses Haar, zog die Nadeln heraus, ließ die gespreizten Finger durch die Lockenfülle gleiten und breitete sie über ihre Schultern.

„Ich liebe dein Haar", raunte er an ihrem Ohr. „Ich liebe jede süße Rundung an dir."

Seine schmeichelnden Worte waren ebenso verführerisch wie das Spiel seiner Finger. Ihre Haut prickelte unter seinen sanften Berührungen. Und dann nahmen seine Lippen sie wieder in Besitz in einem hungrigen Kuss; er tauchte seine Zunge in ihren Mund und forderte ihre Zunge neckend zum Tanz auf.

Sie bog den Rücken durch, wollte ganz mit ihm verschmelzen und bemerkte verschwommen, dass beide Decken zu Boden gefallen waren und ihre nackten Körper sich aneinanderpressten. Corrie spürte Grays Erregung, die harte Männlichkeit, die sie so brennend interessierte. Sie löste sich ein wenig von ihm, um ihn anzusehen.

Ihre Augen weiteten sich beim Anblick seines prallen Schaftes, der sich ihr entgegenreckte, und sie dachte unwillkürlich an die Darstellung des Merkur, die sie in dem erotischen Buch gesehen hatte. „Gütiger Himmel!"

Er grinste. „Sei unbesorgt. Wir haben viel Zeit."

Wenn sie ihm nicht augenblicklich Einhalt gebot, wäre alles zu spät. Mit großen Augen blickte sie zu ihm hoch, sah das brennende Verlangen in seinem Blick und eine Sehnsucht, die sie völlig in ihren Bann zog.

„Ich brauche dich, Letty“, raunte er heiser, zog sie wieder in die Arme und küsste sie. „Ich brauche dich wie die Luft zum Atmen.“

Diese Sehnsucht lag auch in seiner Stimme, diese namenlose Einsamkeit. Ihre Gedanken wirbelten wild durcheinander, ohne dass sie sich diese übermächtige Empfindung hätte erklären können, die sie wie ein Zauberbann gefangen hielt.

Und plötzlich erkannte sie, was sie bisher nicht wahrhaben, sich nicht eingestehen wollte.

Sie hatte sich in ihn verliebt!

Nicht nur ein bisschen verliebt, wie sie befürchtet hatte, nein, sie liebte ihn in wilder Leidenschaft.

Es war zu spät, um ihr Herz zu schützen, zu spät, um sich zu retten. Aber vielleicht war es noch nicht zu spät, ihn zu retten.

Aus tränenverschleierten Augen sah sie ihn an. „Ich brauche dich auch, Gray.“

Etwas Dunkles, Wildes verschattete seine Gesichtszüge, und sein hungriger Blick verschlang sie. Und als er sie wieder küsste, war sein Kuss fordernd und hart statt verführerisch. Der wilde Kuss eines Mannes, der seinen Besitz an der Frau beanspruchte, die er begehrte. Und Corrie antwortete mit dem gleichen lodernden Feuer. Sie gaben sich ihren wilden Sinnesstürmen hin, konnten nicht genug voneinander bekommen. Er liebkoste sie, und ihr war, als seien seine Hände überall auf ihrer Nacktheit. Seine Finger tasteten sich durch das lockige Delta zwischen ihren Schenkeln und berührten sie an ihrer geheimsten Stelle, wo kein Mann zuvor sie je berührt hatte.

Corrie taumelte vor Begierde, ganz von ihm besessen zu werden. Das war es, wonach sie sich sehnte, worauf sie ihr ganzes Leben lang gewartet hatte.

„Nimm mich, Gray.“

Sie hörte sein tiefes Stöhnen, als er sie hochhob, zum Bett trug und sich neben ihr niederließ, ohne aufzuhören, sie zu küssen. Corrie fieberte nach ihm in der Vorahnung, dass sie nun jenen Gipfel des Entzückens erreichen würde, nach dem sie sich verzehrte.

Allerdings war sie nicht mehr die naive junge Frau, die sie noch in London gewesen war.

„Ich habe Angst, Gray. Was ist, wenn wir ein Kind bekommen?“

Zärtlich strich er ihr das wirre, feuchte Haar aus der Stirn.

„Es gibt Methoden, sich davor zu schützen. Ich lasse es nicht zu, vertrau mir. Selbst wenn, sorge ich für dich.“

Sie wollte ihm glauben. Gott steh mir bei, dachte sie mit einem letzten Funken Verstand, ich bin eine Närrin.

Was immer auch geschehen würde, es war nicht mehr wichtig. Sie liebte und begehrte ihn. Corrie küsste ihn zärtlich, mit all ihrer Liebe, die sie für ihn empfand, und gab sich bedenkenlos seinem magischen Zauber hin.

Gray versuchte, sich all der Liebeskünste zu entsinnen, die er in Indien gelernt hatte, um eine Frau zu höchsten Wonnen zu bringen, aber sein Verlangen nach Letty machte ihn völlig benommen. Er hatte zu lange gewartet, konnte sich nicht mehr beherrschen. Er streichelte sie, bis sie feucht und bereit für ihn war, sich unter ihm wand und flehte, sie endlich zu nehmen. Er spreizte ihre Schenkel mit den Knien, brachte sich über ihr in Stellung, fand ihren Schoß und begann, sich behutsam in ihren Tiefen zu versenken.

Sie war sehr eng, erstaunlich eng. Aber immerhin waren zwei Jahre vergangen, seit sie mit ihrem Ehemann zusammen gewesen war. Gray küsste sie innig, während Corrie ihre kleine Zunge in seinen Mund tauchte und ihn beinahe um den Verstand brachte. Er konnte nichts anderes mehr denken, als endlich ganz in ihrem Schoß zu sein und sie zu spüren.

„Gray", hauchte sie, wühlte ihre Finger in sein Haar und begann, sich unter ihm zu winden.

Und dann war es um ihn geschehen. Mit einem einzigen kräftigen Stoß drang er in sie und verharrte in der süßen Enge ihres Schoßes. Als sie schrie, dauerte es einen Moment, bis sein von Wollust vernebelter Verstand registrierte, dass er ihr wehgetan hatte, dass der Widerstand, den er gespürt hatte, ihr Jungfernhäutchen war.

Mrs. Letty Moss war unberührt.

„Zum Teufel!" Zorn loderte in ihm auf. Er stützte sich ab, um in ihre tränennassen Augen schauen zu können. „Du bist keine verheiratete Frau! Wer, zum Teufel, bist du, Letty? Oder ist das gar nicht dein Name?"

Corrie schluckte schwer und hob eine zitternde Hand, um ihn zu streicheln. Sie wirkte unschlüssig, als wisse sie nicht, was sie sagen sollte. Dann durchfuhr sie ein Beben, und sie schüttelte den Kopf. „Cyrus war ein alter Mann. Wir haben nie das Bett miteinander geteilt. Das hätte ich dir sagen müssen."

Gray wischte ihr die Tränen von den Wangen. Das klang glaubwürdig, zumal er von Anfang an geahnt hatte, dass sie noch unschuldig war. Und plötzlich war er glücklich, dass dieser Vetter Cyrus ein alter Narr war.

„Wenn ich das gewusst hätte, wäre ich behutsamer gewesen." Er küsste sie innig. „Verzeih, dass ich dir wehgetan habe."

Sie lächelte matt. „Es tut nicht mehr weh. Es fühlte sich nur so … prall an."

In seine Erleichterung mischte sich der Drang, sie zu beschützen. „Du bist eine erstaunliche Frau, Letty Moss." Und sie gehörte ihm, eine unberührte Ehefrau. Die ideale Geliebte.

Gray küsste sie zärtlich. Diesmal nahm er sich Zeit, das Feuer in ihr wieder zu entfachen. Schweißperlen traten ihm auf die Stirn, seine Schultermuskulatur begann zu schmerzen, so sehr kämpfte er um seine Beherrschung. Aber er wollte ihr höchste Wonnen bereiten, sie in überirdische Gefilde der Verzückung tragen.

„Bitte, Gray", hauchte sie, wand sich unter ihm, drängte ihn, ihr die ersehnte Erlösung zu geben, und er begann, sich in ihr zu bewegen.

Und nach einem einzigen tiefen Stoß bäumte Corrie sich auf, hob ihm die Hüften entgegen und verlor sich in einem zuckenden Höhepunkt. Er konnte es kaum glauben. Ein jauchzendes Gefühl des Triumphes erfasste ihn, dass er es war, der ihr beim ersten Mal Erfüllung brachte, aber er hörte nicht auf, sich in ihr zu bewegen, trieb sich immer wieder in sie, bis sie den zweiten Höhepunkt erreichte, ihre Fingernägel in seine Schultern grub und ihm damit den letzten Rest seiner Beherrschung nahm.

Tiefe, mächtige Stöße befeuerten ihn, bis es um ihn geschehen war. Er schrie auf, als er den Höhepunkt erreichte, und es kostete ihn schier übermenschliche Kraft, sich vor dem Erguss zurückzuziehen.

Er hatte ihr versprochen, umsichtig zu sein, und er würde sein Wort halten. In der Kommode in seinem Schlafgemach im Schloss bewahrte er einen Vorrat an Präservativen auf. Beim nächsten Mal wollte er sie benutzen.

Lächelnd streckte Gray sich neben Corrie aus und zog sie an sich. Es war lange her, seit er sich so entspannt und zufrieden gefühlt hatte. Seine Rastlosigkeit hatte sich gelegt, wenigstens für den Moment. Ein innerer Frieden erfüllte ihn in einer Weise, die er nicht erklären konnte.

Sanft drückte er ihr einen Kuss auf die Schläfe. „Alles wird sich zum Guten wenden, mein Schatz, das verspreche ich dir."

Gray schloss die Augen, genoss das Gefühl, diese wunderbare Frau in den Armen zu halten. Die Dämmerung begann hereinzubrechen, und draußen wütete immer noch der Gewittersturm. Corrie sank in einen erschöpften Schlaf, und er weckte sie nicht, um sie ein zweites Mal zu lieben.

Irgendwann übermannte auch ihn der Schlaf, und als er erwachte, stellte er zu seinem Erstaunen fest, dass er bis zum nächsten Morgen geschlafen hatte.

Es war die erste Nacht seit Jillians Tod, die er friedlich durchgeschlafen hatte.

16. KAPITEL

„Wo ist sie, Charles? Wo, zum Teufel, ist meine Tochter?!“ Justin Whitmore, Viscount of Selkirk, stand aufgebracht in der Eingangshalle von Castle Tremaine. Von seinem weiten Mantel und seinem Zylinder tropfte das Wasser.

Erst als Charles zu ihm trat, um ihn zu begrüßen, nahm er den Zorn des Besuchers wahr, und sein Lächeln schwand. „Wovon reden Sie? Hoffentlich nicht von Laurel. Ihr Tod war für uns alle ein furchtbarer Schock, aber …“

„Ich rede von Coralee! Sie hält sich in diesem Schloss auf und gibt sich als Ehefrau eines entfernten Vetters aus. Ich verlange sie zu sprechen, Charles. Auf der Stelle!“

Charles Forsythe war völlig fassungslos. Und Justin wurde klar, wie perfekt seine Tochter ihre Rolle spielte.

Einerlei. Sie war ein unerfahrenes junges Mädchen, dem es nicht zustand, sich unter falschem Namen Zugang in ein fremdes Haus zu verschaffen, weil sie von der verrückten Idee besessen war, die verlorene Ehre ihrer Schwester zu retten.

Charles räusperte sich. „Ich nehme an, Sie sprechen von der jungen Dame, die bei uns unter dem Namen Letty Moss wohnt.“

„Genau. Leider sind wir ihr erst kürzlich auf die Schliche gekommen. Meine Gemahlin und ich machten uns Sorgen um sie. Coralee konnte dem Landleben nie besondere Reize abgewinnen, aber angeblich hält sie sich seit Wochen in Selkirk Hall auf und lässt kaum etwas von sich hören. Also beschlossen wir, nach dem Rechten zu sehen, nur um festzustellen, dass sie nie dort angekommen ist.“

„Verstehe. Davon hatte ich leider nicht die geringste Ahnung.“ Charles' blonde Brauen zogen sich über seinen haselnussbraunen Augen zusammen. „Was veranlasste Ihre Tochter zu dieser seltsamen Charade?“

„Das weiß ich selbst nicht genau.“

Charles winkte dem Butler, dem unerwarteten Besucher Hut und Mantel abzunehmen.

„Vielleicht sollten wir besser unter vier Augen darüber sprechen“, schlug Charles vor.

„Ja, das halte ich für angebracht.“

„Wenn Sie mir bitte folgen wollen.“ Er führte den Viscount in ein Empfangszimmer und bat ihn, Platz zu nehmen. Der Butler schloss die Tür.

„Ich muss gestehen, Ihre Tochter ist eine begabte Schauspielerin“, sagte Charles. „Wir haben Coralee zuletzt als Kind gesehen. Sie können uns kaum vorwerfen, sie nicht erkannt zu haben.“

„Die Schuld liegt nicht bei Ihnen, Charles. Und ich entschuldige mich für die Umstände, die sie Ihnen bereitet hat. Aber Sie können sich darauf verlassen, dass ich meine Tochter ins Gebet nehme und ihr ordentlich die Leviten lese. Wenn Sie nun die Güte haben, Sie zu holen …“

Charles machte ein betretenes Gesicht. „Ich fürchte, das ist im Augenblick leider nicht möglich.“

Justin beäugte ihn argwöhnisch. „Was wollen Sie damit sagen?“

„Ihre Tochter machte gestern einen Reitausflug, kurz bevor das Gewitter losbrach. Gray sorgte sich um sie und ritt hinter ihr her. Ich bin sicher, er hat sie gefunden, da er noch nicht zurückgekehrt ist. Ich nehme an, die beiden haben Unterschlupf gesucht und warten, bis es aufgehört hat zu regnen.“

„Und wenn er sie nicht gefunden hat? Wenn sie irgendwo da draußen liegt und verletzt ist oder noch Schlimmeres passiert ist?“, fragte der Viscount tief besorgt. Gottlob hatte er darauf bestanden, dass Constance ihn nicht begleitete und auf Selkirk Hall geblieben war. Wenn sie wüsste, dass ihre

Tochter die ganze Nacht fortgeblieben war, würde sie vor Sorge krank werden.

„Mein Bruder war Offizier. Hätte er sie nicht gefunden, wäre er ins Schloss zurückgeritten, um Hilfe zu holen. Der Sturm wütete ja die ganze Nacht und legte sich erst heute Morgen. Ich halte es für vernünftig, noch abzuwarten. Wenn die beiden in der nächsten Stunde nicht eintreffen, schicke ich einen Suchtrupp los."

Justin hasste es zwar, warten zu müssen, aber es war wohl vernünftiger, als ziellos durch die Gegend zu irren.

„Glauben Sie wirklich, dass Ihr Bruder sie gefunden hat?"

„Davon bin ich überzeugt. Wie gesagt, Gray war Offizier, auf ihn ist absoluter Verlass."

Justin dachte an den gut aussehenden Earl, dem er in London einige Male bei gesellschaftlichen Anlässen begegnet war. Und er kannte Grayson Forsythes Ruf als Herzensbrecher. Ein höchst unangenehmer Gedanke schoss ihm durch den Sinn. „Sollten die beiden die Nacht zusammen verbracht haben, wissen Sie, was das bedeutet."

Charles hob jäh den Kopf. „Grundgütiger – er muss sie heiraten."

Justins Kiefer mahlten. Der Ruf seiner ältesten Tochter war bereits ruiniert; unter dem Skandal würde seine Familie noch Jahre zu leiden haben. Einen zweiten Skandal würde er nicht hinnehmen. Sollte der Schurke die Nacht mit Coralee verbracht haben, musste er sie heiraten.

Er dachte an den Freiheitsdrang seiner Tochter, an ihr eigenwilliges, rebellisches Wesen.

Zum Teufel damit! Diesmal würde sie sich ihm nicht widersetzen.

Sie musste den Earl heiraten – ob ihr das passte oder nicht!

Der zerrissene Gurt des Damensattels war unbrauchbar geworden, und Gray ließ ihn im Jagdhaus zurück. Auf dem

Heimweg saß Corrie vor ihm auf Raja, und Tulip trottete hinter ihnen her. Corries Gedanken drehten sich um die leidenschaftliche Liebesnacht, die sie mit Gray verbracht hatte. Einem Mann mit seinem Ruf traute sie zu, sie zu verstoßen, nachdem sie ihre Unschuld an ihn verloren hatte.

Diese Überlegung machte sie beklommen. Sie liebte Gray und wollte ihn nicht verlieren. Wie aber würde er reagieren, wenn er erfuhr, dass sie nicht die Frau war, für die er sie hielt? Wenn er herausfand, dass sie in sein Haus gekommen war, um ihn des Mordes an ihrer Schwester zu überführen?

Den ganzen Rückweg zum Schloss blieb sie einsilbig und in sich gekehrt. Nachdem die Pferde im Stall abgeliefert waren, betraten sie das Haus durch einen Hintereingang.

Samir erwartete sie bereits im Flur.

„Es gibt Probleme, *sahib*. Tut mir leid, dass ich Sie nicht warnen konnte."

„Wovon redest du, Samir?"

„Es geht um die junge Frau … ich hätte mich bemühen müssen, die Wahrheit über sie herauszufinden."

„Du sprichst in Rätseln, mein Freund. Erkläre mir …"

„Gray! Gottlob bist du endlich wieder da." Charles ging den beiden eilig entgegen. „Und, wie ich sehe, unversehrt."

Corrie spürte, wie ihr die Schamröte in die Wangen stieg, und hoffte, Grays Bruder würde es nicht bemerken.

„Lettys Sattelgurt ist gerissen, und sie stürzte vom Pferd. Zum Glück hat sie sich nicht ernstlich verletzt."

Charles bedachte sie mit einem seltsamen Blick, den sie nicht zu deuten wusste. „Nun, ich freue mich, dass ihr nichts passiert ist. Aber es gibt etwas Wichtiges zu besprechen … auch mit Letty. Folgt mir bitte …"

„Ich möchte mich vorher umziehen. Wenn Sie mich also entschuldigen, Charles …" Sie wollte an den beiden Männern vorbei, aber Charles hielt sie am Arm zurück.

„Ich fürchte, die Angelegenheit duldet keinen Aufschub.“

Gray warf ihr einen besorgten Blick zu, und Corrie lief ein kalter Schauer über den Rücken. Wortlos folgte das Paar Charles in den Grünen Salon, einem luxuriös ausgestatteten Empfangszimmer mit grünen Seidentapeten und vergoldeten Möbeln.

Beim Anblick ihres Vaters stutzte Corrie und geriet ins Wanken. Gray legte die Hand um ihre Mitte und gab ihr Halt.

„Fühlen Sie sich nicht wohl? Vielleicht haben Sie sich verletzt, und ich habe es nur nicht bemerkt.“

„Danke, nein ... es geht schon wieder.“

„Guten Morgen, Coralee.“ Der Viscount näherte sich ihr mit versteinerter Miene.

„Guten Morgen ... Vater.“

Grays Blick flog zwischen ihr und dem Viscount hin und her. „Lord Selkirk?“ Und an Corrie gewandt: „Was, zum Teufel, hat das zu bedeuten?“

Corrie schluckte schwer, einer Ohnmacht nahe.

„Eine gute Frage, Mylord“, entgegnete ihr Vater. „Möchtest du eine Erklärung abgeben, Coralee?“

Gray heftete seinen durchdringenden Blick auf sie. „Coralee? Ist das Ihr Name?“

„Ich wollte es Ihnen sagen, Gray, ehrlich. Ich wollte es Ihnen gestern sagen. Aber ... ich konnte einfach nicht. Noch nicht.“

„Coralee ist meine Tochter“, begann der Viscount. „Sie haben sie vermutlich das letzte Mal gesehen, als sie noch ein Kind war. Mittlerweile ist sie eine erwachsene Frau. Und wenn ich sie mir so ansehe in ihren verwahrlosten Kleidern und ihrem zerzausten Haar, dürften Sie diese Feststellung bereits persönlich gemacht haben.“

Corrie entfuhr ein Schrei des Entsetzens. „Vater, bitte ...“

„Sie sind nicht Letty Moss“, knurrte Gray mit finsterer Miene. „Sie sind Coralee Whitmore, die Tochter des Viscounts.“

„Ja …“, hauchte sie kaum hörbar. Ihr Herz schlug wild gegen ihre Rippen. Gütiger Himmel, was mochte Gray nur von ihr denken? Wie sollte sie ihm die ganze Geschichte erklären?

„Warum sind Sie in mein Schloss gekommen? Weshalb haben Sie einen falschen Namen angegeben?“

„Ich …“, sie fuhr sich nervös mit der Zunge über die Lippen. „Ich wollte herausfinden, wer meine Schwester auf dem Gewissen hat.“

Charles meldete sich zu Wort. „Aber das ist doch absurd! Laurel hat sich das Leben genommen. Sie hat sich im Fluss ertränkt.“

Corrie wandte sich ihm zu. „Ich glaube nicht, dass meine Schwester Selbstmord begangen hat. Vielmehr habe ich den Verdacht, dass sie ermordet wurde.“

Charles erbleichte.

Grays finsterer Blick durchbohrte sie. „Glauben Sie etwa, dass einer von uns mit ihrem Tod zu tun hat?“

Unruhig kaute sie auf ihrer Unterlippe. „Ich hatte den Verdacht, dass … dass Sie Laurel getötet haben.“ Sie schloss die Augen, um den maßlosen Zorn nicht sehen zu müssen, der Grays Gesicht verdunkelte. „Als ich erfuhr, dass Ihre Frau im gleichen Fluss ertrunken ist wie Laurel, fasste ich den Entschluss, Sie des Mordes zu überführen.“

„Verdammt und zugenäht!“

„Aber ich fand heraus, dass mein Verdacht unbegründet war, weil Sie jene Nacht bei Lady Devane verbrachten.“

Grays Gesichtszüge waren wie versteinert. „Ihre Schwester hatte ein uneheliches Kind, das hat sich im Dorf herumgesprochen. Sie hat sich das Leben genommen, weil ihr Liebhaber sich weigerte, sie zu heiraten. Ich bedaure Ihren schmerzlichen Verlust, Miss Whitmore, aber das entschuldigt Ihr Verhalten keineswegs."

Der Earl machte auf dem Absatz kehrt und wollte gehen, doch die scharfe Stimme des Viscounts hielt ihn zurück.

„Es ändert auch nichts an den Konsequenzen, die Sie zu tragen haben."

Langsam drehte Gray sich um; seine dunklen Augen blitzten kalt wie Stahl.

„Coralee ist eine unbescholtene junge Frau aus einer der vornehmsten Familien Londons, die bereits sehr unter einem Skandal zu leiden hatte. Es wird bald Tagesgespräch sein, dass Sie die Nacht mit ihr verbracht haben, Mylord. Ihre Ehre erfordert, dass Sie meine Tochter heiraten."

Corrie entfuhr ein spitzer Schrei. Es kostete sie große Überwindung, nicht unter Grays zornigem Blick zusammenzuzucken.

„Sie zwingen mich, sie zu heiraten? Nach all den Lügen, die sie mir aufgetischt hat, und nachdem sie uns alle obendrein hintergangen hat?"

Tränen brannten in Corries Augen. Erst jetzt wurde ihr klar, wie furchtbar die Strafe war, die ihr für ihr falsches Spiel drohte. „Es tut mir leid, Gray, es tut mir unendlich leid. Ich wollte Ihnen die Wahrheit sagen, aber ich ... ich habe mir an Laurels Grab geschworen, herauszufinden, was wirklich geschah. Dieses Versprochen durfte ich nicht brechen."

Er blickte voller Verachtung auf sie herab. „Sie haben ein falsches Spiel getrieben, habe ich recht? Sie sind nicht sanft und gütig. Sie sind eine hinterhältige Intrigantin, eine falsche Schlange, die vor nichts zurückschreckt, um ihr Ziel zu erreichen."

Corrie erbleichte.

„Es reicht", fuhr der Viscount mit Donnerstimme dazwischen. „Ich dulde nicht, dass Sie in diesem Ton mit meiner Tochter sprechen."

Der Earl ließ sich nicht beirren. „Nun entsinne ich mich an Sie. Sie sind die Hexe, die über mich in Ihrer Gesellschaftskolumne gelästert hat. Wie nannten Sie mich gleich? ‚Einen gewissenlosen Herzensbrecher und Frauenverführer.' Ja, so nannten Sie mich."

Sein eiskalter, verächtlicher Blick maß sie von Kopf bis Fuß. „In Ihrem Fall trifft das wohl auch zu."

Er wollte wieder zur Tür, wurde jedoch abermals von der scharfen Stimme ihres Vaters zurückgehalten. „Dann geben Sie also zu, dass Sie meine Tochter schamlos kompromittiert und entehrt haben."

Gray fuhr herum. „Ich habe Letty Moss verführt, die entzückende verarmte junge Frau eines entfernten Cousins. Diese Frau hier kenne ich nicht."

Corries Kehle entrang sich ein erstickter Protestlaut. Sie wollte Gray zurückrufen, ihm sagen, dass Letty und sie ein und dieselbe Person seien, wusste aber, dass sie ihn nicht erreichen, er ihr nicht glauben würde.

Es war aus zwischen ihnen.

Corrie war, als habe Gray ihr ein Messer mitten ins Herz gestoßen.

Steifbeinig marschierte Gray zum Stall. Mein Gott, was war er bloß für ein Narr. Er hätte wissen müssen, dass diese entzückende junge Frau, mit der er eine leidenschaftliche Liebesnacht verbracht hatte, gar nicht existierte. Es wäre einfach zu schön gewesen, um wahr zu sein. Die unschuldige, sanfte Letty war nur ein Trugbild.

„Bleiben Sie auf der Stelle stehen, Tremaine."

Beim Klang der scharfen Stimme des Viscounts verharrte er und drehte sich um. Er hatte diesem Mann stets Respekt entgegengebracht. Er konnte nichts dafür, dass seine Tochter ein durchtriebenes Luder mit dem Gewissen einer Hure war.

„Mir ist klar, dass meine Tochter Sie in die Irre geführt hat. Ich hoffe, Sie versuchen zu verstehen, wie verzweifelt sie nach dem Tod ihrer Schwester war. Die beiden standen einander sehr nahe. Aber Coralee wollte einfach nicht glauben, dass Laurel sich das Leben genommen hat. Nach Aussagen ihrer Tante war sie davon überzeugt, dass Sie Laurel verführt und später getötet haben, und Coralee hatte es sich in den Kopf gesetzt, den Beweis zu erbringen."

Zähneknirschend musste Gray sich eingestehen, dass ihm ihr Wagemut einen gewissen Respekt abforderte.

„Offenbar hat sie nun das Gegenteil bewiesen", fuhr der Viscount fort. „Wäre sie nicht von Ihrer Unschuld überzeugt, hätte sie sich Ihnen unter keinen Umständen hingegeben, was ja wohl geschehen ist."

Gray schwieg erbittert. Trauer und Wehmut erfüllten ihn. Letty existierte nicht. Die Nacht, die er in ihren Armen verbracht hatte, war nichts als ein schöner Traum gewesen.

„In unserer Familie hat es bedauerlicherweise zu viele Skandale gegeben, um diese leidige Sache auf sich beruhen zu lassen", fuhr der Viscount fort. „Ich erwarte von Ihnen die richtige Entscheidung, um die Ehre meiner Tochter zu retten. Falls Sie sich weigern, sehe ich mich gezwungen, Sie zu fordern."

Ein Duell mit Selkirk hatte ihm gerade noch gefehlt. Der Mann hatte mehr als genug gelitten. Er trug immer noch Trauer um seine älteste Tochter.

Aus den Augenwinkeln nahm Gray die vertraute zierliche Gestalt wahr, die den Weg entlang in die Richtung der beiden Männer eilte. Sie sah aus wie Letty, aber er wusste jetzt, dass sie nicht die entzückende Frau war, nach der er sich letzte Nacht verzehrt hatte.

Sie stürmte auf ihn zu, fasste ihn am Arm, und er verdrängte seinen Anflug von Mitleid, als er die Tränen in ihren Augen sah.

„Bitte tun Sie meinem Vater nichts an", flehte sie. „Sie brauchen mich nicht zu heiraten. Ich sagte ihm bereits, dass ich Ihren Antrag ablehne. Aber bitte ... bitte tun Sie ihm nichts."

Abweisend blickte er auf sie herab, während sich etwas in ihm regte. Sie glich Letty, aber sie war nicht Letty. Der Zorn schwelte immer noch in ihm wie Glut unter der Asche. In seinen Rachedurst, sie für die Lügen bezahlen zu lassen, mit denen sie ihn umgarnt hatte, mischte sich ein nahezu unbezähmbares Verlangen, sich in ihren Schoß zu versenken.

„Sie würden mich also nicht heiraten, auch wenn ich Ihnen einen Antrag mache?"

Corrie schluckte. „Das müssen Sie verstehen. Ich bin Journalistin und arbeite für eine Frauenzeitschrift in London. Außerdem gibt es noch so viele Dinge, die ich mir vorgenommen habe. Ich möchte reisen und fremde Länder besuchen. Ich bin noch nicht bereit für eine Ehe."

Gray zog eine Braue hoch. „Ach ja?" Er wandte sich an ihren Vater. „Kümmern Sie sich um die Lizenz. Wir heiraten, sobald die nötigen Formalitäten erledigt sind."

„Wie bitte?"

Gray nahm den Weg zurück zum Haus. Eine Welle der Genugtuung weitete ihm die Brust. Er wollte sie für ihren Betrug, ihren Verrat bezahlen lassen und gleichzeitig sein wildes Verlangen nach ihr stillen, das in einer einzigen Liebesnacht längst nicht gebändigt war.

„Ich heirate Sie nicht!" Coralee lief mit gerafften Röcken hinter ihm her.

Er blieb stehen und drehte sich um. „Sie werden mich heiraten. Ich bestehe darauf."

Der Mund blieb ihr offen stehen, als sie ihm entgeistert nachstarrte. Gray glaubte sogar zu hören, wie sie einen Fluch ausstieß.

Ein grimmiges Lächeln stieg in ihm hoch. Sie war ein hinterhältiges Luder, aber die Leidenschaft, die er letzte Nacht in ihr geweckt hatte, war echt. Und er wollte seine Lust an ihr stillen, bis er ihrer überdrüssig war.

Dann würde er sie verstoßen und nach London zurückschicken.

„Ich heirate ihn nicht!"

„Du wirst ihn heiraten! Wenn du dich weigerst, versohle ich dir den Hintern mit dem Rohrstock, das schwöre ich bei Gott. Das hätte ich längst tun sollen, als du noch ein störrisches kleines Mädchen warst."

Corrie traute ihren Ohren nicht. Ihr Vater, der sie ihr Leben lang verwöhnt hatte, wollte sie zwingen, einen Mann zu heiraten, der sie hasste und verachtete? Sie konnte es nicht fassen.

„Ich kann den Earl nicht heiraten." Sie versuchte es mit vernünftigen Argumenten. „Ich habe einen Beruf. Ich bin bei *Heart to Heart* angestellt. Interessiert das denn niemanden?"

„Ich hätte nie zulassen dürfen, dass du einen Beruf ergreifst. Du bist eine höhere Tochter und hast es nicht nötig zu arbeiten. Im Übrigen würdest du früher oder später ohnehin heiraten. Nach dem, was letzte Nacht vorgefallen ist, ist der Zeitpunkt gekommen. Du heiratest ihn, basta!"

„Aber der Mann hasst mich! Wenn ich mit ihm verheiratet bin, verprügelt er mich vermutlich!"

„Recht hat er. Hätte ich meine Vaterpflichten erfüllt und dich rechtzeitig gezüchtigt, hätte ich jetzt eine folgsame Tochter, kein störrisches, aufsässiges Frauenzimmer, dem es einerlei ist, sich ins Unglück zu stürzen und den Ruf der Familie in den Schmutz zu ziehen."

Das brachte Corrie zum Schweigen. Sie hatte selbst erlebt, wie ihre Mutter und Großmutter und die gesamte Familie unter dem bösen Klatsch nach Laurels Tod gelitten hatten. Sie durfte nicht zulassen, dass die Menschen, die sie liebte, noch einmal eine solche Schande ertragen mussten. Wenn Gray sie für ihr falsches Spiel bestrafen wollte, sollte es so sein. Im Grunde hatte sie nichts anderes verdient.

Stockend holte sie Luft. „Gut, Vater, ich heirate ihn."

Allmählich löste sich die Anspannung auf den Gesichtszügen des Viscounts. „Du hättest dich ihm nicht hingegeben, wenn du nichts für ihn empfinden würdest. Du bist kein leichtfertiges Geschöpf."

Sie widersprach nicht. Sie liebte Gray. Zumindest hatte sie ihn geliebt. Den gefühlskalten Fremden, in den er sich verwandelt hatte, kannte sie nicht.

„Mit der Zeit wird alles wieder ins Lot kommen", sagte der Viscount tröstend.

Corrie brachte ein dünnes Lächeln zustande. „Du hast gewiss recht, Vater."

Aber sie war sich ziemlich sicher, dass er sich irrte.

17. KAPITEL

In drei Tagen war die Sondergenehmigung erteilt, und hastig wurden Hochzeitsvorbereitungen getroffen. An diesem Vormittag sollte Coralees Hochzeit mit Grayson Forsythe im Garten von Selkirk Hall stattfinden, und sie sollte als seine Gemahlin, Countess of Tremaine, auf sein Schloss zurückkehren.

Der Gedanke jagte Corrie kalte Schauer über den Rücken.

„Ich glaube nicht, dass ich das durchstehe", sagte sie an Allison gerichtet und wanderte rastlos vor dem Fenster ihres Zimmers auf und ab, halb angezogen in gerüschter, spitzenbesetzter Unterwäsche und einem Morgenrock aus blauer Seide. „Wie soll ich ihm und seiner Familie je wieder unter die Augen treten, nach allem, was ich getan habe?"

Kurz nach der grässlichen Auseinandersetzung auf Castle Tremaine waren Allison und sie in Selkirk Hall eingetroffen. Die Tage waren wie im Flug vergangen, und nun half Allison ihr, das Hochzeitskleid anzuziehen.

„Aber du hast keine andere Wahl", erklärte die Freundin. „Das bist du deiner Familie schuldig. Laurels Tod war ein furchtbarer Schock. Auch wenn dein Vater sich nichts anmerken lässt, trauert er immer noch um sie. Du darfst deinen Eltern nicht noch einen Skandal zumuten."

„Lieber Gott im Himmel." Corrie sank auf den Hocker vor ihrem Frisiertisch. Ihr Schlafzimmer in Selkirk Hall, in weißen und malvenfarbenen Tönen gehalten, war weitaus eleganter als das schäbige Zimmer, das Rebecca ihr in Castle Tremaine zugewiesen hatte. Als sie daran dachte, dass sie bei ihrer Rückkehr die Suite der Countess beziehen sollte, die an Grays Schlafgemach grenzte, krampfte sich ihr Magen zusammen.

„Wenn ihr verheiratet seid, findet sich gewiss bald Gelegenheit, dem Earl deine Beweggründe zu erklären, und er wird dir verzeihen."

Corrie schüttelte den Kopf. „Ich halte Gray für einen unversöhnlichen Menschen. Wäre ich tatsächlich Letty Moss, könnte er mir vielleicht irgendwann verzeihen. Aber leider bin ich Coralee Whitmore, die kein Blatt vor den Mund nimmt, die aufsässig, halsstarrig und zielstrebig ist. Ich bin keine Frau, an der Gray Gefallen finden und die er gerne heiraten würde."

„Nun hör aber auf mit dem Unsinn! Du bist ebenso sehr Letty wie Coralee. Du bist gütig und klug. Ehrlich und großzügig. Dein Gatte wird das mit der Zeit erkennen und einsehen, dass du die Richtige für ihn bist."

Corrie blickte zu Allison hoch und blinzelte ihre Tränen zurück. „Glaubst du wirklich?"

Allison schlang die Arme um sie. „Ja, daran glaube ich fest. Du hast keine Gefahr gescheut aus Liebe zu deiner Schwester. Und du liebst den Earl. Das wird er irgendwann begreifen und dich als die Person akzeptieren, die du wirklich bist."

Verwundert sah Corrie sie an. „Woher weißt du … dass ich ihn liebe?"

„Wir sind befreundet, Coralee. Du hättest dich dem Earl nicht hingegeben, wenn du ihn nicht lieben würdest."

Hastig wischte Corrie sich die Tränen von den Wangen. „Gray glaubt, ich habe ihn hintergangen, und irgendwie hat er damit ja auch recht. Ich gab mich als eine Frau aus, die ich nicht bin."

„Aber das war doch nur ein Spiel."

Corrie seufzte. „Vielleicht. Aber er wurde schon so oft verletzt und verbirgt seine Gefühle hinter einem Schutzwall. Ich weiß nicht, ob ich ihn je wieder erreichen kann."

„Wenn du ihn liebst, musst du es versuchen."

Insgeheim gab Corrie der Freundin recht. Sie durfte die

Hoffnung nicht aufgeben.

„Höchste Zeit, dich anzuziehen“, drängte Allison und erinnerte sie daran, wie bald sich ihr Leben gründlich verändern würde.

„Gib mir einen Moment Zeit, Ally, wenn es dir nichts ausmacht.“

Allison nickte verständnisvoll. „Natürlich.“ Sie verließ das Zimmer, um sich selbst für die Hochzeit anzukleiden.

Kaum hatte Allison sich zurückgezogen, klopfte es leise an der Tür. Corrie öffnete und stieß einen Freudenschrei aus beim Anblick ihrer besten Freundin, der hochgewachsenen, blonden Krista Hart Draugr.

„Krista!“ Corrie fiel ihr jauchzend in die Arme. „Mein Gott, bin ich froh, dich zu sehen! Ich wusste, dass du kommst, wenn es deine Zeit erlaubt, aber ich hatte Angst, du schaffst es nicht.“

„Diese Sorge hättest du dir sparen können. Ich bin augenblicklich abgereist, nachdem ich deine Nachricht erhielt. Die Straßen sind nach dem grässlichen Sturm noch völlig aufgeweicht, und die Fahrt dauerte länger, als wir dachten. Leif, Thor und mein Vater freuen sich, dich zu sehen. Wir waren alle in Sorge um dich. Bist du dir deiner Sache sicher? Bist du sicher, dass du diesen Schritt tun willst?“

Corrie seufzte. „In meinem ganzen Leben hatte ich noch nie mehr Zweifel, das kannst du mir glauben.“

„Aber warum hast du den Antrag des Earls nicht abgewiesen?“

„Das war ein Befehl, kein Antrag. Aber du kennst ihn eben nicht. Mich schaudert bei der Vorstellung, wozu er fähig wäre, wenn ich tatsächlich den Mut aufgebracht hätte, ihn zurückzuweisen.“

„Wie gesagt, Leif und Thor warten unten. Falls der Earl dir droht …“

„Es liegt eigentlich nicht an ihm. In Wahrheit ist alles

meine Schuld. Selbst wenn ich so selbstsüchtig wäre, meiner Familie einen weiteren Skandal zuzumuten, scheue ich davor zurück, den Earl zu brüskieren. Eine Heirat mit mir, ob es sein Wunsch ist, sei dahingestellt, wird die bösen Zungen zum Schweigen bringen. Er ist nicht der grässliche Mensch, für den ich ihn gehalten habe. Er trägt keine Schuld am Tod seiner Frau, auch nicht an Laurels Tod. Er verdient es nicht, dass sein Ruf noch mehr zu Schaden kommt."

Krista nahm sie bei der Hand. „Das klingt ja, als hättest du etwas für ihn übrig."

Mit tränenfeuchten Augen blickte Corrie zu ihr hoch. „Ich liebe ihn, Krista. Er ist ein verschlossener und schwieriger Mensch, und ich bin hoffnungslos in ihn verliebt. Leider erwidert er meine Liebe nicht. Tatsache ist, dass er mich hasst, weil ich ein falsches Spiel mit ihm getrieben habe."

„Verstehe", sagte Krista nachdenklich. „Der Earl ist wütend auf dich – zu Recht, nehme ich an. Aber irgendwann wird er verstehen, was dich zu diesem Versteckspiel veranlasst hat."

„Mag sein." Corrie holte stockend Atem. „Abgesehen davon, dass ich im Begriff bin, einen Mann zu heiraten, der mich hasst, liegt mir etwas anderes auf dem Herzen. Wie sieht es mit meiner Arbeit für den Verlag aus?"

„Lindsey macht ihre Sache als deine Vertreterin ausgezeichnet. Sie wollte uns eigentlich zu deiner Hochzeit begleiten, aber irgendjemand muss in der Redaktion bleiben und die Arbeit für die neue Ausgabe überwachen. Ich denke, sie wird bereit sein, weiter für uns zu arbeiten, bis du dir über deine Zukunftspläne im Klaren bist."

Corries Miene hellte sich auf. „Denkst du, ich kann zurückkommen? Ich liebe meinen Beruf und arbeite wahnsinnig gerne mit dir, Krista. Ich war doch nicht gefasst auf diese überstürzte Heirat."

Liebevoll legte Krista den Arm um ihre Schulter. „Du

warst auch nicht darauf gefasst, dich zu verlieben. Manchmal geschehen Dinge einfach."

Krista war es ähnlich ergangen, entsann Corrie sich. Zu Beginn war ihre Beziehung mit Leif eine einzige Katastrophe gewesen, aber mittlerweile waren sie ein glückliches Paar. Mit tiefer Wehmut dachte sie an Gray, den sie wohl für immer verloren hatte.

Sie trat ans Fenster. Vom Garten herauf drangen die Stimmen der Gäste, die allmählich eintrafen. „Ich weiß immer noch nicht, was meiner Schwester zugestoßen ist."

Krista trat neben sie ans Fenster. „Ich habe deinen Brief gelesen. Ich weiß, dass du glaubst, einer der Männer im Schloss war ihr Geliebter. Aber das heißt doch noch lange nicht, dass er sie auch ermordet hat."

„Ja, das versuche ich mir auch immer wieder einzureden."

„Heute ist dein Hochzeitstag. Ein denkbar schlechter Tag, um über die Vergangenheit zu grübeln. Es wäre gewiss Laurels Wunsch, dich an diesem Tag glücklich zu sehen."

Laurel hätte sich auch gewünscht, dass sie einen Mann heiratete, der sie liebte.

„Gray hat ein ausgeprägtes Gerechtigkeitsgefühl. Er lebt nach seinen eigenen Regeln, aber auf seine Weise ist er ein ehrenwerter Mann."

„Und du bist eine tapfere und aufrechte Frau. Das wird er bald einsehen."

Aber Corrie konnte ihr nicht glauben. Was Gray auch für sie empfunden haben mochte, war ausgelöscht, verschwunden an dem Morgen, an dem auch Letty Moss verschwunden war.

In einem Kleid aus taubengrauem Organdy mit einem dreifach gestuften Volantrock, verziert mit malvenfarbenen Applikationen, stand Corrie auf der Schwelle der Flügeltüren, die zum Garten führten. Das kupferrote Haar war in der Mitte gescheitelt und über den Ohren zu Löckchen gedreht, die über ihren hellen Schultern wippten.

„Er ist immer noch nicht da.“ Ihre Mutter, eine zierliche, immer noch schöne Frau von Ende vierzig, rang besorgt die Hände. „Grundgütiger, was tun wir nur, wenn er nicht kommt?“

Corries Herz zog sich zusammen. Vielleicht wollte er sie tatsächlich allein vor dem Altar stehen lassen, als Strafe für ihren Betrug. Um ihrer Eltern willen flehte sie zum Himmel, er würde ihr und vor allem ihrer Familie diese Demütigung nicht antun.

„Er ist erst ein paar Minuten zu spät“, sagte sie tröstend und hoffte inständig, ihre Mutter würde nicht in Tränen zerfließen. „Vielleicht gab es Probleme mit der Kutsche.“ Allerdings konnte sie sich gut vorstellen, dass Gray sich absichtlich verspätete. Wenn er überhaupt erschien, sollte die Hochzeitsgesellschaft getrost wissen, dass er kein erwartungsfroher Bräutigam war.

„Er ist vorgefahren!“ Krista wandte sich vom Fenster ab und eilte auf Braut und Brautmutter zu. „Er betritt soeben den Garten.“

„Dem Himmel sei Dank!“, hauchte ihre Mutter, mit ihren Nerven völlig am Ende.

Tröstend nahm Corrie sie in die Arme, wusste allerdings nicht, wer mehr Trost brauchte. „Es wird alles gut, Mutter.“

Die Viscountess lächelte schwach. „Ja, ja, es wird alles gut. Schließlich heiratest du einen Earl. Und irgendwann werden die Leute vergessen, wie überstürzt die Hochzeit stattfand.“

Wieder fühlte Corrie sich schuldig. Hätte sie nur von Anfang an auf Krista gehört und wäre in London geblieben, dann wäre das alles nicht geschehen.

„Es ist Zeit zu gehen, Coralee." Die sanfte Stimme der Freundin holte sie aus ihren Grübeleien. Ein Schauer überflog sie.

Sie atmete tief durch, um sich zu fassen, und setzte sich in Bewegung. Vor der Kapelle ging Krista in die Knie und ordnete die Schleppe des Organdykleides, dann öffnete sie die Tür. Die Kapelle war mit riesigen Gebinden weißer Chrysanthemen und malvenfarbenen Schleifen geschmückt, ein weißer Teppich im Mittelgang endete vor dem Altar.

Neben dem Portal warteten Leif und Thor, zwei Hünen, der eine dunkel, der andere blond; beider Augen strahlten tiefblau.

Leif neigte sich der Braut zu und hauchte ihr einen Kuss auf beide Wangen. „Du siehst wunderschön aus. Dein Earl kann sich glücklich schätzen."

Corrie brachte ein bebendes Lächeln zustande. „Danke, Leif."

„Wenn er dich nicht anständig behandelt", raunte Thor ihr zu, „kann er was erleben."

Tränen brannten ihr in den Augen. Welch ein Glück, solche Freunde zu haben. „Vielen Dank. Ich nehme dich beim Wort, Thor."

Thor Draugr war vor Jahren von der einsamen, unwirtlichen Insel im Norden nach London gekommen, wie sein Bruder vor ihm. Zunächst war er ebenso hinterwälderisch und ungebildet gewesen wie Leif zu Anfang. Aber Professor Hart hatte ein ähnliches Wunder vollbracht wie bei Leif. Die beiden normannischen Hünen hatten verblüffende Fortschritte gemacht und bewegten sich mittlerweile mit durchaus geschliffenen Manieren in der vornehmen Gesellschaft.

„Nun wird es aber Zeit." Krista umarmte die Braut ein letztes Mal und trat an die Seite ihres Mannes. Die beiden sahen sich so verliebt an, dass Corries Herz sich vor Sehnsucht zusammenzog. Ach, könnte Gray sie nur einmal so liebevoll anschauen … Aber das würde wohl nie geschehen.

Ihr Vater erwartete sie. „Du bist eine schöne Braut, Coralee." Er küsste sie auf die Wange. „Auch wenn dein Benehmen häufig zu Tadel Anlass gibt, heißt das nicht, dass ich dich nicht liebe, Tochter."

„Ich weiß, Vater. Ich hab dich auch lieb."

Er nahm ihre Hand und legte sie in seine Armbeuge. „Ich bin stolz auf deine Willensstärke und deine Loyalität. Der Earl kann sich glücklich schätzen, dich zur Frau zu bekommen."

Corrie nickte stumm, zu gerührt, um ein Wort über die Lippen zu bringen. Ihr Blick richtete sich nach vorn. Vor dem Altar stand der Mann, der bald ihr Ehemann sein würde. Der hochgewachsene, dunkle Earl of Tremaine mit verschlossener Miene, den kalten Blick seiner schwarz funkelnden Augen auf sie gerichtet.

Sie versuchte, sich des fürsorglichen Mannes zu entsinnen, der im strömenden Regen nach ihr gesucht und sie voller Leidenschaft und Zärtlichkeit geliebt hatte, konnte jedoch keine Spur davon in ihrem Bräutigam entdecken.

„Bist du bereit?", fragte ihr Vater.

Sie nickte, mehr brachte sie nicht zustande.

Benommen schritt Corrie am Arm ihres Vaters den Mittelgang entlang und entdeckte vertraute Gesichter: Allison neben Tante Agnes, die besorgt die Hände rang; Rebecca und Charles neben Jason, der sich köstlich zu amüsieren schien.

In der ersten Bankreihe wartete ihre Mutter, bis ihr Gemahl die Braut vor den Altar geführt hatte und dann neben sie trat. Auf der anderen Seite entdeckte Corrie Sir Paxton Hart, Kristas Vater, daneben Krista, Leif und Thor.

Schließlich ging Corries Blick zum Altar, wo der Earl wartete. Ihr Vater warf dem Bräutigam einen warnenden

Blick zu, ehe er ihm seine Tochter übergab. Ihre Finger fühlten sich an wie Eisklumpen in den feinen Ziegenlederhandschuhen.

Beklommen blickte sie in Grays kalt funkelnde Augen. „Es tut mir leid“, flüsterte sie tonlos. „Das lag niemals in meiner Absicht.“

Er zog eine dunkle Braue hoch. „In gewisser Weise tut es mir auch leid. Hätte ich mich nicht nach deinem verführerischen Körper verzehrt, wärst du noch unberührt, und ich wäre nicht gezwungen, dich zu heiraten.“

Corrie zuckte innerlich zusammen. Gray hatte stets unverblümt seine Meinung geäußert, aber in diesem Augenblick wäre es ihr lieber gewesen, er hätte sich seinen beißenden Spott aufgespart, bis sie allein mit ihm war.

„Sind wir bereit?“ Vikar Langston stand am Altar vor dem Brautpaar. Er schenkte Corrie ein gütiges, aufmunterndes Lächeln. „Die Wege des Herrn sind zuweilen unerforschlich. Ich vertraue darauf, dass ihr euch seinem göttlichen Willen beugt.“

Corrie kämpfte gegen das Brennen in ihren Augen an. Nein, sie würde keine Träne vergießen. Nicht in Grays Beisein, der sie ohnehin verachtete.

„Reicht euch die Hände.“

Gray nahm ihre behandschuhten Finger, und Corrie glaubte beinahe, den Zorn zu spüren, der in ihm tobte.

„Liebes Brautpaar, liebe Kirchengemeinde“, begann der Vikar feierlich. „Wir haben uns heute hier versammelt, um diesen Mann, Grayson Morgan Forsythe, sechster Earl of Tremaine, und diese Frau, Coralee Meredith Whitmore, im heiligen Bund der Ehe gemäß der heiligen Kirche und den Gesetzen Englands zu vermählen …“

Corrie hörte die Worte des Gelöbnisses, die der Priester sprach, wie durch eine Nebelwand. Sie war aufgewühlt, ihr Herz schmerzte, ihre Angst war groß vor einer ungewissen

Zukunft mit einem Ehemann, der sie nicht liebte.

Nachdem das Jawort gesprochen war, das Corrie wie in Trance hauchte, zog Gray sie in die Arme und drückte ihr einen kalten Kuss auf die Lippen. In diesem Moment wusste sie, dass sie ihn für immer verloren hatte.

Nachdem die Trauung endlich vorüber war, versammelte sich die kleine Hochzeitsgesellschaft im Speisesaal von Selkirk Hall, in dem ein üppiges Buffet angerichtet war: zartrosa gebratenes Roastbeef, saftiges Milchlamm in Minzsoße, gedünsteter Lachs und junges Buttergemüse, dazu eine reiche Auswahl an Käse und Früchten. Auf einem separaten Tisch lockten köstliche Desserts: Ingwerpudding, Eiercreme, Sahnetorten und Obstkuchen. Die Brauteltern hatten keine Kosten und Mühen gescheut, und die Gäste sprachen mit großem Appetit den vorzüglichen Speisen und erlesenen Weinen zu.

Gray spielte die Rolle des Bräutigams perfekt und setzte Corrie einen Teller mit einer Auswahl Delikatessen vor, auf dem sie nur lustlos herumstocherte, da sie kaum einen Bissen hinunterbrachte, zumal ihr frischangetrauter Gemahl sie mit finsteren Blicken bedachte.

Er musterte ihr taubengraues Hochzeitskleid. „Du siehst sehr hübsch aus in diesem Kleid. Falls du allerdings beabsichtigst, weiterhin Trauer um deine Schwester zu tragen, rate ich dir, davon abzusehen. Ich lasse nicht zu, dass meine Frau in meinem Haus herumgeistert wie ein schwarzes Gespenst und den Geruch von Tod verbreitet. Du hast lange genug getrauert. Deine Schwester liegt in ihrem Grab, und die Sache ist aus und vorbei."

„Aber …"

„Es ist vorbei, Coralee."

Sie erhob keinen weiteren Widerspruch.

Gray lehnte sich in seinem Stuhl zurück. „Wenigstens

bist du nun komfortabler untergebracht als bisher."
„Ja … darüber freue ich mich."
Seine Lippen wurden schmal. „Letty hätte sich nicht daran gestört."
Corrie stellte das Weinglas fester auf den Tisch als beabsichtigt, und der Wein schwappte über. „Ich weiß, dass du nur das Schlechteste von mir denkst. Aber ich bin nicht das verwöhnte, egozentrische Geschöpf, für das du mich hältst."
„Ach, bist du das nicht?"
„Nein." Sie warf einen Blick in die Runde, um sich zu vergewissern, dass niemand in Hörweite war. „Ich habe keine Veranlassung, mich dafür zu entschuldigen, dass meine Familie wohlhabend und adelig ist. Ich habe mir nicht ausgesucht, als Tochter eines Viscounts geboren zu werden, genauso wenig wie du dir deine Familie ausgesucht hast."
Er betrachtete sie mit einigem Interesse, und sie sah darin eine Chance, ihm eine Erklärung zu geben.
„Ich weiß, dass du wütend auf mich bist, unter anderem deshalb, weil ich abfällig über dich in meiner Kolumne geschrieben habe. Zugegeben, ich habe damit nur die Gerüchte wiedergegeben, die damals über dich im Umlauf waren. Ich bin Journalistin, und es gehört zu meiner Aufgabe, das zu schreiben, was mir zu Ohren kommt."
Er beugte sich vor. „Und du hast deine Sache ziemlich gut gemacht. Tja, schließlich bist du ja auch nicht das einfache Mädchen vom Land, das du mir vorgespielt hast." Eine steile Falte bildete sich auf seiner Stirn. „Den Hund hast du Homer genannt, nach der Odyssee, habe ich recht?"
„Ja."
Sein finsterer Blick durchbohrte sie. „Dann gibst du zu, dass du Griechisch lesen kannst."
Sie hob das Kinn. „Ich beherrsche auch Latein. Ist das etwa ein Verbrechen?"
„Und vermutlich sprichst du auch Französisch."

Jason, der den Wortwechsel des Brautpaares beobachtete, schlenderte heran und brachte seine Glückwünsche in französischer Sprache vor. Corrie nahm sie mit einem gewinnenden Lächeln entgegen, dankte ihm in fließendem Französisch und warf Gray dabei einen vernichtenden Blick zu.

Unwirsch wandte Gray sich an seinen Vetter. „Pass bloß auf, wie du mit meiner Ehefrau sprichst", warnte er. „Ich spreche nämlich auch Französisch, falls du das vergessen hast."

Jason schmunzelte, und die Grübchen zeigten sich in seinen Wangen. „Sieh mal einer an! Und ich dachte, du bist nur eifersichtig auf unsere verarmte Cousine Letty … Interessant."

Gray blickte Jason, der mit lässigem Gang davonschlenderte, mit verengten Augen nach. „Offenbar gefällst du ihm immer noch. Ihm scheint es einerlei zu sein, unter welchem Namen du auftrittst."

„Sei nicht lächerlich. Jason ist nur höflich."

„Du bist jetzt meine Ehefrau, Coralee, und ich rate dir dringend, das nicht zu vergessen."

„Ich sagte dir bereits, dass Jason mich nicht interessiert." Sie neigte sich ihm zu. „Wenn du dich entsinnst, habe ich mit dir eine leidenschaftliche Nacht verbracht, nicht mit ihm. Oder hast *du* das vergessen?"

Seine dunklen Augen funkelten. „Nein. Und ich werde dich daran erinnern, sobald wir zu Hause sind."

Corrie hielt den Atem an. Es wäre gewiss ratsam, den Unmut des Teufels am Hochzeitstag nicht anzustacheln. Wann würde sie endlich lernen, ihre Zunge im Zaum zu halten?

Die Hochzeitsgesellschaft löste sich für Corries Geschmack viel zu früh auf, offenbar aber nicht früh genug für Gray, wenn sie seine Blicke richtig deutete.

„Hol deinen Mantel", sagte er. „Wir gehen."

„Aber …"

„Jetzt, sofort."

Sein Befehlston erschreckte und erzürnte sie. Ich bin nicht Letty, wollte sie ihm aufbrausend entgegnen, und muss nicht nach deiner Pfeife tanzen. Andererseits war er zu Recht wütend auf sie, und sie fürchtete, dass er sie heute Nacht für ihren Betrug büßen lassen würde.

Ihr wurde bang ums Herz. Sie kannte den Mann nicht, den sie geheiratet hatte. Er hatte keine Ähnlichkeit mit dem, der sie in der Jagdhütte in der Sturmnacht geliebt hatte. Was hatte er mit ihr vor?

Zunehmend verunsichert, bemerkte sie kaum, wie er ihr den Mantel um die Schultern legte und sie zur Tür begleitete. Er ließ ihr kaum Zeit, sich von ihrer Familie und ihren Freunden zu verabschieden.

Thor ergriff ihre Hand. „Denk an meine Worte." Der Blick, den er Gray zuwarf, ließ keinen Zweifel daran, was er damit meinte.

„Danke, Thor."

Gray schob sie unsanft aus dem Haus. In der Kutsche nahm er ihr gegenüber Platz. Seine Augen funkelten zornig. Sie musste all ihren Mut zusammennehmen, um seinem Blick nicht auszuweichen.

„Ich bin nun deine Ehefrau", sagte sie schließlich. „Ich werde meine Pflichten in unserer Hochzeitsnacht erfüllen, aber ich werde nicht zulassen, dass du mir wehtust."

Seine buschigen Brauen flogen erstaunt hoch. „Das denkst du von mir? Dass ich dir wehtue?"

Ein Beben durchflog sie. „Ich weiß, wie sehr du mich hasst. Und ich weiß auch, dass du mich bestrafen willst für das, was ich dir angetan habe."

Zum ersten Mal wurden seine harten Gesichtszüge weicher. „Ich würde dir nicht wehtun, Coralee, obwohl ich maßlos wütend auf dich bin.“ Er lehnte sich in die Polster zurück. „Das, was ich in unserer Hochzeitsnacht vorhabe, hat nichts mit Schmerzen zu tun ... obwohl ich die Erfahrung gemacht habe, dass es Momente gibt, in denen man Schmerz mit höchst interessanter Wirkung einsetzen kann. Heute Nacht will ich dir allerdings nur Vergnügen bereiten.“

Der harte Zug um seinen Mund kehrte wieder zurück, und es fiel ihr schwer, seinen Worten zu glauben.

18. KAPITEL

Corrie saß kerzengerade auf dem Hocker vor dem Frisiertisch im Schlafzimmer der verstorbenen Countess, das neben dem des Earls lag. Deren Privatgemächer waren mit zierlichen französischen Möbeln aus Rosenholz, Vorhängen und Bettüberwurf aus hellgrüner Seide ausgestattet. Sie kam sich vor wie ein Eindringling und lauschte bangen Herzens auf den wütenden Sturm, der um das Schloss heulte.

Da Allison nun nicht mehr die Rolle ihrer Zofe spielte, hatte Gray ihr Ersatz zugesagt. Das Mädchen war noch nicht erschienen, und Corrie wartete unruhig. Im Kamin brannte ein Feuer und erwärmte das Zimmer, aber in ihr war eine eisige Kälte.

Bald würde Gray erscheinen.

Sie wusste nicht, was er von ihr erwartete, wusste nur, dass die bevorstehende Hochzeitsnacht nicht zu vergleichen wäre mit der ersten Nacht mit ihm. Er würde jede Zärtlichkeit, jede Behutsamkeit vermissen lassen und keine Rücksicht auf ihre Gefühle nehmen.

Ihr graute vor dem, was ihr bevorstand, und sie wünschte, das neue Mädchen würde endlich erscheinen, als die Tür aufflog und Gray eintrat. Sein Blick wanderte durchs Zimmer, als sehe er es zum ersten Mal.

„Hier kannst du nicht bleiben, bevor es nicht neu eingerichtet ist. Das war Jillians Schlafzimmer, und an dir gibt es nichts, was mich an sie erinnern würde."

Bei seinen kränkenden Worten zog sich Corries Herz zusammen. Sie rang um Fassung und hob das Kinn. „Die Haushälterin hat mir diese Gemächer zugewiesen."

Er näherte sich ihr mit finsterer Miene.

„Mrs. Kittrick trifft keine Schuld", fügte sie hinzu. „Sie dachte wohl, es wäre in meinem Sinne."

Er zog eine Braue hoch. „Glaubst du etwa, ich bestrafe sie für dieses Missverständnis? Ist das die Meinung, die du von mir hast?“

Corrie schluckte. „Du hast dich verändert. Ich weiß nicht mehr, wer du bist.“

„Und ich weiß nicht, wer die Frau ist, die ich geheiratet habe.“ Er strich ihr mit dem Finger über die Wange. „Vielleicht können wir heute Nacht wenigstens daran etwas ändern.“

Sein Blick flog zur Tür, die in sein Schlafzimmer führte. „Du kannst dich hier aufhalten, solange du willst. Aber du schläfst in meinem Bett, bis die nötigen Umbauten durchgeführt sind.“

Ihr Magen krampfte sich zusammen. „Ich … ich brauche aber ein gewisses Maß an Privatsphäre … und die Zofe, die du mir zugesagt hast. Das ist gewiss nicht zu viel verlangt.“

Ein kaltes Lächeln umspielte seine Lippen. „Heute übernehme ich diese Aufgabe. Danach teile ich dir ein Mädchen zu.“ Er streckte ihr die Hand entgegen. „Komm, es ist Zeit, dich zur Nacht vorzubereiten.“

Sie war zu keiner Bewegung fähig; ihre Füße schienen im Boden verwurzelt zu sein. Furchtsam blickte sie zu ihm hoch und bemühte sich, nicht zu zittern.

„Was ist?“

Sie hatte genug gelogen. „Ich habe Angst, Gray. Ich hatte Vertrauen zu dir. Jetzt aber …“ Sie wandte den Blick ab und kämpfte gegen ihre Tränen an. Sie war nie feige gewesen, aber jetzt fühlte sie sich wie ein elender Feigling.

„Herrgott noch mal!“ Ohne Umschweife hob er sie in die Arme. Die dreistufigen Volants des Organdykleides umwehten seine Beine in einer duftigen Wolke, als er sie über die Schwelle trug, vor seinem Frisiertisch abstellte und begann, die Nadeln aus ihrem Haar zu ziehen.

Stocksteif stand Corrie da, als er die Finger durch ihre

Locken gleiten ließ und über ihre Schultern breitete. Schweigend knöpfte er ihr das Kleid im Rücken auf und half ihr, aus dem weiten Rock und den steifen Unterröcken zu steigen. Sie stand in Korsett, Pluderhosen und Strümpfen vor ihm, während Gray seine schwarzen Hosen und das weiße Hemd anbehielt; nur Gehrock und Weste hatte er abgelegt. Sein schwarzes Haar war vom Wind zerzaust, und sie dachte sehnsüchtig an den Räuberhauptmann, dem sie ihr Herz geschenkt hatte.

Gray hauchte ihr einen Kuss auf die Wange, der sie erzittern ließ. Es war verrückt. Sie war keine Jungfrau mehr, und Gray hatte versprochen, ihr nicht wehzutun …

Sie hatte den verwegenen Mann geliebt, der ihr in jener Sturmnacht die Unschuld genommen hatte. Aber diesen Mann gab es nicht mehr. Schnell schloss sie die Augen, dennoch quollen die Tränen unter ihren Lidern hervor. Gray hob jäh den Kopf.

„Du liebe Güte, Coralee, du bist keine Jungfrau mehr. Was, zum Teufel, ist los mit dir?“

Sie fasste Mut. „Du hast dich verändert … Du bist nicht der Mann, der Letty begehrte. Aber ich wünsche mir diesen Mann zurück.“ Ein nervöses Lachen entfloh ihren Lippen. „Das nennt man wohl ausgleichende Gerechtigkeit, nicht wahr?“

Seine dunklen Augen durchbohrten sie. Mit einem leisen Fluch trat er an die Anrichte an der Wand. Kurz darauf reichte er ihr ein Glas Wein. „Trink.“

„Was ist das?“

„In Indien nennt man es göttliches Elixier.“

„Was ist darin enthalten?“

„Ein Pulver aus gemahlenen Priyala-Samen und Kumhara – eine Art Stechapfel – und einem Gewürz, das in Indien Murahari genannt wird. Gemischt mit Wein hilft es dir, dich zu entspannen.“

Argwöhnisch beäugte Corrie das Gemisch. Gray nahm ihr Gesicht in beide Hände, die erste zärtliche Geste, seit er erfahren hatte, wer sie wirklich war. „Es ist ein harmloser Trank, ich gebe dir mein Wort darauf."

„Als Soldat oder als Gentleman?"

Seine Mundwinkel zuckten, als habe der Schutzpanzer, den er um sich errichtet hatte, einen winzigen Riss bekommen.

„Als Soldat", sagte er leise, worauf sie das Glas ansetzte und den leicht bitteren Wein bis zur Neige trank.

Verdammt! Er hatte vorgehabt, sie zu bestrafen, ihr in gewisser Weise heimzuzahlen, was sie ihm mit ihren Lügen angetan hatte. Aber als sie mit ihren schönen, tränenfeuchten grünen Augen zu ihm aufblickte und ihre vollen Lippen zitterten, konnte er nur daran denken, wie sehr er sie begehrte.

Er begriff die Welt nicht mehr. Sie war nicht die süße Unschuld vom Land, die einfache junge Frau, nach deren unverdorbener Leidenschaft er sich verzehrte.

Sie war eine berechnende, heimtückische Person, die sich seine Zuneigung mit Lügengeschichten erschlichen hatte. Er sah sie an, ihre weichen Rundungen, ihre weiblichen, liebreizenden Züge, ihr feuerrotes seidiges Haar.

Sie war schön wie eine Göttin und strahlte die sinnliche Magie einer Sirene aus. Sie glich Maya, der Hindu-Göttin der Fantasie und Illusion. In nichts glich sie mehr der Frau, für die er sie gehalten hatte, und dennoch begehrte er sie wie nie eine Frau zuvor.

Aber schließlich war Maya auch ein Dämon, die Schöpferin der Magie und des Zaubers.

Ja, diese Frau war ein Dämon. Wie sonst wäre es ihr gelungen, ihn so sehr in ihren Bann zu ziehen, dass der Gedanke, sie zu bestrafen, ihr in irgendeiner Form wehzutun, ihm größere Schmerzen bereitete als ihr?

Er strich ihr mit einem Finger über die Wange, spürte ihre glatte weiche Haut, und sein Blut erhitzte sich. Er wollte von ihr kosten, sie überall berühren, sich in ihr versenken.

Ihre Hand zitterte nicht mehr, als sie ihm das leere Glas reichte. Die Wirkung des Liebestranks setzte bereits ein.

In ihren Augen lag nicht mehr der gehetzte, ängstliche Blick. Sie glänzten sehnsüchtig und willig. Die Spannung war von ihr gewichen, und als er das Glas auf die Kommode stellte, schmiegte sie sich an ihn, und ihr Blick suchte seinen Mund. Sie fuhr sich mit der kleinen rosigen Zunge über die Lippen, und ihm schoss das Blut in die Lenden.

Nun gehörte sie ihm, eine willige Gefährtin der Lust, mit der er tun konnte, was ihm beliebte. Er drehte sie zum Spiegel und beobachtete ihr Gesicht, während er ihr die Unterwäsche abstreifte.

Ihr Nacken war eine süße Verlockung, biegsam und schlank, mit rötlichem Flaum bewachsen. Begierig presste er die Lippen auf ihre zarte Haut und spürte das Kitzeln ihrer Haare an seiner Wange. Er ging in die Knie, stellte einen ihrer zierlichen Füße auf den Hocker und begann, langsam den Seidenstrumpf nach unten zu rollen, hauchte zarte Küsse auf ihre schlanken Waden und hörte ihr Stöhnen.

Nun trug sie nur noch Korsett und ein spitzenbesetztes Höschen. Seine Hand glitt nach oben, die Innenseiten ihres Schenkels entlang, bis er den Schlitz in ihrem Höschen fand. Er tauchte seine Finger ein und begann sie zärtlich zu liebkosen, fand sie heiß und feucht, so wie er es sich ersehnt hatte.

Die Droge tat ihre Wirkung. Lieber wäre es ihm gewesen, sie würde so erhitzt auf ihn reagieren ohne den Liebestrank, den Samir aus den Zutaten, die er aus Indien mitgebracht hatte, zubereitet hatte.

Corrie begann, sich an seiner Hand zu reiben, und er hielt inne, nicht bereit, ihr vorzeitig Erlösung zu verschaffen. Er richtete sich auf, ließ die gespreizten Finger durch ihre seidige Haarfülle gleiten, bog ihr den Kopf in den Nacken und küsste sie.

Sie stellte sich auf die Zehenspitzen und erwiderte seinen Kuss. Als sie ihre Zunge in seinen Mund tauchte, durchrieselte ihn ein Wonneschauer.

Am liebsten hätte er sie auf den Teppich gelegt, sich die Hose aufgerissen und sie genommen, bis ihm die Sinne schwanden.

Gray beherrschte sich mühsam, befreite sie von ihren restlichen Kleidungsstücken, küsste jedes Fleckchen ihrer nackten Haut, atmete ihren blumigen Duft ein, gemischt mit einem Hauch Moschus ihres Verlangens. Er hob sie in die Arme, trug sie zum Bett und löste sich nur so lange von ihr, bis er seine Kleider abgelegt hatte.

Kaum hatte er sich neben ihr ausgestreckt, schlang sie die Arme um ihn, küsste ihn wild und entfesselt, und Gray verlor beinahe die Kontrolle. Er kannte die Wirkung der Droge und hatte ihr nur eine kleine Dosis in den Wein gemischt. Vielleicht lag es aber nicht nur an der Wirkung des Liebestrankes, sondern auch an der Frau, die ihn getrunken hatte. Ihr Name mochte Coralee lauten und nicht Letty, aber er spürte in ihr die gleiche Leidenschaft, die er in Letty gespürt hatte.

Etwas in ihm löste sich. Er kannte diese Frau kaum und wusste nicht, ob er bereit war, ein Leben mit ihr zu verbringen. Er war kein leichtgläubiger Mensch, und das bisschen Vertrauen, das er Letty geschenkt hatte, war von Coralee gründlich zerstört worden.

Als er in ihren heißen Schoß drang, sich in ihr bewegte, sie ihm ihre Hüften entgegenhob, um ihn tiefer in sich zu spüren, spürte er in seinem Inneren eine seltsame Regung, die er nicht erwartet hatte.

Hungrig küsste er sie, konnte nicht genug von ihr bekommen, und sie erwiderte seine Küsse mit der gleichen Hingabe. Jeder seiner kräftigen Stöße drängte ihn seinem Höhepunkt entgegen, er aber zähmte sein Verlangen, und als sie Erlösung fand und seinen Namen schrie, beherrschte er sich immer noch, bis sie ein zweites Mal von Lust überspült wurde. Erst dann übermannte ihn sein Verlangen, die Wellen der Verzückung schlugen auch über ihm zusammen, so mächtig, dass er die Zähne zusammenbiss und jeden Muskel verkrampfte.

Es dauerte lange, bis er wieder zur Besinnung kam. Erschöpft lag Gray neben seiner Ehefrau, die er nicht kannte, spürte, wie sein Verlangen erneut erwachte, und wunderte sich, wieso er sie schon wieder begehrte.

Ihre Angst war verflogen. Stattdessen brannte in Corrie ein Feuer, das sie nicht zu löschen vermochte. Sie hatte Grays Zorn erwartet, seinen Rachedurst, nicht diese wilde Entfesselung, über die er keine Kontrolle zu haben schien. Und ihre Leidenschaft brannte immer noch.

Sie versuchte sich einzureden, es liege an dem Liebestrank, aber in ihrem Herzen wusste sie es besser. Der Trank war nur ein Vorwand, sich aller Fesseln zu entledigen und das zu tun, wonach sie sich sehnte. Seit jener ersten Nacht hatte sie davon geträumt, ihn zu küssen, seine Nacktheit zu berühren, jeden seiner harten Muskeln zu ertasten.

Als er nun ermattet neben ihr lag, kroch sie auf ihn, rieb sich an seinem gelockten Brusthaar, berührte seine kupferfarbenen Brustwarzen, und ihre Brustspitzen reckten sich zu harten Perlen. Sie küsste ihn innig, seine Stirn, seine Augen, seine schmalen Wangen.

„Coralee …“ Er raunte ihren Namen, und in ihrem Herzen keimte Hoffnung auf.

Sie vergrub ihre Finger in seinem dichten schwarzen Haar, beugte sich über ihn und nahm seinen Mund in einem fiebernden Kuss in Besitz. Gray drängte seine Zunge in ihren Mund und spielte mit ihrer in einem Tanz der Ekstase.

Sie liebte es, ihn zu schmecken, liebte seine Männlichkeit, die Kraft seiner Arme, die sie umfingen, spürte seine Hände an ihren Hüften. Er hob sie über sich, ihr Haar fiel nach vorne und bildete einen seidigen Vorhang, der den Rest der Welt ausschloss.

„Gray …“, hauchte sie. Sie hatte ihn geliebt, als er ein anderer Mann und sie eine andere Frau gewesen war.

Er hob ihre Hüften höher, und dann spürte sie seine Männlichkeit, die fordernd an ihrem heißen Schoß pochte. Sie begriff und übernahm die Führung, senkte sich behutsam über ihn, bis sie spürte, wie er sich in ihrem Schoß versenkte.

Glühende Flammen züngelten in ihr hoch, ein sengendes Verlangen, den Gipfel noch einmal zu erreichen, zu dem er sie getragen hatte. Sie begann sich zu bewegen, hob die Hüften, senkte sich wieder über ihn, nahm ihn tiefer in sich auf, und eine Woge des Triumphs und ein jauchzendes Glück erfüllten sie, als sie sein Stöhnen hörte. Gray spannte jeden Muskel, jede Sehne an, um die Beherrschung nicht zu verlieren, und zum ersten Mal erkannte sie, dass sie Macht über ihn hatte.

Corries Bewegungen beschleunigten sich, und beide bewegten sich rhythmisch dem Ziel entgegen, nach dem sie gemeinsam fieberten. Ihr Atem ging stoßweise, der Rhythmus steigerte sich, während sie ihn noch tiefer, fordernder in sich aufnahm.

„Barmherziger“, keuchte er, hielt sie an den Hüften, bäumte sich unter ihr auf und trieb sich schnell und schneller in sie, bis sie gleichzeitig den Gipfel erstürmten.

Von wilden Zuckungen geschüttelt, stammelte sie seinen Namen, Gray folgte ihr wenige Sekunden später, und beide wurden von einer mächtigen Woge in Gefilde höchster Wonnen emporgetragen.

Corrie sank erschlafft an seine mächtige Brust, die sich hob und senkte, und spürte erstaunt seine Lippen, die sich an ihre Stirn pressten. Dann hob er sie von sich und zog sie an seine Seite.

Gray sagte nichts, und auch sie schwieg, denn beide fürchteten, diesen kostbaren Moment des Glücks zu zerstören.

Wohlige Benommenheit hüllte sie ein. Ehe sie in den Schlaf glitt, wurde ihr plötzlich bewusst, dass sie keine Angst mehr vor ihm hatte, was auch immer zwischen ihnen geschehen mochte.

Beim ersten schwachen Schein der Morgenröte, die das Land vor dem Fenster vergoldete, schlug Corrie die Augen auf. Sie fühlte sich benommen, ihre Muskeln schmerzten. Ein großer, sehniger Körper schmiegte sich an sie. Gray.

Sie hob den Kopf, um ihn anzusehen. Ein Kranz dichter schwarzer Wimpern lag auf seinen von Bartstoppeln verdunkelten Wangen.

Die Decke bauschte sich um seine Hüften, und sie bewunderte seinen herrlichen Körper, der nur aus Muskeln und Sehnen zu bestehen schien, seine flache Bauchdecke, die schmalen Hüften. Er hatte ihr eine wundervolle Liebesnacht beschert und ihr die Wonnen geboten, die er ihr versprochen hatte.

Durch die Wirkung des Tranks war sie völlig entspannt, nein, sie war mehr als entspannt gewesen. Völlig enthemmt wie die Tigerin in Hitze, mit der er sie einmal verglichen hatte. Die Erinnerung, wie sie entfesselt über ihn hergefallen war, trieb ihr die Schamröte ins Gesicht.

Vielleicht sollte das seine Strafe für sie sein, dass er sie süchtig nach ihm machen wollte. Wenn er erwacht war, würde er sie verspotten und ihr vorhalten, dass sie sich benommen hatte wie eine lüsterne Hure.

Corrie seufzte. Der Trank hatte ihr zwar die Ängste genommen, aber allein damit war ihre entfesselte Verzückung nicht zu erklären.

Sosehr sie den berauschenden Taumel genossen hatte, hätte sie es vorgezogen, wenn die Leidenschaft zwischen ihnen auch ohne Liebestrank lodern würde.

Aber vielleicht hatten sie beide in dieser Nacht eine stumme Übereinkunft getroffen. Sie begehrten einander, das war nicht zu leugnen. Und das musste ihr genügen.

„Gut geschlafen?“, fragte er, und sein gereizter Unterton war wieder da.

Corrie machte sich auf seinen beißenden Spott gefasst. „Sehr gut, danke.“

„Hast du immer noch Angst vor mir?“

„Nein.“

Als wolle er sie prüfen, wölbte er eine Hand um ihren Busen und begann, an ihrer Brustknospe zu spielen, die sich augenblicklich reckte, während gleichzeitig ein Pochen zwischen ihren Beinen einsetzte. Als ahne er, was in ihr vorging, glitt seine Hand nach unten und berührte sie. Ein leises Stöhnen entrang sich ihr.

„Wenigstens verbindet uns das.“ In seiner Stimme schwang kein Hohn, kein Anflug von Tadel mit, und sie entspannte sich, als er sich auf sie legte und küsste, sie mit einer Mühelosigkeit erregte, die sie nicht erstaunte. Sie wehrte sich nicht gegen das Feuer, das er in ihr entfachte, empfing ihn weich und willig, fand den Rhythmus seiner Bewegungen. Vielleicht hatte er ja recht.

Wenigstens verbindet uns das.

Aber in ihrem Herzen wusste sie, dass ihr das nicht genügte.

19. KAPITEL

Durch die Ritzen der Vorhänge sickerte Sonnenlicht ins Schlafzimmer. Corrie streckte sich und tastete nach ihrem Ehemann, aber seine Seite des breiten Bettes war kalt; Gray war bereits aufgestanden. Sie sank ins Kissen zurück und starrte zu dem goldfarbenen Baldachin hoch. Einerseits war sie froh, ihm nicht begegnen zu müssen, andererseits wünschte sie, er wäre hier, um sie nach dem Erwachen erneut zu lieben.

Bei einem leisen Klopfen an der Tür richtete sie sich auf. Eine junge Frau in schwarzem Rock und weißer Bluse, das Haar unter einem weißen Rüschenhäubchen verborgen, trat ein.

„Guten Morgen. Seine Lordschaft schickt mich", sagte sie mit einem Knicks. „Ich bin Anna, Ihre neue Zofe." Anna war hochgewachsen und schlank, mit feinem, braunem Haar, heller Haut und einem freundlichen Lächeln. „Wenn es Ihnen recht ist, M'lady." Sie war Anfang dreißig, nicht besonders hübsch, aber auch nicht ganz reizlos.

„Gut, Anna. Meine Kleider sind in der Suite der Countess. Wir gehen hinüber, und du hilfst mir, etwas Passendes zu finden."

„Sehr wohl, M'lady."

Eine halbe Stunde später saß Corrie im Frühstückszimmer Rebecca gegenüber. Die beiden Frauen waren seit der Hochzeitsfeier zum ersten Mal allein.

„Nun leben Sie also ständig im Haus, zumindest so lange, bis Gray Ihrer überdrüssig geworden ist."

Corrie straffte die Schultern. Rebecca war ebenso feindselig und spitzzüngig, wie sie befürchtet hatte.

„Wovon reden Sie? Wir sind verheiratet. Nun bin ich Grays Ehefrau." Das hatte er ihr deutlich in der heißen Hochzeitsnacht klargemacht.

„Es sollte Ihnen doch bewusst sein, dass sein Interesse an Ihnen nur vorübergehend ist. Er hatte die Absicht, Sie zu seiner Geliebten zu machen, nicht zu seiner Ehefrau."

Damit hatte sie vollkommen recht. Gray hatte sie nur geheiratet, weil er dazu gezwungen worden war. „Selbst wenn das zutrifft, ist er doch mein Ehemann."

Rebecca nahm einen Schluck ihres starken schwarzen Tees aus einer fast durchsichtigen Porzellantasse. Sie war wie immer extravagant gekleidet in einem eleganten blauen Seidenkleid, sorgfältig abgestimmt auf das Blau ihrer Augen. Ihre blonden Locken fielen ihr schimmernd auf die Schultern.

„Gray ist ein Mann mit unersättlichem Appetit in bestimmter Hinsicht", fuhr Rebecca fort. „Für einige Monate nach Jillians Tod bezähmte er seine Begierden, aber Bethany bereitete seiner Enthaltsamkeit ein Ende. Und dann tauchten Sie auf. Sie werden doch nicht so vermessen sein anzunehmen, Sie wären seine letzte Eroberung."

Corrie schaffte es nur mühsam, den Bissen Rührei in ihrem Mund hinunterzuwürgen. Der Appetit war ihr gründlich vergangen. „Wie gesagt, wir sind verheiratet, und ich gehe davon aus, dass er sich an sein Ehegelöbnis gebunden fühlt." Noch ehe sie die Worte ausgesprochen hatte, wusste sie, wie ernst es ihr damit war. Wenn Gray sie hinterging, würde sie ihn verlassen.

Rebecca lachte hell. „Wenn Sie Treue von ihm erwarten, sind Sie eine Närrin, meine Liebe. Welcher Mann hält sich schon an die eheliche Treue? Früher oder später gefällt ihm eine andere, und er verbannt Sie auf einen seiner Landsitze. Wenn Sie Glück haben, gestattet er Ihnen, ein paar Zimmer in seinem Haus in London zu bewohnen. Dann könnten Sie wenigstens wieder Ihre lächerlichen Klatschgeschichten schreiben."

Corrie schwieg zähneknirschend. Nun, da sie mit Gray

verheiratet war, hatte Rebecca die letzten Reste von Höflichkeit abgelegt, eindeutig maßlos erzürnt darüber, dass sie jetzt nicht mehr die Herrin auf Schloss Tremaine spielen durfte.

„Ich bin Journalistin, wobei ich annehme, die Ausübung eines Berufes wäre unter Ihrer Würde." Da sie keine Lust hatte, sich länger mit ihrer gehässigen Schwägerin zu unterhalten, und sich außerdem darum kümmern wollte, die Gemächer der Countess neu zu möblieren, erhob sie sich und ließ ihren kaum angerührten Teller stehen.

„Wenn Sie mich bitte entschuldigen, ich habe einige Dinge zu erledigen. Ich wünsche Ihnen einen angenehmen Tag."

Rebecca nickte mit einem verkrampften Lächeln. Die Fronten zwischen den beiden Frauen waren klar abgesteckt: Sie würden niemals Freundinnen werden.

Auf dem Korridor dachte Corrie an ihr Vorhaben. Beim Ankleiden war ihr erneut aufgefallen, wie düster Grays Gemächer mit der dunklen Wandtäfelung, den massiven Eichenmöbeln und schweren Samtdraperien waren, die kein Sonnenstrahl durchdrang, und dem dunkelbraunen Teppich auf dem Parkett.

Sie wollte auch seine Gemächer umgestalten, wenn sie schon dabei war, ihre Suite zu verändern. Zunächst aber galt es, sein Einverständnis einzuholen.

Also machte sie sich auf die Suche nach ihm und fand ihn in seinem hellen, lichtdurchfluteten Arbeitszimmer, dem indischen Kabinett, wie sie es nannte.

Er saß an seinem Schreibtisch aus Bambus, ins Studium von Geschäftsbüchern vertieft. Hier fühlte er sich offensichtlich wohl, umgeben von den Kunstschätzen, die er auf seinen Reisen gesammelt hatte, inmitten bunter orientalischer Farben und ausladender Fächerpalmen in Übertöpfen aus Messing.

Corrie klopfte an die offene Tür, setzte ein Lächeln auf und trat ein.

Er hob den Blick und furchte die Stirn. Kein vielversprechender Anfang.

„Guten Morgen, Mylord."

Sein Blick flog über ihr schlichtes aprikotfarbenes Sommerkleid. „Ich dachte, nur Letty trägt Musselin."

Corrie versuchte, seine Stichelei zu überhören. „In Samt und Seide herumzustolzieren, wenn man arbeiten will, halte ich für unpassend. Deshalb bin ich hier."

„Was brauchst du?"

„Du hast vorgeschlagen, einige Veränderungen in meinen Gemächern vornehmen zu lassen. Dabei kam mir der Gedanke, ich könnte auch deine Räume renovieren lassen, natürlich nur, wenn es dir recht ist."

„Tu, was immer du willst." Er widmete sich wieder dem Studium der Geschäftsbücher und hielt das Gespräch offensichtlich für beendet.

Letty hätte es hingenommen, schroff abgefertigt zu werden, aber Coralee Whitmore war nicht daran gewöhnt, unhöflich behandelt zu werden. Sie ging um den Schreibtisch herum und stellte sich neben Gray.

Verwundert hob er den Kopf. „Hast du noch einen Wunsch?"

Sein abweisender Blick und der harte Zug um seinen Mund weckten in ihr den Wunsch, ihn aufzuheitern. „Vielleicht ja." Sie überlegte einen kurzen Moment. „Ich bin deine Ehefrau, stimmt's? Wir haben erst gestern geheiratet. Ich finde, als frischgebackene Braut steht mir ein Gutenmorgenkuss zu."

Er machte ein verdutztes Gesicht, als sie sich über ihn beugte, ihm einen Kuss auf den Mund drückte und sich entfernte.

„Ich wünsche dir einen angenehmen Tag, Mylord", rief

sie ihm über die Schulter zu.

Während sie aus dem Zimmer rauschte, umspielte ein triumphierendes Lächeln ihre Lippen.

Die Renovierungsarbeiten konnten also beginnen. Corrie machte sich umgehend auf den Weg ins Dorf, um Handwerker zu beauftragen und neue Möbel zu bestellen. Sie hatte kurz mit dem Gedanken gespielt, die Kutsche vorfahren zu lassen – schließlich war sie nun die Countess of Tremaine. Aber der Tag war einfach zu schön, um in einem geschlossenen Wagen zu sitzen. Die Sonne strahlte, und es wehte eine leichte Brise.

Als sie an den Stallungen vorbeiging, kam Homer schwanzwedelnd angerannt.

„Homer!“ Sie kraulte den großen grauen Hund hinter den Ohren. „Du hast mir gefehlt, meine Junge. Willst du mit mir spazieren gehen?“

Er bellte zustimmend, und beide gingen los. Auf *einen* Freund im Schloss konnte sie sich wenigstens verlassen, mochte er auch nur ein struppiger Straßenköter sein.

Während der turbulenten Ereignisse der letzten Tage hatte sie kaum Zeit gefunden, an Laurel zu denken, aber sie hatte ihre geliebte Schwester keineswegs vergessen.

Durch ihre überstürzte und erzwungene Hochzeit mit Gray hatte ihr das Schicksal in die Hände gespielt. Ihre Position hatte sich gründlich geändert, wodurch ihre Nachforschungen erheblich erleichtert wurden. Als Mitglied der Familie konnte Corrie sich nun frei im Haus bewegen, ohne Rechenschaft darüber ablegen zu müssen. Der Fund von Laurels Gedichtband hatte sie mehr denn je davon überzeugt, dass einer der männlichen Bewohner des Schlosses Laurels Liebhaber gewesen sein musste.

Rebecca hatte sich vorhin abfällig über männliche Treulosigkeit geäußert. Vielleicht sprach sie ja aus Erfahrung.

Corrie beschleunigte ihre Schritte. Sobald sie ins Schloss zurückgekehrt wäre, wollte sie ihre Suche nach der Wahrheit fortsetzen.

Gray stand am Fenster seines Schlafzimmers. Nach der morgendlichen Begegnung mit Coralee in seinem Büro hatte er sich in sein Zimmer begeben, um seiner Ehefrau die Küsse zu schenken, die sie sich wünschte – und noch weit mehr.

Aber er fand das Zimmer leer und versuchte, sich einzureden, nicht enttäuscht zu sein. Sinnend blickte er aus dem Fenster und entdeckte seine Braut im Hof vor den Stallungen. Grollend beobachtete er, wie sie in die Hocke ging und die Arme um den großen, zottigen Hund schlang.

Wieso machte sie das? Sie war nicht Letty Moss, sondern eine gefühlskalte Person, die ihn in ihren Kolumnen diffamiert hatte. Eine Frau, der es Spaß machte, im Privatleben fremder Leute herumzuschnüffeln und deren Geheimnisse ans Licht der Öffentlichkeit zu zerren. Sie hatte ihn belogen, hatte ihm vorgespielt, eine naive Unschuld vom Lande zu sein.

Und dennoch …

Waren Coralee und Letty vielleicht gar nicht so verschieden, wie er vermutete? Ein verstörender Gedanke. Es war eine Sache, sich eine Mätresse zu halten, als deren Gönner er einen gewissen Abstand halten konnte. Aber es war nicht ratsam, in den Bann der eigenen Ehefrau zu geraten. In seiner Ehe mit Jillian war es ihm mühelos gelungen, Distanz zu halten. Er hatte sich nie nach besonderer Innigkeit oder Vertraulichkeit mit ihr gesehnt. Aber bei Coralee war es anders. Etwas an ihr zog ihn magisch an und löste eine befremdliche Sehnsucht in ihm aus.

Gray war schon als Kind ein Einzelgänger gewesen und hatte nicht vor, etwas daran zu ändern. Nein, er würde nicht zulassen, dass eine hinterhältige, rothaarige Hexe sich in sein Herz schlich.

Er wandte sich gerade vom Fenster, als es leise an der Tür klopfte und Samir eintrat.

„Verzeihen Sie die Störung, *sahib*, aber Sie haben Besuch. Mr. Petersen und Colonel Rayburn warten in Ihrem Arbeitszimmer."

„Aha. Jetzt also zum Colonel befördert." Timothy Rayburn, einer seiner engsten Freunde, war Major gewesen, als Gray in Indien gedient hatte.

Samir feixte und zeigte zwei schwarze Zahnlücken. „Ja, *sahib*." Samir hatte Rayburn immer gerngehabt.

Auch Gray schmunzelte. „Sag den Herren Bescheid, ich komme gleich." Er freute sich über die unerwarteten Gäste, wunderte sich allerdings darüber, dass sie gemeinsam reisten. Timothy Rayburn war Offizier vom Scheitel bis zur Sohle, damals Major – mittlerweile zum Colonel befördert –, im 99. Infanterieregiment in Indien stationiert, wo Gray und er sich kennengelernt hatten. Dolph hatte sich von seinem geheimnisvollen Posten im Kriegsministerium, über den er striktes Schweigen bewahrt hatte, mittlerweile zurückgezogen.

Gray begab sich nach unten. Die Herren hatten es sich in zwei tiefen Ledersesseln vor dem Kamin bequem gemacht und hielten jeder ein bauchiges Glas Brandy in der Hand, das Samir ihnen gereicht hatte.

„Timothy. Dolph. Welche Freude, euch zu sehen." Die Herren erhoben sich und begrüßten den Freund mit Handschlag. „Meinen Glückwunsch zu deiner Beförderung, Colonel. Du hast es weiß Gott verdient."

Rayburn schmunzelte. „Tja, es hat auch lange genug gedauert." Er war ein breitschultriger Mann mit sommersprossigem Gesicht, einer dichten fuchsroten Haarmähne und von gelassener Gemütsverfassung. Er war ein Soldat, dem man getrost sein Leben anvertrauen konnte – eine Erfahrung, die Gray mehrfach gemacht hatte.

„Was führt euch den langen Weg von London zu mir?", fragte er.

„Geschäftliche Angelegenheiten in Bristol", antwortete der Colonel. „Ein neues Handelsabkommen zwischen der East India Company und der britischen Armee, um den Nachschub an Schießpulver zu garantieren."

Gray nickte. Salpeter, ein wichtiger Bestandteil zur Herstellung von Schießpulver, wurde seit dem frühen 17. Jahrhundert aus Indien eingeführt.

„Geschäfte und die Chance, einen Rat von einem Freund einzuholen", ergänzte Dolph.

Gray richtete seinen durchdringenden Blick auf den hochgewachsenen, dunkelhaarigen Mann mit den wettergegerbten, hageren Gesichtszügen. „Einen Rat von mir? Wie mir scheint, ist es eher umgekehrt. Wenn ich mich recht entsinne, erhielt ich von dir den Rat, mir keine großen Sorgen wegen Letty Moss zu machen."

Dolph schmunzelte. „Die Dame ist kaum eine Bedrohung. Du hattest mich gebeten, Nachforschungen über sie anzustellen, doch zu der Zeit war ich bereits von ihr beauftragt worden, Erkundigungen über dich einzuziehen. Vermutlich bin ich nicht auf dem Laufenden, aber deinen Worten entnehme ich, dass du mittlerweile ihr Inkognito gelüftet hast und weißt, wer sie wirklich ist."

Gray trat an die Anrichte und goss aus einer Kristallkaraffe zwei Finger breit Brandy in ein bauchiges Glass. „Hättest du mich früher darüber in Kenntnis gesetzt, wäre die Dame jetzt nicht meine Ehefrau."

Dolph verschluckte sich und hüstelte. „Du hast sie geheiratet?"

„Letty Moss war ein reizendes Geschöpf", meinte Gray achselzuckend. „Ich wollte sie zu meiner Geliebten machen. Der Viscount aber hatte andere Vorstellungen, da sie seine

Tochter ist, wie sich herausstellte.“

Mühsam unterdrückte Dolph ein Grinsen. „Meine herzlichsten Glückwünsche.“

„Hört, hört!“ Timothy Rayburn hob sein Glas.

Dolphs Miene wurde ernst, die Lachfältchen um seine Augenwinkel glätteten sich. „Coralee ist ein Prachtkerl, Gray. Und sie wird dir eine gute Frau sein.“

Gray schwieg. Er wollte keine Ehefrau, denn er hatte genug gelitten unter dem Verlust seiner ersten Gemahlin. Er ging mit dem Glas zum Sofa und setzte sich den Freunden gegenüber hin. „Zur Sache! Welchen Rat sucht ihr denn ausgerechnet bei mir?“

Der Colonel ergriff das Wort. „Du kennst Indien besser als jeder andere, Gray. Dort scheint sich etwas zusammenzubrauen. Es kommt immer wieder zu Unruhen und kleineren Aufständen. Wir hätten gerne deine Meinung zu diesem Thema.“

„Du sagst ‚wir‘?“ Er fixierte Dolph. „Ich dachte, du bist im Ruhestand?“

„Das bin ich auch. Aber gelegentlich erledige ich kleinere Aufträge für die East India Company, ihre Interessen auf dem Subkontinent betreffend.“

„Verstehe.“ Gray lehnte sich zurück, und der Colonel begann, ihn über die derzeitige politische Situation in Indien aufzuklären, fünf Jahre nachdem Gray das Land verlassen hatte.

Er hörte aufmerksam zu. Seit er zum ersten Mal indischen Boden betreten, die heiße staubige Luft eingeatmet hatte, erfüllt von Jasminduft und Räucherwerk, als er die dunkelhäutigen Kinder mit ihren riesigen schwarzglänzenden Augen und ihrem weißen Lächeln gesehen hatte, die Frauen mit ihren Kajal umrandeten Glutaugen, hatte er sich mit dem riesigen Land auf seltsame Weise verbunden gefühlt.

Samir war ihm wenige Wochen nach seiner Ankunft als

Diener zugeteilt worden, und der hagere kleine Mann hatte von Anfang an Grays Liebe zu dem Land gespürt. Der Hindu hatte ihm Talika vorgestellt, eine wunderschöne Inderin, die ihren Mann verloren hatte, und eine Woche später war sie seine Geliebte geworden.

Talika war hervorragend ausgebildet in der Kunst des Kamasutra, dem Lehrbuch der Erotik der Hindus, und hatte Gray geschickt in den Wonnen körperlicher Liebe unterwiesen. Der junge, heißblütige Gray war ihr gelehriger Schüler gewesen.

Durch seine indische Geliebte hatte er sich auch großes Wissen über das Land angeeignet, über seine Schönheiten, die Kultur, Sitten und Gebräuche, seine Farbenvielfalt.

„Wir sind in Sorge", sagte der Colonel. „Bei den indischen Truppen in Bombay und Madras sind Unruhen ausgebrochen, aber die bengalischen Truppeneinheiten bereiten uns die größten Sorgen."

Gray nahm einen Schluck. „Meiner Ansicht nach hat die britische Armee allen Grund zur Sorge. Bis zu dem Fiasko in Kabul vor zwei Jahren galt die britische Armee als unbesiegbar, beinahe göttlich in ihrer Allmacht. Die vernichtende Niederlage unter General William Elphinstone und sein jämmerlicher Rückzug aus Kabul bereiteten diesem Mythos allerdings ein jähes Ende."

Der Colonel zog die buschigen Brauen in der Stirnmitte zusammen. „Aber du weißt doch, welch schreckliche Bedingungen dort herrschten; nichts als Wüste, Steine und sengende Hitze. Die Soldaten starben wie die Fliegen vor Hunger, Durst und Hitze."

„Nicht zu vergessen", fügte Gray trocken hinzu, „die Unfähigkeit der hohen Offiziere."

Rayburn widersprach nicht. „Trotzdem bin ich der Meinung, die Strafexpedition der Briten sollte die Bevölkerung zur Vernunft bringen und den Ruf der Armee wiederherstellen."

„Wenn es nur so einfach wäre. Die Inder sind Menschen, die nicht so schnell vergessen. Ich fürchte, der Schaden wird so bald nicht wieder zu beheben sein." Gray nahm erneut einen Schluck. „Es könnte Jahre dauern, bis die Generäle die Ergebnisse dieses völlig unnötigen Krieges mit Afghanistan zu spüren bekommen."

Der Colonel nickte zustimmend. „Jedenfalls schätze ich deine offene Meinung zur politischen Lage. Ich wusste, dass du Indien besser kennst als jeder meiner Bekannten."

In den drei Jahren seines Aufenthalts in Indien hatte Gray sich bemüht, viel zu erfahren und so viele Erkenntnisse zu sammeln wie nur möglich. Auch nach seiner Rückkehr nach England hatte er sich durch einschlägige Lektüre und Zeitungsberichte auf dem Laufenden gehalten.

Er lächelte. „Ich bin aus der Armee ausgeschieden und gestatte mir, meine Meinung frei zu äußern – ohne vors Kriegsgericht zu kommen."

Rayburn lachte in sich hinein. „Wie recht du hast."

„Ich hoffe, ihr bleibt über Nacht. Rebecca ist sehr stolz auf unseren französischen Koch, der mich ein Vermögen kostet. Außerdem hat sich Derek für morgen angesagt, den ihr gewiss länger nicht gesehen habt."

Derek Stiles war Grays Halbbruder, von dessen Existenz er erst nach dem Tod seines Vaters erfahren hatte.

„Wir nehmen deine Einladung liebend gerne an", sagte der Colonel. „Es ist noch eine ziemlich weite Strecke bis Bristol."

„Ich habe Derek seit Jahren nicht gesehen", fügte Dolph hinzu. „Im Übrigen gibt es noch einen Grund für meinen Besuch. Ich hätte gerne ein Wort mit deiner Gemahlin gesprochen."

Gray musterte den Freund forschend. Er war ein harter, verwegener Mann, den die Frauen attraktiv fanden. Im Stillen beschloss Gray, das Gespräch mit seiner Frau nicht unter vier Augen stattfinden zu lassen.

„Sie ist vor einer Weile ins Dorf gegangen. Ich sehe mal nach, ob sie wieder zurück ist.“ Gray machte sich auf die Suche nach ihr und fragte sich, was Dolph wohl mit ihr zu besprechen hatte. Dass er froh war, eine Ausrede zu haben, nach ihr suchen zu können, verdrängte er.

Seine indische Geliebte hatte ihn Geduld gelehrt, ein wichtiger Bestandteil in der Kunst erotischer Liebe. Aber bei Coralee schien er alle Weisheiten und Tricks zu vergessen. Immer, wenn er mit ihr zusammen war, überwältigte ihn sein Verlangen nach ihr.

Das sollte sich in der kommenden Nacht ändern. Er nahm sich vor, seine legendäre Beherrschung wiederzugewinnen und sich nicht von seiner Leidenschaft hinreißen zu lassen. Und er fragte sich, ob Coralee ohne die Wirkung des Liebestranks eine ebenso eifrige Schülerin wäre wie letzte Nacht.

20. KAPITEL

Nachdem sie ihre Besorgungen im Dorf erledigt hatte, kehrte Corrie zum Schloss zurück und schaute kurz im Stall vorbei, um Homer abzuliefern, wo er sich am wohlsten fühlte. Zu ihrem Erstaunen traf sie Georgie Hobbs dort an, den Jungen, der das Brot gestohlen hatte, eifrig damit beschäftigt, die Boxen auszumisten.

„Guten Tag, Georgie."

Der Junge hob den Kopf und schaute sich suchend um, als halte er Ausschau nach dem Earl.

„Keine Sorge, er ist nicht da."

Erleichtert atmete der Junge auf. „Ich komme jeden Tag, bin aber nicht sicher, ob er es weiß."

„Ich denke schon. Der Earl weiß eigentlich über alles Bescheid, was im Schloss vorgeht."

Georgie schaufelte eine Gabel voll Mist in die Schubkarre. „Könnten Sie sich denken, dass er mir vielleicht für länger Arbeit hier auf dem Schloss gibt, wenn ich fleißig bin und meine Schulden abarbeite?"

Corrie nagte an ihrer Unterlippe. Es stand ihr nicht zu, sich in Grays Entscheidungen einzumischen. Andererseits war sie seine Frau und zum Leidwesen ihres Gemahls nicht annähernd so schüchtern und zurückhaltend, wie er sich das gewünscht hätte. „Das könnte ich mir gut denken. Warum fragst du ihn nicht einfach?"

Der Junge bekam rote Ohren. „Na ja, vielleicht hat er gar keine Arbeit für mich."

„Ich könnte noch einen Stallburschen gebrauchen." Gray schlenderte heran, hochgewachsen und männlich und unendlich attraktiv. „Wie geht's deiner Mutter?", fügte er hinzu.

„Es geht ihr viel besser, M'lord. Meinen Sie das ernst mit der Arbeit?"

„Deine Schulden hast du bereits abgearbeitet. Ich gebe dir einen kleinen Vorschuss auf deinen ersten Wochenlohn, damit du Essen für deine Mutter und dich kaufen kannst."

Georgie blinzelte verlegen. „Vielen Dank, M'lord."

„Wenn du weiter so fleißig arbeitest wie bisher, Georgie, bekommst du bald eine feste Anstellung im Schloss."

Der Junge lächelte breit zu Corrie auf und zeigte dabei eine Zahnlücke, dann machte er sich eilig wieder an die Arbeit. Gerührt wandte sie sich an Gray und bemerkte etwas in seinem Blick, was sie seit seiner Entdeckung, dass sie nicht Letty Moss war, nicht mehr gesehen hatte.

„Streunende Hunde und streunende Kinder. Ich bin erstaunt, Countess, muss ich gestehen."

Er wunderte sich darüber, dass sie zu einem Gassenjungen freundlich war? Dass sie nicht die kaltherzige Hexe war, für die er sie hielt? „Sollte das etwa ein Kompliment sein?"

Sanft strich er ihr eine Locke aus dem Gesicht. „Irgendwie schon." Er nahm sie bei der Hand. „Komm. Wir haben Gäste. Einer davon ist ein Freund von dir."

„Ein Freund?"

„Zufällig ist er auch ein Freund von mir. Randolph Petersen." Da war er wieder, dieser scharfe Unterton. „Der Mann, den du beauftragt hast, mir einen Mord nachzuweisen."

An Grays Seite betrat Corrie den Salon, wo Dolph Petersen wartete. Eigentlich hatte sie ihn nicht beauftragt, sondern Krista und Leif. Aber sie hatte Krista gebeten, die Nachforschungen weiter zu betreiben, auch nachdem sich herausgestellt hatte, dass Gray unschuldig war.

Ihr Herz klopfte schneller. Vielleicht brachte Mr. Petersen Neuigkeiten.

Mit raschelnden Röcken trat sie auf ihn zu. „Mr. Petersen, ich freue mich, Sie zu sehen." Sie reichte ihm die Hand, und er hauchte einen Kuss auf ihre Fingerspitzen.

„Von Ihrem Gemahl erfuhr ich soeben, dass Sie geheiratet haben. Meine herzlichen Glückwünsche."

Corrie fragte sich errötend, was Gray ihm sonst noch über sie berichtet hatte. „Vielen Dank."

„Ich hatte gehofft, unter vier Augen mit Ihnen sprechen zu können." Er warf Gray einen Seitenblick zu und las wohl in dessen verschlossener Miene, dass er das nicht zulassen wollte. „Da Sie nun verheiratet sind, befinde ich mich in einer etwas peinlichen Situation."

„Vielleicht nicht. Vermutlich ist es Zeit, dass mein Gemahl erfährt, warum ich hiergeblieben bin, auch nachdem ich wusste, dass er nichts damit zu tun hat, was meiner Schwester zugestoßen ist."

Gray zog eine Braue hoch. „Und ich dachte, du bist geblieben, weil du dich in mich verliebt hast."

Sie überhörte seinen Sarkasmus. „Ich hatte den Wunsch, die Wahrheit herauszufinden, und wollte wissen, ob Charles oder Jason der Geliebte meiner Schwester war."

Grays Miene verhärtete sich. „Wovon, zum Teufel, redest du?"

„Ich rede von dem Mann, der meiner Schwester ein Kind gemacht und sie anschließend verlassen hat. Wenn die Herren mir bitte folgen, dann zeige ich Ihnen den Beweis, den ich gefunden habe."

Corrie verließ den Salon, gefolgt von Gray und Dolph. Sie spürte Grays Zorn und fragte sich bang, welchen Schaden sie in ihrer ohnehin zerrütteten Beziehung angerichtet hatte, ein Mitglied seiner Familie eines so niederträchtigen Verhaltens zu bezichtigen.

In der Bibliothek stieg sie auf die Trittleiter, um das Buch aus dem Regalfach zu holen. Verdutzt griff sie nach der Stelle, wo der Gedichtband gestanden hatte. Er war nicht mehr da. Ihr Blick flog über die Buchrücken mit den goldgeprägten Titeln. Sie rückte die Trittleiter weiter, suchte erneut danach, obgleich sie bereits wusste, dass das Buch verschwunden war.

„Es stand hier. Ich fand es erst vor wenigen Tagen und stellte es wieder an seinen Platz zurück, damit niemand Verdacht schöpfen konnte."

Grays Miene war versteinert. „Wonach suchst du eigentlich? Ich begreife dich nicht, Coralee."

„Ich fand ein Buch, das Laurel gehörte, einen Gedichtband mit Sonetten von Shakespeare, den sie sehr schätzte. Diesen Band hat sie dem Mann geschenkt, den sie liebte. Auf dem Deckblatt fand ich ihre Widmung."

„Wenn es eine Widmung enthielt, weißt du doch den Namen des Mannes."

„Sie hat seinen Namen nicht erwähnt. Sie nannte ihn nur ihren Liebsten, erwähnte, dass sie die Gedichte gemeinsam gelesen hatten, und erklärte ihm ihre Liebe."

Gray sagte nichts, aber sie spürte, dass er ihr nicht glaubte. Corrie wandte sich ab, um ihre Tränen zu verbergen, die ihr in die Augen traten.

Hastig wischte sie die Tränen fort, holte tief Atem und wandte sich wieder an ihren Ehemann. „Da du es nicht gewesen sein kannst, der ihr die Unschuld nahm, bleiben nur Jason oder Charles."

„Es könnte jeder andere gewesen sein", wandte Gray ein. „Es ist doch möglich, dass deine Schwester sich in einen unserer Gäste verliebt hat."

„Hättest du Laurel gekannt, würdest du wissen, dass sie ihre Gunst nicht leichtfertig verschenkte. Sie muss den Mann gut gekannt haben, bevor sie sich in ihn verliebte."

Petersen meldete sich zu Wort. Seine Stimme klang weich und beruhigend. „Das wollte ich dir auch sagen", erklärte er an Gray gewandt. „Ich weiß, dass du es nicht hören willst, aber wie deine Frau schon sagte, ist es an der Zeit, dass du es erfährst."

Dolph wandte sich an Corrie. „Es gab einen dritten Mann, der sich häufig im Schloss aufhielt, in der Zeit, bevor Ihre Schwester schwanger wurde. Er verbringt viel Zeit hier. Derek Stiles, Grays Halbbruder. Wie ich höre, wird er heute Nachmittag erwartet."

In dem langen Schweigen war nur das Ticken der Kaminuhr zu hören. Wieso hatte ihr das niemand gesagt? Warum hatte sie diesen Namen noch nie gehört?

Aber irgendwie kam er ihr vertraut vor. Und dann entsann sie sich, dass es vor ein paar Jahren Klatsch über Derek Stiles gegeben hatte, den unehelichen Sohn des verstorbenen Earl of Tremaine. Derek hatte einen ähnlichen Ruf als Frauenheld wie Gray. Es war Corrie lediglich noch nie in den Sinn gekommen, dass ein unehelich geborener Sohn im Schloss ein und aus gehen würde.

„Ihr seid ja beide verrückt." Gray bedachte Corrie mit einem finsteren Blick und wollte zur Tür.

„Ich glaube, deine Frau hat recht", sagte Dolph und brachte Gray damit zum Stehen. „Ich glaube, dass die Countess das Buch tatsächlich gefunden hat, wie sie behauptet. Demnach könnte einer der Männer deiner Familie der Vater von Laurel Whitmores Kind sein."

In Grays Wange vibrierte ein Muskelstrang. „Was willst du damit unterstellen, Dolph?"

„Nichts. Aber Coralee glaubt, dass ihre Schwester ermordet wurde. Sollte das der Fall sein, muss ihr Gerechtigkeit widerfahren. Falls Laurel eine Affäre mit einem deiner Verwandten hatte, weiß er vermutlich etwas, das zur Aufklärung der Umstände führen kann, die zu ihrem Tod und dem ihres Neugeborenen in jener Nacht führte."

Grays Blick durchbohrte Corrie. „Laurel Whitmore hat sich das Leben genommen. Das kann nicht ungeschehen gemacht werden. Sollte einer meiner Brüder oder mein Vetter eine Affäre mit ihr gehabt haben, hat ihn ihr Tod schwer getroffen. Aber keiner von ihnen ist ein Mörder." Er wandte sich an Dolph. „Was in diesem Raum soeben gesprochen wurde, bleibt unter uns."

„Das versteht sich von selbst."

Gray wandte sich wieder an Corrie. „Du bist meine Ehefrau, Coralee. Ich wünsche, dass dieser Irrsinn augenblicklich ein Ende hat. Du hast mit deiner Wahnvorstellung über die Umstände, die zum Tod deiner Schwester geführt haben, bereits genug Scherereien gemacht."

Er machte auf dem Absatz kehrt und ging, während Corrie mit den Tränen kämpfte. Die Kehle war ihr so eng geworden, dass sie kaum schlucken konnte. Genug Scherereien. Sie hatte ihm mit dieser Heirat nur Scherereien aufgehalst.

Sie spürte Dolphs Hand auf ihrer Schulter. „Es tut mir leid, Mylady. Ich hätte nicht so offen mit ihm reden dürfen."

Sie schüttelte den Kopf. „Es war nicht Ihre Schuld. Ich wollte ohnehin mit ihm darüber sprechen, weil ich hoffte, er würde Verständnis zeigen."

„Geben Sie ihm ein wenig Zeit. Gray ist hart, aber auch fair. Gerechtigkeit ist ihm sehr wichtig."

Sie dachte an seine guten Seiten, die er ihr gezeigt hatte. Vielleicht würde er mit der Zeit verstehen, warum es ihr so wichtig war, die Wahrheit herauszufinden.

Wie angekündigt kam Derek Stiles am Nachmittag im Schloss an. Er war etwa in Grays Alter, Anfang dreißig, auch er ein gut aussehender Mann, auch er ein Mann, der als Laurels Geliebter infrage kommen könnte. Derek hatte blondes Haar wie Charles, eine gerade Nase wie Gray und braune Augen, nicht ganz so dunkel wie die seines Halbbruders.

Er war charmant wie sein Vetter Jason und fürsorglich wie Charles, die ihn beide herzlich begrüßten.

„Du hast es also doch nóch geschafft, dich von den Damen loszureißen, um deine neue Schwägerin kennenzulernen“, scherzte Jason bei der Begrüßung im Blauen Salon.

Derek hob Corries behandschuhte Finger an die Lippen. „Zu schade, dass ich die Hochzeit verpasst habe. Irgendwie muss die Einladung verloren gegangen sein.“

Corrie errötete peinlich berührt. „Es blieb keine Zeit, Einladungen zu verschicken.“

Gray knurrte. „Es war nur eine Feier im kleinen Kreis. Im Übrigen hasst du Hochzeiten.“

„Nur den Gedanken an meine eigene“, entgegnete Derek schmunzelnd. Und Corrie fragte sich, wie weit dieser Mann gehen würde, um nicht zu einer Heirat gezwungen zu werden. Sie versuchte, den Gedanken daran zu verdrängen, dass Gray diesen Schritt nur getan hatte, weil ihr Vater ihm sozusagen das Messer auf die Brust gesetzt hatte.

Rebecca schwebte herein und schenkte Derek ein strahlendes Lächeln. „Hör bloß auf damit, du Strolch. Wie Coralee schon sagte, es blieb kaum Zeit für die Vorbereitungen. Aber du wirst zum Empfang eingeladen, den ich zu Ehren der Frischvermählten demnächst gebe.“

Gray machte den Mund auf, doch Rebecca schnitt ihm das Wort ab, ehe er etwas sagen konnte. „Nun sei kein Frosch, Gray. Es ist schließlich eine uralte Tradition, Nachbarn und Dorfbewohner zu einem Fest einzuladen, wenn der Schlossherr heiratet.“

Damit wollte Rebecca gewiss auch jeden Klatsch über Grays überstürzte Hochzeit im Keim ersticken – oder Corries Dummheit, sich von ihm verführen zu lassen.

„Das stört dich doch nicht, Gray?“, gurrte seine Schwägerin. „Es ist nun mal Brauch, und außerdem hören dann die Klatschbasen auf, sich das Maul zu zerreißen.“

„Mach, was du willst“, brummte er mürrisch.

„Danke, mein Lieber.“ Rebecca lächelte zuckersüß. „Es wird ein herrliches Gartenfest in zwei Wochen. Ach, ehe ich es vergesse – vorhin kam die Einladung zu Lady Devanes

Kostümball für den letzten Samstag des Monats. Ich habe bereits unsere Zusage gegeben."

Grays Miene verdüsterte sich noch mehr. „Du hättest mich wenigstens fragen können."

„Aber du bist jetzt verheiratet. Es ist deine Pflicht, deine Gemahlin der Gesellschaft vorzustellen – soweit hier auf dem Lande vorhanden." Ihr Lächeln gefror. „Oder willst du den Eindruck erwecken, dass du deiner Braut bereits überdrüssig geworden bist?"

Grays Blick suchte Coralee, und sie las die Glut, den Hunger darin.

Seine Mundwinkel zogen sich nach oben. „Nein, diesen Eindruck wollen wir nicht erwecken. Lady Devane kann mit unserem Erscheinen rechnen." Er wandte sich an Derek. „Wie lange willst du bleiben?"

„So lange, bis du meiner Anwesenheit müde wirst. Ich dachte bis Ende nächster Woche."

Über Rebeccas Gesichtszüge huschte ein Schatten, bevor sie ihr gewinnendes Lächeln wieder aufsetzte. „Du weißt, dass du uns stets willkommen bist."

Charles lächelte. „Wir haben noch weitere Hausgäste. Dolph Petersen und Colonel Timothy Rayburn. Ich glaube, du kennst die Herren. Sie bleiben über Nacht, aber vielleicht können wir sie überreden, noch einen oder zwei Tage anzuhängen. Dann veranstalten wir einen Jagdausflug. Was hältst du davon?"

„Glänzende Idee", erklärte Derek begeistert.

Corrie überließ die Herren ihren Gesprächen über die Jagd und das politische Tagesgeschehen und begab sich in die Bibliothek, um sich etwas zu lesen zu holen. Sie versuchte, sich ein Bild von Derek Stiles und Laurel als Paar zu machen.

Abgesehen von seiner abfälligen Bemerkung über die Ehe fiel ihr das nicht sonderlich schwer.

In einem smaragdgrünen, schulterfreien Seidenkleid, das Einblicke auf ihren Busansatz gewährte, saß Corrie beim Dinner Gray gegenüber. Im Schein der ausladenden Kristalllüster speisten die Gäste an der festlich gedeckten Tafel mit kostbarem, goldgerändertem Porzellan, Kristallkelchen und dem Silberbesteck mit dem Familienwappen der Tremaines. Livrierte Lakaien trugen die von Rebeccas französischem Koch zubereiteten Speisen auf.

„Ganz vorzüglich", lobte der Colonel bereits bei der Austerncremesuppe. „Der Koch ist ein wahrer Meister seines Fachs. Natürlich ist ein Soldat für alles dankbar, was nicht nach Zwieback und gepökeltem Fleisch schmeckt."

Jason grinste, und Charles lachte leise. Sogar Gray rang sich ein Lächeln ab.

Petersen und Rayburn entpuppten sich während des Dinners als interessante Unterhalter, zwei gebildete Herren, die sich nicht scheuten, auch Themen anzuschneiden, die über das Londoner Gesellschaftsleben und die derzeit herrschende Wetterlage hinausgingen. Wie Corrie sich insgeheim erhofft hatte, kam man bald auf Indien zu sprechen.

„Gray lebte bei den Einheimischen", erklärte der Colonel, „ein Umstand, zu dem nur wenige Engländer sich bereitfinden würden. Ich glaube, er hat sich sogar ein wenig in das Land verliebt und war eifrig bemüht, sich gründliche Kenntnisse über Land und Leute anzueignen."

„Indien ist mit keinem anderen Land zu vergleichen", bemerkte Gray bei zartrosa gebratener Lammschulter und in Butter geschwenkten Petersilienkartoffeln. „In vieler Hinsicht wild und primitiv, und manche Gebräuche wirken ungeheuer barbarisch auf uns. Gleichzeitig sind die Einwohner von einer tiefen Weisheit und Spiritualität beseelt, die mir nirgendwo sonst auf der Welt begegnet ist."

Corrie begann, ihm Fragen zu stellen, die Gray ihr zu ihrer Verwunderung ausführlich beantwortete. Es entspann sich eine lebhafte Diskussion über die Zukunft Indiens und darüber, welche Maßnahmen zu ergreifen wären, um die britischen Interessen auf dem Subkontinent zu wahren.

„Irgendwann wird Indien das Joch der Fremdherrschaft abschütteln", behauptete Gray. „Eines Tages werden die Bewohner ihre Unabhängigkeit vom Empire fordern, und England wird gezwungen sein, sich zurückzuziehen."

„Unsinn", widersprach Rayburn. „Indien ist eine Kolonie und wird es immer bleiben. Die Bewohner sind wie unmündige Kinder, angewiesen auf die Führung Großbritanniens."

Während der Debatte entdeckte Corrie erneut eine Seite an ihrem Gemahl, die sie bisher nicht kannte. Er war in seinen politischen Ansichten weitaus fortschrittlicher, als sie ihm zugetraut hätte, und vertrat seine Meinung mit fundierten Kenntnissen. Er sollte seinen Sitz im House of Lords einnehmen, dachte sie, zweifelte allerdings daran, dass er sich davon überzeugen lassen würde.

Der Abend verlief angenehmer, als sie erwartet hatte – abgesehen von den dunklen, bohrenden Blicken, die Gray ihr gelegentlich zuwarf. Offensichtlich grübelte er immer noch über ihre Anschuldigungen nach.

Aus Rücksicht auf die Damen verzichteten die Herren auf Brandy und Zigarren, und Derek schlug ein Kartenspiel vor.

„Ich fürchte, wir müssen passen", erklärte der Colonel, der bereits die Einladung, ein paar Tage länger zu bleiben, abgelehnt hatte. „Unsere Geschäfte in Bristol können nicht warten, was bedeutet, dass wir morgen sehr früh aufbrechen müssen."

„Vielen Dank für deine Gastfreundschaft, Gray", fügte Dolph hinzu. „Guten Abend, meine Damen, meine Herren."

Die Gäste zogen sich zurück, während der Rest der Tafelrunde sich ins Spielzimmer begab. Zu Corries Verwunderung nahm Gray neben ihr Platz und erklärte sich sogar bereit, ihr Partner beim Whist zu sein.

Sie spürte seine männliche Ausstrahlung, seine Nähe und seine Blicke, als würde er sie berühren. Ihre Finger zitterten leicht, als sie ihr Blatt aufnahm.

„Also gut, dann wollen wir mal anfangen, nicht wahr?" Charles begann, seine Karten zu sortieren.

Corrie bemühte sich, ihre Aufmerksamkeit auf das Spiel zu konzentrieren.

Sie war eine geübte und gute Kartenspielerin und gewann die erste Runde. Im Verlauf des Abends gingen noch weitere Runden an sie, und Derek machte eine scherzhafte Bemerkung über ihr Geschick.

„Man könnte meinen, Sie sind eine Berufsspielerin, Coralee. Sie spielen Karten wie eine Professionelle."

Gray blickte in ihre Richtung. „Wieder eines deiner versteckten Talente, meine Liebe? Ich frage mich, welche Fähigkeiten du noch vor mir verbirgst."

Sie überhörte den Seitenhieb. Letty hatte behauptet, eine miserable Kartenspielerin zu sein, aber Corrie spielte besser als die meisten Männer.

Liebenswürdig lächelte sie ihn an. „Der Gemahl meiner Freundin, Leif Draugr, half mir, mein Spiel zu verbessern. Wir drei haben manchen Abend beim Whist verbracht."

„Ich kenne Draugr", bemerkte Derek. „Er hat ein Vermögen am Kartentisch gemacht. Aber sonst weiß niemand viel über ihn."

„Seine Frau Krista ist meine beste Freundin. Wir arbeiten zusammen bei *Heart to Heart*, einer Londoner Frauenzeitschrift. Vielleicht haben Sie davon gehört?"

Derek schmunzelte. „Ich lese sie sogar."

„Tatsächlich?" Eigentlich war sie nicht sonderlich erstaunt. Eine Reihe von Männern lasen das Magazin, zumindest einige Artikel daraus.

„Eine meiner Freundinnen abonniert sie. Wer immer die Leitartikel verfasst, macht seine Sache verdammt gut“, sagte Derek anerkennend.

Corrie lächelte stolz. „Meistens schreibt Krista die Leitartikel. Im letzten Herbst verfasste auch ich einige davon, als Krista längere Zeit verreist war. Und ich führte Interviews mit Reformpolitikern, darunter auch eines mit Feargus O'Conner, da unser Magazin seine neuen Gesetzesvorlagen im Parlament befürwortet.“

Grays dunkler Blick fixierte sie. „Rebecca hat das Magazin abonniert. Man ist hier auf dem Land mit dem politischen Tagesgeschehen nicht auf dem Laufenden. Auch ich lese es häufig. Du hast diese Reportagen geschrieben?“

Corrie machte sich auf einen abfälligen Kommentar von Gray gefasst. „Ja ... wie gesagt, in Kristas Abwesenheit leitete ich die Redaktion ein paar Monate.“

„Gut recherchierte Artikel“, lobte er und zog ihren Blick auf sich. „Und mutige Fragestellungen.“

Verblüfft sah sie ihn an. „Unser Blatt befasst sich nicht nur mit Mode und Gesellschaftsklatsch. Wir leisten auch wichtige politische Arbeit. Und ich hoffe, irgendwann wieder Beiträge schreiben zu können.“

Derek bedachte Gray mit einem augenzwinkernden Schmunzeln. „Ich wusste gar nicht, dass du mit einem Blaustrumpf verheiratet bist, Bruder.“

Grays Miene verfinsterte sich wieder. „Mir ergeht es nicht anders. Es gibt eine Menge Dinge, die ich über meine Frau nicht weiß. Mit Sicherheit aber weiß ich, dass sie im Schlafzimmer gewisse Reize hat und es Zeit ist, dass wir uns zurückziehen. Wenn ihr uns also bitte entschuldigen wollt.“

„Gray!“ Corrie errötete vor Verlegenheit, während er seinen Stuhl zurückschob.

„Deine Frau ist eine Dame“, tadelte Charles. „Wie traurig, dass ich dich daran erinnern muss.“

Gray verneigte sich mit einem spöttischen Funkeln in den Augen. „Verzeihung, Madam, wenn ich deine Gefühle verletzt habe.“ Er nahm ihren Ellbogen und zog sie auf die Füße.

Er hatte sie mit Absicht gekränkt. Corrie hatte den ganzen Abend seine schlechte Laune gespürt, ohne sie jedoch auf sich zu beziehen.

Auf der Treppe und im Flur zum Schlafzimmer spürte sie, dass eine leichte Veränderung in ihm vorging. Er schien sich eine Beherrschung aufzuerlegen wie einen schützenden Umhang.

Beklommenheit erfasste sie, als er die Tür öffnete und ihr den Vortritt ließ.

21. KAPITEL

Der Überwurf des breiten Baldachinbettes war sorgsam zurückgeschlagen, und die Lampe auf der Kommode verbreitete einen honigfarbenen Schein. In der Luft hing ein schwacher Hauch von Sandelholz.

Corrie wusste, was sie erwartete, und ihre Sinne waren in banger Erwartung angespannt.

„Ich klingle nach Anna“, sagte sie, in der Hoffnung, Zeit zu gewinnen. Sie wollte die goldene Quaste der Klingelschnur ziehen, doch Gray hielt sie am Arm zurück.

„Du brauchst deine Zofe nicht.“ Er streifte das schwarze Abendjackett und die Weste ab und warf beides über einen Stuhl. „Dreh dich um!“, befahl er heiser.

Sie gehorchte, und Gray zog bedächtig die Nadeln aus ihrem Haar, küsste ihren Nacken, ihre Schultern und knabberte sanft an ihrem Ohrläppchen, während er die Knöpfe im Rücken ihres smaragdgrünen Seidenkleides öffnete. Sein warmer Atem strich über ihre Haut, und ein Prickeln durchströmte sie.

Gray schälte sie langsam aus ihren Kleidern, küsste jedes Fleckchen nackte Haut, das er entblößte, und dennoch spürte sie eine seltsame Distanz, eine Beherrschung, die er offenbar beibehalten wollte.

Er schien genau zu wissen, welche empfindsame Stelle er berühren, wie er ihre Brüste liebkosen, ihre Brustspitzen sanft reizen musste, um ihre Glut zu entfachen. Wonneschauer durchrieselten sie, und sie stöhnte leise.

Grays Erregung zeichnete sich zwischen seinen Schenkeln unter dem Stoff seiner Hose ab. Er begehrte sie ebenso wie sie ihn.

Und dennoch fehlte etwas, eine Hingabe, die sie deutlich gespürt hatte in ihrer ersten Liebesnacht im Gewittersturm. Nun aber erschien es ihr beinahe, als habe diese Hingabe nur in ihrer Fantasie existiert. Ihre Hochzeitsnacht war wild und entfesselt gewesen, aber auch dabei hatte sie tiefe Gefühle im geschickten Liebesspiel ihres Gemahls vermisst. Offenbar sollte sich das heute Nacht wiederholen.

Es sei denn, sie tat etwas dagegen.

Sobald sie nackt vor ihm stand, drehte Corrie sich um, schlang die Arme um seinen Hals und schmiegte sich an ihn. Sie grub die Hände in sein Haar, zog sein Gesicht zu sich herab und begann, ihn tief und fiebernd zu küssen. Einen Moment leistete er Widerstand, umfing ihre Handgelenke, als wolle er sie von sich stoßen. Corrie ließ sich nicht beirren, sondern küsste ihn umso inniger und rieb ihre schwellenden Brüste an ihm.

Gray stöhnte leise.

Und dann erwiderte er ihre Küsse wie ein Besessener, teilte ihre Lippen, tauchte seine Zunge tief in ihren Mund, umfing ihr Gesäß mit beiden Händen und presste sie an seine Lenden. Sein Glied schwoll noch mehr und pulsierte an ihrem Leib. Corrie nestelte an den Knöpfen seiner Hose, schob ihre Finger in die Öffnung und umfing seine pralle Männlichkeit, die heiß in ihrer Handfläche pochte. Sie umspannte sie und drückte. Gray zuckte zusammen, Überraschung und Leidenschaft verdunkelten sein Gesicht.

„Verzeih“, hauchte sie. „Habe ich … dir wehgetan?“

„Nein … ich …“ Er schüttelte den Kopf. „Ich will dich haben.“ Und dann küsste er sie wieder tief und ungezügelt. Und für einen kurzen Augenblick erkannte sie den Mann wieder, der sie in jener Sturmnacht geliebt hatte. Den feurigen, leidenschaftlichen Mann, der sich nahm, was er begehrte, und gleichzeitig sich selbst hingab.

Er trug sie zum Bett und legte sie auf die weiche Matratze. Eine Weile stand er neben dem Bett und sah sie an. Stockend holte er Luft, ballte die Hände zu Fäusten, als kämpfe er um seine Beherrschung, dann entfernte er sich und kehrte nackt zum Bett zurück.

Er hielt etwas in der Hand. Rote Seidenbänder flatterten bis zum Boden. Er nahm ihre Arme und schlang das Seidenband um ihre Handgelenke. Sie leistete keinen Widerstand, als er ihr die Arme über den Kopf streckte und sie an einem gedrechselten Bettpfosten festband.

„Was … was hast du vor?“

„Entspanne dich. Du wirst es genießen, das verspreche ich dir.“

Seine Distanz war wieder da. Mein Gott, würde sie nie wieder zu ihm durchdringen? Sie unterdrückte ein Schluchzen, in Erinnerung an den Mann, in den sie sich verliebt hatte, den Mann, den sie vielleicht für immer verloren hatte.

Gray beugte sich über sie und küsste sie verführerisch, wirkte allerdings irgendwie unbeteiligt. Nun wurde ihr endgültig klar, dass er sich absichtlich Kontrolle auferlegte, sich vorsätzlich Zügel anlegte.

Er fuhr fort, sie zu küssen und zu erregen. Die Handfesseln hinderten sie daran, ihn zu berühren und gleichfalls zu reizen. Damit schützte er sich davor, selbst die Kontrolle zu verlieren. Die Erkenntnis, dass ihn ihre Zärtlichkeiten offenbar nicht völlig kalt ließen, ließ Hoffnung in ihr aufkeimen.

Er streckte sich neben ihr aus, fuhr mit seinem Liebesspiel fort, und Corrie gab sich seiner erotischen Folter hin. Das war es doch, wonach sie sich sehnte, was sie sich von ihm wünschte – allerdings wollte sie nicht, dass er sich diese Freuden versagte.

Sie bäumte sich auf, als er an ihrer Brust saugte, seine Zähne sanft in ihre Brustspitze bissen. Liebkosend strich er mit beiden Händen über ihre Nacktheit, glitt verführerisch zwischen ihre Beine. Sie wand sich unter seiner Liebesfolter, zerrte an den seidenen Fesseln, stöhnte, als er einen Finger in sie tauchte. Ihr hitziges Verlangen wand sich wie eine wütende Schlange in ihrem Leib.

Sie lechzte danach, mit ihm zu verschmelzen.

„Ich brauche dich, Gray … bitte."

„Noch nicht."

Sein Mund wanderte nach unten, seine Zunge tauchte in die Vertiefung ihres Nabels. Er kniete sich zwischen ihre Beine, küsste die Innenseiten ihrer Schenkel.

„Ich … will dich …", sie befeuchtete ihre Lippen, „ich will dich in mir spüren."

„Bald", raunte er, und sein Mund und seine Zunge begannen eine neuerliche Erkundung.

Sie bog den Rücken durch unter der süßen Folter seiner Zunge, bis sie ihre unerträgliche Wollust hinausschrie. Schauder schüttelten ihren Körper, als sie einem Höhepunkt entgegentaumelte, der ihr den Atem nahm, bis Welle um Welle der Verzückung über ihr zusammenschlug.

Erst als sie allmählich wieder zur Besinnung kam, nahm er sie. Die Handfesseln machten es ihr unmöglich, ihn zu berühren, sich an ihm festzuklammern, was sie sich sehnlichst wünschte.

Vielleicht war das der Grund, warum ihr Schoß zu neuem Verlangen erwachte, sie einem weiteren Höhepunkt entgegenfieberte, als er sich in ihr bewegte. Das Tempo steigerte sich lustvoll, bis die Wogen der Ekstase über ihr zusammenbrachen.

Corrie biss sich auf die Lippen, um nicht seinen Namen hinauszuschreien, während sie in den Abgrund der Erfüllung stürzte. Gray trieb sich noch tiefer, härter in sie, bis er seine eigene Erlösung fand.

Benommen schwebte Corrie in einem Ozean der Zufriedenheit. Sie bemerkte nicht, wie er ihre Fesseln löste, sondern kam nur ein wenig zu sich, als er seine sehnige Nacktheit an sie schmiegte.

Sie musste wohl eingeschlafen sein. Es war mitten in der Nacht, als sie erwachte, seinen Mund an ihrer Brust spürte und seine Finger zwischen den Beinen, die sie sanft liebkosten. Ihre Leidenschaft loderte, und sie nahm ihn willig in ihrem Schoß auf.

Hinterher schlief sie wieder ein.

Am Morgen war Gray gegangen.

Es war noch früh, nur die Dienerschaft war bereits auf den Beinen. In der Küche ließ Gray sich kalten Braten, Brot und Käse in einen Leinenbeutel packen und machte sich auf den Weg zu den Stallungen. Er sehnte sich nach einem Ausritt und wollte mit Raja durch die Tau benetzten Wiesen galoppieren. Er musste den Empfindungen entfliehen, die er für die Frau in seinem Bett hegte.

Er konnte nicht fassen, was geschehen war, konnte nicht glauben, wie nahe er daran gewesen war, die Kontrolle zu verlieren. Seine Frau war schön, aber er war mit schöneren Frauen zusammen gewesen, Frauen mit größerer Liebeserfahrung. Was war nur an ihr?

Auf dem Weg zum Stall, tief in Gedanken an Coralee versunken und der Frage, wie er mit der Frau umgehen sollte, mit der er nun verheiratet war, entdeckte er Dickey Michaels, der sich ihm aufgeregt näherte.

„M'lord! Bin ich froh, dass Sie kommen. Ich wollte Sie nur nicht zu früh stören, sonst hätte ich Sie schon geholt."

Gray furchte die Stirn. „Was ist los, Dickey? Was ist passiert?"

„Ich zeige es Ihnen. Hier lang, M'lord." Der schlaksige Bursche ging mit großen Schritten voraus. „Es ist wegen Ihrer Gemahlin, M'lord. Einen Tag nachdem sie vom Pferd gestürzt war, holte ich den Sattel aus der Jagdhütte, wie Sie es befohlen hatten. Ich habe mir nichts dabei gedacht. Heute früh wollte ich einen neuen Sattelgurt befestigen und habe das entdeckt."

Dickey hielt ihm die zwei Enden des beschädigten Gurtes hin. „Sehen Sie, er ist zerschnitten, sehen Sie das? Er ist nicht gerissen, wie ich dachte. Man hat ihn angeschnitten, damit er reißen muss."

Gray untersuchte die losen Enden, die mit einem scharfen Messer fast durchtrennt waren, nur der Rest war zerrissen und ausgefranst. Ein kalter Schauer lief ihm über den Rücken. „Wer benutzt diesen Sattel sonst noch, Dickey? Vielleicht richtete sich der Anschlag nicht gegen meine Frau."

„Niemand, M'lord. Ihre Schwägerin benutzte ihn, bevor sie sich vor ein paar Monaten einen neuen, weich gepolsterten Damensattel anfertigen ließ. Diesen Sattel hat niemand mehr benutzt, bis ich Tulip gesattelt habe, als Sie mit Ihrer Gemahlin ausritten. Da an diesem Tag nichts passiert ist, muss ihn wohl jemand danach durchgeschnitten haben."

Jemand, der hoffte, dass Coralee ihn wieder benutzte. „Wer hat Zugang zur Sattelkammer, außer dir und den anderen Stallburschen?"

„Die Tür ist nie abgeschlossen. Jeder kann ein und aus gehen. Vielleicht war es jemand aus dem Dorf."

Coralee war häufig im Dorf und hatte unliebsame Fragen gestellt. Zum ersten Mal kam Gray der Gedanke, der Verdacht seiner Frau, Laurel sei ermordet worden, könnte begründet sein. Allerdings glaubte er keine Sekunde daran, dass der Mörder ein Familienmitglied war. Selbst wenn einer seiner Brüder oder sein Cousin das Mädchen verführt hätten, würde keiner eine Frau und ihr unschuldiges Kind töten.

Vielmehr lag es nahe, dass der Mörder ein Außenstehender, ein Wegelagerer war. Vielleicht hatte ein Dorfbewohner den Mord begangen und wollte Coralee mit diesem Anschlag davor warnen, weitere lästige Fragen zu stellen.

„Danke, Dickey. Von heute an sperrst du die Sattelkammer ab. Und halte die Augen offen, ob jemand sich herumtreibt, der hier nichts zu suchen hat.“

„Sehr wohl, M’lord. Sie können sich auf mich verlassen.“

Gray nickte. Die Lust auf einen Morgenritt war ihm gründlich vergangen. Diese Frau hatte ihm von Anfang an nur Scherereien gebracht.

Sein Magen krampfte sich vor Angst zusammen, dass ihr etwas zustoßen könnte.

Corrie war den ganzen Tag damit beschäftigt, die Umbauten in den Gemächern im ersten Stock in Gang zu bringen, was ihr Gelegenheit gab, sich eingehender mit den Dienstboten zu unterhalten. Entschlossen, ihre Nachforschungen weiterzuführen, stellte sie der Haushälterin, dem Butler und den Stubenmädchen scheinbar unverfängliche Fragen. Sollte einer der Herren im Schloss eine Beziehung mit Laurel gehabt haben, so wusste das Hauspersonal jedenfalls nichts davon.

Ihre Nachforschungen gestalteten sich schwieriger als erwartet. Jedes Mal, wenn sie den Blick hob, war Gray irgendwo in der Nähe. Er tauchte im Schlafzimmer auf, während die neuen Vorhänge angebracht wurden. Er stand plötzlich in der Küchentür, als sie sich ein Glas Milch holte.

Als sie später ins Dorf ging, um sich zu erkundigen, wann die neuen Möbel geliefert würden, hielt Gray in einem sportlichen Phaeton neben ihr und bestand darauf, sie ins Dorf zu begleiten.

Noch nie hatte er sie fürsorglicher, ja beinahe liebevoll behandelt. Im Schlafzimmer aber war er wieder der unbeteiligte Liebhaber wie in der Hochzeitsnacht. Sosehr er sich auch bemühte, ihr ein Höchstmaß an Erfüllung zu geben, blieb er selbst distanziert und verhalten.

Das Merkwürdige daran war, dass Corrie den Eindruck hatte, Gray störe sich gleichfalls daran.

Nach einer knappen Woche traf die erste Lieferung im Schloss ein. Baumstarke Packer entfernten die schweren Eichenmöbel aus Grays Suite und ersetzten sie durch leichteres Mobiliar aus Teakholz und Bambus, das sie bei einem Importeur in London bestellt hatte. Eine Kommode aus Rosenholz mit Messingbeschlägen, eine Truhe aus Mahagoni mit Elfenbeineinlagen, einen eleganten Schreibtisch mit Schubladen aus Ebenholz.

Messinglampen und Beistelltische, Wandbehänge, Gemälde und anderer Zierrat sollten im Laufe der Woche eintreffen.

Auf Corries Anweisung rollten zwei Packer den hässlichen braunen Teppich ein und ersetzten ihn durch farbenfrohe Orientteppiche.

Die honigfarbenen Tapeten und die goldgelben gerafften Draperien, die Licht einließen, harmonierten mit dem roten Überwurf aus schimmernder Seide und den ornamental gemusterten Kissen in Blau und Dunkelgrün, die Corrie hatte anfertigen lassen und nun das breite Baldachinbett schmückten, das einzige Möbelstück, das Corrie behalten hatte.

Als sie den Männern zeigte, an welcher Stelle das Schreibpult stehen sollte, stieß sie gegen die alte Ottomane, die im Weg stand, und stolperte rückwärts gegen die Wandtäfelung.

Zu ihrer Verblüffung öffnete sich ein Paneel und gab den Blick auf einen Gang hinter der Wand frei. Mit einem hastigen Blick über die Schulter vergewisserte sie sich, dass niemand es bemerkt hatte, und schob die Ottomane vor das Paneel. Als die Arbeiter gegangen waren, um das nächste Möbel zu bringen, untersuchte sie eilig die Verriegelung, um herauszufinden, wie sie die Geheimtür später öffnen konnte.

Wohin führte dieser Geheimgang? In gespannter Erwartung nahm Corrie sich vor, das möglichst bald herauszufinden.

Gray entschied sich dagegen, Corrie etwas über den zerschnittenen Gurt zu sagen. Da er sich nicht sicher war, ob es sich tatsächlich um einen Anschlag gegen sie handelte, wollte er sie nicht unnötig beunruhigen.

Außerdem wollte er vermeiden, dass sie erneut voreilige Schlüsse zog.

Stattdessen schrieb er an Dolph Petersen in Bristol, berichtete von dem Vorfall und der möglichen Bedrohung für Coralee und bat ihn, nach Castle-on-Avon zurückzukehren und seine Ermittlungen bezüglich Laurel Whitmores gewaltsamen Todes fortzusetzen.

In der Zwischenzeit begann Gray selbst Fragen zu stellen. Er sprach mit Vikar Langston und erfuhr, dass Laurel Whitmore ihn nach ihrer Rückkehr aus East Dereham einige Male aufgesucht hatte. Sie habe bekümmert gewirkt, sagte der Vikar, der allerdings nicht den Eindruck gehabt hatte, sie trage sich mit Selbstmordgedanken.

Im *Green Dragon* erzählte ihm das Schankmädchen Greta – natürlich gegen Bezahlung –, dass man im Dorf munkelte, einer der Herren im Schloss habe eine Affäre mit der Tochter des Viscount Selkirk gehabt.

„Ehrlich gestanden, hielt ich Sie für den Auserwählten“, erklärte sie und zwinkerte ihm vertraulich zu. „Meine Wahl wäre jedenfalls auf Sie gefallen, M'lord.“

Gray bezahlte für die Auskunft, legte noch eine Münze drauf für das Kompliment und ging. Er hatte versucht, sich einzureden, dass weder seine Brüder noch sein Cousin ein Verhältnis mit Laurel Whitmore gehabt hatten. Coralee und auch Dolph waren anderer Meinung, und der Dorfklatsch schien das nun zu bestätigen.

Der Gedanke bedrückte Gray, dass einer seiner Verwandten ein unschuldiges junges Mädchen verführt und im Stich gelassen haben könnte.

Andererseits war die Verführung einer jungen Frau natürlich etwas ganz anderes, als einen Mord zu begehen.

Ohne den zerschnittenen Sattelgurt wäre Gray weiterhin

davon überzeugt gewesen, Laurel habe sich das Leben genommen.

War die junge Frau überfallen worden in jener Nacht, als sie mit ihrem Kind am Flussufer spazieren ging? Vielleicht hatte ein Wegelagerer versucht, sie auszurauben. Wenn Laurel ihrer Schwester Coralee glich, hätte sie sich zur Wehr gesetzt. In dem Handgemenge hätte Laurel mit ihrem Kind ins Wasser fallen können.

Oder der Räuber hatte sie gestoßen.

Coralee hatte lästige Fragen gestellt. Vielleicht hatte der Schuldige etwas davon erfahren und es mit der Angst zu tun bekommen. Für dieses Verbrechen würde er am Galgen enden.

Wie weit würde einer gehen, um diesem Schicksal zu entrinnen? Wenn er schon zwei Menschen auf dem Gewissen hatte, würde er vor einem dritten Mord nicht zurückschrecken.

Die Ankündigung kam völlig unerwartet zur Mittagszeit des folgenden Tages, worauf das ganze Haus in Aufruhr geriet. Corrie, Gray und der Rest der Familie saßen um den runden Tisch auf der Terrasse in der milden Junisonne und speisten mit Gästen, die überraschend zu Besuch gekommen waren: Squire Morton und seine Frau Mary, zusammen mit ihren Söhnen Thomas und James.

Corrie musterte Thomas aufmerksam, da Tante Agnes seine häufigen Besuche in Selkirk Hall erwähnt hatte. Er war ein kräftig gebauter Mann Mitte dreißig mit dichtem braunen Haar und sonnengebräuntem Gesicht, da er sich viel im Freien aufhielt. Trotz einer Narbe am Kinn war er ein gut aussehender Mann. Er war höflich und wohlerzogen, ein Mann, der Laurel vielleicht gefallen hätte.

Aber die Widmung in dem Gedichtband gab einen deutlichen Hinweis darauf, dass Laurel sich in einen Bewohner im Schloss verliebt hatte.

Die Tafelrunde sprach mit Appetit dem köstlichen Mahl zu: gedünstetem Lachs in Dillsoße und frischem Gurkensalat, dazu wurde fruchtiger Weißwein gereicht.

Irgendwann neigte Rebecca sich Charles zu und flüsterte ihm etwas ins Ohr, worauf er an sein Glas klopfte und die Aufmerksamkeit der Runde auf sich lenkte.

„Wir haben eine freudige Mitteilung zu machen“, begann er auf Rebeccas Drängen. „Aber wieso sagst du es ihnen nicht selbst, meine Liebe?“

Rebecca, in einem eleganten cremefarbenen, mit Rosen bestickten Seidenkleid, ließ ihren lächelnden Blick über die Tischrunde gleiten. „Nach Jahren vergeblichen Hoffens wurden unsere Gebete endlich erhört. Wir erwarten ein Kind.“ Tränen glitzerten in ihren blauen Augen, die sie mit einem Spitzentüchlein abtupfte.

„Was für eine wunderbare Neuigkeit!“, rief der stämmige Squire Morton.

Gray erhob sich. „Herzlichen Glückwunsch! Ich weiß, wie sehr ihr euch ein Kind gewünscht habt.“

Corrie las etwas in seiner Miene, das sie nicht zu deuten wusste, etwas wie Besorgnis oder Wehmut. Früher hatte er sich Kinder gewünscht, und vielleicht schlummerte dieser Wunsch immer noch in einem Winkel seines Herzens.

„Ich … nun … meine Frau und ich“, korrigierte Gray sich, „könnten nicht glücklicher sein für euch beide.“

„Ein Trinkspruch“, meldete Jason sich zu Wort und erhob sein Glas. „Auf das Wohl der glücklichen Mama und des stolzen Papas Charles Forsythe.“

„Auf das Wohl der stolzen Eltern!“, schloss Derek sich an. „Auf ein gesundes Baby, dem noch viele Geschwister folgen mögen.“

Rebecca bedankte sich mit einem strahlenden Lächeln, und auch Charles lächelte, allerdings etwas reservierter. Corrie schloss sich den Glückwünschen an und freute sich für Rebecca und Charles, der gewiss ein liebevoller Vater sein würde.

Nach dem Lunch löste sich die Tischgesellschaft auf; jeder ging seiner Zerstreuung nach.

„Welche Pläne hast du für den Nachmittag?", fragte Gray seine Gemahlin, fürsorglich wie schon die ganze Woche.

„Ich will noch ein paar Abmessungen im ersten Stock vornehmen." Es war nur eine harmlose Notlüge. In Wahrheit brannte Corrie darauf, den Geheimgang zu untersuchen. „Warum fragst du?"

„Hast du nicht vor, wieder ins Dorf zu gehen?" Sie glaubte, eine Spur Besorgnis in seinen Augen zu lesen.

„Nein, aber …"

„Fein, dann reite ich aus. Pass auf dich auf, hörst du?" Eine Sekunde dachte sie, er wolle sie küssen. Doch dann machte er kehrt und entfernte sich in Richtung Stall.

Corrie schaute seiner hohen, dunklen Gestalt mit leiser Wehmut nach. Sie hatte sich einzureden versucht, ihre Liebe für Gray begraben zu haben, da der Mann, den sie geheiratet hatte, ein völlig anderer war als der, in den sie sich verliebt hatte. Aber das war Selbstbetrug. Tag um Tag bemerkte sie den Hunger in seinen Augen, die Sehnsucht, die er vor ihr zu verbergen suchte. Gray war ein einsamer Mann und führte ein einsames Leben. Er hatte schmerzliche Verluste erlitten, und Corrie glaubte, dass seine Angst, weitere Verluste hinnehmen zu müssen, ihn unfähig machte zu lieben.

Seufzend überquerte sie die Terrasse und betrat das Haus. Der Geheimgang lockte sie. Wohin mochte er führen, was mochte sie entdecken?

Corrie raffte die Röcke und eilte die breite Treppe hinauf.

22. *KAPITEL*

Zum Glück hatten Samir und Anna irgendwo im Haus zu tun, sodass niemand in Grays Suite war. Erleichtert atmete Corrie auf, eilte zur Kommode, zündete die Kerze im Silberleuchter an und begab sich damit zum Wandpaneel.

Die neuen Möbel waren mit weißen Tüchern verhangen, denn Gray sollte sie erst sehen, wenn das Zimmer vollständig eingerichtet war. Sie wollte ihn überraschen und hoffte, dass ihre Umbauten seinen Gefallen finden würden.

Nun aber lockte der Geheimgang. Corrie drückte mit dem Daumen an die Stelle, die sie markiert hatte, und lautlos schwang das Paneel der Täfelung auf. Sie erwartete Spinnweben und allerlei Krabbeltiere, aber als sie den Kerzenleuchter in die Öffnung hielt, erwies sich der schmale Gang nur als staubig und stockdunkel.

Nach einem letzten hastigen Blick über die Schulter trat sie in die Öffnung, ohne das Paneel hinter sich zu schießen. Bei dem Gedanken, in der engen finsteren Höhle eingeschlossen zu sein, lief ihr ein Frösteln über den Rücken. Sie mahnte sich zur Eile, da sie ihre Erkundungstour beendet haben wollte, bevor Gray von seinem Ausritt heimkehrte.

Vorsichtig tastete sie sich Schritt um Schritt voran, während der schwache Kerzenschein flackernde Schatten gegen die rohen Mauern warf. Sie wusste nicht, wie weit der Gang führen und wo er enden würde, entdeckte aber bald Nischen in der Mauer, die aussahen wie Türen … konnte aber nicht erkennen, wie sie zu öffnen wären.

Die feuchte Kälte kroch ihr allmählich bis in die Knochen, dennoch setzte sie ihren Weg fort, bis sie schmale Steinstufen erreichte, die nach unten führten. Die Kerze flackerte bedrohlich, und sie hielt mit klopfendem Herzen inne, fürchtete sie doch, die Kerze könne verlöschen. Dann wäre sie von völliger Finsternis umgeben.

Die weiten Röcke ihres Kleides fegten raschelnd die engen Mauern entlang, als sie vorsichtig nach unten stieg. Und dann glaubte sie, in der Ferne Stimmen zu hören.

Lautlos huschte Corrie näher, um zu hören, was gesprochen wurde. Aber die dicken Mauern dämpften die Geräusche so stark, dass sie die Stimmen nicht erkennen konnte; sie unterschied nur eine männliche und eine weibliche Stimme, aber sie verstand den Wortlaut.

„Es ist meins, hab ich recht?“, sagte der Mann.

„Aber natürlich, Darling. Charles war nie Manns genug, ein Kind zu zeugen.“

Scharf zog Corrie den Atem ein. *Rebecca.* Sie musste es sein.

„Ich wusste immer, dass es nicht an mir lag“, fuhr sie fort. „Das hast du mir bewiesen. Und für dieses Geschenk werde ich dir immer dankbar sein.“

Corrie hörte das gedämpfte Geräusch von Schritten – der Mann ging rastlos hin und her. „Er hat doch hoffentlich keinen Verdacht, oder?“

„Natürlich nicht, Darling. Er wünscht sich so sehr ein Kind, dass er nicht weiter darüber nachdenkt. Er wäre nur tief enttäuscht, wenn er wüsste, dass das Kind nicht von ihm ist.“

Corrie empfand Mitleid mit Charles Forsythe, der so schrecklich hintergangen wurde. Gleichzeitig stieg Erleichterung in ihr auf. Wenn er zeugungsunfähig war, konnte er nicht der Vater von Laurels Baby sein, folglich auch nicht Laurels Geliebter.

„Er wird dem Kind ein guter Vater sein“, sagte die Männerstimme.

Wer bist du?, fragte Corrie sich aufgeregt. Jason oder Derek?

Wieder schlich sich ein hässlicher Verdacht ein – vielleicht Gray?

Sie biss sich auf die Unterlippe. Das konnte nicht sein. Gray hatte nie das geringste Interesse an Rebecca gezeigt, und außerdem konnte Corrie sich nicht vorstellen, dass er seinem eigenen Bruder Hörner aufsetzte.

„Du fehlst mir. Ich sehne mich danach, wieder mit dir zusammen zu sein." Die Stimme des Mannes war so leise, dass sie kaum durch die Mauern drang.

Eine andere Idee schoss ihr durch den Sinn. Was wäre mit Thomas Morton? Er war ein attraktiver Mann und ein Freund von Rebecca. Vielleicht mehr als ein Freund. Und er hatte heute mit der Familie zu Mittag gespeist.

„Darüber haben wir bereits gesprochen", sagte sie. „Es ist vorbei. Du wusstest, dass es ein Ende haben muss."

„Ich will nicht, dass es vorbei ist. Warum können wir nicht weitermachen wie bisher?"

Corrie lauschte angestrengt, um Rebeccas Antwort zu hören, aber das Paar entfernte sich offenbar von der Wand. Es war nur noch Gemurmel zu hören, und bald danach war es still. Sie glaubte zu hören, wie eine Tür geöffnet und geschlossen wurde, war sich aber nicht sicher.

Einen Moment stand sie in regloser Anspannung in dem schmalen Gang, während die flackernde Kerze wieder zu verlöschen drohte. Als sie wieder ein wenig ruhiger atmete, machte sie sich auf den Rückweg und eilte mit gerafften Röcken die schmalen Stufen hinauf. Sie konnte diesen düsteren Geheimgang nicht schnell genug verlassen, um in Ruhe darüber nachzudenken, was sie erfahren hatte.

Merkwürdige Dinge gingen auf Castle Tremaine vor.

Corrie fragte sich, was Gray sagen würde, wenn er davon wüsste.

Aber vielleicht wusste er längst Bescheid.

Wie jeden Nachmittag in dieser Woche ritt Gray auf Raja im vollen Galopp querfeldein, ohne seinen Gedanken an Coralee entfliehen zu können. Die Besorgnis, es könnte ihr etwas zustoßen, machte ihn körperlich krank.

Bis auf die wenigen Stunden, die er sich zurückzog, um allein zu sein, wenn er Coralee im Schloss und somit in Sicherheit wusste, hielt er sich in ihrer Nähe auf. Aber selbst dann nagte die Besorgnis an ihm. Er zügelte Raja auf einer Hügelkuppe, ließ ihn kurz verschnaufen und machte sich auf den Rückweg.

Seine Gedanken wandten sich der Ankündigung seiner Schwägerin beim Lunch zu. Nächstes Jahr um diese Zeit wäre Charles bereits Vater. Wenn der Sprössling ein Junge war, wären Erbfolge, Titel und Besitz der Tremaines gesichert. Und Charles wäre gewiss ein idealer Vater.

Zum ersten Mal dachte Gray an die Möglichkeit, dass Coralee ein Kind empfangen haben könnte.

Ein beängstigender Gedanke.

Grauenvoll.

Gray, der nie einen liebevollen Vater gehabt hatte, konnte sich in dieser Rolle nicht vorstellen. In seiner kurzen Ehe mit Jillian hatte er es dennoch als seine Pflicht erachtet, einen Erben in die Welt zu setzen.

Doch dann war Jillian plötzlich gestorben, und er hatte sich bittere Vorwürfe gemacht. Hätte er an dem Bootsausflug teilgenommen, hätte er sie retten können, daran hatte er nicht den geringsten Zweifel.

Eine Welle der Übelkeit stieg in ihm hoch. Er hatte als Ehemann versagt, und wenn er ein Kind gezeugt hätte, würde er auch als Vater versagen. Einen Moment lang fürchtete er, sich übergeben zu müssen.

Er durfte nicht riskieren, einen Sohn oder eine Tochter zu enttäuschen – Coralee zu enttäuschen.

Vom heutigen Tag an wollte er Maßnahmen ergreifen, um zu verhindern, dass Coralee schwanger wurde, falls die Katastrophe nicht bereits geschehen war.

Er lieferte Raja bei Dickey im Stall ab und begab sich ins Haus.

„Hast du die Countess gesehen?“, fragte er Samir.

Der kleine Hindu lächelte. „Sie wartet oben, *sahib.*“ Samir hatte sich bisher noch kaum über die Frau geäußert, die sein Herr geheiratet hatte. Er war ein weiser Mann und neigte nicht dazu, ein schnelles Urteil über andere Menschen zu fällen.

Als Gray die Tür zu seinem Salon aufstieß und nach ihr rief, wusste er, warum Samir so glücklich gelächelt hatte.

Verblüfft blieb Gray auf der Schwelle stehen. Ihm war, als betrete er eine andere Welt, die Welt seiner Vergangenheit. Das Zimmer war völlig verändert. Die massiven Eichenmöbel und die schweren Samtdraperien, die sich immer bedrückend auf sein Gemüt gelegt hatten, waren verschwunden, und mit ihrem Verschwinden schienen die düsteren Erinnerungen an seinen Vater zu verblassen.

Im Sonnenlicht, das durch die Fenster strömte, sah er leichte Möbel aus Teak und Bambus, eine Rosenholzkommode mit Messingbeschlägen, eine Mahagonitruhe mit Elfenbeinintarsien, einen eleganten Schreibtisch mit Ebenholzsäulen. Auf Beistelltischen standen blitzende Messinglampen und antike Schalen, wie er sie nur in Indien gesehen hatte.

Er betrat sein Schlafzimmer, farblich abgestimmt zum Salon, Tapeten und Vorhänge in warmen Honigtönen, Perserteppiche in dunklem Grün und sattem Rot gehalten.

Nur das Bett war geblieben, mit einem neuen roten Seidenüberwurf und dekorativen Kissen in blauen und grünen Paisleymustern. Er hatte das Gefühl, seine Frau habe ihm direkt in die Seele geblickt, als wisse sie um die Welt, in der er am glücklichsten war.

„Gefällt es dir?“

Er drehte sich um. Sie stand nur wenige Schritte von ihm

entfernt da und sah so wunderschön aus, dass ihm warm ums Herz wurde.

„Du liest in meinem Herzen“, sagte er mit bewegter Stimme.

Tränen verschleierten ihr den Blick, als sie sich ihm näherte. Sie schmiegte sich an ihn und schlang die Arme um seinen Hals.

„Ich hoffte, es gefällt dir. Ich möchte dir das Gefühl geben, zu Hause zu sein.“

Er hielt sie, hielt sie einfach nur. Ihr zierlicher Körper schmiegte sich an ihn und erfüllte ihn mit tröstlicher Wärme. Er sollte sich von ihr lösen, denn es war gefährlich, diese Gefühle zuzulassen. Tief holte er Luft und trat einen Schritt zurück, ohne ihre Hände loszulassen.

„Es ist wunderschön. Ich bin begeistert. Vielen Dank für dieses wunderbare Geschenk.“

Corrie nickte, führte ihn zur Verbindungstür und stieß sie auf. Die angrenzenden Gemächer waren ähnlich eingerichtet; in ihrem Zimmer überwogen sanftere Töne, aber auch hier war der indische Einfluss unverkennbar.

„Du hast hoffentlich nichts dagegen. Deine Liebe zu Indien scheint sich auf mich zu übertragen.“

„Nein, ich habe nichts dagegen.“

„Eines Tages möchte ich gerne eine Indienreise machen.“

Er schüttelte den Kopf. „Es ist ein erstaunliches Land, aber kein Land für eine englische Lady.“

„Ich wollte immer schon reisen“, meinte sie achselzuckend, „und ein Buch schreiben über die Länder und Städte, die ich besucht habe.“ Sie ließ seine Hand los und wandte den Blick ab. „Jedenfalls früher.“

„Bevor wir geheiratet haben.“

„Ja.“

„Ich fürchte, wir haben beide auf einiges verzichtet.“

„Auf einen Teil unserer Freiheit, nehme ich an.“

Sie fasste seine Gedanken in Worte, aber plötzlich fragte er sich, ob er vielleicht stattdessen etwas Wertvolleres dafür bekommen hatte.

Gray räusperte sich. „Die Räume sind sehr schön geworden“, wiederholte er, nur um etwas zu sagen.

„Das freut mich.“

Ihr Lächeln versetzte ihm einen Stich ins Herz. Zum Teufel, so durfte es nicht weitergehen. Er musste etwas dagegen unternehmen, bevor er den Boden unter den Füßen verlor und in einen Abgrund stürzte, dem er sich schon beängstigend genähert hatte.

„Trotzdem will ich dich in meinem Bett haben, falls ich Lust auf dich verspüre.“

Wie erwartet, straffte sie die Schultern, und der Moment der Zärtlichkeit war verflogen.

„Ich habe mein eigenes Bett. Nur weil ich deine Frau bin, kannst du mir noch lange keine Befehle erteilen wie damals deinen Truppen.“

Gray war froh, sich wieder auf vertrautem Terrain zu befinden. „Dennoch schläfst du in meinem Bett. Falls du dich weigerst, zwinge ich dich dazu und binde dich an den Bettpfosten, so wie letzte Nacht.“

Sie reckte das Kinn und ballte die Hände zu Fäusten, wie er amüsiert bemerkte. Eine temperamentvolle, feurige Frau.

Ganz im Gegensatz zu Letty.

In vieler Hinsicht war sie allerdings genau wie Letty.

Der Gedanke störte ihn, wenn er daran dachte, was er für die kleine Landpomeranze empfunden hatte. Statt seine Frau in sein Bett zu tragen und über sie herzufallen, machte Gray auf dem Absatz kehrt und ließ sie einfach stehen.

Nach dem Dinner schlugen die Herren eine Kartenrunde vor, doch Rebecca klagte über Kopfschmerzen und lehnte ab. Corrie ergriff die Chance, sich gleichfalls zurückzuziehen und begab sich nach oben, um den Geheimgang erneut zu erforschen. Sie hatte sich aus einer Handwerkskiste der Arbeiter ein Brecheisen genommen, um damit die Türen im Geheimgang aufzustemmen.

Anna half ihr bei den Vorbereitungen vor dem Zubettgehen. Im Nachthemd saß Corrie am Frisiertisch und wartete ungeduldig, bis das Mädchen ihr die Nadeln aus dem Haar gezogen hatte und sie frisieren wollte.

„Danke, Anna, ich brauche dich nicht mehr."

„Soll ich Ihnen nicht den Zopf flechten?"

„Das mache ich selbst, danke." Sie hatte nicht viel Zeit.

„Gute Nacht, M'lady." Sobald Anna gegangen war, zündete Corrie die Kerze an, trat an die Wandvertäfelung, drückte auf die markierte Stelle, trat einen Schritt zurück, als das Paneel aufsprang, und huschte in die dunkle Öffnung.

Ihre Schritte hallten unheimlich von den engen Mauern wider. Der Luftzug in dem alten Gemäuer säuselte gespenstisch. Die Kerze flackerte. Corrie wurde mit jedem Schritt banger ums Herz.

Tapfer ging sie weiter, hielt die Kerze hoch und suchte die Mauern nach Ritzen ab, die auf eine Öffnung hinweisen könnten. Der Luftzug fühlte sich plötzlich kälter an, die Dunkelheit war noch undurchdringlicher. Ein Frösteln lief ihr über den Rücken, und sie wünschte, ihren Morgenrock angezogen zu haben. Nach einer Weile fand sie die erste Nische und fragte sich, in welches Zimmer sie führen mochte.

Sie drückte die Hand gegen die Holzverschalung und tastete mit den Fingern die Ritzen entlang, ohne eine Verriegelung zu finden. Dann setzte sie das Brecheisen an und versuchte die Ritze aufzustemmen, aber die Tür blieb verschlossen.

Sie überlegte, ob sie das Brecheisen mit größerem Kraftaufwand noch einmal ansetzen sollte, als sie im Kerzenschein etwas aufblitzen sah. Sie hielt die Kerze näher daran und sah einen winzigen Metallriegel, zog ihn zurück, und das Paneel sprang wie von Geisterhand auf.

Ein schmaler Lichtstreifen fiel in den dunklen Gang, und Corrie drückte sich flach gegen die Mauer. Als alles still blieb, wagte sie einen vorsichtigen Blick in ein Zimmer. Auf einer Kommode brannte eine Lampe mit heruntergedrehtem Docht. Sie wagte sich weiter vor und stellte fest, dass das Zimmer leer war.

Sie fasste sich ein Herz, schob sich durch die Öffnung und durchsuchte hastig den Raum.

Auf dem Fußboden stand eine Reisetasche. Im Schrank hingen Kleidungsstücke, die offenbar Derek gehörten. Sie entdeckte Hut und Handschuhe, ein paar Gehröcke aus feinem Tuch und Hosen ... aber nichts, was auf eine Verbindung zu Laurel schließen ließe. Corrie öffnete die Reisetasche und durchsuchte sie flüchtig.

Nichts.

Auf der Kommode lag eine Reitgerte, daneben standen Reitstiefel. Derek reiste offensichtlich mit kleinem Gepäck.

Sie wusste nicht, wie viel Zeit verstrichen war und wie lange die Herren sich beim Kartenspiel vergnügen würden, aber es drängte sie, eine weitere Tür auszuprobieren. Sie duckte sich wieder durch die Öffnung, verriegelte das Paneel und tastete sich weiter den stockfinsteren modrigen Gang entlang. Die zweite Tür schien ihr meilenweit entfernt, aber sie wusste, dass sie zu einem anderen Gästezimmer auf dem Korridor im ersten Stock führen musste.

Diesmal war sie vorsichtiger, presste mit angehaltenem Atem das Ohr an die Holzverschalung, und als sie nichts hörte, tastete sie nach dem Metallriegel, und das Paneel sprang auf.

Dieses Zimmer war dunkel. Corrie stellte die Kerze ab und begann ihre Suche. Sie hatte gerade den Kleiderschrank geöffnet, als plötzlich die Tür aufflog und Jason Forsythe eintrat.

„Wir sehen uns beim Frühstück", sagte er in den Flur hinaus, drehte sich um und erstarrte bei Corries Anblick, die im Nachthemd an seinem offenen Schrank stand.

„Sieh an, sieh an! Ich gestehe, auf diese reizende Überraschung war ich nicht gefasst. Allerdings wäre es für uns beide ratsamer, du hättest mich nicht ausgerechnet mit deinem Besuch beehrt, wenn dein Gemahl an meiner Türschwelle steht." Ein amüsiertes Lächeln umspielte seine Lippen. „So wie die Dinge liegen, werden wir beide wohl nicht mit dem Leben davonkommen."

Corrie blieb der Mund vor Schreck offen stehen, als Gray hereinstürmte. Seine dunklen Augen schossen wütende Blitze. „Was, zum Teufel, hast du in Jasons Zimmer zu suchen?"

Beschwichtigend hob Jason die Hand. „Reg dich nicht auf, Gray, ruhig Blut! Vielleicht hat sie sich nur verlaufen."

Grays glühender Blick durchbohrte sie. „Hoffentlich hast du dafür eine plausible Erklärung."

Corrie überlegte fieberhaft. Gray war wütend, aber die Wahrheit erschien ihr besser als das, was er ihr unterstellte. „Ich ..." Sie wies auf das offene Paneel. „Ich fand einen Geheimgang hinter der Wandtäfelung in deinem Zimmer und wollte wissen, wohin er führt."

Er richtete den Blick auf das schwarze Loch, und seine Miene verfinsterte sich noch mehr. „Willst du mir etwa weismachen, dass du dich durch den finsteren Gang geschlichen hast, nur um zu erkunden, wohin er führt?"

„Nun ja, ich ... ich ..."

„Die Wahrheit, Coralee."

„Nun gut! Ich suchte nach Hinweisen. Während ihr euch die Zeit mit Kartenspielen vertrieben habt, wollte ich nach Beweisen suchen."

„Schon wieder deine Schwester! Herrgott noch mal,

kannst du das nicht endlich lassen?"

„Würde einer von euch mich freundlicherweise darüber aufklären, worum es hier eigentlich geht?" Jason trat an das Paneel und steckte neugierig den Kopf in die Öffnung. Er genoss offensichtlich die peinliche Situation, nun, da er sicher war, dass Gray ihm nicht den Hals umdrehen würde.

Wobei Corrie sich keineswegs sicher war, ob ihr Gemahl sich nicht an ihr vergreifen würde.

Gray schien sich gefasst zu haben und gab Jason die gewünschte Erklärung. „Coralee schlich sich unter falschem Namen hier ein, um mich des Mordes an ihrer Schwester zu überführen – was du ja bereits weißt. Mittlerweile ist sie von meiner Unschuld überzeugt, sonst hätte sie nicht das Bett mit mir geteilt."

Corrie errötete schamhaft.

„Bedauerlicherweise ist sie jetzt davon überzeugt, dass ein anderer Mann in diesem Haus Laurel Whitmores Geliebter war. Und sie hat sich in den Kopf gesetzt, herauszufinden, wer von euch der Übeltäter ist."

Jason zog die Brauen hoch. „Interessant. Ich muss gestehen, es gefiel mir nicht sonderlich, dich in der Rolle des Pantoffelhelden zu sehen. Aber nun bin ich sicher, dass du dich in deiner Ehe nicht langweilen wirst."

Grays Gesichtszüge verhärteten sich noch mehr. „Da wir schon beim Thema sind, kann ich dir getrost die Frage stellen – hattest du eine Affäre mit Laurel Whitmore?"

Jason schüttelte den Kopf. „Ich kannte sie und fand sie sympathisch. Ich hätte nichts dagegen gehabt, ihr den Hof zu machen, aber ich bin nicht zur Ehe bereit, und mir war natürlich auch klar, dass eine Affäre mit ihr dazu geführt hätte."

Gray strich sich eine Strähne nach hinten, die sich aus seinem im Nacken gebundenen Haar gelöst hatte, und bedachte Corrie wieder mit seinem finsteren Blick. „Zufrieden?"

„Ich fürchte, damit muss ich mich zufriedengeben.“

Er trat an die Wandtäfelung, spähte in das schwarze Loch und schloss das Paneel. Dann nahm er Corrie bei der Hand und zog seine Frau zur Tür.

„Ich wäre dir dankbar, Jason, wenn du dieses kleine Abenteuer meiner Frau für dich behältst.“

Jason lachte in sich hinein. „Versteht sich von selbst.“

Gray zog Corrie, die Mühe hatte, Schritt mit ihm zu halten, den Korridor entlang zu seinen Gemächern, stieß sie unsanft ins Zimmer und schlug die Tür zu.

„Du kleine Närrin, ich sollte dich übers Knie legen.“ Mit langen Schritten ging er zum Wandpaneel, das sie offen gelassen hatte.

„Wusstest du von diesem Geheimgang?“, fragte sie zaghaft.

„Nein.“ Er spähte in das stockfinstere Loch. „Wohin führt er?“

„Ich bin nicht bis ans Ende gekommen. Jedenfalls hat er Zugang zu einigen Räumen in diesem Stockwerk und führt dann Steinstufen hinunter. Du siehst ja selbst, wie dunkel er ist. Irgendwann wagte ich mich nicht weiter und bin umgekehrt.“

„Es hätte dir etwas zustoßen können, Coralee. Wenn du da drin gestürzt wärst, hätten wir dich vielleicht nie gefunden.“ Er trat wieder zu ihr. „Versprich mir, dass du nie wieder so etwas Leichtsinniges tust.“

„Aber ich habe die Tür offen gelassen und war nicht wirklich in Gefahr.“

„Trotzdem war es leichtsinnig von dir.“ Seufzend riss er sich das Band aus dem Haar und fuhr sich durch die Mähne, die ihm bis zu den Schultern reichte. Nun sah er wieder aus wie der verwegene Räuber ihrer Träume. „Bei deinem Reitausflug im Gewitter ist dein Sattelgurt nicht gerissen – er wurde zerschnitten.“

„Zerschnitten? Wovon sprichst du?“

„Jemand führte deinen Sturz absichtlich herbei. Du hast zu viele lästige Fragen gestellt. Vielleicht sollte das eine Warnung sein, ich weiß es nicht. Bis wir Gewissheit haben, wer hinter diesem Anschlag steckt, musst du vorsichtig sein. So etwas darf nicht wieder passieren.“

Corrie richtete den Blick aus dem Fenster. „Willst du damit sagen, dass jemand mir nach dem Leben trachtet?“

„Zumindest solltest du dich verletzen.“

Sie grübelte über seine Worte nach und hob das Kinn. „Das ist der Beweis, dass ich recht habe. Meine Schwester wurde ermordet, und wer immer den Sattelgurt zerschnitten hat, will mich daran hindern, herauszufinden, wer ihr Mörder ist.“

Gray stieß den Atem hörbar aus und nickte zu ihrem Erstaunen. „Ja, mit dieser Möglichkeit müssen wir rechnen.“ Er wies zu der dunklen Öffnung hinüber. „Mit solchen Abenteuern setzt du dich jedenfalls unnötigen Gefahren aus.“

Er war immer noch wütend. Und sie las Besorgnis in seinen Augen.

Doch sein Zorn behielt die Oberhand. „Zeit, ins Bett zu gehen.“ Nachdem er das Paneel geschlossen hatte, nahm er sie bei der Hand und zog Corrie mit sich in sein Schlafzimmer. „Ich will dich von hinten. Ins Bett mit dir.“

Sie hatte keine Ahnung, wovon er sprach, und rührte sich nicht von der Stelle.

„Ins Bett!“, befahl er knapp.

Corrie warf einen flüchtigen Blick zum Bett, ohne zu gehorchen. Selbst wenn er als ihr Ehemann das Recht dazu hatte, gefiel ihr sein Ton nicht, und sie ließ sich nicht herumkommandieren. „Du hast mir keine Befehle zu erteilen, und außerdem weiß ich nicht, was du von mir willst.“

Ihr Eigensinn schien ihn kaum zu überraschen. Er war ein schwieriger Mensch, launisch und verschlossen, aber sie glaubte nicht, dass er ihr wehtun würde.

Seine Miene glättete sich. „Ich zeige es dir", sagte er leise. „Wir werden beide Vergnügen dabei finden. Vertrau mir."

In dieser Hinsicht vertraute sie ihm tatsächlich. Sie begann, die Schleife an ihrem Nachthemd zu lösen, aber Gray hielt ihre Hand fest.

„Lass das!", knurrte er.

Corries Interesse war geweckt. Sie kletterte aufs Bett und sah zu, wie Gray sich seiner Kleider entledigte. Er drehte sich kurz ab, dann streckte er sich nackt neben ihr aus, nahm ihr Gesicht in beide Hände und eroberte ihre Lippen in einem langen, fordernden Kuss, der ihr Blut befeuerte.

Gray legte sich hinter sie, schmiegte seine sehnige Nacktheit an ihren Rücken und ihre Hüften. Durch das Nachthemd spürte sie die Hitze seiner Lenden. Er grub seine Hände in ihr Haar, ließ die Finger durch die seidige Fülle gleiten und entblößte ihren Hals.

Er hauchte heiße Küsse auf ihren Nacken und ihre Schultern, schlang einen Arm um sie und liebkoste ihre Brüste durch den dünnen weißen Stoff, bis ihre Brustspitzen sich in seine Handfläche reckten.

„Ich will dich spüren, Gray", sagte Corrie und wollte ihr Nachthemd ausziehen.

„Bald."

„Aber ich brauche …"

Er drehte ihr Gesicht zu sich herum und erstickte ihre Proteste mit seinem Mund.

„Ich gebe dir, was du brauchst", raunte er mit tiefer, heiserer Stimme.

Er schob ihr das Nachthemd hoch, bis es sich um ihre Hüften bauschte. Seine Hände strichen über ihren Po, glitten zwischen ihre Beine und begannen sie zu streicheln.

Corries erwartungsvolle Spannung stieg. Der Mann beherrschte jeden Liebestrick. Je länger sie das hinderliche

Nachthemd anbehielt, desto stärker wurde ihr Wunsch, es loszuwerden, desto hitziger fieberte ihr Verlangen.

Sie stöhnte, als er sie zu streicheln begann. „Du gehörst mir“, raunte er. „Nie wieder setzt du einen Fuß in das Schlafzimmer eines anderen Mannes.“

In dem Sinnesrausch, der sie überflutete, hörte sie kaum, was er sagte. Sie biss sich auf die Unterlippe, um ihn nicht anzuflehen, sie endlich zu nehmen. „Ich … ich wollte doch nicht …“ Er knetete ihr pralles Gesäß, und heiße Schauer durchrieselten sie. „Du bist die anstrengendste und aufsässigste Frau, die mir je begegnet ist.“ Er versetzte ihr einen leichten Schlag. „Aber ich bin verrückt nach dir.“

Endlich drang er in sie, füllte sie langsam, bis er sich tief in ihrem Schoß versenkt hatte, dann umfing er ihre Hüften und begann, sich in ihr zu bewegen.

Hitzeschauer durchströmten sie, ihr Verlangen loderte wie ein Höllenfeuer. Corrie drückte den Rücken durch, um ihn noch tiefer in sich aufzunehmen, und Gray stieß den Atem zischend aus. Seine rhythmischen Stöße wurden schneller, härter, tiefer. Sein Verlangen war ebenso gierig und heiß wie das ihre, aber sie spürte, dass er sich Kontrolle auferlegte.

Corrie war halb wahnsinnig vor Wollust, die in ihr tobte wie eine Feuersbrunst. Die Muskeln seiner Gesäßbacken spannten sich bei jedem seiner tiefen Stöße an. Und plötzlich riss er ihr das Nachthemd vom Leib.

Sie wimmerte in ihrer Verzückung, endlich seine Nacktheit zu spüren, völlig mit ihm zu verschmelzen.

Kehlige Laute entrangen sich ihr, sie stammelte seinen Namen, geschüttelt von hilfloser Lust. Eine erneute Woge der Verzückung schlug über ihr zusammen, und sie glaubte, die Sinne würden ihr schwinden. Erst dann bäumte er sich über ihr auf, jede Sehne gespannt, und erlebte tief in ihr den Höhepunkt.

Langsam flaute der Sturm ab, und beide tauchten aus dem Strudel der Verzückung auf. Gray legte sich neben sie, und als sie sich an ihn schmiegte, sah sie, wie er etwas von seinem immer noch prallen Schaft streifte.

„Was ist das?"

„Ein Präservativ", murmelte er zerstreut.

Corrie erschrak. „So etwas benutzt man ... zur Verhütung, hast du gesagt."

Er sah sie an. „Ja, richtig."

„Aber wir sind verheiratet. Kinder gehören zur Ehe."

Er wandte den Blick ab. „Ich bin nicht bereit, ein Kind zu zeugen, Coralee. Und ich weiß nicht, ob ich je dazu bereit sein werde."

Corrie schluckte. Sie konnte nicht fassen, was er sagte. Tränen schossen ihr in die Augen. „Du bist mein Ehemann, Gray. Willst du mir das Glück verweigern, dein Kind zu gebären?"

Er sah sie an. Sie las den inneren Aufruhr und die Unsicherheit in seinen Augen.

Corrie ließ sich nicht beirren. „Was ist mit deiner Pflicht als Earl?"

„Charles' Sohn kann den Titel weiterführen."

„Aber ich liebe Kinder, Gray. Und ich glaube, du wirst ein guter Vater sein. Bitte, nimm mir das nicht weg – nimm *uns* das nicht weg."

Tief blickte er ihr in die Augen. „Ich wusste nicht, dass dir das so wichtig ist."

Wie konnte er nur so etwas sagen? Ein Knoten schnürte ihr die Kehle zu. Sie liebte ihn. Er war ihr Ehemann. Natürlich war ihr das wichtig. „Ich wünsche mir ein Kind von dir, Gray – mehr als alles auf der Welt."

Sanft berührte er ihre Wange, und sie nahm verwundert wahr, dass seine Finger zitterten. Und dann beugte er sich über sie und küsste sie innig. „Nun gut, wenn du es dir so sehr wünschst, sollst du ein Kind von mir bekommen. Jedenfalls werde ich mich darum bemühen."

Damit legte er sich auf sie, und sie genoss es, sein Gewicht zu tragen. Corrie gab sich ihm hin und spürte, wie ihre Liebe zu ihm ihr das Herz weitete.

Sie war sich nicht sicher, ob er sie je lieben könnte, aber heute Nacht hatten sie endlich an die Tür gepocht, hinter der die Zukunft lag, hatten von Kindern und Familie gesprochen.

Vielleicht war das ein gutes Zeichen.

23. KAPITEL

An einem sonnigen Nachmittag im Juni fand das Gartenfest zu Ehren des Brautpaars statt. Rebecca war nahezu zwei Wochen mit den Vorbereitungen beschäftigt, um den Erfolg des Festes zu garantieren.

Um vier Uhr nachmittags wurden die Gäste erwartet. In den Bäumen hingen bunte Lampions, die bei Einbruch der Dämmerung illuminiert werden sollten. Aus dem Dorf waren Bierfässer angekarrt worden, dazu wurde Limonade und Wein gereicht. Auf langen, weiß gedeckten Tischen im Schatten der Bäume war ein üppiges Buffet angerichtet. Saftiger Schweinebraten, rosige Rinderlenden, auf Spießen drehten sich junge Täubchen. Es gab Körbe mit verschiedenen Brotsorten, auf großen ovalen Silberplatten lockte eine reiche Auswahl Käsesorten, Fleischpasteten und Gemüsevariationen, daneben standen Silberschüsseln mit cremigen Soßen, eine kunstvoll errichtete Pyramide aus einheimischen und exotischen Früchten, Obsttorten, Puddings und Eisparfaits.

Eine festliche Gelegenheit, bei der die Aristokratie sich zwanglos unter das einfache Volk mischte und die sich niemand aus der Nachbarschaft entgehen lassen wollte.

Leider hatten sich Corries Eltern gegen die beschwerliche Reise entschieden, aber Tante Agnes und Allison hatten zugesagt, die Corrie seit der Hochzeit nicht gesehen hatte. Die beiden scheuten sich, das junge Glück zu stören, wie sie sagten, wobei in Corrie eine leichte Bitterkeit aufstieg, da Gray nur dann Interesse an ihr zeigte, wenn ihm danach war, sein Verlangen an ihr zu stillen. Natürlich leugnete sie nicht, dass sie die stürmischen Nächte mit ihm genoss, sie hätte sich nur gewünscht, er würde ihr auch sonst etwas mehr Aufmerksamkeit schenken – nicht nur im Bett.

Das Fest war in vollem Gange, Bier und Wein flossen in

Strömen. Weitere Silberplatten mit köstlichen Appetithäppchen wurden aufgetragen und von den Gästen mit Genuss verzehrt. Der Nachmittag ging in die Abendstunden über; alles war bis ins kleinste Detail von Rebecca perfekt organisiert, die in einem Traum aus elfenbeinweißer Seide und bernsteinfarbenem Tüll einer Königin glich. Corrie trug ein Kleid aus hellgrünem Moiré, dessen Rock sich an der Vorderseite in fein plissierten Fältchen öffnete und an Mieder und Saum mit dunkelgrünen Seidenbändern eingefasst war. Ihre weiten Unterröcke raschelten, als sie am Arm ihres Gemahls über den Rasen schlenderte und mit den Gästen plauderte.

In einem marineblauen Gehrock, grauer Weste, weißer Seidenkrawatte und hellgrauen, schmal geschnittenen Hosen sah Gray umwerfend elegant aus. Sein welliges Haar, wie immer im Nacken gebunden, glänzte lackschwarz. Corrie entgingen die koketten Blicke der Damen natürlich nicht, die sie gelassen hinnahm.

Sollte auch er sie bemerken, übersah er sie geflissentlich. Er spielte den aufmerksamen Ehemann, und Corrie gab sich Mühe, ihm diese Rolle zu glauben. In Wahrheit aber gab er nur eine Vorstellung für die Gäste. Er sah in ihr nach wie vor nichts anderes als eine willige Bettgefährtin, damit musste sie sich wohl oder übel zufriedengeben, auch wenn es sie traurig stimmte.

Corrie ließ den Blick über die Schar der Gäste schweifen, die über den gepflegten Rasen schlenderten. Alle wichtigen Nachbarn waren erschienen: der Bürgermeister mit Gattin, der Vikar und seine Familie, Squire Morton mit Frau und Söhnen, von denen zwei bereits verheiratet waren und Nachwuchs hatten.

Auch die Forsythe-Familie war zahlreich vertreten. Charles und Rebecca, Derek und Vetter Jason. Corrie beobachtete den blendend aussehenden jungen Mann mit den Wangengrübchen und dem brünetten Haar. Jason hatte bestritten, eine Beziehung mit Laurel gehabt zu haben, und er hatte überzeugend geklungen.

Demnach blieb nur noch Derek Stiles als Verdächtiger.

Corrie seufzte. Mittlerweile zweifelte sie daran, ob ihr Verdacht begründet war. Ohne das Buch, das sie als Beweismittel gefunden hatte, war sie ihrer Sache nicht mehr sicher. Vielleicht irrte sie sich. Andererseits gab es den zerschnittenen Sattelgurt, der ihren Sturz vom Pferd verursacht hatte.

Erst nachdem Gray seine Gemahlin allen Nachbarn vorgestellt hatte, die sie noch nicht kannte, gestattete er Corrie, sich zu ihren Verwandten zu gesellen.

„Ich freue mich sehr, euch zu sehen!“ Corrie umarmte Tante Agnes und Allison stürmisch. „Nun wohnen wir so nah, aber irgendwie scheint die Zeit nie für einen Besuch zu reichen.“

„Du bist schließlich frisch vermählt“, meinte Tante Agnes augenzwinkernd, „und bist gewiss mit deinem Gemahl vollauf beschäftigt. Schließlich müsst ihr euch beide erst einmal richtig kennenlernen.“

Corrie lächelte. „Wie dem auch sei … Nächste Woche besuche ich euch, damit wir endlich wieder ausführlich miteinander schwatzen können.“

Allison drückte ihr die Hand. „Wie geht es dir? Habt ihr begonnen, eure Differenzen beizulegen?“

Corries Blick flog zu Gray hinüber, der sich mit Jason unterhielt. „Es sieht so aus. Jedenfalls ist er nicht mehr wütend auf mich. Aber ich bezweifele, dass er mir verziehen hat.“

„Gib ihm Zeit“, riet Allison.

Corrie nickte. Es blieb ihr gar keine andere Wahl.

Ihre Freundin sah ausgesprochen hübsch aus, vielleicht eine Spur zu dünn, aber attraktiv mit ihrem rabenschwarzen Haar und den hohen Wangenknochen; eine durchaus elegante Erscheinung.

Das schien auch Derek aufzufallen. Immer wieder suchte er Allisons Nähe, und bald sah Corrie, dass die beiden sich auf einer Decke am Flussufer niedergelassen hatten und einträchtig von einem Teller aßen.

Ihr Magen krampfte sich zusammen. War Derek Laurels Liebhaber gewesen? Hatte er sie verführt und im Stich gelassen?

War Allison in Gefahr?

„Du wirkst irgendwie bekümmert." Grays tiefe Stimme drang an ihr Ohr. Sie drehte sich um, als er sich ihr näherte. „Bedrückt dich etwas?"

„Nein, nichts. Ich ..." Sie blickte zu ihm hoch. Sie war nicht die unschuldige kleine Letty und musste ihm nichts vorspielen. „Ich mache mir Sorgen um Allison. Derek scheint Gefallen an ihr zu finden. Aber er könnte der Vater von Laurels Kind sein. Ich will nicht, dass Allison etwas zustößt."

Eigentlich erwartete Corrie eine unwirsche Reaktion von Gray. Stattdessen flog sein Blick zu dem Paar am Flussufer hinüber.

„Derek liebt die Gesellschaft schöner Frauen. Ohne das Rüschenhäubchen ist deine Freundin Allison eine reizvolle Frau. Ich spreche mit ihm und mache ihm klar, dass sie zur Familie gehört und er sich keine Freiheiten mit ihr herauszunehmen hat." Er wandte sich Corrie zu. „Ich rede mit Derek, und du sprichst mit deiner Cousine."

Sie nickte. Derek war blond, charmant und gut aussehend. Welche junge Frau würde ihn nicht attraktiv finden? Aber vielleicht zog Corrie wieder einmal voreilige Schlüsse.

Aufmunternd lächelte Gray ihr zu und entfernte sich.

Sie sah ihn erst wieder, als er sie an den Ehrenplatz der Tafel führte, der für das Brautpaar besonders festlich geschmückt war, und ihr einen Teller mit einer Auswahl der Köstlichkeiten vom Buffet vorsetzte.

Nachdem sie reichlich gegessen hatte, lehnte sie sich zufrieden zurück. Sie trank bereits ihr zweites oder drittes Glas von dem erlesenen französischen Rotwein, als ihr auffiel, dass Gray ihr begehrliche Blicke zuwarf. Geschmeichelt dachte sie, wie schön es wäre, wenn sie heimlich entwischen könnten.

Ermutigt vom Genuss des schweren Weines, neigte sie sich ihm zu, um ihm ihren sündhaften Wunsch ins Ohr zu flüstern. Plötzlich begann sich alles um sie zu drehen. Hastig setzte sie sich wieder gerade hin, um das Schwindelgefühl loszuwerden.

Gray zog die Brauen zusammen. „Was ist dir? Fühlst du dich nicht wohl?"

„Nein, ich ... es geht gleich vorüber." Wieder drehte sich alles, und sie hielt sich an der Tischkante fest. „Ich fürchte, ich habe einen Schluck zu viel getrunken."

Er nickte. „Ich entschuldige uns und bringe dich nach oben." Sein brennender Blick ließ sie wissen, was er im Sinn hatte. Corrie bemühte sich um ein Lächeln, während er sich bei Rebecca und Charles bedankte und sich verabschiedete.

Als er wieder bei ihr war, lächelte Corrie nicht mehr. „Ich fühle mich nicht wohl, Mylord. Es tut mir schrecklich leid."

„Schon gut. Du verträgst wenig, und der Wein ist ziemlich schwer." Er half ihr aufzustehen und führte sie ins Haus. Keiner der Gäste, denen der Wein gleichfalls ein wenig zu Kopf gestiegen war, achtete auf das Verschwinden der Ehrengäste.

Auf der Treppe stützte Corrie sich schwer auf Gray, und als sie ihre Privatgemächer erreichten, fühlte sie sich hundeelend. Mit Mühe und Not schaffte sie es, den Inhalt ihres Magens in ein Nachtgeschirr zu entleeren. Die Welt um sie herum drehte sich immer schneller, ihr Puls raste, und sie kämpfte erneut gegen ihren Brechreiz an. Es war ihr unendlich peinlich, dass Gray sie in diesem erbärmlichen Zustand sah.

„Hier, trink." Er reichte ihr ein Glas Wasser, und sie

trank. Dann wischte sie sich mit dem feuchten Tuch, das er ihr brachte, den Schweiß vom Gesicht.

„Mir war gar nicht bewusst, dass ich so viel getrunken habe“, murmelte sie mit schwerer Zunge, setzte sich auf den nächsten Stuhl und fühlte sich plötzlich völlig erschöpft. „Gleich geht es mir besser. Ich muss … mich nur … ein paar Minuten ausruhen.“ Sie konnte die bleischweren Lider nicht mehr heben. Im nächsten Moment war sie eingeschlafen; ihr Kopf sank schwer gegen die Rückenlehne.

Gray rüttelte sie an der Schulter, aber sie bewegte sich kaum.

„Coralee? Coralee, was ist mit dir?“

Sie versuchte zu nicken, aber ihr Kopf rollte schlaff zur Seite. Sie wollte nur schlafen. Noch nie in ihrem Leben war sie so müde gewesen.

„Coralee, wach auf!“

Gray rüttelte sie wieder, und ihre Lider hoben sich langsam. Verschwommen sah sie zu ihm hoch. „Tut mir leid … ich bin so müde.“ Die Augen fielen ihr wieder zu, und sie hörte Gray wie durch einen Nebel fluchen.

Sie stöhnte, als er sie auf die Füße zog. Er öffnete ihr die Lider mit zwei Fingern, untersuchte ihre Pupillen und fluchte wieder. „Du hast nicht zu viel getrunken.“ Er hob ihr Kinn und blickte ihr in die halb verhangenen, glanzlosen Augen. „Ich glaube, jemand hat dich betäubt.“ Er rüttelte sie wieder, und ihre Lider flatterten auf. „Hörst du, was ich sage? Man hat dich betäubt.“

„Betäubt …?“

„Man hat dir Opium gegeben. Man hat deinen Wein oder das Essen vergiftet mit Laudanum oder etwas in der Art. Du darfst nicht einschlafen, sonst wachst du vielleicht nicht wieder auf.“

Corrie versuchte, den Kopf zu heben. „Jemand will mich töten?“ Ihr Kopf sank nach vorne.

Grays Miene war versteinert. „Das wird nicht geschehen.“ Er setzte sie auf den Stuhl, eilte zur Klingelschnur und riss heftig daran.

Wieder bei ihr, zog er sie unsanft auf die Beine. „Steh auf!“, befahl er und zwang sie, die Augen zu öffnen. „Irgendwann lässt die Wirkung nach. Bis dahin musst du wach bleiben.“

„Das … das … schaffe ich nicht.“

Seine Hand lag weich an ihrer Wange. „Ich helfe dir, Schatz. Lehn dich an mich.“

Schlaff sank sie an seine Brust, konnte jedoch die Füße kaum heben, als er sie nötigte, einen Schritt vor den anderen zu setzen.

Sie wusste nicht, wann Samir erschien, hörte nur benommen, wie Gray mit tiefer, besorgter Stimme auf ihn einredete.

„Man hat ihr eine Überdosis Opium verabreicht“, sagte Gray. „Hast du ein Gegenmittel?“

Bevor ihr die Augen wieder zufielen, sah sie, wie der kleine Inder nickte. „Ich tue, was ich kann. Es dauert eine Weile, um die Kräuter zu mischen.“

„Beeil dich.“ Der dunkelhäutige Hindu huschte aus dem Zimmer, und Gray festigte seinen Griff um Corries Mitte. „Los! Du musst dich bewegen!“, befahl er und zwang sie, einen Fuß vor den anderen zu setzen, während sie wie eine leblose Stoffpuppe in seinem Arm hing.

Corrie war gelähmt vor Müdigkeit, hatte keine Kontrolle über ihre Gliedmaßen. „Kann ich nur … eine Minute … ausruhen. Gleich steh ich wieder auf … ich … verspreche es.“

Sie drohte ihm aus dem Arm zu rutschen, aber Gray zog sie unerbittlich wieder hoch. „Du musst gehen. Gehen. Ich lasse dich nicht sterben.“

Und sie gehorchte, setzte einen Fuß vor den anderen, schwer wie Blei, und war kaum fähig, die Lider zu heben. Gray zwang sie erbarmungslos, im Zimmer auf und ab zu gehen. Nur sein sehniger Körper, sein kräftiger Arm hinderten sie daran, zu Boden zu sinken.

„Komm, Schatz, trink das." Er hielt ihr ein Glas an die Lippen und flößte ihr den bitteren Trank ein, den Samir gebracht hatte. „Trink es aus." Corrie gehorchte willenlos.

Dann zwang er sie wieder zu gehen, einen Schritt nach dem anderen zu machen, weiter und immer weiter in einem endlosen Gewaltmarsch, vom Fenster zur Tür und zurück, Stunde um Stunde, während die Zeiger der Kaminuhr sich ebenso schleppend bewegten wie ihre Füße. Irgendwann gelang es ihr, den Kopf gerade zu halten, die Füße eine Spur leichter zu heben. Die Stunden krochen dahin, dem Morgen entgegen, aber Gray wollte nicht aufgeben. Er trieb sie gnadenlos an, obwohl er genauso erschöpft sein musste wie sie.

Kurz nach vier Uhr morgens verschwammen die Uhrzeiger nicht mehr vor ihren Augen. „Ich muss mich setzen, Gray. Ich schlafe nicht ein, ich verspreche es dir."

„Bist du sicher?"

Sie nickte. Zum ersten Mal waren ihre Augen ganz geöffnet und beinahe wieder klar.

Gray küsste sie auf die Stirn. „Setz dich einen Moment. Ich bleibe bei dir."

Er drückte sie auf das Sofa vor dem Kamin und setzte sich neben sie, den Arm um sie geschlungen, und beobachtete sie wachsam.

Corrie legte mühsam ihre Hand auf seinen Arm. „Du hast mir das Leben gerettet. Wenn du nicht bei mir gewesen wärst …"

„Ich war bei dir, nichts anderes zählt." Er hob ihre Hand an die Lippen und drückte einen zärtlichen Kuss in ihre Handfläche. Dann verhärtete sich seine Miene wieder. „Ich finde heraus, wer dir das angetan hat, und ziehe den Schweinehund zur Rechenschaft."

Die Sonne war bereits aufgegangen, als Gray Coralee zu Bett brachte. Der Zofe gab er Anweisung, bei ihr zu wachen und sie jede Stunde zu wecken. Falls ihr Zustand sich verschlechterte, sollte sie ihn augenblicklich holen.

Gray begab sich in sein Arbeitszimmer, setzte sich an den Schreibtisch und rekapitulierte die Ereignisse des vergangenen Tages. Der kalte Schweiß stand ihm auf der Stirn. Wenn er sie nicht nach oben gebracht hätte? Wenn er abgelenkt gewesen wäre und ihren Zustand erst zu spät bemerkt hätte?

Coralee könnte bereits tot sein.

Der Gedanke, sie zu verlieren, zog ihm die Brust schmerzhaft zusammen. Es war seine Pflicht, sie zu beschützen. Er hatte bei Jillian versagt, und er durfte und wollte kein zweites Mal versagen.

Allerdings wusste er, dass das nur die halbe Wahrheit war. Irgendwie war es Coralee gelungen, sich in sein Herz zu schleichen, wie es keine Frau vor ihr geschafft hatte. Sie hatte ihm gestanden, dass sie sich ein Kind von ihm wünschte. Sein Kind.

Gray glaubte nicht an die Liebe. Er redete sich ein, dass er Coralee nicht liebte. Aber er würde töten, um sie zu beschützen. Das war ihm in dem Augenblick klar geworden, als sie kaum fähig war, sich auf den Beinen zu halten, und ihm völlig hilflos und schutzbedürftig ausgeliefert war.

Als er die Treppe nach unten eilte, dachte Gray daran, wie sie ihm vertraut hatte, ihr zu helfen, und was dieses Vertrauen in ihm ausgelöst hatte. Coralee war in großer Gefahr, daran gab es keinen Zweifel. Aber wenn er an sie dachte und daran, wie sonderbar ihm dabei ums Herz war, wusste er, dass auch er in Gefahr war.

„Was, in Gottes Namen, hast du dir dabei gedacht? Wie konntest du nur so etwas ungeheuerlich Dummes tun?“ Rebecca war außer sich, wanderte rastlos auf und ab, blieb stehen, atmete erregt und blickte zum Springbrunnen hinüber.

„Man muss ihr das Handwerk legen. Früher oder später trifft sie jemanden, der etwas gehört oder gesehen hat. Sie reimt sich die Dinge zusammen, und dann weiß sie, was ihrer Schwester in jener Nacht zugestoßen ist."

Rebecca fuhr herum. „Du wolltest ihr einen Denkzettel verpassen, und dem habe ich zugestimmt. Aber ich hätte niemals meine Einwilligung zu dieser Torheit gegeben."

Der Mann nahm einen Schluck Brandy. „Wenn es geklappt hätte, wäre sie keine Gefahr mehr."

„Aber es hat nicht geklappt – und ich habe den Verdacht, du hast unser Ziel aus den Augen verloren."

Die beiden standen auf der Veranda, augenscheinlich in ein höfliches Gespräch zwischen Freunden vertieft. Sie hatten nichts zu befürchten, da Charles ins Dorf geritten war.

„Im Grunde genommen müssen wir nicht seine Frau loswerden", fuhr Rebecca fort, „sondern Tremaine. Sobald diese schmutzige Sache erledigt ist, geht der Titel auf Charles über, und ich bin Countess. Wenn ich Zugriff auf das Vermögen habe, kann ich dir die stattliche Summe aushändigen, die ich dir zugesagt habe."

Der Mann schwenkte den Brandy im bauchigen Glas und trank. „Das habe ich nicht vergessen, glaube mir."

„Was hast du vor?"

Er leerte das Glas und stellte es auf den verschnörkelten Gusseisentisch. „Ich tue genau das, was wir vereinbart haben."

Rebeccas Augen funkelten berechnend. „Wenn ich es mir recht überlege, könnten diese Anschläge auf Grays Frau sich günstig für uns auswirken. Wenn er bei einem Anschlag ums Leben kommt, der scheinbar gegen sie gerichtet war …"

Ihr Kumpan lächelte zufrieden. „Du bist nicht nur schön, sondern auch klug."

„Noch besser wäre es allerdings, wenn gleich beide ums Leben kämen."

Er nickte. „Ja, das wäre die beste Lösung. Ich rede mit Biggs und überlege mir, wie wir vorgehen.“

Seit Jahren führte Rebecca nun den Haushalt des Earls und übernahm die Pflichten einer Countess, ohne die damit verbundenen finanziellen Vorteile und den Respekt zu genießen, die ihr zustanden. Und nun wurde ihre Position auch noch von einer dahergelaufenen Person unterwandert, die sich Tremaine mit einem Gespinst aus Lug und Trug geschnappt hatte. Früher oder später würde Rebecca alles verlieren.

Sie hatte es satt, vom Wohlwollen ihres Schwagers abhängig zu sein. Zum Glück liebte ihr Verbündeter das gute Leben und brauchte dringend Geld.

Und auch er hatte es satt, noch länger zu warten.

Corrie schlief den ganzen Tag und die Nacht durch, verließ ihr Zimmer auch am folgenden Tag nicht und ließ sich von Anna das Essen aufs Zimmer bringen.

Sie war nicht in der Stimmung, Grays besorgten Blicken zu begegnen oder sich Rebeccas Klatschgeschichten über die Londoner Gesellschaft anzuhören. Sie war nicht an Jasons charmanten Plaudereien interessiert, auch nicht daran, was Derek über seinen Nachmittag mit Allison zu erzählen wusste. Vielleicht würde ihr Charles' gütige Art ein wenig fehlen. Er hatte es stets geschafft, unterschwellige Missklänge zwischen ihr und Rebecca zu glätten, und sich immer bemüht, Spannungen zwischen Gray und ihr zu lösen.

Bislang wusste noch niemand etwas über die Hintergründe ihrer plötzlichen Krankheit. Sie hatte es Gray überlassen, die Familie darüber aufzuklären, was er jedoch unterlassen hatte. Aber er würde gewiss alles daransetzen, den Missetäter zu entlarven. Vieles sprach dafür, dass dieser Mann bereits einen Doppelmord auf dem Gewissen hatte. Durch Corrie drohte ihm Gefahr, dieser Verbrechen überführt zu werden.

Ein Frösteln durchlief sie.

Wenn sie nicht mehr lebte, würde er für seine Verbrechen nicht zur Rechenschaft gezogen werden.

Am Nachmittag schrieb sie einen Brief an ihre Eltern, ohne die Anschläge auf ihr Leben zu erwähnen, verfasste einen ähnlich lautenden Brief an Krista, und dann holte sie ihr Tagebuch aus der Truhe unter ihrem Bett.

Sie wusste nie genau, wo sie beginnen sollte, was auch gar nicht wichtig war. Das Schreiben selbst bereitete ihr Freude, gab ihr Ablenkung und Trost. Sie liebte das Spiel mit Wörtern, formulierte gern bildhafte ausdrucksstarke Sätze. Ihre große Ambition bestand darin, eines Tages einen Roman zu verfassen.

Diesen Herzenswunsch würde sie sich irgendwann erfüllen. Nun, da sie verheiratet war, würde sie wohl keine großen Reisen unternehmen, wie sie sich erhofft hatte, aber es gab unendlich viele andere Bereiche, über die es sich zu schreiben lohnte.

Eines Tages, dachte sie mit einem tiefen Seufzer.

Sie tauchte die Feder ins Tintenfass und begann, die düsteren Begebenheiten der letzten Zeit zu skizzieren: der dunkle Geheimgang; das Zwiegespräch, das Rebecca mit einem geheimnisvollen Unbekannten geführt hatte; der mutwillig zerschnittene Sattelgurt; die Überdosis Opium.

Die Überlegung, wer es auf ihr Leben abgesehen haben mochte, ließ sie schaudern.

Und welchen Schritt dieser Mann als nächsten tun würde, um sie zu töten.

24. KAPITEL

Am frühen Nachmittag wurde Corrie aufgefordert, sich im Arbeitszimmer ihres Gemahls einzufinden. Beim Betreten des Raumes stellte sie fest, dass sich alle Herren eingefunden hatten. Gray saß hinter dem imposanten Schreibtisch, der hochgewachsene, blonde Derek Stiles stand neben Charles vor dem Kamin, etwas abseits davon Jason. Auch Dolph Petersen war anwesend.

„Coralee." Gray trat ihr mit besorgter Miene entgegen. „Du bist noch etwas bleich. Fühlst du dich besser?"

„Viel besser, danke." Mehr sagte sie nicht, hoffte nur, er würde sie über die Versammlung aufklären. Aber er führte sie lediglich zu einem Stuhl, bat sie, Platz zu nehmen, und kehrte hinter den Schreibtisch zurück. Die anderen Herren setzten sich der Reihe nach auf bereitgestellte Stühle.

„Danke, dass ihr alle gekommen seid. Wie ihr wisst, war meine Gattin in den letzten Tagen krank und musste das Bett hüten. Was ihr nicht wisst, ist, dass jemand versucht hat, sie zu töten."

„Wie bitte?" Dieser Aufschrei kam von Charles, der jäh aufsprang.

„Das ist eine schwerwiegende Beschuldigung", erklärte Jason mit ernster Miene. „Bist du sicher, Gray?"

„Völlig sicher. Während des Gartenfestes wurde ihr eine Überdosis Opium verabreicht. In meiner Militärzeit in Indien habe ich die Wirkung dieser Droge kennengelernt. Ich habe gesehen, wie ein Soldat aus meinem Regiment an einer Überdosis starb."

„Könnte es nicht ein Versehen gewesen sein?", wandte Charles ein. „Vielleicht geriet die Droge nicht absichtlich in ihr Essen."

„Das hätte ich eventuell auch angenommen … wäre es nicht bereits der zweite Anschlag auf ihr Leben gewesen."

Charles ließ sich erschüttert auf den Stuhl zurückfallen.

„Hast du einen Verdacht, wer es getan haben könnte?“, fragte Derek mit versteinertem Gesicht.

„Noch nicht. Ich habe euch zu mir gebeten, in der Hoffnung, ihr könntet mir helfen.“

„Natürlich“, sagte Charles. „Was können wir tun?“

„Aber welchen Grund hätte jemand, Coralee zu töten?“, fragte Jason immer noch zweifelnd.

„Seit ihrer Ankunft auf Castle Tremaine ist meine Frau davon überzeugt, dass ihre Schwester ermordet wurde, und sie hat es sich in den Kopf gesetzt, den Mörder zu überführen.“

„Ich dachte, die Angelegenheit sei beigelegt“, bemerkte Charles erstaunt. Wie alle anderen Schlossbewohner hatte er angenommen, Corrie habe ihre Ermittlungen eingestellt, seit ihre wahre Identität aufgedeckt und sie mit Gray verheiratet war. „Es bestand doch nie der Verdacht, dass ein Fremder Miss Whitmores Tod verschuldet hat“, fuhr er nachdenklich fort. „Die Behörden sind von ihrem Selbstmord überzeugt.“

„Das war auch meine Vermutung“, entgegnete Gray, „bis zu dem zweiten Anschlag auf Coralees Leben. Nun habe ich keinen Zweifel mehr daran, dass meine Frau recht hat. Diese Überzeugung teile ich mit Dolph Petersen.“

Petersen drehte sich in seinem Stuhl den Anwesenden zu. „Dieser Anschlag spricht für sich selbst. Solange die Countess am Leben ist, muss der Mörder damit rechnen, entlarvt und zum Tode verurteilt zu werden.“

Charles saß kerzengerade und in sich gekehrt da.

Auch Jason und Derek wirkten verblüfft.

Das Schweigen zog sich in die Länge, bis Gray erneut das Wort ergriff. „Ich habe euch zu dieser Besprechung gebeten, weil ich die Wahrheit wissen muss. Ich hätte auch mit jedem unter vier Augen sprechen können, aber die Angelegenheit ist zu schwerwiegend. Außerdem hat Coralee ein

Recht, zu hören, was ihr zu sagen habt."

Grays finsterer Blick wanderte über die vor ihm sitzenden Herren. „Jason hat seine Aussage bereits gemacht. Bleiben also nur noch Charles und Derek. Ihr beide habt während der Zeit im Schloss gewohnt, bevor Laurel Whitmore nach East Dereham reiste, nachdem sie schwanger geworden war. Ich will wissen, ob einer von euch der Vater dieses Kindes ist."

Coralee beugte sich aufmerksam vor. Da Charles zeugungsunfähig war, musste es Derek sein. Ob er den Mut hatte, die Wahrheit zu gestehen?

Doch es war Charles, der das Wort ergriff. Er sprach stockend und mit heiserer Stimme. „Es war nicht so, wie ihr vielleicht denkt." Er schluckte schwer, und sein Adamsapfel bewegte sich auf und ab. „Ich liebte Laurel, und sie liebte mich. Ich hätte ihr niemals etwas antun können."

Das war unmöglich. Rebecca hatte behauptet, Charles könne kein Kind zeugen. Aber ein Blick in sein bleiches, verhärmtes Gesicht genügte Corrie, um zu wissen, dass er die Wahrheit sprach.

Zornentbrannt sprang sie auf die Füße. „Du bist ein verheirateter Mann, Charles! Wie konntest du ein unschuldiges junges Mädchen verführen? Wie konntest du so etwas tun?"

„Es lag nie in meiner Absicht." Charles war innerlich so aufgewühlt, dass er kaum sprechen konnte. „Eines Tages trafen wir uns zufällig bei einem morgendlichen Ausritt. Laurels Pferd hatte sich einen Stein eingetreten, und ich begleitete sie zu Fuß nach Selkirk Hall zurück. Wir kamen ins Gespräch und entdeckten viele Gemeinsamkeiten." Tränen stiegen ihm in die Augen. „Am nächsten Tag ritt ich zur gleichen Stelle, in der Hoffnung, sie wiederzusehen. Und sie war tatsächlich da. Wir redeten und verstanden uns prächtig; es war, als würden wir uns seit ewigen Zeiten kennen. Wir verabredeten uns immer öfter. Weder Laurel noch ich dachten daran, dass mehr als Freundschaft daraus entstehen könnte."

Er schüttelte den Kopf, die Tränen liefen ihm über die Wangen. „Und eines Tages passierte es."

Er sah Corrie an, und in seinem Blick lag so viel Schmerz und Leid, dass ihr Herz sich zusammenzog.

„Deine Schwester war der gütigste und liebenswerteste Mensch, der mir je im Leben begegnet ist. Ich wäre liebend gerne an ihrer Stelle gestorben."

Corrie verdrängte ihr Mitgefühl. „Du hast sie im Stich gelassen, Charles. Du hast sie verlassen, als sie dich dringend gebraucht hätte."

Kerzengerade richtete er sich auf. „Ich wusste nichts von dem Kind. Sie hat es mir nie gesagt. Sie wusste, dass ich verheiratet bin, und wollte um keinen Preis, dass meine Familie darunter leidet, was wir getan hatten. Sie sagte, sie brauche Zeit, um mit sich ins Reine zu kommen." Er schluckte wieder. „Ich hätte nicht zulassen dürfen, dass sie abreist. Vielleicht wäre sie dann noch am Leben." Er schlug die Hände vors Gesicht, während seine Schultern von haltlosem Schluchzen geschüttelt wurden.

Corrie wurde das Herz weit. Sie hatte Laurel verloren und um sie getrauert, und auch Charles hatte furchtbar unter ihrem Verlust gelitten. Sie ging zu ihm, schlang die Arme um ihn, und Charles klammerte sich an sie. „Es tut mir so leid", flüsterte er. „Es tut mir so unendlich leid."

Tief holte er Luft und löste sich von Corrie. Dann wandte er sich an Gray und die anderen Herren im Zimmer. „Ich wünschte, ich könnte alles ungeschehen machen. Ich wollte niemals eine Tragödie heraufbeschwören. Laurel und ich ... wir wollten niemanden verletzen."

Gray nickte und wartete, bis sein Bruder die Fassung wiedergefunden und Corrie sich gesetzt hatte.

„Du wusstest also nichts von dem Kind", sagte er.

Charles schüttelte den Kopf. „Ich habe Laurel nur noch ein Mal gesehen, nachdem sie aus East Dereham zurückgekehrt war."

„Und?"

„Es war wie früher. Ich liebte sie, und sie liebte mich. Ich sagte ihr, ich wolle Rebecca verlassen und sie heiraten."

Corries Herz schnürte sich zusammen.

„Was sagte Laurel dazu?", fragte Gray.

„Sie bat mich, noch einmal darüber nachzudenken, damit ich wirklich sicher bin, dass ich die richtige Entscheidung treffe. Ich versicherte ihr, dass es mein größter Wunsch sei, sie zur Frau zu nehmen. Ich wusste genau, dass es die richtige Entscheidung war."

„Wer außer Laurel wusste von deiner Absicht?", fragte Corrie.

„Niemand. Es war ein Gespräch zwischen uns beiden."

„Du hast also nie über Scheidung mit deiner Frau gesprochen?"

Abrupt stand Derek auf. „Du willst doch nicht unterstellen ..."

„Sie wusste nichts davon", fiel Charles ihm ins Wort. „Ich wartete darauf, von Laurel zu hören, um mich mit ihr zu treffen und unsere weiteren Pläne zu besprechen. Stattdessen kam der Konstabler ins Schloss und teilte uns mit, dass sie ..." Er stockte, da erneut Tränen in seinen Augen standen. „Dass sie mit einem Kind in den Armen ertrunken ist." Charles kniff die Augen zusammen, und Corrie spürte seinen Schmerz wie ihren eigenen.

„Ich mache dir keine Vorwürfe, Charles", sagte Gray sanft. „Deine Ehe mit Rebecca wurde beschlossen, als ihr beide noch Kinder gewesen seid. Du und Laurel, ihr habt euch geliebt. Es war eine schicksalhafte Begegnung."

Nun meldete sich auch Jason zu Wort. „Charles trifft keine Schuld an Laurel Whitmores Tod. Er hat sie geliebt und hätte ihr niemals etwas angetan. Wenn Laurel tatsächlich ermordet wurde, ist sie einem Räuber, einem Wegelagerer, zum Opfer gefallen."

„Jason hat recht", stimmte Derek ihm zu. „Es kann ein Zufall gewesen sein, so wie bei Coralee. Während des Gartenfestes war das ganze Dorf anwesend. Einer der etwa hundert Gäste hätte Coralee vergiften können."

„Weißt du, wieso Laurel sich in der Nacht ihres Todes am Flussufer aufhielt?", fragte Corrie an Charles gerichtet.

Er schüttelte den Kopf. „Sie wurde nicht weit von Selkirk Hall gefunden. Vielleicht wollte sie einfach nachdenken und hatte beschlossen, mir von dem Kind zu erzählen. Ich weiß es nicht. Die Kette der Ereignisse kann reiner Zufall gewesen sein. Ein Räuber lauerte ihr auf, es kam zu einem Handgemenge, und dann …" Er drückte Daumen und Zeigefinger an die Augenlider.

„Was auch geschah", warf Gray mit einem kämpferischen Funkeln in den Augen ein, „meine Frau wird nicht das nächste Opfer sein. Aber ich finde heraus, wer der Mörder ist, und werde ihm das Handwerk legen."

Auf Grays Drängen verbrachte Corrie die ganze Woche in der Nähe des Hauses. Ihr Besuch in Selkirk Hall wurde verschoben. Und auf längeren Spaziergängen im Garten wurde sie von Gray begleitet. Dolph Petersen hatte sich im *Green Dragon* eingemietet, um die Dorfbewohner auszuhorchen.

Corrie fragte sich, ob Greta dem drahtigen Mann schöne Augen machen und ob Dolph ihre Einladung annehmen würde. Vielleicht wäre dies eine gute Gelegenheit, der drallen Schankmagd Neuigkeiten zu entlocken.

Rebecca wurde von den Anschlägen auf Corries Leben unterrichtet, schien aber nicht wirklich davon überzeugt zu sein.

„Es könnte sich doch um eine Reihe von Zufällen gehandelt haben. Der Sattelgurt riss, so etwas kommt schon mal vor. Und auf dem Gartenfest hat sie etwas gegessen, was ihr nicht bekommen ist."

Corrie wollte sich nicht mit ihr anlegen. Rebeccas Meinung war ihr nicht wirklich wichtig. Gray hatte ihr selbstverständlich nichts von Charles' Untreue oder von dem Kind erzählt.

Corrie hatte hin und her überlegt, ob sie Gray über Rebeccas Affäre mit dem Fremden, von dem sie ein Kind erwartete, ins Vertrauen ziehen sollte, hatte sich aber dagegen entschieden. Da sie nicht wusste, wer Rebeccas Liebhaber sein mochte, würde Gray ihr möglicherweise keinen Glauben schenken. Im Übrigen herrschte ohnehin genügend Aufruhr in der Familie, sodass sie es vorzog, darüber zu schweigen, zumindest vorübergehend.

Nach dem Abendessen stand sie grübelnd auf der Terrasse, als Charles sich zu ihr gesellte.

„Ich habe Gray gefragt, ob ich ein paar Minuten mit dir unter vier Augen sprechen kann", sagte er und trat aus dem Schatten ins Licht der Fackeln.

„Was gibt es, Charles?"

„Ich möchte mit dir über deine Schwester sprechen. Du sollst wissen, wie sehr ich Laurel geliebt habe und wie schrecklich leid mir all das tut, was passiert ist."

Corrie sah die tiefen Falten um seinen Mund und die Wehmut und Trauer in seinen Augen. Es hatte ihn gewiss große Überwindung gekostet, das alles für sich zu behalten. „Ich bin froh, dass du es warst", sagte sie. „Ich bin froh, dass du der Mann bist, in den meine Schwester sich verliebte."

„Meinst du das wirklich?"

„Du bist ein guter Mensch, Charles, daran ändert deine Beziehung mit Laurel nichts."

Seine Augen wurden leicht feucht. „Sie hat mir alles bedeutet. Alles."

Corrie nickte. „Ja, das spüre ich."

„Als du deinen Verdacht geäußert hast, hielt ich dich für bedrückt und traurig über ihren Verlust, genau wie ich es bin. Aber zu erfahren, dass … Laurel wirklich ermordet wurde … den Gedanken kann ich kaum ertragen."

„Wir finden ihren Mörder. Wir halten zusammen … und wir finden ihn."

Charles hielt den Blick auf seine Füße gesenkt, als wolle er etwas sagen, bringe aber den Mut nicht auf. „Ich habe nie danach gefragt", begann er schließlich, „weil es zu schmerzhaft war …" Er schluckte. „War es ein Mädchen oder ein Junge?"

Seine Frage versetzte Corrie einen Stich ins Herz. „Du hattest einen Sohn, Charles. Laurel taufte ihn auf den Namen Joshua Michael."

Charles' Blick war schmerzerfüllt. „Das war der Name meines besten Freundes. Er starb an Influenza, als wir gemeinsam das Internat besuchten. Laurel wusste, wie sehr ich ihn schätzte, weil ich oft von ihm sprach." In seinen Gesichtszügen lag eine überwältigende Trauer. „Du bist eine sehr tapfere Frau. Hätte ich nur mehr Mut bewiesen …"

„Du hast sie nicht getötet, Charles. Dich trifft keine Schuld."

Er nickte schweigend, dann drehte er sich um und ging davon.

Kurz darauf trat Gray zu ihr. „Mein Bruder ist ein guter Mensch."

„Ja, das ist er."

„Dann glaubst du also nicht länger, dass er etwas mit dem Tod deiner Schwester zu tun hat?"

„Nein. Ich wünschte nur, seine Information würde uns weiterhelfen."

Ein Muskelstrang vibrierte in Grays Wange. „Das wünschte ich auch."

Wenige Tage später kam Dolph Petersen zu Besuch. Zu ihrem Bedauern wurde Coralee nicht gebeten, an dem Gespräch teilzunehmen, das er mit Gray unter vier Augen führte.

Aber sie konnte nicht widerstehen, ein wenig zu lauschen. Sobald die Tür zum Arbeitszimmer hinter den beiden Männern ins Schloss gefallen war, legte sie ihr Ohr daran. Erstaunlicherweise drehte sich das Thema um den bevorstehenden Kostümball bei der Countess of Devane.

„Ich finde, du solltest mit deiner Frau daran teilnehmen", sagte Dolph.

„Bist du verrückt? Du weißt doch, was Coralee bei unserem Gartenfest zugestoßen ist."

„Diesmal lassen wir Haus und Garten bewachen. Deiner Frau kann nichts passieren."

„Nein. Kommt nicht infrage."

„Wenn du diesen Mann nicht unschädlich machst, Gray, wird er irgendwann Erfolg haben. Du musst ihn fassen, bevor ein Unglück geschieht. Wir müssen ihn in eine Falle locken."

„Mit meiner Frau als Köder? Die Antwort ist nein."

Corrie fasste sich ein Herz, öffnete die Tür und trat ein. „Verzeiht die Störung, aber Mr. Petersen hat recht. Ich kann nicht ewig wie eine Gefangene leben. Ich darf nicht ausreiten, darf meine Familie nicht besuchen, kann mich nicht einmal frei im Garten bewegen. So kann es nicht weitergehen."

„Da du offenbar gelauscht hast, kennst du meine Antwort. Es ist zu gefährlich."

„Nichts zu unternehmen ist genauso gefährlich."

Gray stieß den Atem hörbar aus und schwieg lange. Dann fixierte er Dolph. „Einverstanden. Aber wenn etwas schiefgeht …"

„Es wird nichts schiefgehen. So weit lassen wir es nicht

kommen. Falls deine Theorie stimmt, ist der Schurke jemand aus dem Dorf. Er wird zwar nicht unter den Gästen zu finden sein, möglicherweise mischt er sich aber unter das Aushilfspersonal, das die Countess für das Fest beschäftigt."

„Es könnte also ein Diener, ein Stallbursche oder eine Küchenhilfe sein."

„Wir werden alle Vorsichtsmaßnahmen treffen. Und du wirst deiner Frau nicht von der Seite weichen."

Gray warf Corrie einen flüchtigen Blick zu. „Worauf du dich verlassen kannst."

Corrie war sich wehmütig bewusst, dass seine Besorgnis nichts mit Zuneigung für sie zu tun hatte. Seit Charles seine Liebe zu Laurel gestanden hatte, verhielt Gray sich ihr gegenüber noch distanzierter. In den seltener gewordenen Liebesnächten verwöhnte er sie zwar mit seinen Zärtlichkeiten, aber sie spürte deutlich, dass er nicht mit dem Herzen dabei war.

25. KAPITEL

Alle notwendigen Maßnahmen waren getroffen. Dolph ließ Männer aus London kommen, eine kleine Armee von Bewachern. Lady Devanes Bedienstete würden hellblaue Livree tragen, Petersens Leute sollten sich in einfacher Bauernkleidung unauffällig unter Pferdeknechte und Stallburschen mischen und vor dem Haus und beim Gesinde im Küchentrakt hinter den Kulissen agieren. Für das große Fest waren so viele fremde Hilfskräfte angeheuert worden, dass die ortsfremden Bewacher keinen Verdacht erregen würden.

Corrie hatte Gray den ganzen Tag nicht gesehen, da er mit den Vorbereitungen beschäftigt war, um für ihre Sicherheit zu sorgen. Charles, Jason und Derek waren in die Pläne eingeweiht und erklärten sich bereit, gleichfalls wachsam zu sein.

Gegen sieben Uhr abends waren alle kostümiert und zur Abfahrt nach Parkside bereit. Nur Corrie verspätete sich.

„Sind Sie sicher, Mylady?“ Anna sah ihre Herrin skeptisch an. „Sie wollten sich doch als römische Kaiserin Julia Augusta verkleiden.“

Das hatte sie ursprünglich vorgehabt. Bei einem Ball in London hatte sie ein römisches Gewand aus weißer, fließender Seide getragen, dazu goldene Sandalen; das Kostüm hatte sie in einer ihrer Umzugskisten gefunden. „Ich habe es mir anders überlegt.“

„Aber die Gemahlin eines Earls …“

„Was stört dich daran, dass ich als Bauernmädchen gehe?“

Anna biss sich auf die Unterlippe. „Eigentlich nichts, Mylady.“

In einem abgetragenen aprikotfarbenen Musselinkleid und einem einfachen Strohhut sah Corrie aus wie Letty Moss – und genau das entsprach ihrer Absicht. Plötzlich war ihr diese Idee gekommen, die sie nicht mehr losgelassen hatte.

Sie hatte keine Ahnung, welches Kostüm Gray tragen würde, und wusste nicht, wie er auf ihre Erscheinung reagieren würde. Das war vielleicht sogar der Grund, warum sie sich nicht mehr von ihrer Idee abbringen ließ.

Sie eilte den Flur entlang und die Treppe hinunter, während ihre gestärkten Rüschenunterröcke um ihre Beine raschelten. Dann verharrte sie auf dem Absatz.

Unten in der Halle stand der schönste Mann, den sie je gesehen hatte. Ihr Herz begann zu klopfen. Hochgewachsen und breitschultrig, in schwarzen Reithosen, hohen Stiefeln, dazu ein weites Leinenhemd, das Haar im Nacken gebunden. Eine Maske aus schwarzer Seide verbarg die obere Hälfte seines Gesichtes, hinter der schwarze Augen funkelten.

Gray trug das Kostüm eines Räuberhauptmanns, mit dem sie ihn verglichen hatte, als sie ihm zum ersten Mal begegnete.

Der Mann, in den sie sich verliebt hatte.

Ihre Knie fühlten sich an wie Wachs, als er zu ihr aufblickte. Seine Mundwinkel zogen sich ein wenig nach oben. Er wartete schweigend, bis sie langsam die Treppe herabgestiegen war. Auf der letzten Stufe angelangt, ergriff er ihre Hand.

„Sind wir einander schon irgendwo begegnet?“ Er machte eine galante Verneigung.

„Mrs. Moss“, antwortete sie. „Letty Moss, Mylord.“

Durch die Schlitze seiner Maske blitzten seine Augen, schienen sich an ihr festzusaugen. Sah sie tatsächlich so verändert aus? Oder ließ die Erinnerung an die Frau, die sie ihm vorgespielt hatte, seinen Blick so zärtlich leuchten?

„Ich glaube, man wartet auf uns“, sagte er. „Gestatten Sie, Mrs. Moss?“ Er legte ihre Hand in seine Armbeuge und führte sie aus dem Haus, wo die Kutschen schon vorgefahren waren. Die anderen warteten bereits auf sie und stiegen in die Wagen. Eine Abordnung von Petersens Männern ritt voraus, eine zweite bildete die Nachhut. Auf dem hinteren Trittbrett jeder Karosse standen zwei bewaffnete Männer als Lakaien verkleidet.

Rebecca saß im Wageninnern, als Marie Antoinette kostümiert in einer blauen Satinrobe; Girlanden aus Blumen, Schleifen, Rüschen und Spitzen zierten den ausladenden Reifrock, der Mode jener Zeit entsprechend. Auf dem Kopf trug sie eine weiß gepuderte hohe Lockenperücke, in der Brillanten funkelten.

Charles war passend zum Kostüm seiner Gemahlin als französischer König Louis XVI. verkleidet. Jason im roten Reitjackett und schwarzem Dreispitz fehlte nur die bellende Hundemeute, um zur Fuchsjagd auszureiten. Derek trat als Pirat auf, mit Augenklappe und einem riesigen goldenen Ring im Ohr. In der roten Schärpe um seine Hüften steckte ein Krummsäbel.

Über der lustig kostümierten Gesellschaft lag eine unverkennbare Spannung. Die Männer bereiteten sich innerlich auf ihre Aufgabe als Corries Bewacher vor.

Nach etwa einer Stunde fuhren die Karossen an Lady Devanes prachtvollem, im georgianischen Stil erbauten Herrensitz vor, der hell erleuchtet war. Ein halbes Dutzend livrierter Lakaien eilte herbei, um den Gästen beim Aussteigen zu helfen und sie über den roten Teppich in die Eingangshalle zu führen.

„Du bleibst den ganzen Abend in meiner Nähe“, bestimmte Gray. „Du tust keinen Schritt ohne mich, hörst du?“

Corrie nickte zerstreut, gefangen von der Pracht und Extravaganz des Hauses. Sie hielt sich eine Federmaske am Ende eines Elfenbeinstabs vors Gesicht und blickte sich andächtig um.

Gray hob mit der Hand ihr Kinn und zwang sie, ihn anzusehen. „Versprich es mir."

„Ich verspreche es."

„Wenn dir etwas Ungewöhnliches auffällt, lässt du es mich augenblicklich wissen."

„Ich bin keine Närrin, Gray."

Er lächelte dünn. „Nein, du bist keine Närrin." Er legte ihre Hand in seine Armbeuge und begab sich ans Ende der Schlange wartender Gäste.

Im Foyer begrüßte Lady Devane, als Göttin Diana verkleidet, die Gäste. Ihr Blick heftete sich auf Gray. „Darling, wie schön, dich zu sehen. Es freut mich sehr, dich und ...", beim Anblick von Corries schlichtem Bauerngewand blieb ihr offenbar das Wort im Hals stecken. „Es freut mich, dich und deine Gattin zu begrüßen."

Gray lächelte höflich. „Ich bin sicher, wir werden diesen Abend genießen." Er drängte Corrie sanft weiter und verwehrte der Countess damit jede bissige Bemerkung, die ihr auf der Zunge liegen mochte.

Der Ballsaal war als griechischer Tempel dekoriert, mit weißen korinthischen Säulen, lebensgroßen Götterstatuen aus Gips und Girlanden aus Lorbeer und Efeu an den Wänden. Die Countess hatte keine Kosten und Mühen gescheut, um dieses Fest prachtvoll zu gestalten. Auf einem mit Lorbeerbäumen geschmückten Podium im Hintergrund des Ballsaales hatte ein großes Orchester Platz genommen. Die in weiße Togen gekleideten Musiker begannen zu spielen, und die ersten Takte eines Walzers erklangen.

„Möchtest du tanzen?", fragte Gray.

Erstaunt sah Corrie ihn an. Sie hatte noch nie mit ihm getanzt.

„Liebend gern, Mylord", sagte sie lächelnd.

Sein Blick heftete sich auf ihre Lippen, und Corrie wurde von Zärtlichkeit durchflutet. Er führte sie aufs Tanzparkett, legte eine Hand an ihre Mitte, und sie passte sich seinen ersten Schritten an.

Er war ein vorzüglicher Tänzer und bewegte sich mit der gleichen Geschmeidigkeit, die sie beim Reiten an ihm beobachtet hatte. Er war zwar wesentlich größer als sie, dennoch wiegten sie sich anmutig im Walzertakt, beschwingt und mühelos, als hätten sie schon ewig miteinander getanzt. Unter ihrer Hand spürte sie das Spiel seiner Muskeln und Sehnen an der Schulter, und als sie ein Hauch von Sandelholz anwehte, erwachte Verlangen in ihr. Sie blickte zu ihm hoch und bemerkte seinen glühenden Blick.

Im Verlauf des Abends spürte sie immer wieder seinen begehrlichen Blick, seine zärtlichen, wenn auch flüchtigen Berührungen, und ihr Verlangen wuchs. Gegen Mitternacht traf man sich auf dem Weg in die lange Galerie, wo die Gäste ein Mitternachtsdinner erwartete.

„Ist dir etwas aufgefallen?“, fragte Gray seinen Vetter.

„Nichts“, antwortete Jason.

„Derek?“

Der schüttelte den Kopf, sodass der goldene Ring an seinem Ohr tanzte. „Ich wünschte, mir wäre etwas aufgefallen. Ich beginne mich zu langweilen.“

Grays Kiefer mahlten. „Mich juckt es in den Fingern, dem Mistkerl die Kehle zuzudrücken, bis er seinen letzten Atemzug getan hat.“

Corrie lief ein Schauer über den Rücken. „Tut mir leid, meine Liebe, ich wollte nicht so blutrünstig erscheinen“, entschuldigte Gray sich besänftigend, aber sie wusste, dass es ihm bitterernst damit war.

Man speiste Hummer und Fasan, die an einem Buffet gereicht wurden, wovon Corrie getrost essen konnte, ohne befürchten zu müssen, dass die Speisen vergiftet waren. Es gab Champagner, der aus einer kunstvoll errichteten Pyramide aus Sektschalen wie aus einem Springbrunnen perlte. Auch hiervon konnte Corrie bedenkenlos trinken, wobei sie nur an ihrem Glas nippte.

Bald wich Corries innere Spannung, denn sie glaubte nicht länger, dass der Mann, den sie suchten, anwesend war. Vielleicht war ihm der Zutritt verwehrt worden, oder er plante keinen weiteren Anschlag auf ihr Leben, zumindest im Moment nicht. Auch Gray wurde ruhiger. Er schien wohl ähnliche Schlüsse zu ziehen. In seinem Räuberkostüm war er der schönste Mann im Ballsaal, und Corrie fühlte sich magisch zu ihm hingezogen, wie in jener ersten Nacht im Gewittersturm.

Sie standen gerade nahe der Treppe und erholten sich ein wenig vom Tanzen, als sie sich in einem Gefühlsaufwall ihm zuneigte. „Ich möchte, dass du mit mir schläfst."

Erstaunen flog über seine Gesichtszüge. „Meinst du etwa hier? Jetzt?"

Sie lächelte verführerisch. „Wir könnten kurz verschwinden. Niemand wird uns für die kurze Zeit vermissen."

Seine Augen verdunkelten sich, sein Blick versengte sie.

Wortlos nahm er sie bei der Hand, warf einen sichernden Blick über die Schulter und führte sie die breite, geschwungene Treppe hinauf. Vereinzelte Pärchen hatten sich in den oberen Flur zurückgezogen und tauschten Zärtlichkeiten aus. Gray führte sie einen leeren Seitenflur entlang, öffnete eine Tür, vergewisserte sich, dass niemand im Zimmer war, zog sie hinein und schob den Riegel vor.

Hastig nestelte Corrie an den Seidenbändern seiner schwarzen Maske. „Küss mich."

Gray nahm ihr die Federmaske aus der Hand und eroberte ihren Mund in einem heißen Kuss.

„Ich will dich", raunte er und küsste sie, bis ihr die Knie weich wurden.

Sie zerrte das Band aus seinem Haar und befreite seine schwarze Mähne. „Ich will dich so, wie du in jener Sturmnacht warst."

„Wie war ich damals?“

Corries Augen füllten sich mit Tränen. „Du warst heftig und zärtlich zugleich. Du warst der Mann meiner Träume.“

Grays Brust verengte sich. Lange blickte er der Frau, die er über alles begehrte, in ihr schönes Gesicht. „O mein Gott, Coralee.“

Seine Hände zitterten, als er sie in die Arme zog. Sie war so schön heute Nacht, so natürlich, so echt und unverfälscht. Wie ein Rasender begehrte er sie. Er nahm ihr Gesicht in beide Hände und küsste sie wieder, zunächst sanft und innig, dann tiefer und heftiger. Ein Feuer brannte in ihm, und seine Küsse wurden wild und ungestüm.

Wochenlang hatte er sich Zügel angelegt, sich gezwungen, Abstand zu ihr zu halten, auch im Bett. Er wusste, dass ihre Liebesnächte anders waren als beim ersten Mal. Er hatte sich mit voller Absicht Zurückhaltung auferlegt, um die Beherrschung nicht zu verlieren, hatte aber nicht bemerkt, dass seine Frau diesen Unterschied gespürt und darunter gelitten hatte.

Ihre leise gesprochenen Worte und die Sehnsucht in ihren Augen berührten sein Herz, drangen bis in seine Seele. Er fühlte sich aus dem Gleichgewicht geworfen, konnte und wollte sein Schicksal nicht länger leugnen.

Er fuhr mit der Zunge in ihren süßen Mund, küsste sie entfesselt, wie er sie seit jener Sturmnacht nicht geküsst hatte. Wie ein Verdurstender trank er von ihren Lippen, atmete den Rosenduft ein, der ihr entströmte, bis jede Faser in ihm schmerzlich nach Erlösung lechzte.

Er lehnte sie gegen die Wand, hob ihre Röcke, fand den Schlitz in ihrer Pluderhose und begann sie zu streicheln. Sie war feucht und bereit, ihr Verlangen ebenso entbrannt wie das seine.

„Wir haben nicht viel Zeit“, raunte er an ihren Lippen.

„Wir brauchen nicht viel Zeit“, hauchte sie atemlos und

nestelte am Bund seiner Reithosen. Gray half ihr, hob sie hoch, schlang ihre Beine um seine Hüften, und dann drängte er sich in ihren heißen Schoß, spürte ihre Hände, die sich in sein Haar wühlten, hörte, wie sie leise in seinen Mund stöhnte.

Er trieb sich tief in sie, immer wieder, völlig entfesselt. Er wollte sich nicht länger zurückhalten. Das war es, wonach er sich sehnte, was er von der Frau in seinen Armen brauchte, diese enthemmte Leidenschaft, die nichts gemein hatte mit dem routinierten Liebesspiel, das er mit ihr seit der Hochzeit trieb. Er lechzte nach einer wilden, ekstatischen Verschmelzung wie in jener Sturmnacht.

„Ich brauche dich“, stöhnte er. „Ich habe noch nie eine Frau so heiß begehrt.“

„Gray …“ Sie küsste ihn, konnte nicht genug von ihm bekommen, tauchte ihre kleine Zunge in seinen Mund.

Aus seiner Brust stieg ein tiefes Stöhnen auf. Er bemühte sich, auszuharren, aber als er ihre Erlösung spürte, war es um ihn geschehen. Ein überwältigender Höhepunkt brach über ihn herein, schüttelte ihn und spannte seine Muskeln. Er biss die Zähne aufeinander, um nicht laut aufzuschreien.

„Letty …“, stöhnte er beinahe schluchzend, trieb sich ein letztes Mal in sie und verschmolz ganz mit ihr. „Meine süße Geliebte …“

Gray spürte, wie sie sich in seiner Umarmung versteifte. Sie holte stockend Luft, stemmte die Hände gegen seine Brust und begann, sich gegen ihn zu wehren.

Erst dann begriff er, dass sie zitterte und gegen ihre Tränen ankämpfte. Sanft stellte er sie wieder auf die Füße.

„Was ist dir, Liebes? Habe ich dir wehgetan?“

Sie blickte starr zu ihm hoch, Tränen liefen ihr über die Wangen. „Ja, du hast mir wehgetan, Gray. Du hast mir das Herz gebrochen.“ Hastig strich sie die Röcke glatt, rannte aus dem Zimmer und schlug die Tür hinter sich zu.

Fassungslos und völlig verwirrt stand Gray da. Was, um Himmels willen, hatte er nur getan?

Du hast sie Letty genannt, du Narr.

Der Name war ihm einfach entschlüpft, ohne dass er wusste, warum. Aber das konnte doch nicht so gravierend sein.

Wie auch immer, seine Frau stand unter seinem Schutz, und er musste sie finden.

Hastig knöpfte er sich die Hose zu, lief aus dem Zimmer und hastete den Flur entlang. Coralee war verschwunden. Unten an der Treppe entdeckte er Charles, der sich mit Jason unterhielt.

„Habt ihr Coralee gesehen? Sie verschwand plötzlich, und ich kann sie nicht finden."

„Wir helfen dir bei der Suche", sagte Jason. „Ich sehe oben nach, und ihr zwei sucht hier unten."

„Wir müssen sie finden!", rief Gray in höchster Not. „Nicht auszudenken, was ihr zustoßen kann."

Charles nahm ihn beim Arm, um ihn zu beruhigen. „Wir finden sie. Ich bitte Derek, uns zu helfen."

Kaum hatten die Männer ihre Suche begonnen, trat Coralee zu Gray, als sei sie soeben von einem Spaziergang zurückgekehrt. Allerdings wirkte sie blass und verstört, und sein Herz zog sich zusammen. Seine Besorgnis wandelte sich in Zorn.

„Wo, zum Teufel, bist du gewesen, Coralee? Du hast mich zu Tode erschreckt."

Sie wurde noch bleicher und holte stockend Luft. „Ich fühle mich nicht wohl, Mylord, und würde gerne nach Hause fahren."

„Bist du krank? Was ist geschehen?"

„Nichts ist geschehen. Ich möchte nur … nach Hause."

„Gut, einverstanden." Er nahm sie bei der Hand, holte ihren Mantel, verabschiedete sich von seinen Brüdern, Rebecca und Jason und verließ mit Coralee den Ball. Die Wächter nahmen ihre Plätze hinter der Karosse ein, während das Paar einstieg.

Auf der Fahrt nach Castle Tremaine beobachtete Gray seine Frau scharf, die kerzengerade und mit versteinerter Miene ihm gegenübersaß.

Vielleicht hatte er ihr mit seiner wilden Leidenschaft zu sehr zugesetzt.

„Sag mir bitte, was ich getan habe“, begann er, als die Karosse durch die Nacht rollte. „Liegt es an der Art, wie ich über dich hergefallen bin? War ich zu grob?“

Corrie schüttelte den Kopf. „Du warst wunderbar. Du warst genau der Mann, den ich in Erinnerung hatte.“ Aber als sie ihn ansah, war ihr Blick wieder tränenverschleiert.

„Sag es mir.“

„Du warst genau wie damals in jener ersten Nacht. Aber ich bin nicht Letty und werde es nie sein.“ Dann schwieg sie erneut und sprach erst wieder, als sie sein Gemach erreicht hatten und Corrie ihm sagte, sie wolle in ihrem eigenen Bett schlafen.

Gray ließ sie gewähren, auch wenn es ihn unendlich schmerzte. Sie hatte sich als Letty verkleidet, und er hatte sie bei diesem Namen genannt. Er begriff nicht, wieso der Name sie so tief gekränkt hatte. Und er hatte keine Ahnung, wie er den Schaden wiedergutmachen könnte.

Aber er würde alles daransetzen, sich mit ihr zu versöhnen. Er würde sich bei ihr entschuldigen und alles wieder ins Lot bringen.

Am nächsten Morgen, als er ihre Zofe fragte, ob sie schon aufgestanden sei, stellte er jedoch fest, dass Coralee verschwunden war.

26. KAPITEL

Die elegante schwarze Karosse rollte durch die überfüllten Straßen Londons. Corrie hatte beinahe vergessen, wie laut und betriebsam die Stadt, wie staubig die Luft war. Sie war schon den ganzen Tag unterwegs und hatte gehofft, London vor Einbruch der Nacht zu erreichen, doch seit einer Stunde war es bereits dunkel.

Seufzend lehnte sie sich in die Samtpolster zurück. Als sie das Schloss im Morgengrauen verließ, hatte sie nur daran gedacht, so schnell wie möglich vor Gray zu fliehen, der sie maßlos gekränkt hatte. Auf der langen Reise hatte sie genügend Zeit zu überlegen, was sie tun würde, sobald sie London erreichte.

Gray besaß ein Haus in der Stadt. Als Countess of Tremaine hatte sie selbstverständlich das Recht, dort zu wohnen, aber Gray würde sie mit Sicherheit dort zuerst suchen. Was auch immer er für sie empfinden mochte, war sie doch seine Frau, für die er sich verantwortlich fühlte.

Corrie aber wollte ihn nicht sehen.

In der Stadt drohte ihr weniger Gefahr, wobei nicht auszuschließen war, dass man sie verfolgte. Der einzige Ort, wo sie sich wirklich sicher fühlen konnte, war das Haus von Krista und Leif. Es war ihr peinlich, die Freunde um Aufnahme zu bitten, aber sie brauchte den Rat ihrer besten Freundin, und außerdem wusste sie sich unter einem Dach mit drei bärenstarken Männern geborgen wie in Abrahams Schoß.

Die Familie hatte bereits zu Abend gegessen, als die Kutsche vor dem Backsteinhaus der Draugrs vorfuhr und Corrie den Türklopfer bediente.

Der Butler öffnete. „Was kann ich für Sie tun, Madam?"

Sie brachte ein Lächeln zustande. „Vielleicht erinnern Sie sich an mich, Mr. Simmons ... Coralee Whitmore? Mittlerweile Countess of Tremaine."

„Aber natürlich, Mylady. Treten Sie ein.“ Simmons, ein soignierter Herr in mittleren Jahren mit grau meliertem Haar, verneigte sich höflich.

„Wenn Sie mir bitte in den Salon folgen, ich werde Sie Mr. und Mrs. Draugr melden.“

„Danke, Simmons.“ Sie folgte dem Butler in einen Salon, in roten und goldenen Farbtönen gehalten, mit Fransenlampen auf reich geschnitzten Beistelltischen. In Glasvitrinen standen allerlei Porzellanfiguren und Nippes; überall lagen Stapel der letzten Ausgaben der Londoner Tageszeitungen und Wochenmagazine.

Der Salon war im modischen viktorianischen Stil eingerichtet, vermutlich von einem Innenarchitekten, da Krista zu sehr beschäftigt war, um sich mit derlei Dinge zu befassen.

Beklommen wartete Corrie und wünschte sich beinahe, sie hätte die überstürzte Reise nicht gemacht.

Dann trat Krista ein, schlank und langbeinig, und zog sie in eine tröstliche Umarmung. Corrie wurde leichter ums Herz bei dem herzlichen Empfang ihrer Freundin. Krista spürte ihre Beklommenheit und löste sich ein wenig von ihr.

„Coralee, was, in aller Welt, ist geschehen?“

Leif tauchte im Türrahmen auf, und Corrie erhaschte einen kurzen Blick auf Thors dunkle hohe Gestalt hinter ihm, bevor Leif die Tür schloss, um die Freundinnen allein zu lassen.

„Geht es um den Earl?“, fragte Krista und führte sie zum Sofa. „Hat er dir etwas angetan? Falls er …“

„Nein, er hat mir nichts angetan. Jedenfalls nicht so, wie du denkst.“

Krista ergriff ihre Hand. „Erzähle mir, Corrie. Wieso hast du deinen Ehemann verlassen?“

In der nächsten halben Stunde erzählte Corrie, wie unsterblich sie sich in Gray verliebt hatte, aber nach der Hochzeit entdecken musste, dass er sich verändert hatte und nicht der Mann war, den sie in ihm gesehen hatte. Schließlich habe sie versucht, sich damit abzufinden, dass er sie nicht liebte.

„Aber ich liebe ihn über alles", gestand sie und wischte sich mit dem Taschentuch, das Krista ihr reichte, die Tränen von den Wangen. „Er ist ein harter Mann, aber er hat auch weiche Züge. Gray ist klug und loyal. Er ist sehr einsam und braucht Verständnis und Zuneigung. Wenn er mich berührt …" Sie wandte errötend den Blick ab, als sie daran dachte, was Gray mit einer Berührung, mit einem einzigen Kuss in ihr auszulösen vermochte.

Stockend holte sie Luft. „Aber er liebt mich nicht. Er liebt eine Frau, die gar nicht existiert. Er hat sich in Letty Moss verliebt."

„Ach Coralee …"

„Es ist wahr, Krista." Corrie erzählte ihr von ihrer ersten Liebesnacht im Jagdhaus. Krista hörte ihr geduldig zu, ohne sie zu unterbrechen.

Sie schwieg auch, als Corrie ihr von dem Kostümball erzählte. „Zum ersten Mal seit unserer Hochzeit hatte ich das Gefühl, dass er wirklich etwas für mich empfindet. Und dann nannte er mich … Letty, meine süße Geliebte."

Krista drückte ihr die Hand. „Aber das ist doch nicht schwer nachvollziehbar. Du warst als Letty verkleidet. Vielleicht war er einen Augenblick lang verwirrt."

„Das war er mit Sicherheit. Und ich bin davon überzeugt, dass er sich Letty Moss an meine Stelle gewünscht hätte."

Die Freundinnen redeten lange miteinander, und Leif war verständnisvoll genug, sie nicht zu stören. Doch plötzlich klopfte es, und Kristas blonder Hüne zog die Schiebetüren auf.

„Meine Damen, entschuldigt die Störung. Coralee, dein Gatte will dich sprechen, und wenn ich ihm den Zutritt verwehre, wird es demnächst eine Prügelei geben."

Corrie sprang auf. Sie hatte damit gerechnet, dass Gray

ihr folgen würde, aber nicht erwartet, dass er mitten in der Nacht bei ihren Freunden auftauchte.

Ein Flügel öffnete sich weiter, und Gray marschierte ins Zimmer. Seine Reithosen und Stiefel waren mit Lehm bespritzt, das Haar hing ihm strähnig ins erhitzte Gesicht. Er musste geritten sein, als sei der Teufel persönlich hinter ihm her, nachdem er ihr Verschwinden entdeckt hatte.

Drohend baute er sich vor ihr auf. „Was, zum Teufel, hast du dir dabei gedacht, Hals über Kopf nach London zu reisen?"

Corrie hatte diese Reaktion erwartet.

„Ich brauche Zeit zum Nachdenken."

„Hast du nicht an die Gefahren gedacht, Coralee? Hast du keinen Gedanken daran verschwendet, was dir zustoßen könnte, wenn du mutterseelenallein durch die Gegend kutschierst?" Bevor sie antworten konnte, fuhr Gray zu Leif und Thor herum, die breitbeinig hinter ihm standen, als wollten sie jeden Moment über ihn herfallen. „Hat sie euch erzählt, dass ihr Leben in Gefahr ist? Hat diese hitzköpfige kleine Närrin erwähnt, dass bereits zwei Anschläge auf sie verübt wurden?"

Leif zog die blonden Brauen über der Nasenwurzel zusammen. „Wieso hast du uns nichts davon gesagt, Coralee?"

Thors missbilligender Blick durchbohrte sie. „In diesem Fall hättest du unter keinen Umständen alleine reisen dürfen. Aber bei uns bist du in Sicherheit."

„Wieso, in aller Welt, will jemand Coralee töten?", fragte Leif an Gray gewandt.

„Weil sie es sich in ihren störrischen Kopf gesetzt hat, den vermeintlichen Mörder ihrer Schwester zu finden."

Krista sah sie erschrocken an. „Ich dachte, damit sei endlich Schluss, Coralee!"

Energisch hob Corrie das Kinn. „Erzähle es ihnen, Gray. Sag ihnen, dass ich von Anfang an recht hatte – Laurel wurde ermordet."

„Mag sein, allerdings fehlt uns noch jeder Beweis. Die Tatsache, dass jemand Coralee nach dem Leben trachtet, untermauert diese Theorie allerdings. Dolph Petersen hat seine Ermittlungen wieder aufgenommen, weil auch er davon überzeugt ist." Gray richtete seinen erzürnten Blick wieder auf Corrie. „Es war sträflicher Leichtsinn, dich auf diese Weise in Gefahr zu begeben."

Corrie wich zurück, bis ihre Schultern die rote Tapete berührten, während er bedrohlich näher kam. „Schluss mit diesen Torheiten! Du kommst augenblicklich mit mir nach Hause", zürnte er.

„Ich bleibe hier, Gray. Du kannst mich nicht zwingen, dich zu begleiten."

„Das werden wir ja sehen!" Er packte sie unsanft am Arm und wollte sie zur Tür zerren.

Thor trat ihm in den Weg. „Ihre Frau hat den Wunsch hierzubleiben."

„Ihr Leben ist in Gefahr. Ich bin ihr Ehemann und habe die Pflicht, sie zu beschützen."

„Coralee ist in unserem Haus sicher. Mein Bruder und ich beschützen sie."

„Ich verlasse dieses Haus nicht ohne meine Frau", entgegnete Gray erbittert, der es offenbar auf einen Zweikampf mit Thor anlegte.

Corrie trat zwischen die Streithähne. „Ich brauche Zeit, Gray."

„Du bist meine Frau."

„Ja, ich bin deine Frau, aber du liebst mich nicht. Ich brauche Zeit, um mich damit abzufinden."

Gray machte den Mund auf, brachte jedoch kein Wort über die Lippen. Sie las den inneren Aufruhr in seiner Miene. Er war kein Lügner, deshalb wusste er keine Erwiderung.

„Leif und Thor sind erfahrene Krieger", fuhr Corrie fort und verdrängte ihre große Enttäuschung. „Unter ihrem

Schutz fühle ich mich sicher."

„Du gehörst zu mir."

„Ich bin nicht bereit, mit dir zu gehen."

Gray machte auf dem Absatz kehrt, durchquerte den Salon und kam wieder zurück. „Ich bin nicht einverstanden, dass du bleibst – nicht im Geringsten."

„Ich bleibe, Gray."

Er fixierte Thor mit hartem Blick. „Wenn ich meine Gattin in Ihrer Obhut lasse, schwören Sie mir, für ihre Sicherheit zu sorgen?"

„Ich gebe Ihnen mein Wort als Krieger."

Das konnte Gray akzeptieren. „Geben Sie mir auch Ihr Wort, sie mit dem Respekt zu behandeln, der ihr als meine Gattin gebührt, und ihr keine Avancen zu machen?"

Ein Lächeln umspielte Thors Mundwinkel. „Sie ist schön, aber sie gehört Ihnen."

Gray wandte sich an Coralee. „Ich komme morgen wieder. Wir haben einiges zu besprechen."

„Gut, wie du wünschst." Sie fragte sich, was er wohl mit ihr besprechen wollte, und versuchte, sich keine Hoffnungen zu machen.

An der Tür blieb Gray stehen und kam erneut zurück. Er zog sie in die Arme und küsste sie in einem besitzergreifenden, wilden Kuss.

Als er sich von ihr löste, zitterten ihre Knie.

„Ich komme wieder", knurrte er, und dann war er verschwunden.

Corrie war völlig benommen und errötete tief über sein ungehöriges Benehmen.

Hastig eilte Krista an ihre Seite. „Du liebe Güte, Coralee! Ich kann mir nicht vorstellen, dass ein Mann die Frau nicht liebt, die er auf diese Weise küsst." Sie fächelte sich mit ihrem Taschentuch Luft zu.

Corries Kehle war wie zugeschnürt. „Gray weiß doch

nicht, was Liebe bedeutet."

Krista blickte mit einem zärtlichen Lächeln ihren Gemahl an. „Du wirst noch staunen, meine Liebe, was ein Mann lernen kann."

Gray lag die halbe Nacht wach und las, ohne dabei den ersehnten Schlaf zu finden.

Als es leise an der Tür klopfte, ließ er das Buch sinken. Zu seiner Verblüffung huschte Samir ins Zimmer wie eine Erscheinung aus Tausendundeiner Nacht. „Ich habe mich beeilt. Ich hatte das Gefühl, Sie brauchen mich."

Samirs Intuition grenzte an ein Wunder. „Danke, dass du gekommen bist, Samir. Ich wollte eine Nacht in London bleiben und morgen nach Tremaine zurückkehren. Allem Anschein nach ist das nicht möglich."

„Sie weigert sich, Sie zu begleiten?"

Gray nickte. „Sie ist störrisch wie ein Maulesel."

„Sie könnten sie zwingen, schließlich ist sie Ihre Frau."

Gray seufzte. „Sie sagt, sie braucht Zeit zum Nachdenken. Wenn ich bedenke, was sie durchgemacht hat, hat sie vielleicht recht."

„Ihre Gattin liebt Sie."

Versonnen blickte Gray ins Leere. Er wusste nicht einmal, was Liebe bedeutete. Seine Mutter hatte ihn geliebt, aber das war lange her, und er konnte sich kaum noch an sie erinnern. Und dennoch weitete sich Grays Herz bei Samirs Worten.

„Sie sollten ihr zeigen, dass Sie Zuneigung für sie empfinden."

Gray schüttelte den Kopf. „Ich wüsste nicht, wie ich das anstellen sollte."

„Sie könnten ihr sagen, was Sie für sie empfinden."

„Ich will sie nicht belügen, das wäre nicht fair."

„Aber Sie sollten sich auch nicht selbst belügen."

Gray schwieg. Was immer er für Coralee empfand, war mit nichts zu vergleichen, was er je für eine andere Frau empfunden hatte. War das Liebe? Er schnaubte verächtlich. Nein, er war kein Mann, der zur Liebe fähig war.

„Wenn Sie keine Worte finden, sollten Sie etwas anderes sprechen lassen. Sie sollten Ihrer Gemahlin ... wie sagt man, wenn man eine Frau mit kleinen Aufmerksamkeiten gewinnen will?“

Gray lächelte. „Man umwirbt sie, macht ihr den Hof.“

„Das sollten Sie tun. Sie sollten ihr den Hof machen.“

„Ich habe genug damit zu tun, auf sie aufzupassen, Samir. Ich habe keine Zeit, sie zu umwerben und ihr den Hof zu machen wie ein unverbesserlicher Romantiker.“

Der kleine Hindu hob die knochigen Schultern. „Das liegt ganz bei Ihnen, *sahib*.“

Als der Morgen graute, war Gray zu dem Schluss gekommen, dass Samir wie gewöhnlich recht hatte. Er schrieb einen Brief an Charles, Jason und Derek, in dem er ihnen mitteilte, er werde noch eine Woche in London bleiben, und versicherte, es bestehe kein Grund zur Sorge. Er bat sie, weiterhin mit Dolph zusammenzuarbeiten, um den Mann ausfindig zu machen, der Coralees Leben bedrohte.

Danach begab er sich in einen Blumenladen, bestellte ein halbes Dutzend Bouquets gelber Rosen und ließ sie ins Haus der Draugrs liefern. Einen Strauß roter Rosen nahm er an sich. Der zarte Duft erinnerte ihn an Coralee.

Er wusste nicht, wie er es anstellen oder was er sagen sollte, wusste nur, dass er seine Frau wiederhaben wollte. Sie gehörte zu ihm, in sein Haus und in sein Bett.

Als Corrie zum Frühstück nach unten ging, standen Vasen mit gelben Rosen in der Diele, im Salon dufteten gleichfalls gelbe Rosen, und auf dem Tisch im Frühstücksraum prangte ein Strauß roter Rosen.

„Offensichtlich empfindet dein Gemahl mehr für dich, als du wahrhaben willst, Corrie“, stellte Leif fest, der bereits seinen Morgentee trank.

Ihr Herz geriet ins Stolpern. War das möglich?

„Hat Gray ... all die Rosen geschickt?“, fragte sie zaghaft.

„Ich konnte meine Neugier nicht bezähmen und habe einen Blick auf die Karte riskiert“, erklärte Krista lächelnd.

„Aber so etwas passt gar nicht zu ihm ... Gray schickt keine Blumen.“

„Offenbar irrst du dich“, fuhr Krista fort. „Und wenn ich mich recht entsinne, sind Rosen deine Lieblingsblumen.“

„Woher sollte er das wissen?“

Thor schmunzelte. „Du duftest nach Rosen. Das fällt jedem Mann auf.“ Mit seinem dichten schwarzen Haar, das ihm bis zum Kragen reichte, seinen markant geschnittenen Gesichtszügen und faszinierend blauen Augen war er ein umwerfend gut aussehender Mann.

Aber ihr Herz gehörte Gray.

Während die vier sich gebratene Würstchen und Rührei schmecken ließen, berichtete Corrie ihren Freunden von den Anschlägen auf ihr Leben und den Bemühungen, den Unhold zu fassen, der ihr vermutlich noch immer nach dem Leben trachtete.

„Wir hatten vor, ihn beim Kostümball der Countess of Devane zu überführen, aber keinem von uns fiel etwas Verdächtiges auf. Allerdings war der Ball ein spektakuläres Ereignis.“ Sie nahm einen Schluck Tee. „Ich könnte einen Artikel für unsere nächste Ausgabe darüber schreiben, dachte ich.“

Krista sprang auf, eilte zu Corrie und umarmte sie begeistert. „Das wäre wunderbar, Liebste. Lindsey ist völlig überlastet. Wenn du den Beitrag schreibst, kann sie eine kleine Pause einlegen.“

Thor räusperte sich. „Die Frau braucht mehr als nur eine kleine Pause. Sie braucht dringend einen Mann, der sie an die Hand nimmt.“

Krista verdrehte die Augen. „Die beiden zanken sich wie die Kinder. Ich begreife nicht, wieso sie nicht miteinander auskommen.“

„Sie weiß nicht, wo sie hingehört“, knurrte Thor.

„Und du lebst noch im Mittelalter, Thor Draugr.“

Er schwieg, denn er wollte sich nicht auf ein Streitgespräch mit seiner Schwägerin einlassen. Thor war kurz nach seinem Bruder nach London gekommen. Die beiden stammten von einer einsamen Insel nördlich von Schottland, einem Eiland, das auf keiner Seekarte verzeichnet war; dort hatten sie wie ihre normannischen Vorfahren vor mehr als vierhundert Jahren gelebt.

Durch Zufall waren Corrie und Krista vor einigen Jahren Leif begegnet, der ein Schiffsunglück überlebt und an der Küste von England gestrandet war. Die beiden jungen Frauen hatten ihm geholfen, den Männern zu entfliehen, die ihn gefangen genommen hatten. Kristas Vater Sir Paxton Hart hatte dem jungen Mann geholfen, sich ein neues Leben in London aufzubauen, und in dieser Zeit hatten Krista und Leif sich ineinander verliebt.

Wenige Monate später war auch Thor nach London gekommen, und Sir Paxton hatte ihn ebenfalls ausgebildet und unterrichtet und aus ihm einen Gentleman gemacht – was Thor nicht leichtgefallen war. Mittlerweile arbeitete er als Reporter für *Heart to Heart*, aber auch bei seinem Bruder in der Schiffswerft.

Der Butler erschien in der Tür. „Entschuldigen Sie die Störung, aber der Gemahl von Lady Tremaine …“

„Wünscht seine Frau zu sprechen.“ Gray drängte sich an Simmons vorbei und betrat das Zimmer. „Tut mir leid, die morgendliche Idylle zu stören, aber ich muss Ihnen die Dame für ein paar Minuten entführen." Sein Blick streifte kurz ihren leer gegessenen Teller, bevor er sie am Ellbogen nahm und sie mit sanftem Nachdruck zwang aufzustehen.

Corrie sträubte sich nicht, da sie neugierig war zu hören, was er ihr zu sagen hatte. „Entschuldigt uns bitte", meinte sie und ließ sich von ihm zur Tür bringen.

„Der Earl of Tremaine erinnert mich in seiner herrischen Art an jemanden, den ich sehr gut kenne", flüsterte Krista augenzwinkernd an Leif gewandt, als die beiden das Zimmer verlassen hatten.

Ihr Gatte brummte nur leise.

Im angrenzenden Salon nahm Corrie auf dem Sofa Platz, während Gray sich neben sie setzte. Da er offenbar unschlüssig überlegte, wie er das Gespräch beginnen sollte, ergriff sie das Wort. „Vielen Dank für die Blumen. Welch eine Überraschung."

Gray wandte den Blick ab. „Ich dachte, du würdest dich darüber freuen."

„Rosen sind meine Lieblingsblumen."

Er zog einen Mundwinkel hoch, schwieg aber.

„Worüber willst du mit mir sprechen?", kam Corrie endlich auf den Punkt.

Gray blickte ihr in die Augen. „Über Letty Moss."

Verwirrt blinzelte sie. Gray war schon immer sehr direkt gewesen. „Wieso über sie?"

„Warum hast du dich so sehr darüber aufgeregt, als ich den Namen aussprach?"

Sie senkte den Blick und wischte ein nicht vorhandenes Stäubchen von ihrem Rock. „Weil du immer nur Letty begehrt hast, nicht mich. Ich hatte gehofft, es würde sich ändern, aber das war wohl ein Irrtum."

Gray ergriff ihre Hand. Seine Finger fühlten sich warm an, sein Blick senkte sich tief in ihre Augen. „Letty war eine

Frau, mit der ich schlafen wollte. Ich hätte sie nie geheiratet."

„Hättest du nicht?"

„Nein."

„Weil sie nicht standesgemäß war? Ich hätte nicht gedacht, dass dir Standesunterschiede etwas bedeuten."

„Darum ging es nicht. Die Letty, die du mir vorgespielt hast, hätte meine Begierden im Bett befriedigt, aber mehr nicht. Ich brauche eine Frau, die klug und vielseitig ist, eine loyale und standhafte Frau, auf die ich mich verlassen kann, die zu mir steht. Ich weiß selbst, dass ich ein schwieriger Mensch bin."

Sie lächelte. „Ganz recht, du bist störrisch und verschlossen. Und obendrein besitzergreifend und herrisch."

Er schmunzelte. „Aber ich bin ein guter Liebhaber."

Corrie errötete. „Ja, das bist du, du Schurke. Aber ich wünschte mir, du wärst zugänglicher, würdest dir nicht ständig Schranken auferlegen und könntest deine Gefühle besser zeigen."

Er zog ihre Hand an seine Lippen und drückte einen Kuss in die Innenfläche. Hitze durchströmte sie bis in die Zehenspitzen.

„Komm mit mir nach Hause, Coralee. Wir fangen ganz von vorne an und lernen uns besser kennen. Es ist höchste Zeit."

Hoffnung stieg in ihr auf, aber sie traute ihm noch nicht ganz. „Gib mir ein wenig Zeit."

„Herrgott noch mal, Coralee."

„Bitte, Gray."

„Ich will dich in meinem Bett. Selbst wenn ich neben dir sitze, fällte es mir schwer, meine Hände von dir zu lassen." Unwillkürlich ballte er sie zur Faust.

„Ich will mit dir zusammen sein, Gray – du ahnst nicht, wie sehr. Aber noch bin ich nicht dazu bereit."

Er musterte sie forschend. „Ist das wirklich dein Ernst?“

„Ich brauche Abstand, Gray.“

Widerstrebend nickte er. „Gut. Ich gebe dir die Zeit, die du brauchst – unter einer Bedingung.“ Er lächelte jungenhaft, und Zärtlichkeit durchströmte sie. „Du nimmst meine Einladung zu einer Spazierfahrt im Park heute Nachmittag an.“

„Könnte das nicht gefährlich sein?“

„Ich komme nicht allein. Wir werden von zwei Männern bewacht sein.“

„Dann freue ich mich sehr darauf, den Nachmittag mit dir zu verbringen.“

Gray neigte sich ihr zu und küsste sie. Was als unschuldiger Kuss begann, steigerte sich zu einem leidenschaftlichen Kuss, der beide berauschte.

„Ich hole dich um vier ab“, sagte er schließlich mit belegter Stimme und erhob sich.

Benommen sah Corrie ihm hinterher. Sie hatte nicht erwartet, dass er sich ihrem Wunsch nach Abstand beugen würde, weil sie nicht für möglich gehalten hatte, dass ihm ihre Wünsche überhaupt etwas bedeuteten.

Ich will dich in meinem Bett, hatte er gesagt. Aber sie musste Gewissheit haben, ob er tatsächlich sie begehrte oder nur einem Phantom nachjagte, das nicht existierte. Mochte Gray sie auch nicht lieben, bedeutete sie ihm offenbar doch mehr, als sie bislang angenommen hatte.

An diese Hoffnung klammerte Corrie sich, als sie sich nach oben begab, um ihren Artikel über den Kostümball bei Lady Devane zu verfassen.

27. KAPITEL

Wie nun jeden Nachmittag holte Gray sie auch an diesem Tag ab, um mit ihr auszufahren. Er war aufmerksam wie nie zuvor, begleitete sie durch die eleganten Geschäfte, kaufte ihr kleine Geschenke und Süßigkeiten. Er wollte ihr ein Parfum schenken, entschied sich schließlich aber für den Rosenduft, den sie immer trug, was sie rührend und charmant fand. Sie genoss die Aufmerksamkeiten, mit denen er sie überschüttete, und fühlte sich rundum wohl in seiner Gegenwart.

Ihre einzige Besorgnis galt ihren Gefühlen, da sie sich immer mehr in ihn verliebte. Wenn sie den Wunsch hatte, eine harmonische Ehe mit Gray zu führen, stand ihre Liebe ihr dabei im Weg. Aber wie es aussah, musste sie dieses Risiko auf sich nehmen.

Mit Gray verbrachte sie die Nachmittage; morgens begleitete Thor sie in den Verlag, während Leif sich in seine Schiffswerft Valhalla Shipping chauffieren ließ.

In der Redaktion von *Heart to Heart* beendete Corrie ihren Artikel über den Kostümball der Countess of Devane in Parkside, der ihr zu einem kleinen journalistischen Meisterwerk gelang. Anschließend verfasste sie eine Glosse über die Freuden des Landlebens, ein Thema, das ihr vor ihrem Besuch auf Castle Tremaine nie in den Sinn gekommen wäre.

Es machte ihr großen Spaß, wieder arbeiten zu dürfen; dennoch stellte sie fest, dass sie sich in den vergangenen Monaten verändert hatte. Ihr Interesse am Londoner Gesellschaftsleben, den Bällen und Soireen und dem damit verbundenen Klatsch war abgeflaut. Mittlerweile war ihr auch bewusst geworden, welchen Schaden grundlose Gerüchte bei den Betroffenen anrichten konnten, wie in Grays Fall.

Sie diskutierte gerne und lange mit Krista, und sie beobachtete mit wachem Interesse, wie Thor und Lindsey Graham miteinander umgingen, die Schulfreundin, die Corries Arbeit stellvertretend übernommen hatte. Irgendwie hatte sie den Eindruck, Lindsey und Thor gingen einander aus dem Weg, als könne keiner die Gegenwart des anderen ertragen.

Die schlanke Lindsey, mit honigblondem Haar und braunen Augen, eine lebhafte dynamische Frau, die ambitioniert ihre Lebensziele verfolgte, schien Thor ein Dorn im Auge zu sein. Er war der Meinung, der Platz einer Frau sei zu Hause und am Herd, vermutlich um unter anderem Bären zu häuten, am Webstuhl zu sitzen und Körbe zu flechten, wie Corrie sich schmunzelnd ausmalte.

Und dennoch bestand zwischen den beiden eine knisternde Spannung, wann immer sie einer Begegnung nicht ausweichen konnten.

Interessant, dachte Corrie, als sie mit Gray die Verlagsräume verließ, um mit ihm auszufahren.

Selbst an diesem sonnigen Tag, an dem eine milde Brise wehte, die Blumen im Park in leuchtenden Farben blühten und die Vögel zwitscherten, wollte Gray das Verdeck des sportlichen Phaeton nicht nach hinten klappen.

„Ich will kein Risiko eingehen“, erklärte er. Aus diesem Grund standen auch zwei bewaffnete Wächter in Livree auf dem hinteren Trittbrett, und Gray war ebenfalls bewaffnet, wie Corrie wusste.

Sie lehnten sich bequem zurück, während der Wagen durch das Parktor rollte.

„Ich habe die Nachmittage in der vergangenen Woche mit dir genossen“, sagte Corrie und bemühte sich, unter der Glut seiner Blicke nicht zu erröten. „Endlich hatten wir Gelegenheit, einander etwas besser kennenzulernen.“ Sie warf ihm einen forschenden Blick zu. „Aber ich würde gerne mit dir über deine verstorbene Frau sprechen. Möchtest du mir etwas über sie erzählen?“

Er schwieg lange, den Blick aus dem Wagenfenster gerichtet. Dann lehnte er sich in die Polster zurück und seufzte.

„Jillian war jung und schön“, begann er widerstrebend. „Der Titel war auf mich übergegangen, ich brauchte eine Ehefrau, und Jillian schien dafür geeignet zu sein.“

„Geeignet? Hast du sie geheiratet, weil sie sich dafür eignete?“

Er zog die Schultern hoch. „Damals hielt ich das für ausreichend.“

„Was geschah an dem Tag, als sie starb?“

Er blickte wieder aus dem Fenster und beobachtete sinnend einen kleinen Jungen, der hinter einem Ball herrannte.

„Rebecca hatte einen Bootsausflug geplant“, begann er wieder, „und lud ein paar Freunde dazu ein. In letzter Minute sagte ich meine Teilnahme ab. Ich hatte keine Lust, den ganzen Tag mit langweiligen Leuten zu verbringen, höflich zu plaudern und so zu tun, als sei ich an dem hohlen Geschwätz interessiert. Stattdessen machte ich einen langen Ausritt. Als ich gegen Abend nach Hause kam, wartete Charles auf mich. Er teilte mir mit, das Boot habe offenbar leckgeschlagen, sei kurz nach dem Ablegen voll Wasser gelaufen und in der Mitte des Flusses gesunken. Alle Insassen konnten gerettet werden, nur Jillian nicht.“

„Grundgütiger, Gray. Das ist ja furchtbar.“

Blicklos starrte Gray vor sich hin. „Charles sagte, sie sei untergegangen und nicht mehr aufgetaucht. Ihre Röcke hatten sich wohl an einem versunkenen Baumstamm oder einem anderen Hindernis verhakt. Ich weiß es nicht. Die Männer suchten stundenlang nach ihr. Wir haben ihre Leiche erst am nächsten Morgen geborgen.“

Corrie las den Schmerz in seinen Gesichtszügen. „Wäre ich im Boot gewesen, hätte ich sie retten können. Sie war meine Frau, ich hätte sie beschützen müssen.“

Corrie beugte sich vor und ergriff seine Hand. „Dich trifft ebenso wenig Schuld an Jillians Tod, wie ich für Laurels Tod verantwortlich bin. Monatelang machte ich mir bittere Vorwürfe, nicht bei ihr gewesen zu sein, als sie mich gebraucht hätte. Ich dachte, wenn sie mich ins Vertrauen gezogen und mir von ihrem Kind erzählt hätte, hätte ich ihr irgendwie helfen können. Aber das Leben ist voller Schicksalsschläge. Wir können uns nur bemühen, die uns auferlegten Aufgaben so gut wie möglich zu bewältigen. Mehr verlangt Gott nicht von uns."

Gray sah sie lange an, mit einer Verletzlichkeit im Blick, die sie tief berührte. Dann wandte er sich ab, und als er sich wieder zu ihr drehte, hatte sich sein Gesichtsausdruck verändert. Er wechselte das Thema.

„Es ist Zeit, dass du nach Hause kommst."

Seine Bestimmtheit machte sie beklommen. „Aber ich genieße es so sehr, dass du mir den Hof machst – das tust du doch, nicht wahr?"

Röte überflog seine Wangen. „Ich bemühe mich, dich glücklich zu machen. Derlei Aufmerksamkeiten schmeicheln einer Frau doch, oder nicht?" Leidenschaft flammte in seinen Augen auf. „Ich wüsste allerdings noch andere Möglichkeiten, dich glücklich zu machen." Sein dunkler Blick heftete sich auf ihre Brüste. „Du musst nur nach Hause kommen."

Aber dazu war sie noch nicht bereit. „Ich kann nicht, Gray. Noch nicht."

„Ich warne dich, Coralee. Ich bin nicht gerade dafür bekannt, geduldig zu sein. Und du stellst meine Geduld auf eine sehr harte Probe."

Das wusste sie. Sie hatte das Gefühl, einen Löwen an einer kurzen Kette vor sich zu haben. „Nur noch ein paar Tage."

Er knurrte tief, was ihr Bild von einem Löwen erschreckend verschärfte.

„Ich weiß, was du jetzt von mir hören willst ... was jede Frau hören will. Aber ich weiß doch nichts über die Liebe, Coralee. Ich weiß nur eins, dass ich tiefe Empfindungen für dich habe. Ich brauche dich, Corrie. Bitte komm nach Hause."

Seine Worte waren wie Balsam für ihre Seele. Diese Worte von einem Mann wie Gray, der sich seiner Gefühle so unsicher war und nicht wusste, wie er damit umgehen sollte, klangen in ihren Ohren wie eine Offenbarung. Er hatte ihr mehr gegeben, als sie zu hoffen gewagt hatte.

Ein Knoten schnürte ihr die Kehle zu. Sie schluckte. „Gut. Ich komme mit dir nach Hause, Gray."

Er kniff die Augen zu. „Gott sei Dank." Dann zog er sie in die Arme und küsste sie hungrig und leidenschaftlich. Nur widerstrebend löste er sich schließlich von ihr.

„So gerne ich mit dir nach Castle Tremaine zurückkehren würde, halte ich es für vernünftiger, noch ein paar Tage in London zu bleiben. Dolph und meine Brüder suchen fieberhaft nach dem Mann, der versuchte, dich zu töten. Aber solange sie ihn nicht gefasst haben, bist du in London sicherer, denke ich."

Diese Überlegungen hatte auch sie angestellt. „Vermutlich."

„Und in London können wir uns auch amüsieren. Heute Abend möchte ich dich ins Theater ausführen ... falls du Lust dazu hast."

„Ins Theater? Ich liebe das Theater und freue mich sehr darauf."

Er schmunzelte über ihre kindliche Begeisterung.

„Ein Theaterbesuch also. Und hinterher kommst du in mein Bett zurück."

Ein Wonneschauer durchrieselte sie. Die leidenschaftlichen Nächte mit Gray hatten ihr gefehlt, und sie hatte sich einsam gefühlt, wenn sie ohne ihn am Morgen erwacht war.

Die Privatloge des Earl of Tremaine im Theater Royal, mit roten Seidentapeten ausgestattet und goldenen, rot gepolsterten Stühlen, befand sich im ersten Rang. Die beiden bewaffneten Begleiter zogen sich zurück, sobald das Paar die Loge betrat.

Für den festlichen Anlass hatte Corrie sich besondere Mühe mit ihrer Erscheinung gegeben. Sie trug eine aquamarinfarbene, schulterfreie Abendrobe, die einen tiefen Einblick auf ihren prallen Busenansatz gewährte. Das enge Mieder verjüngte sich zu einer Spitze und betonte ihre Wespentaille. Dazu hatte sie die zweireihige Perlenkette angelegt, die Gray ihr bei Harrington's gekauft hatte, einem vornehmen Juwelier in der Bond Street. Das Haar trug sie in der Mitte gescheitelt, seitlich an den Ohren gehalten, während kupferfarbene Löckchen wippend auf ihre hellen Schultern fielen.

Sie fühlte sich von Grays bewundernden Blicken geschmeichelt, die immer wieder an ihrem Busen verweilten, bis ihre Brustspitzen sich begehrlich gegen das Korsett reckten.

Im schwarzen Abendanzug, blütenweißen Hemd und mit einem schimmernd weißen Halstuch sah er atemberaubend gut aus. An diesem Abend trug er einen schwarzen Spazierstock mit ziseliertem Silberknauf, der ihm zusätzlich eine weltmännische Aura verlieh.

Das Stück, *The Lark*, eine Komödie, vor Kurzem in Wien uraufgeführt, war höchst amüsant. Die Schauspieler boten glänzende Leistungen und brachten selbst Gray zum Lachen. Eine Welle der Zärtlichkeit durchflutete Corrie, als er sich zu ihr beugte und sie küsste.

Sanft strich er ihr mit dem Daumen über die Lippen. „Danke für das, was du heute gesagt hast“, raunte er.

Sie wusste, was er damit andeutete. Sie hatte gesagt, dass ihn keine Schuld an Jillians Unfalltod traf. Vielleicht war das der Grund, warum er zum ersten Mal unbeschwert lachen konnte. Vielleicht hatte er damit den ersten Schritt getan, um sich selbst verzeihen zu können, den ersten Schritt zu seiner seelischen Heilung.

Das bezaubernde Stück endete unter donnerndem Applaus des Publikums. Aber Gray lachte nicht mehr. Er sah sie mit unverhülltem Verlangen an, als wolle er bereits in der Loge über sie herfallen und ihr die Kleider vom Leib reißen. Und auch Corrie wurde von leidenschaftlicher Erregung ergriffen.

„Das Stück hat mir gefallen", raunte er. „Aber sobald wir zu Hause sind, habe ich etwas mit dir vor, was dir noch sehr viel mehr gefallen wird."

Prickelnde Schauer durchrieselten Corrie, und sie schenkte ihm ein strahlendes Lächeln, als er den schweren Samtvorhang hob und sie in den breiten Flur geleitete, überfüllt mit Theaterbesuchern, die dem Foyer zustrebten. Plötzlich trat ein Mann dicht neben sie und drückte ihr etwas Hartes gegen die Rippen. Eine Pistole. Corrie unterdrückte einen Schrei.

Schmerzhaft presste er ihr die Waffe zwischen die Rippen. „Kein Laut! Am Ende des Flurs sehen Sie eine Tür. Durch die verlassen Sie das Theater."

Das Herz schlug ihr bis zum Hals. Kalter Schweiß trat ihr auf die Stirn. War das der Kerl, der sie töten wollte? Gütiger Himmel, woher kam er so plötzlich?

„Ich denke nicht daran ... ich gehe nirgendwo ..." Ein harter Stoß in die Rippen brachte sie zum Schweigen.

„Sie tun, was ich sage." Der Kerl hatte fettiges Haar und roch nach Schweiß und Schnaps.

Zitternd wagte sie einen Blick zu Gray.

„Tu, was er sagt, Coralee." Ein zweiter finsterer, hünenhafter Geselle ging neben Gray her und hielt ihm gleichfalls eine Pistole in die Seite. Gray drückte ihr beschwichtigend die Hand, die in seiner Armbeuge lag, und mahnte sie damit, Ruhe zu bewahren. Sein Blick gab ihr zu verstehen, keine Angst zu haben, und sie spürte, dass er auf den richtigen Moment lauerte, um zuzuschlagen.

Gray und Corrie wurden von den Kerlen durch das Gedränge geschoben, ohne Aufsehen zu erregen, obwohl die Männer schäbig gekleidet und schmuddelig waren. Aber die Theaterbesucher waren entweder noch so gefangen in ihrer Begeisterung über das Stück oder zu müde nach dem langen Abend und wollten möglichst schnell nach Hause.

Am Ende des Flurs stieß Gray eine schmale Tür auf. Eine hölzerne Außentreppe führte in eine dunkle Gasse. Sobald Corrie die Stufen hinuntergestiegen war und in der Gasse stand, stieß Gray sie heftig zur Seite.

„Lauf!“, befahl er. Ein Pistolenschuss zerriss die Nacht, und Corrie schrie gellend. Gray und der Riese gingen ineinander verkeilt zu Boden. Einer von ihnen stöhnte vor Schmerz.

Lieber Gott, bitte nicht Gray, flehte sie händeringend. Im nächsten Moment war Gray wieder auf den Beinen, gleichzeitig zog der zweite Kerl seine Pistole.

„Gray!“, schrie Corrie und stürzte sich auf den Mann, der nach hinten taumelte und vor Schreck die Waffe fallen ließ, die durch die regennasse Gasse schlitterte. Im nächsten Moment hatte er sich gefasst, schlug ihr wutentbrannt mit dem Handrücken ins Gesicht, und Corrie prallte gegen die raue Ziegelmauer. Gray warf sich auf ihn, schickte ihn mit einem gewaltigen Faustschlag rückwärts zu Boden, bückte sich blitzschnell nach seinem Stöckchen, drehte den Griff und hielt eine scharfe Klinge in der Hand. Er zog den Übeltäter am Kragen zum Sitzen auf und hielt ihm das Messer an die Kehle. Die Klinge blitzte im Schein der Gaslaterne über dem Bühneneingang.

Corrie schlotterte an allen Gliedern. Das Drama entfaltete sich vor ihren Augen wie auf einer Bühne, dem sie hilflos zusehen musste.

„Bist du verletzt, Liebes?“ Grays Stimme drang wie durch dichten Nebel an ihr Ohr.

Sie schüttelte benommen den Kopf, brachte kein Wort über die Lippen und wischte sich mit zitternder Hand das Blut weg, das ihr aus dem Mundwinkel tropfte.

Gray kümmerte sich wieder um den Mann auf dem Boden. „Wer seid ihr?“ Als er nicht antwortete, drückte Gray fester zu. „Ich will eure Namen.“

„Biggs liegt da drüben. Ich heiße Wilkins.“

Biggs rührte sich nicht. Auf seiner Brust breitete sich ein roter Fleck aus, wurde größer, Blut sickerte in den Schmutz der Gasse. „Sieht aus, als sei dein Freund Biggs tot. Wenn du nicht redest, bist du der Nächste.“

Der Mann fuhr sich mit der Zunge über die Lippen, ohne den Kopf zu bewegen.

„Habt ihr zwei Laurel Whitmore getötet?“

„Das waren wir nicht. Biggs arbeitet für den Mann, der es getan hat.“

„Wie heißt er?“

„Ich kenn ihn nicht. Biggs hat mich bezahlt, damit ich ihm helfe, euch zwei zu erledigen. Mehr weiß ich nicht.“

„Ihr hattet den Auftrag, uns beide zu töten?“ Als der Mann nicht antwortete, drückte Gray ihm die Klinge ins Fleisch. Wilkins röchelte, als Blut aus der Schnittwunde in seinen schmutzigen Kragen sickerte.

„Wir sollen euch beide loswerden. Das hat er gesagt.“

„Woher habt ihr gewusst, wo wir uns aufhalten?“

„Biggs wusste, wo Sie wohnen. Wir haben euch die ganze Woche beobachtet.“

Gray fluchte leise. Seine Faust festigte sich um den Griff des Dolches, und Corrie fürchtete, er würde dem Kerl die Kehle aufschlitzen.

„Tun Sie es nicht, Kumpel“, röchelte Wilkins.

Kraftlos lehnte Corrie sich gegen die Mauer; in ihrer Wange pochte ein dumpfer Schmerz, und ihr Herz raste.

„Ich schlag Ihnen ein Geschäft vor“, krächzte der Schurke, dem der Schweiß über das schmutzige Gesicht lief. „Ich weiß etwas ... Wichtiges. Ich verrate es Ihnen, wenn Sie mich laufen lassen.“

Die Klinge an seinem Hals bewegte sich nicht. „So wichtig, um dein nutzloses Leben zu schonen?“

Wilkins nickte vorsichtig.

„Heraus mit der Sprache! Wenn die Information etwas wert ist, lass ich dich laufen.“

„Das Kind ... das die Frau bei sich hatte am Fluss. Es lebt.“

Corrie stieß sich von der Mauer ab. „Du lügst! Das sagst du nur, um deine Haut zu retten!“

„Es ist die Wahrheit, ich schwöre es! Biggs hat gesagt, der Mann, der die Frau umbrachte, hat es nicht über sich gebracht, ein unschuldiges Kind zu töten. Er hat Biggs dafür bezahlt, dass er es nach London in ein Findelheim bringt.“

Gray warf Corrie einen Blick zu. „Hast du nie daran gedacht?“

Sie zitterte am ganzen Körper. „Ich ... habe daran gedacht. Aber ich wagte nicht, mir Hoffnungen zu machen. Denkst du, er sagt die Wahrheit?“

Gray lockerte seinen Griff ein wenig, und der Mann stieß erleichtert die Luft aus. „Wenn das Kind lebt, wo finden wir es dann?“

„Keine Ahnung. Biggs hat es weggebracht.“

In diesem Moment wurde die Tür oben an der Holzstiege aufgerissen, und einer der Bewacher – Franklin, ein stämmiger Kerl mit wallendem Backenbart – polterte die Stufen herunter. „Mylord! Gott sei Dank, dass wir Sie finden. Deavers und ich waren in Sorge, als Sie und Ihre Gemahlin nicht unter den Leuten waren, die das Theater verließen. Wir haben uns sofort auf die Suche gemacht."

Nun rannte Deavers mit gezogener Pistole die Gasse herauf. „Lord Tremaine – dem Himmel sei Dank!"

„Werden Sie mich laufen lassen?", fragte Wilkins hoffnungsvoll.

Grays Miene verhärtete sich. „Tut mir leid. Du hast versucht, uns zu töten. Ich halte kein Versprechen, das ich einem Mörder gegeben habe."

„Wir nehmen ihn in Gewahrsam, Mylord", sagte Deavers, „und übergeben ihn der Polizei."

Deavers hielt Wilkins mit vorgehaltener Waffe in Schach, und Franklin rannte los, um die Polizei zu holen. Gray zog Corrie in die Arme und bemerkte die Schwellung an ihrem Kinn, die sich zu verfärben begann.

„Der Mistkerl hat dich geschlagen. Schon deshalb sollte ich ihn töten."

Corrie erbebte unter seinem kalten Blick. „Es ist nicht schlimm." Sie klammerte sich an ihn. „O Gray, denkst du, Laurels Baby könnte noch am Leben sein?"

„Wenn ja, finden wir das Kind, vertrau mir."

„Sein Leichnam wurde nie gefunden."

„Nein. Ich dachte daran, ob jemand es an sich genommen hat, wollte dich aber damit nicht noch mehr beunruhigen."

Sie schmiegte sich an ihn. Jetzt, da das Grauen vorüber war, hatte sie Mühe, ihre Tränen noch länger zurückzuhalten.

Gray barg seine Wange an ihrem Haar. „Ich wusste, dass ich auf dich zählen kann", flüsterte er.

„Tatsächlich? Warum?"

Zärtlich lächelte er sie an. „Weil du Coralee bist und nicht Letty." Und dann küsste er sie sanft und innig.

„Die Polizei ist verständigt." Franklin kam wieder zurück. „Ihre Karosse fährt jeden Moment vor, Mylord."

Gray nickte und wandte sich an Corrie. „Durch diesen Wilkins haben wir den Beweis, dass deine Schwester ermordet wurde. Mithilfe der Polizei werden wir ihren Mörder und Charles' Sohn finden."

Sie blickte zu ihm hoch. „Bisher dachte ich nur, dass Joshua Michael Laurels kleiner Sohn ist. Aber er ist auch Charles' Sohn. Wir müssen ihn finden, Gray."

Zuversichtlich drückte er ihr die Hand. „Wenn er noch am Leben ist, finden wir ihn. Aber das Verbrechen geschah vor fünf Monaten, Liebste. Diese Findelheime sind Todesfallen. Dort geben ledige Mütter ihre Kinder ab, um sie loszuwerden. Die meisten sterben. Mit dieser Möglichkeit müssen wir rechnen."

Sie schluckte ihre Tränen hinunter. „Laurel war jung und kräftig; auch Charles ist gesund und kräftig. Das Baby hat gewiss die Gesundheit seiner Eltern geerbt."

„Das wollen wir hoffen." Als die Kutsche in die Gasse einbog, wandte Gray sich an die Männer, die Wilkins bewachten. „Wir fahren nach Hause. Sagt der Polizei, wir erwarten ihren Besuch morgen Vormittag."

Deavers nickte. „Wir kümmern uns um alles, Mylord. Sobald wir hier fertig sind, halten wir vor Ihrem Haus Wache."

„Die Kerle haben uns die ganze Woche beschattet. Jemand wusste, wo wir zu finden sind. Haltet die Augen offen!"

„Sehr wohl, Mylord."

Gray legte den Arm um Corrie, führte sie zur Kutsche und half ihr beim Einsteigen.

Der Butler öffnete, und Gray begleitete seine Gemahlin ins Foyer seines Stadthauses in Mayfair. Corrie zitterte immer noch, und Grays Magen krampfte sich zusammen bei dem Gedanken an die Schurken, die sie überfallen hatten. Jede andere Frau wäre bei dem Anblick von Gewalt und Tod zusammengebrochen. Nicht aber seine tapfere Coralee.

Der Butler nahm seinem Herrn Hut und Mantel ab sowie den Spazierstock, der ihm gute Dienste geleistet hatte, und Gray atmete tief durch, um sich zu beruhigen.

„Coralee, das ist Stewart“, sagte er. „Stewart, Ihre neue Countess.“

Der schlohweiße Butler verneigte sich ehrerbietig. „Mylady.“

„Nach dem Theater gab es einen lästigen Zwischenfall“, erklärte Gray dem Butler, dem das Blut an seinem schwarzen Mantel nicht entgangen war, ebenso wenig wie die Schwellung an Coralees Wange. „Lassen Sie bitte heißes Wasser nach oben bringen.“

„Ich glaube, Samir hat Ihnen bereits ein Bad eingelassen.“

Gray nickte. Der kleine Inder war ihm immer einen Schritt voraus. Er führte Coralee zur Treppe, spürte, wie sie schwankte, und hob sie kurzerhand in seine Arme.

„Ganz ruhig, Liebste. Ich halte dich.“ Und er war nicht bereit, sie je wieder gehen zu lassen. In den Tagen der Trennung hatte er erkannt, welches kostbare Geschenk sie für ihn war. Er verdiente sie nicht, hatte sie nie geschätzt, wie es ihr gebührte, aber sie gehörte ihm, und niemand würde sie ihm wieder wegnehmen.

Er eilte die Treppe hinauf, während sie die Arme um seinen Hals schlang und den Kopf an seiner Brust barg. Nach dem nächtlichen Überfall begehrte er sie mehr denn je. Er hatte davon geträumt, sie heute Nacht zu lieben, aber nun hatte er nur den Wunsch, sie zu umsorgen, zu pflegen und sich zu vergewissern, dass sie das Grauen schadlos überstehen würde.

Er schlug die Tür mit dem Fuß hinter sich zu, setzte sie behutsam auf den Hocker vor dem Frisiertisch und begann, ihr aus den Kleidern zu helfen. Ihre aquamarinfarbene Robe war an einigen Stellen zerrissen und beschmutzt, ihre zarten Schultern wiesen Schürfwunden auf von der rauen Ziegelmauer, gegen die der Halunke sie gestoßen hatte. Gray hauchte flüchtige Küsse auf ihr zartes Fleisch.

„Im angrenzenden Kabinett pflege ich zu baden und mich anzuziehen. Samir hat uns ein Bad bereitet."

Er hob ihr Kinn und zwang sie, ihn anzusehen. „Ich bin sehr stolz auf dich. Du hast dich unglaublich tapfer und klug verhalten. Eine Frau wie dich gibt es kein zweites Mal auf der Welt."

Ihre grünen Augen schwammen in Tränen. „Gray ..."

Zärtlich zog er sie in die Arme und hielt sie, hielt sie lange und hoffte, sie würde verstehen, wie viel sie ihm bedeutete. Dann löste er sich widerstrebend von ihr.

Er streifte Gehrock und Weste ab und rollte die Hemdsärmel hoch. „Nun aber wollen wir dich baden und zu Bett bringen." Er begehrte sie, war aber entschlossen, das wilde Tier in sich zu zähmen.

Sie saß nackt vor ihm, während er die Nadeln aus ihrer Frisur zog, bis ihre feuerrote Lockenfülle in Kaskaden über ihre Schultern wallte. Dann trug er sie ins angrenzende Kabinett und ließ sie behutsam in die Kupferwanne gleiten, die Samir mit dampfendem Wasser gefüllt hatte.

Er kniete sich neben die Wanne und begann, sie mit einem weichen Tuch einzuseifen, wusch hingebungsvoll ihre Brüste, den flachen Bauch. Für einen Moment konnte er sich nicht bezwingen und tauchte das Tuch zwischen ihre Beine, spürte die krausen Löckchen. Das Blut schoss ihm in die Lenden, und zähneknirschend zog er die Hand fort.

„Verzeih. Du bist verletzt und brauchst ..."

„Ich brauche dich, Gray." Coralee erhob sich, Wasser perlte über ihre verlockenden Rundungen. Sie sank ihm in die Arme, eine nackte Nymphe, und seine Erregung steigerte sich bis zur Schmerzgrenze.

„Ich … ich … bin verrückt nach dir. Du hast mir so gefehlt“, stammelte er und küsste sie zunächst zart, dann heftig und wild bis zur lodernden Glut.

Coralee gab leise, kehlige Laute von sich, während ihre Finger sein Haar von dem Band befreiten. Sie küsste ihn mit der Leidenschaft, von der er geträumt hatte, küsste ihn, als könne sie nicht genug von ihm bekommen.

Er trug sie ins Schlafzimmer, setzte sie aufs Bett, zwang sie sanft auf die Matratze und kniete sich zwischen ihre gespreizten Schenkel. Er wollte sie jetzt. Er nahm sich nicht die Zeit, die Hose abzulegen, knöpfte nur den Bund auf, schob sich frei und drängte sich in ihren Schoß.

Sie war nass und bereit. Gray stöhnte, als ihr enger heißer Schoß ihn empfing. Er biss die Zähne aufeinander, um sich Beherrschung aufzuerlegen.

Das fiel ihm nicht leicht. Er war nicht mehr der Mann, der er einmal war. Er konnte seine Gefühle nicht mehr leugnen und die Wollust aus einer gewissen Distanz genießen. Dieser Mann wollte er nicht wieder sein.

„Mein Gott, Gray …“, hauchte sie, als er sich tief in sie versenkte, sich zurückzog und wieder in sie drang, wieder und wieder. Sie schrie seinen Namen, als sie Erlösung fand, schlang die Arme um seinen Nacken, zog sein Gesicht zu sich herab und küsste ihn in fiebernder Verzückung. Ihre kleine, flatternde Zunge in seinem Mund raubte ihm die Besinnung, und er zerbarst in ihren Tiefen, von wilden Zuckungen geschüttelt.

Lange blieb er mit ihr verschmolzen, erfüllt von einem unbeschreiblichen Wohlbehagen, in ihrem Schoß geborgen zu sein. Sie gehörte ihm.

Als er allmählich zur Besinnung kam, stellte sich auch die Erinnerung daran ein, welche Schrecken Corrie in dieser Nacht ausgestanden hatte, und er löste sich behutsam aus ihrer tröstlichen Wärme.

„Verzeih, ich war zu stürmisch. Ich hätte geduldiger und vorsichtiger sein müssen."

Sie schmiegte sich an ihn. „Du warst wunderbar."

Gray küsste sie zärtlich. „Du bist wunderbar." Ein beseligendes Glücksgefühl erfüllte ihn wie nie zuvor. Er zog ihr die Bettdecke bis zum Kinn, und sie kuschelte sich an ihn. Im nächsten Moment war sie eingeschlafen.

Gray verließ das Bett, holte die Pistole aus der Kommodenschublade, setzte sich auf den Stuhl neben dem Bett und legte die Waffe quer über seine Schenkel.

28. KAPITEL

Am nächsten Morgen traf die Polizei ein. Gray machte seine Aussage zu dem Überfall und erläuterte die Fakten, die mit dem Tod von Laurel Whitmore vor einigen Monaten zusammenhingen. Anschließend machte Corrie ihre Aussage.

Danach begleitete Gray sie in die Redaktion von *Heart to Heart*, um Auskünfte über Londoner Findelheime einzuholen, in der Hoffnung, dass Krista, die sich aktiv für Sozialreformen einsetzte, ihnen sachdienliche Hinweise geben könnte.

Auf der Fahrt in den Verlag wurde das Paar von den beiden Leibwächtern Franklin und Deavers begleitet, auf die Gray erst verzichten wollte, wenn die Drahtzieher hinter den Anschlägen dingfest gemacht wären.

Beim Betreten der Redaktionsräume schlug Corrie der vertraute Geruch nach Druckerschwärze, Öl und Papier entgegen. Die riesige Stanhope-Druckerpresse, an der Gray lebhaftes Interesse zeigte, nahm einen Großteil der Halle im Parterre des Gebäudes ein.

Sie durchquerten den lang gestreckten Raum und betraten Kristas Büro.

„Guten Morgen“, grüßte die hochgewachsene Verlagsleiterin die morgendlichen Besucher. „Welch freudige Überraschung!“ Sie hatte wohl vermutet, die beiden würden einen gemütlichen Vormittag im Bett verbringen. „Wie war euer Theaterbesuch?“

„Ich fürchte, nicht ganz so erbaulich, wie wir uns das vorgestellt hatten“, antwortete Gray.

Und dann erhielt Krista einen ausführlichen Bericht über die dramatischen Geschehnisse der vergangenen Nacht.

„Einer der Kerle sagte uns, dass der kleine Joshua Michael in ein Findelheim gebracht wurde.“

„Um Gottes willen“, entfuhr es Krista erschrocken. „Diese Orte sind die wahre Hölle.“ Sie trat ans Fenster und blickte auf die belebte Straße hinunter. „Ich bin Mitglied einer Organisation, die bestrebt ist, solche Pflegestellen verbieten zu lassen.“

„Weißt du denn Näheres über die Zustände, die dort herrschen?“, fragte Corrie bang.

„Diese Einrichtungen sind das Ergebnis der Reform des Armutsgesetzes vor etwa zehn Jahren. Damit wurde der Versuch unternommen, an das Gewissen und die Moral der Frauen zu appellieren, indem man den Vätern unehelich geborener Kinder jeden Anspruch auf das Kind entzog. Der Mutter fällt das alleinige Sorgerecht für das Kind zu und damit natürlich auch die Sorgfaltspflicht. Dahinter steht der Gedanke, dass eine Frau, die solche Konsequenzen zu befürchten hat, sich weniger leichtfertig mit einem Mann einlässt.“

„Davon wusste ich nichts“, warf Corrie ein.

„Das weiß kaum jemand. Die meisten dieser Mütter müssen arbeiten und verdienen kaum genug, um sich selbst zu ernähren. Für sie ist die einzige Lösung, das Kind in fremde Hände zu geben.“

Grays Kiefer mahlten.

„Wie kann eine Mutter so etwas tun?“, fragte Corrie leise. „Wie kann sie ihr eigenes Kind im Stich lassen?“

„Das ist der springende Punkt“, fuhr Krista fort. „Diese Pflegestellen werden meist von älteren Frauen in Zeitungsannoncen angeboten, in denen sie behaupten, einem Säugling ein liebevolles Heim zu bieten für eine erschwingliche Summe – die häufig vom Kindsvater aufgebracht wird. Aber eine Pflegemutter erwirtschaftet nur dann einen Gewinn, wenn das Kind möglichst bald stirbt, bevor das Geld aufgebraucht ist.“

Corries Herz zog sich schmerzhaft zusammen. „Barmherziger Gott.“

„Die meisten Säuglinge verhungern, manche werden mit Laudanum betäubt oder mit verwässerter Milch gefüttert, der Kalk beigemischt ist. Die Säuglinge sterben einen qualvollen Hungertod oder an Krankheiten, hervorgerufen durch Unterernährung. Es tut mir leid, Coralee, aber die meisten dieser armen Würmer überstehen die ersten Monate nicht."

Corrie konnte nicht sprechen, so sehr war ihr die Kehle zugeschnürt.

Krista seufzte. „Ich weiß, es ist furchtbar, so etwas zu hören."

Entschieden straffte Corrie die Schultern. „Ich muss alles wissen, Krista."

Die Freundin kehrte an ihren Platz hinter dem Schreibtisch zurück. „In manchen Fällen bezahlt ein Elternteil einen monatlichen Beitrag. Diese Kinder haben eine bessere Chance zu überleben, da die Beiträge, so gering sie auch sein mögen, nur bezahlt werden, solange das Kind lebt. Doch auch diese Kinder werden mangelhaft ernährt und sterben meist, bevor sie das erste Lebensjahr erreichen."

Corrie dachte an den kleinen Joshua Michael, und ihre Hoffnung sank. „Ich kann mir nicht vorstellen, dass ein Mörder Geld ausgibt, um ein Kind am Leben zu erhalten." Sie blickte zu Gray, während Tränen in ihren Augen brannten.

„Wir dürfen die Hoffnung nicht aufgeben, Coralee."

„Ja, wir müssen ihn finden, ehe es zu spät ist."

Gray nahm ihre Hand. „Wir suchen, bis wir wissen, was aus ihm geworden ist." Er rückte seinen Stuhl näher an den Schreibtisch und näher zu Corrie. „Wo fangen wir an?"

„Wie gesagt, die Frauen geben Anzeigen in den Zeitungen auf. Wir weigern uns zwar, solche Anzeigen zu drucken, aber im *Daily Telegraph* und in der *Domestic Times* finden sich täglich mindestens ein Dutzend davon."

„Wir besorgen uns die Zeitungen", erklärte Gray mit Bestimmtheit, „gehen allen Hinweisen nach und bieten jedem eine hohe Belohnung, der uns helfen kann, das Kind zu finden. Joshua Michael wurde am 30. Januar entführt; damals war er vier Wochen alt."

„Ja, richtig", bestätigte Corrie.

„Wir suchen also nach einem sechs Monate alten Jungen."

„Wie wollt ihr wissen, ob euch das richtige Kind gezeigt wird?", fragte Krista.

„Allison sagt, der Kleine war ein schönes Baby", entgegnete Corrie. „Er kam mit dunklen Haaren und blauen Augen zur Welt, aber die Farben verändern sich. Jetzt könnte er blonde Haare und braune Augen haben."

Gray räusperte sich. „Wir wissen, wie alt er ist, aber wir wissen nicht, wie er aussieht. Vielleicht gibt es etwas Schriftliches darüber, wer ihn gebracht und für seine Pflege bezahlt hat, das wir uns zeigen lassen können."

Corrie hatte eine Idee. „Möglicherweise hat das Baby ein Muttermal an der linken Schulter", sagte sie aufgeregt. „Mein Vater hat dieses Mal, und Laurel hatte es auch."

Wieder drückte Gray ihr die Hand. „Wir beginnen unsere Suche noch heute. Vielen Dank, Krista. Jetzt wissen wir wenigstens, wo wir ansetzen müssen."

„Mir wäre lieber, du bliebst hier im Haus", sagte Gray im Arbeitszimmer seines Stadthauses. In den letzten drei Tagen hatten sie die Anzeigen in den Tageszeitungen durchforstet und mühsam die Adressen von Pflegemüttern herausgefunden, die die Anzeigen aufgegeben hatten.

Diese Frauen scheuten die Öffentlichkeit. Manche nahmen nur ein Kind auf, aber Corrie hatte von Krista erfahren, dass einige von ihnen im Laufe der Jahre den Tod von fünfzig und mehr Säuglingen verschuldet hatten. Über diese Kindsmisshandlungen wurde das Tuch des Schweigens gebreitet, da es keine gesetzliche Handhabe gab, um diesen erbarmungslosen Scheusalen das Handwerk zu legen.

„Ich begleite dich, Gray", entgegnete Corrie. „Joshua ist mein Neffe. Wenn er noch am Leben ist und wir ihn finden, braucht er die Fürsorge einer Frau. Im Übrigen fühle ich mich an deiner Seite geborgener als hier im Haus ohne dich, auch wenn du mich von zehn Leibwächtern bewachen lässt."

Gray trat leise fluchend ans Fenster. Ein Bewacher stand im Garten, ein zweiter patrouillierte auf der Straße.

„Na schön, einverstanden", knurrte er widerwillig.

Sie lächelte zufrieden. „Du bist ein kluger Mann."

„Und du bist eine störrische Frau, aber das ist ja nichts Neues."

„Sollten wir Charles nicht doch Bescheid geben?", fragte sie nach einigem Überlegen.

„Darüber haben wir bereits gesprochen. Charles hat genug gelitten. Wenn wir Gewissheit hätten, dass sein Sohn noch am Leben ist ..."

„Du hast recht", seufzte Corrie.

Gray trat auf sie zu. „Bist du sicher, dass du das durchstehst? Gott allein weiß, was uns erwartet."

Corrie hob das Kinn und verdrängte entschieden die Schreckensbilder, die auf sie einstürmten. „Ich muss es tun."

Er nickte knapp. „Gut, dann wollen wir. Vor uns liegt ein langer Tag."

Deavers und Franklin standen auf dem hinteren Trittbrett der Kutsche, als sie ihre Suche begannen, die sie in die Elendsviertel der Stadt führte, von Southwark nach Turnbull und Cow Cross zu einer Frau in Holburn und einer in St. Giles.

Sie mussten an mehrere Türen klopfen, bis sie die gesuchte Frau ausfindig machten. Hatten sie das richtige Haus gefunden, wurden sie meist nicht eingelassen. Die Altersangabe des Kindes genügte, dass die Frauen ihnen kopfschüttelnd die Tür vor der Nase zuschlugen.

„Da kann ich Ihnen leider nicht helfen“, erklärte eine Witwe namens Cummins auf den morschen Holzstufen vor ihrem Haus in der Bedford Street. „Wir haben kein Kind in diesem Alter.“

Das bedeutete, dass keines ihrer Pflegekinder das Alter von sechs Monaten erreichte.

„Kann es sein, dass Sie einen vier Wochen alten Jungen um den ersten Februar herum bei sich aufgenommen haben?“, fragte Gray, wie schon so oft an diesem Tag. „Das Kind stammt aus der Gegend um Castle-on-Avon und könnte von einem Mann namens Biggs zu Ihnen gebracht worden sein. Wenn das so ist und Sie es beweisen können, ist mir das hundert Pfund wert.“

Die schmuddelige Vettel mit den verfilzten grauen Haaren bekam große Augen. „Hundert Pfund? Auch wenn das Kind gestorben ist?“

Corries Magen krampfte sich zusammen, nicht zum ersten Mal an diesem Tag.

„Ja“, antwortete Gray. „Wenn Sie beweisen können, dass es das Kind ist, das wir suchen.“

Die Alte beäugte ihn misstrauisch. „Ich habe es nicht aufgenommen. Aber ich kann mich mal umhören, vielleicht erfahre ich etwas.“

Gray gab ihr seine Visitenkarte. „Sollten Sie Hinweise erhalten, melden Sie sich bei uns. Dann bekommen Sie eine gute Belohnung.“

In ähnlicher Weise verliefen die Gespräche an jedem Haus, das sie aufsuchten. Sie wurden nur selten hereingebeten, bekamen aber auch dann kein Kind zu Gesicht, weil es vermutlich in einer Kammer weggesperrt war. Corrie hörte nur jämmerliches Wimmern und konnte sich vorstellen, wie furchtbar das arme Wesen litt.

Als sie das letzte Haus verließen, begann sie zu weinen. „Ich kann das nicht ertragen, Gray. All die armen, unschuldigen Kinder. Wir müssen etwas tun, um ihnen zu helfen."

Gray war ebenso betroffen und wütend wie sie. „Wir reden mit Krista, was wir tun können, um dieses Elend zu bekämpfen."

Dankbar nickte Corrie und ließ sich von ihm in den Wagen helfen. „Für heute haben wir genug getan. Lass uns nach Hause fahren."

Sie warf noch einen Blick auf die halb verfallene Elendshütte. „Es steht nur noch ein Name auf unserer Liste. Die Adresse liegt auf dem Rückweg. Vielleicht finden wir den kleinen Joshua doch noch", murmelte sie mit matter Stimme.

Gray hob ihr Kinn an. „Bist du sicher, Schatz, dass du noch dorthin fahren möchtest? Ich sehe doch, wie dich das alles mitnimmt."

„Bitte, Gray."

Seufzend willigte er ein, da ihn dieses Elend ebenso bedrückte wie sie.

Das Holzhaus in der Golden Lane war heruntergekommen, die Farbe blätterte ab, die Fensterläden hingen schief in den Angeln. Als sie die Holzstufen hinaufstiegen, krachten die morschen Bretter unter ihren Füßen. Gray nahm Corrie beim Arm.

Er musste mehrmals klopfen, bevor sich schlurfende Schritte näherten. Die Tür knarrte und wurde einen Spalt geöffnet. Eine Frau mit einer schmutzigen Haube auf dem zerzausten Haar streckte den Kopf heraus.

„Sind Sie Mrs. Burney?", fragte Gray.

„Wer will das wissen?"

„Wir suchen ein Kind, etwa sechs Monate alt."

Ein Baby begann zu schreien, ein erbarmungswürdiges, klägliches Wimmern.

„Ich habe nur eines in Pflege, und das ist jünger."

Es war immer wieder die gleiche Geschichte. Diese sogenannten Pflegekinder wurden nicht einmal ein halbes Jahr alt. Corrie drängte ihre Tränen zurück.

„Es gibt eine gute Belohnung für das Kind, das wir suchen." Gray nannte ihr die Einzelheiten und gab ihr seine Karte.

Und dann weinte das Kind wieder, ein herzzerreißendes Schluchzen. Corrie ertrug es nicht länger. Sie stieß die Tür auf, drängte sich an der Frau vorbei und stürmte ins Haus.

„Moment mal! Was fällt Ihnen ein?!"

Unbeirrt lief Corrie weiter, durch die Küche in eine düstere Kammer. In einer grob gezimmerten Kiste lag ein winziger, völlig abgemagerter Säugling auf einem vor Dreck starrenden Lumpen und war nicht einmal zugedeckt.

„Was erlauben Sie sich?" Mrs. Burney stapfte hinter ihr her.

Corrie achtete nicht auf die keifende Alte, sondern hob das Baby aus der Holzkiste in ihre Arme, um es zu wärmen. „Ist das Ihr Baby?"

„Ich habe es in Pflege."

Tröstend wiegte Corrie das Baby. „Nein, das haben Sie nicht. Sie lassen es verhungern und verwahrlosen. Das ist eine Schande."

„Coralee ... Liebling ..." Gray trat zu ihr.

„Ich nehme das Kind mit, Gray. Ich dulde nicht, dass dieses arme Wesen noch länger leidet."

„Es gehört nicht dir, Liebes." Seine weiche Stimme und seine zärtliche Miene weiteten ihr das Herz.

„Ihr gehört es auch nicht." Mit tränenverschleiertem Blick sah sie ihn an. „Ich darf es nicht hierlassen. Das Kind ist halb verhungert. Ich bringe es nicht übers Herz, noch ein Baby seinem grausigen Schicksal zu überlassen. Bitte, verlange das nicht von mir." Sie hielt das winzige Wesen in den Armen, hörte seine schwachen Atemzüge, spürte die seidigen Härchen an ihrer Wange. Sie wollte es nicht sterben lassen.

Gray wandte sich an die verwahrloste Frau. „Wie viel wollen Sie für das Kind?“

„Es ist nicht zu verkaufen.“

„Wie viel?“

„Für zwanzig Pfund gehört er ihr.“

Er holte einen Beutel aus der Innentasche seines Mantels und zählte zwanzig Goldmünzen in ihre schmutzige Hand. „Wie heißt das Kind?“

„Jonathan. Mehr weiß ich nicht.“

Gray zog seinen Mantel aus, und Corrie wickelte das Baby darin ein.

„Sie haben meine Karte“, sagte er. „Wenn Sie uns weitere Auskünfte geben können, bezahle ich Sie dafür.“

Er legte den Arm um Corries Mitte, und sie war froh, dem Schreckenshaus entfliehen zu können. Als die Kutsche sich in Bewegung setzte, begann das Baby wieder zu jammern.

„Es hat Hunger und muss gestillt werden“, erklärte Corrie.

„Ich habe bereits eine Amme für Charles’ Sohn ausfindig gemacht, eine Mrs. Lawsen. Sobald wir zu Hause sind, schicke ich einen Diener los, um sie zu holen. Und ich lasse einen Arzt kommen.“

Dankbar sah Corrie ihn an. „Ich werde nie vergessen, was du heute für mich getan hast, Gray.“

Er strich ihr sanft über die Wange. „Das Kind ist sehr krank. Du darfst dir keine allzu großen Hoffnungen machen.“

Sie nickte matt. Das arme Kind war völlig abgemagert, sogar zu schwach, um zu weinen. Corrie schickte ein Stoßgebet zum Himmel und flehte, dass der Kleine überleben möge.

„Und bitte, lieber Gott, steh uns bei, dass wir den kleinen Joshua Michael finden“, flüsterte sie. „Lass uns nicht zu spät kommen.“

Am nächsten Morgen war das Baby tot. Es war zu schwach und unternährt und starb still im Schlaf. Wenigstens hatte es in seinen letzten Stunden gesättigt, warm und trocken gelegen und musste nicht mehr leiden.

Corrie weinte bitterlich um das verwaiste Kind und all die anderen unglückseligen Säuglinge, die an diesen furchtbaren Orten des Grauens dahinsiechten. Gray versprach, eine Stiftung einzurichten, um alleinstehende Mütter zu unterstützen, ihre Kinder selbst zu betreuen.

Es war nur ein schwacher Trost, der ihr die Trauer um das verhungerte Baby nicht erleichterte und ihr die Sorge um den Sohn ihrer Schwester nicht nehmen konnte.

„Wir geben die Suche nicht auf, versprichst du mir das?“ Nach der kurzen Trauerfeier auf dem Friedhof von St. Andrews sah sie Gray mit rot geschwollenen Augen an und wischte sich die Tränen von den Wangen.

„Wir suchen weiter, Corrie, bis wir Gewissheit haben, was aus Laurels Kind geworden ist.“

Sie gaben eine Suchanzeige in *Heart to Heart* auf. Der Text nannte das Alter des Säuglings, das Datum, an dem der Knabe in London abgegeben worden war, und den Namen des Mannes, der ihn gebracht hatte. Dazu eine Belohnung für Hinweise und hundert Pfund für die Rückgabe des Kindes.

„Es ist einen Versuch wert“, sagte Krista, nachdem sie den Text der Anzeige noch einmal durchgelesen hatte.

„Für hundert Pfund“, erklärte Leif, „wird sich gewiss jemand melden, falls der Junge noch am Leben ist.“

Aber es verstrich eine weitere bange Woche des Wartens. Es meldeten sich zwar einige Frauen, aber keine konnte glaubwürdige Hinweise liefern, und keine brachte ein Kind.

Es schien hoffnungslos, und Verzweiflung legte sich über Corrie wie ein schwerer dunkler Mantel. Nur Grays zärtliche Aufmerksamkeiten halfen ihr ein wenig über ihre Schwermut hinweg.

Andere Besucher kamen und gingen. Colonel Timothy Rayburn schaute vorbei, der sich ein paar Tage in London aufhielt, bevor er sich nach Indien einschiffte. Gray setzte ihn über die Ereignisse seit seinem Besuch auf Castle Tremaine ins Bild, berichtete von den Anschlägen auf Corries Leben und dem Überfall im Theater.

„Ich wusste, dass Dolph an einem Fall arbeitet, der mit der Schwester der Countess zu tun hat", sagte der Colonel, als sie sich nach dem Dinner in den Salon begeben hatten. „Höchst ärgerlich, zu hören, dass er das Schwein ... Verzeihung ... den Verbrecher noch nicht fassen konnte, der sie getötet hat."

Gray beugte sich vor. „Wir müssen ihn unschädlich machen, Timothy, erst dann sind wir in Sicherheit."

„Ich wünschte, ich könnte länger bleiben, um euch zu helfen."

„Ich wäre froh um deine Unterstützung, aber du wirst in Indien gebraucht."

Der Colonel musterte Gray abwägend. „Hättest du nicht auch Lust, wieder in Indien zu leben? Ich hatte immer den Eindruck, dass du dich dort wohler fühlst als im regnerischen England."

Gray schwenkte den Brandy im bauchigen Glas. „Es gab eine Zeit, da wäre ich gerne wieder nach Indien gegangen. Schließlich bin ich Offizier geworden, um meinem Vater zu entfliehen, und dann hat das Land mich völlig in seinen Bann gezogen. Ich hasste es, nach England zurückzukehren." Er warf Corrie einen bedeutsamen Blick zu. „Aber jetzt bin ich glücklich hier."

Unter seinem zärtlichen Blick wurde ihr warm ums Herz.

Rayburn schmunzelte. „Das kann ich dir weiß Gott nicht verdenken."

Corrie, die dem Gespräch nur mit halbem Ohr gelauscht hatte, fühlte sich erschöpft und tief bekümmert, verabschiedete sich von dem Colonel und zog sich zurück.

Morgen kommt eine gute Nachricht, morgen ganz bestimmt, versuchte sie sich aufzumuntern. Aber jeder Tag endete wie der vorhergehende: kein Wort von Dolph, keine Neuigkeiten über Laurels Söhnchen.

29. KAPITEL

Gray schaute vom Fenster seines Arbeitszimmers in den Garten hinter dem Haus, der in voller Blüte stand. Bunte Blumen säumten die Kieswege, wofür er allerdings keinen Blick hatte. Seine Gedanken waren bei seiner Frau und der Gefahr, die ihr immer noch drohte und wahrscheinlich auch ihm. Und nun war auch noch das Baby gestorben.

Er hatte ohne Coralees Wissen einen zweiten Detektiv eingeschaltet, Robert Andrews, der einen ausgezeichneten Ruf hatte und über einen Mitarbeiterstab von etwa sechs Männern verfügte. Ihn hatte er damit beauftragt, Nachforschungen über das vermisste Kind anzustellen – bislang ohne Ergebnis.

Er wandte sich vom Fenster ab, in tiefer Sorge um Coralee, deren Schwermut er kaum ertragen konnte. Vielleicht hätte er ihr nicht gestatten dürfen, sich des Säuglings anzunehmen. Der Tod des Kindes hatte ihren Kummer nur noch verstärkt. Andererseits hätte er ihr die Bitte nicht abschlagen und sie nicht zwingen können, das arme Geschöpf seinem Leiden zu überlassen.

Die Frau, die er geheiratet hatte, wuchs ihm immer mehr ans Herz. War das Liebe? Seiner Überzeugung nach war er unfähig zu lieben. Aber sein mächtiger Drang, sie zu beschützen, sie vor Leid und Gefahren zu bewahren, ließen Zweifel in ihm aufkommen …

War das Liebe, was er für Coralee empfand?

Und was empfand sie für ihn?

Man hatte sie gezwungen, ihn zu heiraten. Wenn sie seine Liebe nicht erwiderte, was dann?

Eine schmerzliche Enge in der Brust machte ihm das Atmen schwer. Er hatte seinen Vater geliebt, der ihm seine Zuneigung nur mit Hass und Abscheu gedankt hatte.

Gray wusste nicht, ob er wieder zur Liebe fähig war. Aber wenn er Coralee ansah, wenn er zusehen musste, wie ihre schönen grünen Augen sich mit Tränen füllten, wusste er, dass er alles tun würde – buchstäblich alles! –, um ihren Schmerz zu vertreiben und sie zum Lächeln zu bringen.

Seit dem Überfall im Theater hatte er nicht gewagt, sie zu berühren, obwohl es ihn danach verlangte, mit ihr zusammen zu sein. Aber er wusste nicht, ob ihr seine Zärtlichkeiten willkommen wären, und er wollte sie zu nichts zwingen, was sie nicht zu geben bereit war.

Tief in Grübeleien versunken, überhörte er beinahe das leise Klopfen an der Tür. Erst als der kleine Inder eintrat, schreckte er auf. „Samir … was gibt's?"

„Kommen Sie rasch, *sahib*. Unten wartet eine Frau, die etwas über das Kind weiß, das Sie suchen."

Grays Herzschlag beschleunigte sich. War es wieder nur eine raffgierige Person, die es lediglich auf die Belohnung abgesehen hatte, wie alle anderen vor ihr?

Gray eilte die Treppe hinunter. Als er den Salon betrat, erkannte er die Witwe aus der Bedford Street.

„Mrs. Cummins, wenn ich mich recht entsinne. Bringen Sie uns Neuigkeiten?"

„Das Kind, das Sie suchen … ist am Leben. Ich kann Sie zu ihm bringen."

„Haben Sie Beweise, dass es das richtige Baby ist?"

Sie händigte ihm ein gefaltetes, zerknittertes Papier aus. Darauf war mit ungelenker Handschrift ein Datum geschrieben. Am 2. Februar wurde der Knabe Joshua nach London gebracht. Darunter die Unterschrift: Sylvester Biggs.

„Diese Einzelheiten haben wir Ihnen genannt. Das ist kein Beweis."

Sie gab ihm einen zweiten Zettel. „Das ist ein Bankauszug, der gestern gekommen ist. Über einen Betrag von fünfzehn Schilling." Das war nicht viel, gerade mal ausreichend, um ein schlechtes Gewissen zu beruhigen.

„Der Name des Mannes, der bezahlt hat, steht drauf. Hier unten hat er unterschrieben." Sie wies mit einem schmutzigen Finger auf den Namenszug in blauer Tinte. Grays Nerven waren zum Zerreißen angespannt.

Thomas Morton.

Eine Welle des Zorns kochte in ihm hoch, die Buchstaben verschwammen ihm vor den Augen. „Wo ist das Kind jetzt?"

Sie bedachte ihn mit einem heimtückischen Blick. „Was ist für mich drin?"

„Fünfzig Pfund."

Ihre Augen funkelten vor Gier, und sie nickte. „Ich bringe Sie zu ihm."

Gray wandte sich an Samir, der neben der Tür stand. „Lass die Kutsche vorfahren."

„Sie wartet bereits, *sahib*. Ich bringe Decken für das Kind."

Der Mann versetzte ihn immer wieder in Erstaunen. „Danke, Samir." Gray wandte sich an die Witwe. „Kommen Sie."

Auf dem Weg durch die Diele hörte er Coralees Stimme von der Treppe her. „Das ist die Frau, mit der wir in der Bedford Street gesprochen haben." Sie eilte herunter. „Wo willst du mit ihr hin?"

Er wollte sie nicht belügen. Aber wenn das Baby so krank war wie das letzte … Wenn das alles nur ein Schwindel war …

„Sag es mir, Gray."

„Mrs. Cummins behauptet, sie habe Joshua Michael gefunden. Das hier könnte der Beweis sein." Er reichte Corrie den zerknitterten Zettel. „Wenn ihre Aussage stimmt, könnte das der Name des Mörders deiner Schwester sein."

Mit zitternder Hand griff sie nach dem zweiten Zettel,

las und blickte fassungslos zu ihm hoch. „Thomas Morton? Squire Mortons Sohn? Guter Gott, welchen Grund hätte er gehabt, Laurel zu töten?“

„Das werden wir klären. Zunächst müssen wir den kleinen Joshua finden.“

Corrie wollte zur Tür, aber Gray hielt sie am Arm zurück. „Das hier wird vielleicht noch schlimmer als das Grauen, das wir bisher gesehen haben. Willst du dir das noch einmal antun?“

Sie hob das Kinn. „Es muss sein.“

Gray fügte sich ihrer Entschlossenheit, half ihr und der Witwe ins Wageninnere und eilte noch einmal ins Haus zurück, um seine Pistole zu holen, die er in die Innentasche seines Mantels steckte. Dann wies er Deavers und Franklin an, sie zu begleiten.

Sollte Morton tatsächlich der Mann sein, der das Kind nach London geschickt hatte, war er vermutlich auch Laurels Mörder. Es bestand überdies die Möglichkeit, dass er die Suchanzeigen in den Tageszeitungen gelesen oder irgendwie von ihren Bemühungen erfahren hatte, das Kind zu finden, und er könnte versuchen, sie in eine Falle zu locken.

Gray wünschte, Coralee zurücklassen zu können, wusste aber, dass sie das nicht dulden würde. Angespannt setzte er sich ihr gegenüber hin und tastete verstohlen nach der Waffe in seinem Mantel.

Coralee stieg der üble Gestank nach Abfällen und menschlichen Exkrementen in die Nase, lange bevor sie das Haus erreichten. Diese Gegend war eine Brutstätte von Typhus und anderen tödlichen Krankheiten. Die Leute lebten in unvorstellbarer Armut, die Kinder waren unterernährt und weinten sich mit leerem Magen in den Schlaf.

Sie schloss die Augen und versuchte, nicht an all das Leid zu denken, sondern ihre Hoffnung darauf zu verwenden, das Baby lebend vorzufinden.

Es wäre nicht wie beim letzten Mal. Gott würde nicht zulassen, dass sie das Kind fand, um es ihr gleich wieder zu entreißen. Diesmal würden sie nicht zu spät kommen.

Die Witwe, die beinahe so stank wie die Abfälle in den Gassen, beugte sich vor.

„Hier ist es." Die Kutsche hielt vor einem morschen Holzhaus in einer verrufenen Gegend, in der Diebe und Straßenmädchen hausten. Carrie holte tief Atem, um Mut zu fassen.

„Wir bleiben in der Kutsche, bis Franklin und Deavers sich vergewissert haben, dass man uns keine Falle stellt", sagte Gray, als Corrie nach dem Wagenschlag greifen wollte.

„Das ist keine Falle", knurrte die Alte, aber Gray ließ sich nicht beirren.

Die Leibwächter gingen ums Haus herum, dann klopften sie an die Tür, verschafften sich Zutritt und erschienen kurze Zeit später wieder. Deavers öffnete den Wagenschlag.

„Sieht unverdächtig aus, Mylord", sagte er. „Trotzdem … in dieser Gegend kann man nicht vorsichtig genug sein."

Gray nickte und wandte sich an Coralee. „Willst du nicht lieber in der Kutsche bleiben?" Sie schüttelte nur heftig den Kopf. „Nun gut, dann komm." Er nahm sie bei der Hand und half ihr beim Aussteigen, danach der Witwe.

„Die Frau erwartet Sie", brummte Mrs. Cummins, „und will die Belohnung, sonst gar nichts."

Gray stieß die Haustür auf, die schief in den Angeln hing und über die Holzdielen schleifte. Sie betraten eine völlig verdreckte Küche, überall stand schmutziges Geschirr herum, und angebrannte Töpfe standen auf einem verkrusteten Herd. In einer Ecke lag eine tote Ratte auf einem Berg Schmutzwäsche.

Ein Baby wimmerte, ebenso schwach und jämmerlich wie der kleine Jonathan.

„Wo ist das Kind?“, fragte Corrie bebend, während Gray tröstend den Arm um ihre Schultern legte.

„Sie bringt ihn gleich“, brummte die Witwe.

Und dann schlurfte eine fette Frau in einer Schürze herein, mit einem in eine schmutzige Decke gewickelten Baby in ihren feisten Armen.

„Das ist er ... Joshua.“ Sie drückte das Kind an ihren mächtigen Busen.

„Wir müssen ihn uns ansehen“, sagte Gray.

Die Frau öffnete die Decke, und zum Vorschein kam ein Säugling mit blonden Haaren und braunen Augen. Kleiner, als Corrie ihn sich vorgestellt hatte, mit dünnen Ärmchen und einem winzigen grauen Gesicht, in dem die Augen riesig wirkten. Es war zu schwach, um das Köpfchen zu heben.

Mit zitternden Fingern schob Corrie die Decke weiter von den kleinen mageren Schultern. Und dann sah sie es: Laurels Muttermal an seiner linken Schulter. Corrie schossen die Tränen in die Augen.

„Geben Sie ihn mir“, forderte sie schroff.

„Nicht bevor ich das Geld habe.“

„Sie bekommen Ihr Blutgeld“, entgegnete Corrie in mühsam beherrschtem Zorn und blickte zu Gray. Er reichte der Frau einen Beutel mit Goldmünzen und einen Bankscheck für die Belohnung, erst dann händigte sie Coralee das Baby aus.

„Es wird alles gut, mein Schätzchen.“ Sie hauchte einen Kuss auf die Stirn des Babys und wiegte es in den Armen. „Jetzt kommst du heim, und niemand wird dir je wieder etwas antun.“

Eilig verließen sie das Haus und bestiegen die Kutsche. Corrie warf die schmutzige Decke aus dem Fenster, und Gray half ihr, das Baby in die weiche Decke zu hüllen, die Samir auf dem Sitz bereitgelegt hatte.

Das Baby schien sich in die wohlige Wärme zu kuscheln, und Corrie wurde das Herz weit. „Er hat das Muttermal meines Vaters“, sagte sie leise, als der Wagen durch die schmutzigen Gassen in Richtung Mayfair rollte. „Ich bin sicher, dass er Joshua Michael ist.“ Sie wiegte das Kind in den Armen, hauchte Küsse auf seine Wangen und gurrte ihm tröstliche Worte ins Ohr.

Sie wandte sich Gray zu, und die Zärtlichkeit, mit der er das Baby ansah, berührte sie tief.

„Er darf nicht sterben, Gray. Ich könnte es nicht ertragen, wenn wir auch dieses Kind verlieren.“

Behutsam zog er die Decke über das Köpfchen. „Joshua wird leben. Jetzt hat er eine liebevolle Familie. Er wird groß und stark werden.“

Ihr Herz weitete sich vor Liebe zu ihrem Ehemann. Und sie liebte bereits den kleinen Jungen in ihren Armen, lehnte sich in den Polstersitz zurück, wiegte den Säugling sanft und hauchte ihm zarte Küsse auf die Stirn.

Ich habe deinen Sohn gefunden, flüsterte sie Laurel in Gedanken zu. Nun kann deine Seele Frieden finden.

Ruhelos ging Gray auf und ab. Es drängte ihn abzureisen, denn er hatte etwas mit Thomas Morton zu erledigen – etwas sehr Persönliches. So persönlich, dass er weder Dolph noch seine Familie davon unterrichtet hatte. Er wollte Morton unter vier Augen sprechen, wollte hören, was in jener Nacht, in der Laurel Whitmore ermordet wurde, geschehen war. Und er wollte mit eigenen Augen sehen, wie der Verbrecher in Ketten abgeführt wurde.

Morton hatte zumindest das Verbrechen begangen, ein unschuldiges Baby zu entführen und es seiner Familie wegzunehmen. Gray glaubte außerdem, dass er der Mann hinter den Anschlägen auf Coralees Leben war.

Allein für diese schlimmen Schandtaten wollte Gray ihn hängen sehen.

Aber er durfte die Stadt noch nicht verlassen. Er musste an Coralee denken und an das Wohlergehen von Charles' Sohn. Ohne die beiden würde er nicht abreisen. Er durfte das Risiko nicht eingehen, dass Morton möglicherweise einen weiteren Plan hatte, um Coralee zu beseitigen.

Auch Coralee drängte es abzureisen. Sie wollte Charles seinen Sohn bringen und wollte Gerechtigkeit für ihre Schwester. Den ganzen Tag und die Nacht hatte sie mit Mrs. Lawsen am Bettchen des Säuglings verbracht. Die Amme hatte ihn immer wieder gestillt, und Coralee hatte ihn in den Armen gewiegt und ihm leise Wiegenlieder vorgesungen.

Nun schlief sie, würde aber gewiss nicht lange ruhen, aus Sorge um den Kleinen, dem sie das geben wollte, was er so lange entbehrt hatte. Liebe.

Gray verspürte einen merkwürdigen Druck in der Brust. Sie wäre eine wunderbare Mutter, und sie wünschte sich ein Kind von ihm. Vielleicht hatte sie bereits empfangen. Gray beugte sich über die Wiege, die Samir auf dem Speicher gefunden hatte, und betrachtete versonnen das schlafende Kind.

Als Coralee eintrat, richtete er sich auf und lächelte. Sie sah wunderschön aus, obwohl sie müde und erschöpft wirkte.

„Er schläft", flüsterte Gray. „Ich wollte dich nicht wecken und dachte, ich bleibe eine Weile bei ihm."

Gray wollte ihr Gesicht in beide Hände nehmen und die Besorgnis in ihren Augen fortküssen, wollte sie in den Armen halten und ihr sagen, wie glücklich er mit ihr war.

„Wie lieb von dir", sagte sie leise. Beide blickten auf das schlafende Kind, das die winzigen Hände geballt hatte.

„Wir müssen ihn nach Hause bringen, Gray."

Er hob den Kopf. „Ist die Reise nicht zu anstrengend für ihn?"

„Das Wetter ist mild und trocken. Wenn Mrs. Lawsen

uns begleitet, sehe ich kein Risiko. Er wird die meiste Zeit schlafen, und er ist nicht so schwach wie … der kleine Jonathan. Ich denke, in der frischen Landluft wird Joshua sogar schneller zu Kräften kommen als in London."

Gray nickte erleichtert. „Gut, dann reisen wir morgen früh ab."

Er konnte es kaum erwarten, Morton ins Gefängnis zu bringen. Und bald würde der elende Schurke am Galgen hängen.

„Wovon redest du? Du willst aufgeben? Bist du verrückt geworden?" Erregt ging Rebecca auf dem Kiesweg hin und her. Es war spät am Nachtmittag, und sie hielten sich im hinteren, verwilderten Teil des Gartens auf, wo niemand sie sehen konnte. „Wir sind beide zu tief in die Sache verstrickt, Thomas. Nun müssen wir doch nur noch Tremaine loswerden …"

„Biggs ist tot, und sein Kumpan Wilkins sitzt im Gefängnis. Mittlerweile hat Tremaine gewiss eine kleine Armee Bewacher angeheuert. Wir kommen nicht mehr an ihn heran."

Sie nahm ihre ruhelose Wanderung wieder auf. „Vielleicht hast du recht. Wir warten ab, bis die Wogen sich geglättet haben. Charles sagt, dieser Petersen ist mit seinen Nachforschungen keinen Schritt weitergekommen. Es kann also nicht schaden, abzuwarten und im richtigen Augenblick zuzuschlagen …"

„Ich weiß nicht, Rebecca. Es ist vielleicht besser, wenn ich einfach verschwinde."

Sie wirbelte zu ihm herum. „Hör auf mit diesem Unsinn! Dein Verschwinden würde nur Verdacht erregen. Wir tun, als sei nichts gewesen, und machen weiter wie bisher."

Sie näherte sich ihm mit aufreizendem Hüftschwung, schmiegte sich an ihn und streichelte seine Wange. „Denk an die Belohnung, Darling. Das kleine Haus, das dein Vater dir vermacht hat, ist alles, was du je besitzen wirst. Wenn wir unseren Plan verwirklichen, belohne ich dich mit einer hohen Geldsumme. Und ich erhalte den Titel und das Vermögen, das mir zusteht."

Thomas schwieg. Sein Instinkt gebot ihm zu fliehen, seine Habgier zwang ihn zu bleiben.

„Thomas?"

„Einverstanden, ich bleibe." Wenigstens noch eine Weile, dachte er. Schließlich ging es um sehr viel Geld.

Die Reise war lang, aber nicht unangenehm, das Wetter mild, die Sonne schien, und die Straßen waren trocken. Corrie, mit dem Baby im Arm, und Mrs. Lawsen saßen in der ersten Kutsche, während Gray neben ihnen herritt. In der zweiten Kutsche saßen Samir, das neue Kindermädchen Emma Beasley sowie Mrs. Lawsens Kinder, ein zweijähriger Junge und ein Säugling von kaum drei Monaten.

Mrs. Lawsen, eine vollbusige, kerngesunde Frau Mitte dreißig, hatte genug Milch für beide Babys. Sie war gutmütig und ging liebevoll mit ihren Kindern um, und Corrie wollte sie sich zum Vorbild für ihre eigenen Kinder nehmen. Mrs. Lawsens Ehemann, ein städtischer Angestellter, war mit den beiden älteren Kindern in der Stadt geblieben.

„Sie haben eine große Familie", sagte Corrie lächelnd, die sich in der Gesellschaft der Frau wohlfühlte.

„Wir haben großes Glück. Alle sind gesund. Mein Mann und ich haben uns immer eine große Familie gewünscht, und Gott hat unsere Gebete erhört."

Schweigend blickte Corrie aus dem Fenster. Gray hatte versprochen, ihr ein Kind zu schenken. Sie wiegte ihren kleinen Neffen in den Armen und wusste, dass dies ihr innigster Wunsch war. Sie wünschte sich ein Kind von ihm, und sie wünschte sich seine Liebe.

In der gemeinsamen Zeit in London hatte er sich verändert, war aufmerksamer und liebevoller geworden.

Vielleicht bestand Hoffnung.

Gray ritt neben der Kutsche und beugte sich zum Fenster herein. „Bald sind wir am Ziel, hoffentlich noch vor Einbruch der Dunkelheit. Wie geht es dem Kleinen?“

„Er schläft viel und weint kaum noch. Er ist ein süßes, artiges Baby.“

Gray zwinkerte ihr vertraulich zu. „Rechne nur nicht damit, dass mein Sohn auch so süß und artig sein wird.“ Mit sanftem Schenkeldruck spornte er sein Pferd an und galoppierte der Kutsche voraus.

Verdutzt sah Corrie ihm nach und konnte kaum glauben, was sie gehört hatte.

„Ihr Gatte liebt Sie sehr.“

Corrie wandte sich ihrer Begleiterin zu. „Wieso sagen Sie das?“

„Weil ich es in seinen Augen sehe, wenn er Sie anschaut. Aber das hat er Ihnen gewiss selbst gesagt.“

Corrie schüttelte den Kopf. „Ich weiß eigentlich nicht, was Gray für mich empfindet.“

„Haben Sie ihm gesagt, was Sie für ihn empfinden?“

„Ich liebe ihn, aber …“

„Aber?“

„Ich scheue mich, es ihm zu sagen.“

„Warum denn, in aller Welt?“

Wovor hatte sie eigentlich Angst? „Gray glaubt nicht an die Liebe. Er würde mich wahrscheinlich für eine Närrin halten.“

„Oder er würde gerne hören, dass Sie ihn lieben, so wie Sie gerne wüssten, dass er Sie liebt.“

War das möglich? Rebecca hatte behauptet, Gray sei nicht zur Liebe fähig. Aber wenn Corrie an ihre gemeinsame Zeit in London dachte, musste sie einräumen, dass er ihr seine Zuneigung auf hundert verschiedene Arten gezeigt hatte.

Gray zu lieben war leicht. Es ihm zu sagen war schwer. Aber vielleicht brauchte er, wie Mrs. Lawsen sagte, ihre Liebe ebenso dringend wie sie die seine.

Sie schmiegte das Baby enger an sich und lehnte sich in die Polster zurück. Irgendwie würde sie den Mut finden, ihm ihre Gefühle zu gestehen. Vielleicht heute Nacht.

Eine wehmütige Sehnsucht erfüllte sie. Seit dem Theaterabend hatte Gray sie nicht mehr zärtlich berührt. Heute Nacht würde sie ihm zeigen, wie sehr sie ihn begehrte ... und dann würde sie ihm ihre Liebe gestehen.

Zweifel stiegen in ihr hoch. Lieber Gott, wie würde er darauf reagieren?

30. KAPITEL

Gray ritt dem Wagen voraus die erleuchtete Kiesauffahrt entlang, zügelte Raja vor dem Schloss, schwang sich aus dem Sattel und übergab dem Stallburschen die Zügel.

„Willkommen daheim, M'lord."

„Danke, Dickey."

Gray freute sich tatsächlich, wieder daheim zu sein, ungeachtet der widrigen Umstände, und fragte sich, wann ihm dieses Haus, dem er vor Jahren so hastig entflohen war, lieb geworden war.

Das Portal wurde geöffnet, zwei Diener eilten die Stufen hinunter. Der Butler machte ein erstauntes Gesicht beim Anblick seines Herrn.

Es wäre höflich gewesen, die Familie von seiner Rückkehr zu unterrichten und Charles auf seinen Sohn vorzubereiten. Aber Gray wollte die Auseinandersetzung seines Bruders mit Rebecca hinauszögern, die sich gewiss nicht so leicht mit der Existenz seines unehelichen Kindes abfinden würde.

Andererseits war Gray sich sicher, dass Charles den Wunsch hatte, seinen Sohn in der Obhut der Familie aufwachsen zu sehen, mochte Rebecca sich noch so sehr dagegen sträuben.

Der Diener half Coralee aus der Kutsche. Einen Augenblick später kam Homer schwanzwedelnd angerannt, und sie streichelte liebevoll sein struppiges Fell.

„Komm, Mylady", forderte Gray sie auf und führte sie mit dem Baby im Arm ins Haus. Der Rest der Reisegesellschaft folgte ihnen.

„Mrs. Lawsen und Miss Beasley bringen Joshua nach oben ins Kinderzimmer", gab er Anweisungen, sobald alle in der Halle versammelt waren. „Unsere Haushälterin Mrs.

Kittrick zeigt Ihnen den Weg."

„Aber Gray …?" Fragend sah Coralee ihn an.

„Wir wollen taktvoll sein und Charles Zeit geben, die freudige Nachricht zu verarbeiten und die Dinge ins Lot zu bringen."

Sie nickte und legte Mrs. Lawsen das Baby in die Arme.

„Die Herrschaften speisen gerade", erklärte der Butler. „Mrs. Forsythe gibt eine Dinnergesellschaft für ein paar Freunde."

„Verstehe." Gray räusperte sich. „Sagen Sie meinem Bruder, ich wünsche ihn in einer dringenden Angelegenheit zu sprechen."

„Sehr wohl, Mylord."

„Wir warten im Blauen Salon."

„Ja, Mylord." Der silbergraue Butler entfernte sich beflissen.

Nach wenigen Minuten betrat Charles mit ernster Miene den Salon. „Gottlob, ihr seid beide wieder wohlbehalten daheim. Wir haben uns große Sorgen gemacht."

„Es ist eine lange Geschichte, Charles. Setz dich zu uns."

Die Sorgenfalten im Gesicht seines Bruder vertieften sich, als er in einem Sessel Platz nahm, während Coralee und Gray sich auf das Sofa setzten. Gray berichtete in groben Zügen von den Geschehnissen in London, um eine Überleitung zum eigentlichen Thema zu finden.

„Wieso hast du uns nicht wissen lassen, dass ihr in Gefahr seid?", fragte Charles mit leisem Vorwurf. „Wir wären umgehend nach London gekommen."

„Ich dachte, ihr findet vielleicht hier Hinweise, die uns auf die Spur von Laurels Mörder führen. Stattdessen fanden wir die Antwort in London."

Charles beugte sich aufmerksam vor. „Ihr wisst, wer Laurel getötet hat?"

Coralee griff nach Grays Hand, um ihm zu bedeuten,

nicht allzu voreilig zu sein.

„Wir wissen es nicht mit Bestimmtheit“, meldete sie sich zu Wort. „Wir wissen nur, dass Thomas Morton in jener Nacht am Unglücksort war.“

„Thomas? Gütiger Himmel, er war bei Laurel? Aber sie kannte ihn nur flüchtig. Ich … ich begreife das nicht.“

„Wir haben Beweise, dass er bei ihr war“, fuhr Gray fort. „Wir kennen sein Motiv nicht, aber er könnte der Mann sein, der Laurel getötet hat. Ich suche ihn noch heute Abend auf. Ich muss wissen, was in jener Nacht geschah.“

Charles' Miene versteinerte sich. Er sprang auf. „Thomas ist hier. Er ist Rebeccas Gast.“

Gray warf Coralee einen Blick zu, dachte an den zerschnittenen Sattelgurt, an den vergifteten Wein, den sie getrunken hatte, an den Überfall im Theater. Zorn bäumte sich in ihm auf wie ein wildes Tier.

„Gut, das erspart mir den Weg.“ Mit Riesenschritten stürmte er aus dem Zimmer und platzte, ohne anzuklopfen, ins Esszimmer. Rebecca saß an ihrem üblichen Platz, Jason neben der Countess of Devane, Derek neben Allison Hatfield, und Thomas Morton saß seelenruhig gegenüber Charles' leerem Stuhl.

„Gray!“ Rebecca empfing ihn mit einem liebenswürdigen Lächeln. „Welch unerwartete Freude, dich zu sehen.“

„Guten Abend, allerseits.“ Es kostete Gray große Mühe, seinen Zorn zu bezähmen und mit ruhiger Stimme zu sprechen. „Schön, dich zu sehen, Thomas. Ich hatte vor, dich noch heute Abend aufzusuchen.“

Morton legte seine Gabel beiseite, und sein Blick irrte unstet umher. „Du wolltest mich noch heute besuchen? Das scheint ja ziemlich dringend zu sein.“

„So könnte man sagen. Es betrifft Laurel Whitmore und das Kind, das du nach London geschickt hast.“

Der Mann erbleichte. „Wovon redest du?“

„Ich rede von Mord, Thomas."

Derek und Jason strafften die Schultern und beugten sich sprungbereit vor.

„Das ist doch lächerlich", wehrte Thomas ab.

„Tatsächlich? Du hast einen gewissen Biggs damit beauftragt, das Kind bei einer Pflegemutter abzuliefern. Damit wolltest du wohl dein schlechtes Gewissen beruhigen, hast aber im Stillen gehofft, dass das Kind ohnehin bald stirbt."

Rebecca sprang so abrupt auf, dass ihr Stuhl nach hinten kippte. Ihre Wangen waren glühend rot, ihre Augen schossen wilde Blitze. „Du Idiot!" Ihre zitternden Hände ballten sich zu Fäusten. „Du solltest es loswerden! Du wolltest dich darum kümmern. Um alles wolltest du dich kümmern. Was hast du nur angerichtet?!"

„Setz dich, Rebecca", warnte Morton.

„Du hast es also in ihrem Auftrag getan?", fragte Gray erstaunlich gefasst und kaum überrascht, dass Rebecca in dieses mörderische Spiel verwickelt war. Er fixierte seine Schwägerin. „Was ist geschehen, Rebecca? Hast du von Charles' Affäre erfahren und dir vorgenommen, das Mädchen und ihr Kind aus dem Weg zu schaffen?"

„Schweig!", befahl Morton und durchbohrte Rebecca mit einem stechenden Blick. Er wandte sich an die Tafelrunde, die in starrem Entsetzen schwieg. „Sie ist verwirrt. Ich habe keine Ahnung, wovon sie redet. Ich jedenfalls habe mit dieser Sache nichts zu schaffen."

Gray hatte große Mühe, an sich zu halten. „Wir haben Beweise, Morton. Wir wissen, dass du am Tatort warst. Hast du sie getötet? Oder hat Rebecca sie in den Fluss geworfen?"

Jason schob seinen Stuhl zurück. Er war kreidebleich geworden. „Du hast sie getötet? So weit würdest du gehen, um deine Interessen zu wahren, Rebecca? Du bist fähig, einen Mord zu begehen?"

Mit wutverzerrtem Gesicht wirbelte Rebecca zu ihm herum. „Ich habe sie nicht getötet. Er hat es getan!“ Zitternd wies sie mit dem Finger auf Morton. „Hätte er den Auftrag ordnungsgemäß erledigt, wofür er bezahlt wurde, wäre auch ihr Bastard tot, und kein Hahn würde mehr danach krähen.“

„Du wusstest von meiner Beziehung zu Laurel?“, fragte Charles mit bebender Stimme.

Aus den Augenwinkeln nahm Gray seinen Bruder wahr, der mit aschfahlem Gesicht an der Tür stand. „Natürlich wusste ich davon. Mein Gott, Charles, es war dir doch mehr als deutlich anzusehen, dass du völlig vernarrt in sie warst. Als sie abreiste, dachte ich, die schmutzige Geschichte sei vorüber, aber sechs Monate später tauchte sie wieder auf. Ich bin dir in jener Nacht nachgeschlichen und hörte, wie du ihr sagtest, du willst dich scheiden lassen. Das konnte ich auf keinen Fall zulassen.“

„Statt in die Scheidung einzuwilligen, hast du Thomas Morton damit beauftragt, Laurel zu ermorden.“ Charles war nahe daran, die Fassung zu verlieren.

Rebeccas Mund war ein schmaler Strich geworden. „Wir hatten eine Abmachung. Ich fing eine Nachricht ab, die sie dir zukommen lassen wollte und in der sie dir schrieb, sie wolle sich am Fluss mit dir treffen. Damals wusste ich noch nicht, dass sie deinen Bastard zur Welt gebracht hatte, den sie dir offenbar in jener Nacht zeigen wollte.“

Rebecca warf Thomas einen angewiderten Blick zu. „Wenn du den Balg wie vereinbart losgeworden wärst, hätte kein Mensch etwas davon erfahren.“

„Ich lasse mir von dir nicht die ganze Schuld zuschieben.“ Morton erhob sich zu seiner stattlichen Größe, wirkte in seinem Zorn noch wuchtiger und sehr bedrohlich. Ihm gegenüber saß die Countess of Devane wie zu Eis erstarrt, während Allison am ganzen Körper zitterte. Jason und Derek saßen sprungbereit auf ihren Stühlen, falls Morton einen Fluchtversuch wagen würde.

„Warum hast du versucht, Coralee zu töten?", fragte Gray unerbittlich. Er wollte die ganze Geschichte hören. Plötzlich spürte er Corries schmale Hand auf seinem Arm. Sie war ihm gefolgt, verdammt noch mal, dabei wollte er ihr diese grässliche Szene ersparen.

„Sie gab einfach keine Ruhe", antwortete Morton. „Ständig stellte sie bohrende Fragen und wühlte alles wieder auf. Früher oder später wäre sie auf einen Hinweis gestoßen – so wie es ja auch in London geschah."

Morton zog plötzlich eine Pistole aus der Innentasche seines Gehrocks. Gray spannte jede Sehne an. Er hatte nicht erwartet, dass der Schurke bewaffnet zu einer Abendgesellschaft erscheinen würde.

Andererseits war Morton ein kaltblütiger Mörder.

Er hielt die Waffe mit ruhiger Hand, und es gab keinen Zweifel daran, dass er feuern würde. „Nun, da alles besprochen ist, ziehe ich mich zurück."

„Was soll das? So einfach kommst du mir nicht davon!", schrie Rebecca gellend und außer sich vor Zorn.

„Wenn du glaubst, ich lasse mich für dich hängen, meine Liebe, hast du dich geirrt. Ich bin Geschäftsmann. Und was mich betrifft, so ist unsere Geschäftsbeziehung beendet."

Morton zielte mit der Waffe nicht auf Gray oder Charles, sondern auf Coralee. „Ich kann euch nicht alle mit einem einzigen Schuss treffen, aber Lady Tremaine stirbt in der Sekunde, sobald einer von euch einen Schritt in meine Richtung wagt."

Allison entfuhr ein kehliger Laut, der Mortons Blick flüchtig auf sie lenkte. Derek machte sich zum Sprung bereit, aber die Waffe blieb unverwandt auf Coralees Brust gerichtet.

Grays Eingeweide krampften sich vor Grauen zusammen.

„Bitte", flehte Charles mit belegter Stimme in die Runde,

„tut, was er sagt, und bewegt euch nicht."

„Sehr vernünftig, Charles", sagte Thomas seelenruhig. „Du warst schon immer ein vernünftiger Mann." Er wandte sich an die anderen. „Bleibt, wo ihr seid, und niemand kommt zu Schaden. Ich gehe, und ihr werdet mich nie wiedersehen."

Er bewegte sich rückwärts zur Tür, die in den Flur zur Küche führte, den Pistolenlauf immer noch auf Coralees Brust gerichtet.

Grays Herz trommelte gegen seine Rippen. Eine falsche Bewegung, und seine Gemahlin wäre tot.

Morton bewegte sich Schritt um Schritt nach hinten. Er hatte beinahe die Tür erreicht, als hinter ihm ein Paneel der Wandtäfelung aufschwang und ihm einen kräftigen Stoß in den Rücken versetzte, der ihn aus dem Gleichgewicht warf. Reflexartig riss Morton den Arm mit der Pistole hoch, und Gray stürzte sich geistesgegenwärtig auf ihn und ging mit ihm zu Boden. Im Fallen erhaschte er einen flüchtigen Blick auf Samir, der neben dem offenen Paneel stand.

Ein Schuss zerriss die angespannte Stille, und Coralee schrie auf. Rebecca sank zu Boden, in einer Wolke aus roséfarbenem Tüll und blonden Locken.

„Rebecca!"

Gray hörte Jasons entsetzten Aufschrei, im gleichen Moment setzte er seine Faust an Mortons Kinn. Das wilde Tier in ihm hatte sich losgerissen. Er zerrte Morton am Revers hoch und schlug wieder zu. Morton wehrte sich und landete einen harten Faustschlag gegen Grays Kinn. Aber dessen maßloser Zorn machte ihn unbesiegbar. Sein nächster Schlag traf Morton in die Magengrube, und dann versetzte er ihm Schlag um Schlag.

Er hätte Morton wohl das Gesicht zu Brei geschlagen, hätte Charles dem Unhold nicht eine chinesische Vase auf dem Kopf zertrümmert, worauf Morton bewusstlos in sich zusammensackte.

Mit blutigen Fingerknöcheln kam Gray auf die Füße und taumelte ein paar Schritte rückwärts.

„Gray!" Coralee warf sich ihm in die Arme und hätte ihn beinahe völlig aus dem Gleichgewicht gebracht. Er schlang die Arme um sie. Nichts hatte sich je so gut angefühlt, wie sie an seine Brust zu drücken.

„Es ist alles gut, Liebste ... es ist vorbei."

Mit tränennassen Augen sah sie ihn an. „Rebecca ist tot, Gray. Mortons Schuss hat sie getroffen."

Jason kniete neben der schönen blonden Frau im rosaroten Kleid. Charles näherte sich zögernd.

„Sie ... sie lebt nicht mehr, Charles." Tief erschüttert blickte Jason zu ihm hoch.

„Das Kind, das sie trug ..." Charles starrte auf seine tote Gemahlin.

Jason schluckte und wandte den Blick ab. „Es ist nicht von dir, Charles. Es tut mir leid ... es war mein Kind." Er nahm Rebeccas schlaffe Hand. „Ich wollte dich nicht betrügen. Aber ich ... habe mich einfach in sie verliebt."

Charles begegnete dem gequälten Blick seines Cousins. „Rebecca war immer sehr diskret mit ihren Affären, aber ich wusste von Anfang an, dass sie nicht mein Kind erwartete. Ich habe mir nur so sehr ein Kind gewünscht, dass es nicht wichtig war."

Jasons Augen füllten sich mit Tränen. „Sie sagte, du kannst ihr den Sohn nicht schenken, den sie sich wünschte. Sie flehte mich an, ihr zu helfen. Ich wusste, dass sie sich erhoffte, eines Tages Countess zu sein. Aber ich ahnte nicht, dass sie töten würde, um dieses Ziel zu erreichen." Er schüttelte den Kopf. „Es tut mir so leid, Charles, es tut mir so furchtbar leid. Vielleicht kannst du mir eines Tages verzeihen."

Jason richtete sich auf und verließ wie in Trance das Esszimmer. Die Anwesenden lösten sich allmählich aus ihrer lähmenden Starre.

„Gott, wie grässlich", sagte Lady Devane mit einem traurigen Kopfschütteln. „Andererseits kann ich mit dieser Geschichte in der Londoner Gesellschaft auch noch nächste Saison Furore machen."

Gray fuhr zu ihr herum. „Ein Wort von dir über das, was hier geschehen ist, Bethany, und ganz London erfährt jedes Detail deiner verruchten Praktiken im Bett."

Die Countess machte den Mund auf und klappte ihn wieder zu. „Nun gut", meinte sie schließlich gekränkt. „Wie du willst."

Derek war erschüttert, fasste sich aber bald wieder. Er fuhr sich mit der Hand durch die blonde Lockenmähne, sagte etwas Tröstliches zu Allison, nahm ihren Ellbogen und näherte sich mit ihr Gray. „Schrecklicher Gedanke, dass sich so etwas in diesem Haus zugetragen hat, ohne dass ich davon wusste", sagte Derek mitfühlend. „Irgendwie habe ich versagt, Gray. Das tut mir furchtbar leid."

„All das Unheil konnte nur durch die Habgier einer Frau geschehen. Daran trifft dich gewiss keine Schuld."

Allison schloss Coralee in die Arme. „Ich habe große Angst um dich gehabt, Corrie. Ehrlich gestanden, war ich nie wirklich davon überzeugt, dass Laurel ermordet wurde. Ab sofort werde ich nie wieder Zweifel an dir haben, glaube mir."

Gray sah deutlich, wie sehr Coralee wünschte, der Freundin von dem Baby zu erzählen, aber Charles sollte es als Erster erfahren.

Derek wies mit dem Kinn zu dem bewusstlosen Morton, der am Boden lag. „Ich lasse einen Konstabler aus dem Dorf holen. Mittlerweile ist es wohl ratsam, den Mistkerl zu fesseln."

„Ich denke, das hier dürfte genügen." Dolph Petersen schlenderte ins Zimmer und hielt eine lange goldene Vorhangkordel in der Hand. Um seine Lippen spielte ein grimmiges Lächeln. „Ich fürchte, ich bin ein wenig spät, Mylord."

„Du kommst genau im richtigen Moment."

„Nachdem ich deinen Brief gelesen hatte, konnte ich mir anhand der gesammelten Fakten zusammenreimen, was geschehen war." Er reichte Derek die Schnur, der sich daranmachte, Thomas Morton zu fesseln.

„Und das wäre ...?"

„All das ist geschehen, weil deine Schwägerin sich in den Kopf gesetzt hat, die Countess of Tremaine zu werden."

„Das erwähnte Jason bereits. Ich nehme an, dass der Überfall im Theater deshalb uns beiden galt. Wenn ich aus dem Weg geräumt wäre, würde der Titel auf Charles übergehen, und Rebecca wäre Countess."

„Richtig. Und wären Rebeccas Pläne früher umgesetzt worden, würdest du schon längere Zeit nicht mehr leben. Die reizende Rebecca, musst du wissen, hat auch den Bootsunfall arrangiert, bei dem deine erste Frau ums Leben kam, wobei nicht sie das Ziel war, sondern du, Gray."

Ein kalter Schauer lief ihm den Rücken hinunter. Coralees Hand schlüpfte in die seine. „Das ergibt doch keinen Sinn. Ich habe an dem Ausflug gar nicht teilgenommen."

„Richtig. Aber du hast deine Teilnahme erst in letzter Sekunde abgesagt, als alle Vorkehrungen bereits getroffen waren. Offenbar war Mortons Komplize – ein Mann namens Biggs, den du bei dem Überfall im Theater erschossen hast – unter die Bootsmannschaft eingeschmuggelt und dafür bezahlt worden, dich bewusstlos zu schlagen, bevor das Boot sank. Jillian war nur ein versehentliches Opfer."

Gray schwieg. Jahrelang hatte er sich bittere Vorwürfe gemacht und sich an ihrem Tod schuldig gefühlt. Dabei war Rebecca die Drahtzieherin, die alles eiskalt geplant und vorbereitet hatte. Wäre sie nicht bereits tot, hätte er sie wohl jetzt erwürgt.

„Es ist vorbei, Gray.“ Coralee drückte ihm tröstend die Hand. „Es ist vorbei, und wir können ein neues Leben beginnen.“ Gray folgte ihrem Blick zu Charles, der neben Rebecca auf dem Boden kauerte.

„Sie war nie glücklich“, murmelte er. „Sie wollte immer einen Mann mit einem Titel heiraten. Das wäre ihr wohl auch gelungen, wären unsere Väter nicht so eng miteinander befreundet gewesen. Als James starb und der Titel des Earls auf dich überging, hat sie wohl noch eine Chance gewittert, sich ihren Lebenstraum zu erfüllen.“ Er kam auf die Füße. „Ich habe Mitleid mit ihr, aber ich kann nicht um sie trauern, nach allem, was sie verbrochen hat. Ihr Tod war vielleicht Gottes Wille, denn heute Abend hat die Gerechtigkeit gesiegt.“

31. KAPITEL

Sobald der Konstabler, der noch auf sich warten ließ, erschien, mussten Aussagen gemacht und ein Mörder ins Gefängnis gebracht werden. In all der Verwirrung hatte niemand eine Frage nach dem Kind gestellt, das friedlich in seiner Wiege im ersten Stock schlief.

Charles war zu überwältigt, um die Bedeutung von Grays Worten begriffen zu haben.

„Wir müssen es ihm sagen", flüsterte Corrie, als sie neben Gray an der Balustrade der Terrasse stand. Die milde, sternenklare Nacht half, ihre zerrütteten Nerven zu beruhigen. „Wir müssen dem Konstabler erklären, warum wir wussten, dass Thomas Morton der Mörder ist."

Gray nickte. Im flackernden Schein der Fackeln wirkte er müde und abgespannt. Sie sehnte sich danach, ihn in ihre Arme zu nehmen und zu trösten.

„Ich hätte mir weiß Gott angenehmere Umstände gewünscht", sagte er. „Charles hat bereits genug durchgemacht."

Der arme Charles. Als er das Zimmer verließ, hatte er unendlich verloren und einsam gewirkt.

Gray nahm Corries Hand und wollte sich mit ihr auf die Suche nach ihm begeben, als Charles sich aus dem dunklen Garten näherte.

„Wir wollten dich gerade suchen", sagte Gray.

„Und ich wollte Jason im Garten suchen."

„Wir haben ihn nicht gesehen."

„Ich muss mit ihm sprechen und die Dinge zwischen uns klären. Ich bin nicht unschuldig an seiner Affäre mit Rebecca. Und ich darf Jason nicht bestrafen für eine Verfehlung, die auch ich begangen habe."

Corrie brachte ein Lächeln zustande. „Ich bin froh, dass du so denkst, und bin sicher, dass euch eine offene Aussprache guttut. Vorher aber möchten wir, dass du jemanden kennenlernst."

Er furchte die Stirn. „Noch heute Abend?"

„Wir hatten uns auch einen glücklicheren Moment erhofft", sagte Gray. „Aber es muss noch heute Abend sein. Komm mit."

Sie betraten das Haus, Gray ging mit Corrie die Treppe hinauf, und Charles folgte ihnen.

„Wohin wollt ihr?", fragte er.

„Ins Kinderzimmer", antwortete Gray.

Charles blieb stehen. „Ins Kinderzimmer? Was soll ich da? Ich verstehe nicht."

Corrie nahm ihn bei der Hand. „Keine Sorge, Charles. Du wirst deinen Sohn kennenlernen."

Seine Finger zitterten. „Meinen Sohn …?" Eine steile Falte stand auf seiner Stirn. „Vorhin … sagte Gray etwas über Laurels Baby. Aber der ganze Aufruhr … der Schuss und … Rebecca. Ich … ich …" Er fand keine Worte. Und dann kam Bewegung in ihn. Er drängte sich an den beiden vorbei und stürmte die Treppe hinauf.

An der Tür zum Kinderzimmer blieb er unschlüssig stehen. „Ist er …? Sagt mir um Himmels willen, dass er gesund ist … dass er nicht misshandelt wurde oder …"

„Dein Sohn wird sich erholen", antwortete Gray mit fester Stimme. „Er braucht nur Liebe und Fürsorge, die er bei uns im Übermaß bekommt."

Hilflos stand Charles da, zu aufgewühlt und zu tief berührt, um sprechen zu können.

Es war Gray, der die Tür öffnete und seinen Bruder in das vom sanften Schein einer Lampe beleuchtete Zimmer führte.

Miss Beasley zog sich taktvoll zurück, als die drei Erwachsenen an die Wiege traten, in der Charles' blondes Söhnchen schlummerte.

„Mein Gott …", raunte er mit belegter Stimme, als Corrie das Kind behutsam hochhob und es seinem Vater in die Arme legte. „Mein Sohn …“ Charles hielt ihn mit andächtiger Zärtlichkeit. „Ich kann es kaum glauben.“ Er streichelte dem Baby mit einem Finger über die seidige Wange und hauchte einen Kuss auf das blonde Köpfchen. „Endlich bist du zu Hause, mein Sohn.“ Tränen glitzerten in seinen Augen, als er den Blick himmelwärts wandte. „Nun kannst du endlich Frieden finden, meine Geliebte. Unser Sohn hat seinen rechtmäßigen Platz gefunden und wird von ganzem Herzen geliebt.“

Das Baby schlug die Augen auf und umklammerte mit seiner winzigen Hand den Daumen seines Vaters. Lächelnd drückte Charles einen Kuss auf die kleinen Finger. „Ich erzähle dir alles über deine Mutter“, versprach er. „Deine Tante und ich erzählen dir, wie schön sie war und wie gütig und wie sehr sie dich geliebt hat.“

Corrie wischte sich die Tränen von den Wangen und schmiegte sich an ihren Gemahl, der sie stumm in die Arme nahm. Dann zog das Paar sich zurück und ließ Vater und Sohn allein.

„Jetzt kann deine Schwester in Frieden ruhen“, sagte Gray im Flur. „Du hast dein Versprechen eingelöst.“

„Ohne dich hätte ich es nicht geschafft.“ Corrie blickte zu ihm hoch. „Ich liebe dich, Gray, ich liebe dich über alles.“

Er schlang die Arme um sie und hielt sie lange, als wolle er sie nie wieder gehen lassen. „Coralee …“ Zärtlich nahm er ihr Gesicht in beide Hände und küsste sie innig. „Du bist in mein Leben gekommen und hast die Leere in meinem Herzen gefüllt. Ich hätte nie geglaubt, dass ich je lieben kann, aber bei Gott, Coralee, ich liebe dich mehr als mein Leben.“

EPILOG

Einen Monat später

Der Wind blähte die Segel des Schiffes, das durch die weiß schäumenden Wellen des Meeres pflügte. Die Morgensonne stand wie ein glühender Ball tief im Osten am Horizont. Nach einer leidenschaftlichen Liebesnacht lag Corrie an ihren gut aussehenden Gemahl geschmiegt in der breiten Koje der Kapitänskajüte an Bord der *Sea Dragon*, Leifs Hochseejacht, die er dem Paar zur Verfügung gestellt hatte.

„Am späten Vormittag laufen wir im Hafen von Calais ein“, murmelte Gray und zog Corrie näher an sich. „Freust du dich auf Frankreich?“

Lächelnd sah sie ihn an. „Ich kann es kaum erwarten, Paris zu sehen.“ Das Ziel war zwar nicht Indien, aber es war immerhin ein Anfang. Gray hatte versprochen, ihr auf ihrer Hochzeitsreise auch Italien und Rom zu zeigen.

Gray küsste sie auf die Stirn. „Und wenn wir wieder zu Hause sind, wirst du über die Reise schreiben.“

„Ich mache mir schon unterwegs Notizen. Krista bat mich, eine Artikelreihe über meine Europareise zu verfassen.“

„Dann werde ich mich bemühen, dir alles zu zeigen, damit du genügend Material für deine Geschichten hast.“

Corrie wusste, dass Gray sich ebenso auf die Reise freute wie sie. Beide brauchten Abstand von den Ereignissen der letzten Zeit. Seit dem tragischen Tod ihrer Schwester hatte sich so vieles verändert.

Thomas Morton war zum Tode durch den Strang verurteilt worden, wie er es verdiente.

Charles, der stolze Vater, wachte über seinen geliebten kleinen Sohn wie eine Glucke.

Jason und Derek waren nach London zurückgekehrt. Derek hatte Allison fest versprochen, zu ihr zurückzukommen, wobei Corrie nicht sicher war, ob er sein Versprechen auch halten würde. Sie hoffte indes, dass ihre Freundin nicht zu sehr enttäuscht wäre, wenn sich ihre Träume mit dem Herzensbrecher nicht erfüllen sollten.

Die aufregendste Neuigkeit war Grays Entschluss, seinen Sitz im House of Lords einzunehmen.

„Viele Gesetze bedürfen dringend der Erneuerung", hatte er gesagt. „Ich betrachte es als meine Verpflichtung, mich dafür einzusetzen."

Die haarsträubenden Missstände in der Säuglingsfürsorge lagen ihm besonders am Herzen, aber es gab noch unzählige andere Ungerechtigkeiten im Sozialwesen, die er in Angriff nehmen wollte, und Corrie war fest davon überzeugt, dass Gray der Richtige war, sich dieser Aufgaben anzunehmen.

Sie kuschelte sich an ihn, genoss die Wärme seines sehnigen Körpers, das Spiel seiner Muskeln, wenn er sich bewegte. „Etwas begreife ich immer noch nicht ..."

Er zog eine dunkle Braue hoch. „Und das wäre?"

„Rebecca behauptete, Charles könne keine Kinder zeugen. Das war offensichtlich gelogen."

„Charles liebte deine Schwester. Mit Rebecca führte er eine Vernunftehe. Das machte wohl den Unterschied."

„Ja, so wird es gewesen sein." Sie grub die Finger in das krause Haar auf seiner Brust und spürte, wie sein Herz schneller klopfte.

„Du spielst mit dem Feuer, Liebste." Sein brummiger Ton ließ sie lächeln.

„Und wenn Liebe Wunder vollbringen kann, freue ich mich umso mehr auf unsere Reise, weil ich dich über alles liebe ... Und das könnte bedeuten, dass ich bald ..."

Er schnitt ihr das Wort mit einem Kuss ab. „Das könnte

bedeuten, dass du demnächst mein Kind erwartest. Ich liebe dich, kleiner Quälgeist. Wir sollten es noch einmal versuchen, vielleicht bringen wir ein Baby zustande."

Corrie lachte, als er sich auf sie legte und sich ernsthaft bemühte, Vater zu werden. Und sie hatte das seltsame Gefühl, dass seine Bemühungen diesmal zum Erfolg führten.

Überglücklich lächelte sie in sich hinein.

– ENDE –

Kat Martin
Mein wildes Herz

Er ist ein wilder Krieger von einer einsamen Insel, sie eine elegante Londoner Lady – und ihm rettungslos verfallen!

Band-Nr. 25461
7,95 € (D)
ISBN-13: 978-3-89941-752-4
400 Seiten

Kat Martin
Mein mutiges Herz

London 1844:
Eine junge Dame in gefährlicher Mission, ein Beschützer wie aus einer nordischen Heldensaga – zwei mutige Herzen in Gefahr!

Band-Nr. 25483
7,95 € (D)
ISBN: 978-3-89941-789-0
416 Seiten

Julia Quinn
Wie verführt man einen Lord?
Band-Nr. 25326
6,95 € (D)
ISBN: 978-3-89941-539-1
400 Seiten

Julia Quinn
Penelopes pikantes
Geheimnis
Band-Nr. 25431
6,95 € (D)
ISBN: 978-3-89941-708-1
448 Seiten

Julia Quinn
In Liebe, Ihre Eloise
Band-Nr. 25440
6,95 € (D)
ISBN: 978-3-89941-723-4
400 Seiten

Julia Quinn
Ein hinreißend verruchter
Gentleman
Band-Nr. 25455
6,95 € (D)
ISBN: 978-3-89941-742-5
416 Seiten